DIRK VAN DEN

BOOM

DIE REISE DER

SCYTHE

1 | ASZENDENZ

cross cult

DIE REISE DER SCYTHE – Band 1: ASZENDENZ
wird herausgegeben von Amigo Grafik, Teinacher Straße 72, 71634 Ludwigsburg.
Herausgeber: Andreas Mergenthaler und Hardy Hellstern, Verantwortlicher Redakteur
und Lektorat: Markus Rohde; Lektorat: Kerstin Feuersänger; Korrektorat: André Piotrowski;
Satz: Rowan Rüster/Amigo Grafik; Cover Artwork: Arndt Drechsler und Herminio Nieves;
Print-Ausgabe gedruckt von CPI books GmbH, Leck.
Printed in the Germany.

Originalausgabe

Print ISBN 978-3-95981-527-7(März 2018) · E-Book ISBN 978-3-95981-528-4 (März 2018)

WWW.CROSS-CULT.DE

1

Er saß am Kai und schaute auf seine Zehen. Feine Wassertropfen zeichneten sich auf der Haut ab. Die dünnen Schwimmhäutchen zogen sich unter den Sonnenstrahlen zusammen. Sie mochten Trockenheit nicht. Als Ergebnis einer jahrelangen genetischen Manipulation erwarteten sie täglich ein Bad im Meer, und Jordan erfüllte diese Erwartung, sooft er konnte.

Er bewegte die Zehen. Die eben noch geschmeidigen Schwimmhäute zerrten an der Haut und falteten sich unwillig zusammen, als er die Füße krümmte. Für einen Moment ließ er sie in dieser verkrampften Haltung, bereitete sich innerlich darauf vor, seine Schuhe wieder anzuziehen, der schlimmste Teil eines jeden Ausflugs. Jordan wusste, dass ein Teil seines Körpers darauf programmiert war, das Wasser als natürliches Habitat zu empfinden. Und so verspürte er zwar keine Angst, wenn er das kühle Nass verließ, aber es war unangenehm. Er wollte nicht. Er gehörte nicht aufs Trockene. Er gehörte nicht ins Wasser. Er war immer irgendwo dazwischen.

Jordan schaute in den blassgrünen Himmel. Tota stand hoch am Firmament. Es wurde heiß, wie jeden Tag, eine eintönige, gleichbleibende Hitze. Touristen mochten sie, brieten ihren weißen Leib im hellen Schein, wendeten sich sogar wie ein Braten in der Pfanne, damit alles rot wurde. Dann fluchten sie und litten und verglichen untereinander die Blasen, die Tota erzeugte, die tote Haut, die sterbenden Zellen. Jordan würde das nie verstehen. Er verstand auch nicht, warum jemand sehr viel Geld ausgab, die weite Reise auf sich nahm, um dann nichts anderes zu tun, als sich gleichmäßig verbrennen zu lassen.

Jordan hatte das Problem nicht. Er gehörte zu einer der ersten Siedlerfamilien. Sein Körper konnte mit Totas Hitze umgehen. Was ihm nicht gelang, war, die endlose Langeweile dieser öden Welt voller Strände und Ozeane zu bewältigen.

Er war getrocknet. Jordan erhob sich, streckte seine Muskeln, spürte das vertraute Gefühl, mit dem sie sich wieder an den aufrechten Gang gewöhnten, mindestens genauso unwillig wie seine Schwimmhäute, die sich wie Sandpapier zwischen seinen Zehen anfühlten. Es dauerte immer Stunden, bis diese Empfindung in den Hintergrund trat.

Jordan streifte das plötzlich in ihm aufwallende Verlangen ab, sich sofort wieder ins Wasser zu werfen. Pflichten riefen ihn. Es war ja nicht so, dass er nichts zu tun hatte. In gewisser Hinsicht hatte er die interessanteste Arbeit auf ganz Landros, jenseits der Bars, Strandcafés und Hotels, der Touristenfallen, der Fischerflotte und dem bisschen Administration, die das Konkordat hier für notwendig hielt.

Er war Student der Astronomie im letzten Jahr, das einzige Studienfach an der kleinen Universität, das auch nur ein entferntes Interesse in ihm geweckt hatte, und er arbeitete im großen Observatorium, einem kühlen, modernen und sehr trockenen Ort, das damit auf der Ozeanwelt Landros im System der Tota in etwa genauso sehr ein Fremdkörper war, wie Jordan sich fühlte.

Es war Zeit. Jordan hatte seine protestierenden Füße in die breiten Schuhe gezwängt und sah zu der nicht weit von hier stehenden Kuppel des Observatoriums empor. Ihn erwartete nichts Gutes, und doch befand sich dort oben in mehrfacher Hinsicht das Ziel seiner Sehnsüchte. Der Professor war übel gelaunt. Man hatte ihm Forschungsgelder gekürzt. Er hatte die Angewohnheit, das jeden wissen zu lassen und alle dafür verantwortlich zu machen, nur nicht sich selbst. Er war ein Fremdweltler und hatte die Position angenommen, weil sonst niemand sie haben wollte. Landros lag am Arsch des Konkordats. Man machte hier Urlaub. Man suchte sich Freizeitsex. Man reiste ab, sobald man gut durch war. Niemand blieb, der nicht hier geboren worden war. Dass der Professor seit zwanzig Jahren auf seinem Posten ausharrte, ließ Rückschlüsse darauf zu, warum ihm Gelder gestrichen wurden.

Jordan schaute auf die Uhr. Er war zu spät. Das hieß Überstunden, denn er musste sein Projekt beenden. Eine stupide Arbeit, gut genug für den Computer und eines Studenten im letzten Jahr unwürdig. Aber er hatte zu tun, was ihm aufgetragen wurde, und dass er darin nicht alleine war, machte alles gleich viel erträglicher.

Der Weg hoch zum Observatorium, das die Bucht überblickte wie ein gigantisches Auge, ging über rund sechshundert Treppenstufen. Jordan hatte sie gezählt. Mehrmals. Die Treppen waren in den Granitfels gehauen, Sportler nutzten sie am frühen Morgen für ihr Ausdauertraining, rannten hoch und runter, schwitzten wie die Tiere. Jordan verstand es nicht. Er trainierte im Wasser, und das war sowohl anstrengend wie auch Labsal. Wie das Wasser seiner Haut schmeichelte, wie es ihn trug und gleichzeitig verlockend in die Tiefe zog, das war unvergleichlich. Und alle Muskeln hatten etwas davon. Die Oberschenkel der Treppenaktivisten sahen aus wie Tonnen, auf die ein dünner Brustkorb mit dünnen Ärmchen aufgesetzt war. Jordan fand, dass jeder aussehen sollte, wie er es für richtig hielt, aber Ästhetik suchte er bei diesen Gestalten vergeblich. Und was wollte man mit solchen Beinen?

Sechshundert Stufen. Er zählte sie mal wieder unbewusst mit. Als er oben angekommen war, drehte er sich wie immer um, schaute auf die Bucht hinab, das blaugrüne Wasser, das er vor Kurzem noch durchmessen hatte. Die Kiemenoperation kostete drei Jahresgehälter eines angestellten Astronomen, und er war nicht einmal einer. Student. Er würde sich diesen Traum auf absehbare Zeit nicht verwirklichen können. Aber er gab ihn nicht auf.

Das war eine wichtige Qualität seines Charakters. Nicht aufgeben. Das konnte er gut. Es hielt ihn aufrecht. Trieb ihn sechshundert Stufen empor, jeden Tag, und ließ ihn die rot gebratenen Touristen ertragen, die lärmend und rücksichtslos durch die engen Gassen des Dorfes polterten, wenn er nach Hause ging. Er konnte sich beherrschen. Vielleicht manchmal zu sehr.

Er öffnete die Metalltür, die wie immer quietschte. Im Vorraum war es kühl, was Jordan für einen Moment genoss.

Drei Schreibtische standen hier, einen durfte er benutzen. Am zweiten saß Elissi, die andere Studentin, eine blasse, kleine, schmale, unheimlich intelligente und seltsame Person. Sie machte die Arbeit hier gleichermaßen erträglich wie unerträglich, herausfordernd und deprimierend. Er wäre gerne mehr als der gute Bekannte, mit dem man das Leid teilte, für den Professor zu arbeiten. So gerne so viel mehr. Doch sie war zu seltsam für ihn. Sie brauchte einen blassen, kleinen, schmalen und unheimlich intelligenten Freund, einen, der wie sie stundenlang in einer Ecke sitzen und astrografische Tabellen lesen konnte wie eine Maschine. Jordan war das nicht. Er bedauerte das, denn er empfand für Menschen wie Elissi nur höchste Bewunderung – und für sie gleich noch ein wenig mehr. Die Elissis dieser Welt hatten ihren Platz gefunden, denn es kümmerte sie nicht, wo sie waren oder wann oder warum, solange sie das tun konnten, worauf die Natur ihren unheimlich intelligenten Kopf programmiert hatte.

»Du musst Kaffee machen«, sagte sie. »Männer machen Kaffee« war eines ihrer Grundprinzipien. Jordan wusste nicht, wo sie das aufgeschnappt hatte, aber es gehörte zu ihrem Rollenverständnis. Er wehrte sich nicht dagegen. Die Kaffeemaschine an der Wand des Büros war antik, und es bedurfte einer gewissen manuellen Finesse, sie dazu zu bringen, ein trinkbares Gebräu zu produzieren. Eine permanente Herausforderung, wie Elissi selbst. Wenn er ihr Kaffee brachte, lächelte sie manchmal, weil sie wusste, dass er sich das von ihr erhoffte. Es war ihm Belohnung genug.

»Der Professor hat nach dir gefragt«, sagte sie statt einer Begrüßung. Es war nicht böse gemeint. Elissi war zu keiner Form von Niedertracht in der Lage. Sie war ein unbeschriebenes Blatt, was Ärger, Wut und Neid anging. Jordan hoffte, dass ihr Freund, wenn sie eines Tages einen fand, sie vor dem beschützen würde, was Elissis größtes Lebensrisiko darstellte: der Welt da draußen.

Er würde das wohl nicht sein. Aber er gab die Hoffnung noch nicht ganz auf.

»Er ist drinnen?«

Jordan wies auf die Tür zur Halle.

»Seit heute Morgen.« Elissi zögerte. »Ich glaube, er weiß es.«

Jordan stockte der Atem. »Im Ernst?«

»Ich glaube.«

»Du sagst nichts. Ich nehme es auf mich.«

Elissi sah ihn an, fragend, gar nicht mal dankbar. Sie wusste nicht, wie der Professor reagieren würde, wenn er tatsächlich herausgefunden hatte, dass sie beide ihr kleines Privatprojekt hatten laufen lassen, wertvolle Beobachtungs- und Computerzeit damit beanspruchten. Sie war so arglos. Er würde es schon verstehen. Es war Wissenschaft. Es generierte Daten. Daten waren gut. Was konnte passieren?

Jordan wusste es. Und weil er derjenige gewesen war, der sie da hineingezogen hatte, genauso, wie sie ihn vor nicht einmal zwei Wochen erst auf die Idee gebracht hatte, würde er die Verantwortung übernehmen. Vielleicht war er dann dieses eine Mal in der Lage, Elissi zu beschützen, vor der Welt da draußen, die keine Gnade zeigte, vor allem nicht gegenüber Leuten wie ihr.

»Sie da!«

Professor Bell spuckte das Wort aus.

»Professor ...«

Doch Jordan kam nicht weiter. Bell stolzierte auf ihn zu, die Haut gerötet vor Wut. Er hielt ein Pad in der Hand, auf dem irgendwas zu sehen war, das ihn erzürnte. Jordan sah genauer hin und fand Elissis Befürchtungen bestätigt. Er hatte es gemerkt. Das würde nicht gut ausgehen.

»Sie haben Ressourcen des Instituts für private Zwecke missbraucht!«, blaffte Bell.

»Ich ...«

Keine Chance. Bell gab niemandem eine. Niemals.

»Rechen- und Beobachtungszeit. Stundenlang. Ich will es gar nicht ausrechnen! Wer bezahlt das? Wissen Sie, wie es um unser Budget steht? Interessiert es Sie überhaupt?«

Jordan presste die Lippen aufeinander. Doch Bell setzte seine Tirade nicht fort, sondern schaute den Studenten auffordernd an. Jordan entdeckte den feinen Schweißfilm auf des Mannes Stirn und den dünnen Speichelfaden, der sich nicht richtig vom Mund gelöst hatte und nun über das Kinn drapiert langsam austrocknete. Jordan starrte sekundenlang darauf und stellte sich dabei die alberne Frage, ob er Bell ein Taschentuch anbieten sollte.

»Was haben Sie sich dabei gedacht?«, setzte Bell hinzu, die Stimme gefährlich leise.

»Professor, es ist eine Deep-Field-Analyse von Sektor 56B.«

»Das habe ich gesehen. Galaktischer Rand. Da ist nichts, Jordan. Gar nichts.«

Das stimmte nicht ganz. Da waren Sterne, und nicht wenige, und dahinter Kugelhaufen und Galaxien, die lokale Gruppe und noch viel mehr. Da war immer was. Bell aber meinte, da sei nichts, für dessen Beobachtung sie bezahlt wurden, und damit hatte er leider recht.

»Während des letzten Sweeps, als wir die verschiedenen Satelliten neu kalibriert haben, hat Elissi etwas entdeckt ... in Sektor 56B, meine ich.«

»Elissi? Steckt sie dahinter?« Bell verachtete die Studentin. Er verachtete Frauen generell, einer der Gründe, warum er keine hatte und niemals eine haben würde. Er war der Ansicht, dass dem weiblichen Geschlecht der »logische Verstand« für »echte Wissenschaft« fehlte und sie lieber Xenosoziologie oder etwas ähnlich Sinnloses studieren sollten. Stuhlkreise. Bällchen werfen. Namen tanzen. Es zeigte, dass er Elissi nicht kannte, niemals ernsthaft wahrgenommen hatte. Elissi war der logischste Mensch, den Jordan kannte, und würde sie ihn nicht hin und wieder anlächeln, hätte er sie schon lange für eine Maschine gehalten. Elissi war das lebende Beispiel dafür, dass Bells Vorurteile nicht stimmten, und genau deswegen konnte er sie nicht leiden.

Aber sie war gut. Schnell. Zuverlässig. Klagte niemals. Akzeptierte das absurd niedrige Salär. Daher arbeitete sie immer noch hier, denn bei aller Kritik musste Bell seinen anderen großen Charakterfehler kompensieren, der ihn auf Landros versauern ließ: seine abgrundtiefe Faulheit.

»Es war meine Idee«, sagte Jordan also, wie er es sich vorgenommen hatte. »Sie hat mich darauf hingewiesen, dass sie etwas entdeckt hat, und ich ...«

»Was haben Sie entdeckt?« Die Frage steckte voller Misstrauen. Bell lebte immer mit der Angst, dass ihm jemand den Rang ablaufen würde, vor allem deswegen, weil er selbst schon fast keinen mehr hatte. »Wieder so eine Spinnerei?«

»Eine Energiequelle, die vorher nicht da war.«

Elissi war in den Raum getreten, und schmal wie ihre Gestalt klang auch ihre Stimme. Bell rief etwas, laut, wütend, aber kaum artikuliert, er machte einen Schritt auf die Studentin zu und holte tief Luft. Worte kamen über seine Lippen, jedes ein Werkzeug der Verletzung, akustisches Waffenmaterial, nicht sorgsam eingesetzt, sondern in Salven abgefeuert auf eine völlig ungeschützte Stellung. Bell hatte sich selten im Griff, jetzt aber, getrieben durch seine eigene Frustration, sein Selbstmitleid, seine Eitelkeit, war er außer sich.

Elissi schaute ihn nur an. Sie war nicht erschüttert, nicht beleidigt, sie verstand einfach nicht, was gerade passierte. Der Blick, den sie Jordan zuwarf, sprach von Angst. Niemand redete so mit ihr: ihre Eltern nicht, ihr Bruder nicht, der sie fast noch mehr beschützen wollte als Jordan, die Sterne nicht. Ihre Zahlenreihen waren immer ruhig und schwiegen ihre Informationen direkt in ihre Augen. Bell aber schrie sich heiser. Beleidigungen kamen ihm mit einer Leichtigkeit von den Lippen wie der Speichel, der ihr entgegenspritzte. Sie machte einen Schritt zurück. Der Mann, ihr Professor, sagte sehr böse Dinge über sie, und Elissi konnte nicht verstehen, warum er das tat.

Sie wollte doch nur lernen und verstehen. Geheimnisse ergründen. Wollten das nicht alle?

Jordan stellte sich zwischen sie. Bell verstummte beinahe sofort, nicht aus Respekt, sondern weil dies ein Anlass war, Kraft zu sammeln. Sein Gesicht war gerötet. Ein feiner Schweißfilm stand ihm auf der Stirn, schütteres Haar klebte auf der schimmernden Haut. Seine Halsschlagader trat hervor. Gesund konnte das alles nicht sein.

»Ich trage die Verantwortung«, sagte Jordan ruhig.

»Dafür auch? Dafür auch?«, brüllte Bell und hielt ihm sein Pad hin. Jordan schaute kurz hin, runzelte die Stirn, griff danach, doch der ältere Mann zog es fort, trat zur Seite, blickte wieder in Elissis fragendes Gesicht.

»Waren Sie das? Waren Sie das? Eine Meldung an die Astronomische Autorität? Wer hat Sie dazu autorisiert? Was für ein Blödsinn soll das sein? Was soll ich der Autorität erzählen? Die halten mich doch für bekloppt! Ich habe meine eigenen Studenten nicht im Griff! Ich werde zur Lachnummer.«

Jordan sah Elissi an, sie nickte ihm unmerklich zu. Sie hatte das tatsächlich getan. Oh, es war so schwer, sie zu beschützen, wenn sie unüberlegte Dummheiten beging. Sie wusste es nicht besser. Sie war nicht arglistig. Elissi wollte doch nur wissen und verstehen.

Jordan ermannte sich. Er hatte damit begonnen, er würde es zu Ende führen.

»Ich war das.«

»Diese Nachricht trägt eine Signatur! Da! Elissi Portinari. Elissi. Wollen Sie mir ...«

»Es war meine Idee. Ich war nur zu feige, meinen Namen drunter zu setzen.«

Das verstand Bell. Er verstand Feigheit. Er verstand es, wenn man jemanden vorschob, um selbst nicht unter Feuer zu geraten. Das war ein für ihn vertrauter Wesenszug und strukturiert, wie seine Gedanken waren, kam ihm nicht einmal die Idee, dass andere Menschen nicht so arbeiten könnten. Aus der Wut in seinem Gesicht wurde abfällige Gehässigkeit. Jordan war nun das Opfer, das er brauchte.

Der junge Mann warf einen letzten Blick in die große Halle. Er würde diesen Ort vermissen. Danach würde er sich Arbeit suchen, vielleicht im Hafen. Mit etwas Glück sein Examen schreiben. Und dann auf Landros versauern, denn auf ein Stipendium für eine Reise von hier fort durfte er nicht hoffen. Nicht, wenn Professor Bell an seiner Abschlussnote beteiligt war.

»Ich konnte Sie noch nie leiden«, sagte Bell, und er meinte es wahrscheinlich auch so. Elissi war ein leichtes Opfer für ihn, strebsam, leise, bescheiden. Jordan hingegen hatte eine eigene Meinung, und derlei bewertete der Wissenschaftler ganz grundsätzlich als Affront gegen sich selbst. »Sie sind raus, entlassen. Packen Sie Ihr Zeug. Ich will Sie nicht mehr sehen! Ich will ...«

Sie erfuhren nicht mehr, was er noch so wollte. Ein Rufsignal ertönte, Bell verzog das Gesicht. »Jetzt nicht!«, rief er in die Luft und wies die Automatik damit an, den Anruf abzuweisen. Er war noch nicht fertig mit Jordan.

»Professor, es ist ein Prioritätsruf!«, belehrte ihn die sanfte Stimme der Observatoriums-KI, die sich sonst immer sehr höflich zurückhielt und sich selten in die kleinlichen Angelegenheiten biologischer Lebensformen einmischte.

»Das ist mir scheißegal!«, blaffte Bell. »Ich habe ...«

Die KI konnte nicht anders, und eigentlich wusste das der Professor auch. Über dem zentralen Steuerpult stand nun eine dreidimensionale Projektion, ein ernstes, männliches Gesicht, und dahinter schwebte das Emblem der Astronomischen Autorität, damit man auch keinen Zweifel daran hatte, wer sich hier meldete.

Jordan wurde jetzt doch ein wenig mulmig zumute. Er sah Elissi an, die ihre Ruhe wiedergefunden hatte und entweder absolut keine Befürchtungen hegte oder nicht verstand, was das bedeuten konnte. Jordan sah seine Hoffnung auf eine Karriere in der Wissenschaft endgültig den Bach runtergehen. Er war verantwortlich, zumindest teilweise, und jetzt sah es so aus, als würde man ihn von höchster Stelle beim Kragen packen.

Bell drehte sich um, bestimmt eine böse Bemerkung auf den Lippen, war dann aber doch weise genug, sie runterzuschlucken. Die Autorität bezahlte ihn. Er täte nicht gut daran, jemanden von dort anzuschreien.

»Ich bin Kaiman Houten, Administrator«, stellte sich der Mann vor, und er klang nicht einmal unfreundlich ... nur etwas ungeduldig. »Professor Bell?«

»Ich ... ja.«

»Wir haben hier eine Nachricht aus Ihrer Einrichtung erhalten.«

»Ja.« Bell räusperte sich. »Das tut mir ... es ist ein Irrtum.«

»Ein Irrtum?«

»Eine ... Kompetenzüberschreitung. Studenten, Sie wissen ja. Es wird nicht wieder vorkommen. Ich habe bereits Konsequenzen gezogen. Harte Konsequenzen. Der Schuldige ...«

»Jordan Tomski und Elissi Portinari?«

»Vor allem der junge Mann. Disziplinlos. Der Dank dafür, dass man ihm eine Chance ...«

Houten sah nun an Bell vorbei. »Sie sind Tomski und Portinari?«

Bell verstummte, um seinen Mund ein erwartungsvolles und ein wenig grausames Lächeln. Er trat mit einer betonten Bewegung zur Seite, damit das Gericht über die beiden Sünder gehalten werden konnte, ohne dass es Kollateralschaden gäbe.

»Sie haben die Nachricht geschickt?«, vergewisserte sich Houten, und Jordan konnte sich ja irren, aber da war weder Strenge noch Missbilligung in Stimme oder Gesicht des Mannes, nur aufmerksames, beinahe wohlwollendes Interesse.

»Es stimmt. Wir ...«

»Ich lade Sie nach Toragus ein, in die Zentrale der Autorität. Sie und die junge Dame. Sie haben Interesse?«

Jordan starrte nur, achtete aber darauf, seinen Mund nicht offen stehen zu lassen. Elissi trat an seine Seite, leise wie immer, sah Houten an und fragte: »Wann?«

»Das Kurierschiff ist in drei Stunden da. Packen Sie sich was für ein paar Tage ein.«

Houtens Bild verschwand. Er hatte nicht ein Wort an Bell gerichtet, und der Professor starrte fassungslos auf die leere Stelle, an der eben noch die Projektion geflimmert hatte. Er drehte sich zu den beiden jungen Leuten, sagte einen Moment nichts und fragte dann leise und jetzt ernsthaft verwirrt: »Was im Namen des Konkordats haben Sie beide nur angestellt?«

Jordan war sich nicht sicher. Elissi aber lächelte.

2

Gerechtigkeit.

Lyma Apostol wollte Gerechtigkeit. Und wenn sie die nicht bekam, würde sie ein wenig gute alte Rache auch nicht verachten.

Doch dies war nicht der Ort, an dem sie eines von beiden finden würde. Sie kam zu spät, wieder einmal, und die Wut legte sich für einen Moment wie ein dunkler Schatten über ihre Gedanken. Sie holte tief Luft, spürte das Zittern, als sie einatmete, unterdrückte die Regung mit aller Macht. Keine Gerechtigkeit. Die drei Leichen starrten sie mit offenen Augen an. Im Grunde war ihr Blick leer, sie wirkten eher ermüdet, fatalistisch. Doch für Apostol war da ein Vorwurf, eine Anklage, der sie sich nicht entziehen konnte.

Denn sie war berechtigt.

»Captain.«

Die Stimme von Severus Inq, sanft, besorgt. Der stille, hilfreiche Schatten der humanoiden Polizeidrohne hatte sie fast ihr ganzes erwachsenes Leben begleitet, seitdem sie die Akademie verlassen hatte. Inq kannte sie. Er wusste, was sie empfand. Er wollte ihr helfen. Das war der Zweck seiner Existenz.

Das konnte er hier aber nicht. Sie schob seine kalte Hand zur Seite, mit der er sie sanft am Arm berührte. Trost half nicht. Den drei Toten schon gar nicht. Ein Mann, seine Ehefrau und die gemeinsame Tochter, vielleicht siebzehn oder achtzehn Jahre alt. Was hatten sie gesehen? Was gefühlt? Wie viel Hoffnung hatten sie auf Hilfe gesetzt, die nicht gekommen war?

»Wir scannen den Raum«, sagte Saiban Snead, der Erste Offizier der *Scythe*. Snead mit seiner gebräunten Haut, dem umwerfend guten Aussehen, das Resultat von über Generationen verfeinertem Genbreeding, sah hier so fehl am Platze aus wie überall, wo es dreckig war, arm und der Tod lauerte. Doch er nahm seine Arbeit ernst. Genauso wie sie. Es tat ihm nur nicht so weh.

»Captain.«

Erneut die Stimme Inqs. Sie ließ sich unwillig auf die Beine ziehen und merkte erst jetzt, dass sie überhaupt in die Knie gegangen war. Sie starrte auf die Toten, vermochte den Blick nicht abzuwenden. Mit gefesselten Händen saßen sie nebeneinander, mit dem Rücken an die Wand gelehnt. Sie hatten wahrscheinlich lange gehofft, dass der Mann, der in ihre Wohnung eingebrochen war, sie am Ende doch verschonen würde.

Doch Dr. Joaqim Gracen verschonte niemanden. Er mochte es nicht, wenn sich jemand an ihn erinnerte. Er hasste es, im Rampenlicht zu stehen, egal wer den Scheinwerfer auf ihn richtete. Sei es das Suchlicht der

Konkordatsbehörden, sei es die ungeliebte Aufmerksamkeit von Forscherkollegen, sei es der starre, angsterfüllte Blick seiner Opfer. Gracen war ein Schatten und versteckte sich in der Dunkelheit, wenn er konnte. Doch auch jemand wie er bedurfte des Obdachs, er benötigte Geld, manchmal sogar Helfer, die er nicht mit der Waffe zu Diensten zwingen konnte. Das hinterließ Spuren. Und Captain Apostol und mit ihr die Crew der *Scythe* folgten diesen Spuren seit drei Jahren. Für manche war es die Erfüllung einer schwierigen Pflicht.

Für Lyma Apostol war es mittlerweile eine Obsession. Im Grunde hätte sie längst von diesem Fall abgezogen werden müssen. Allein die Tatsache, dass sie ein großes Gespür für ihre Jagdbeute entwickelt hatte, einen Instinkt dafür, was er tun, wohin er sich wenden würde, hatte dafür gesorgt, dass man sie nicht mit anderen Aufgaben betreute. Doch wie so oft war ihr Instinkt wieder einmal nicht schnell genug gewesen. Drei Tote. Drei Namen mehr auf einer langen Liste von Verbrechen, die Gracen hinter sich herzog wie eine leuchtende Spur. Ein brennendes, schmerzhaftes Licht.

Es tat weh.

Sie schaute auf die drei Leichen. Verraten. Sie hatte diese Menschen verraten, wie viele vor ihnen. Sie spürte die Schuld und den Hass, wie sie sich ihren Hals hinaufwürgten, und sie holte tief Luft. Sie musste sich beherrschen. Würde sie zu viel von dem emotionalen Chaos zeigen, das in ihr tobte, mussten Inq und Snead reagieren, sie melden. Dann würde jemand anders auf die Spur Gracens gesetzt, und das hieß, dass er für immer entkommen würde.

Wenn sie ihn nicht fing, dann würde es nie jemand schaffen.

Das war eine der wenigen Gewissheiten, die Lyma Apostol in sich trug. Es war diese Erkenntnis und die daraus erwachsende Pflicht, die ihr halfen, Selbstdisziplin zu wahren.

Sie erhaschte Sneads forschenden Blick, zwang sich zu einem Lächeln.

»Es ist gut«, sagte sie leise. »Es hat mich geschockt, ja. Aber es sind nicht die ersten Toten, die ich sehe, und es werden nicht die letzten sein.«

Snead nickte langsam. Der forschende Ausdruck in seinen Augen blieb. Fünf Jahre dienten sie schon zusammen auf der *Scythe*, ein eingespieltes Team. Doch den letzten Blick in ihre Abgründe hatte sie ihm bislang verwehrt.

Daran wollte sie auch nichts ändern. Die Dunkelheit war nur für sie.

»Was haben wir?«, fragte sie, nachdem sie sich endgültig vom Anblick der Leichen gelöst hatte. Zwei weitere Mitglieder ihres Teams waren anwesend und beschäftigten sich mit tragbaren Scannern, überprüften die Möbel, jede Oberfläche, auf der sich Reste von DNA nachweisen lassen konnten, ebenso wie die Luft. Einer der beiden Ermittlungstechniker, ein schmaler Mann namens Kang, der immer leicht vornübergebeugt ging, als trage er eine schwere Last auf seinen Schultern, fühlte sich angesprochen.

»Gracen war hier, und er war unvorsichtig«, sagte er in der für ihn typischen sehr sorgfältigen und langsamen Artikulation. »Er hat nicht aufgepasst. Überall DNA-Spuren. Ich bin mir sicher, wir werden sogar richtige Hautpartikel finden. Normalerweise macht er gründlich sauber.«

»Das wollte er diesmal sicher auch«, sagte Snead, der vorsichtig einen Wandschrank geöffnet hatte und ihrer aller Aufmerksamkeit auf die beiden metallenen Kanister darin lenkte. Gracen benutzte gerne eine extrem aggressive Säure, um seine Spuren zu verwischen, eine Chemikalie, die er selbst entworfen hatte und deren Wirksamkeit unübertroffen war.

»Wir waren nicht schnell genug, um diese drei zu retten«, murmelte Snead, »aber wir waren schnell genug, um ihn überstürzt aufbrechen zu lassen. Er muss geahnt haben, dass wir ihm diesmal eng auf den Fersen waren.«

»Das ist gut«, erwiderte Apostol in dem Versuch, die positiven Aspekte dieses Fiaskos zu sehen, wenn schon nicht für sich selbst, dann für die Moral der Crew. »Er wird nervös und macht Fehler. Die Frage ist: Wohin ist er jetzt geflohen?«

»Folgt er seinem üblichen Muster, dann hat er den Planeten so schnell wie möglich verlassen. Wenn wir herausfinden, was er auf Candar gemacht hat, können wir deduzieren, wohin ihn die Reise geführt hat«, sagte nun die vierte Person. Tilla Äios war kein Mensch, und obgleich alle sie wie eine Frau behandelten, beharrte sie darauf, keine zu sein. Sie sah ein wenig so aus, humanoid, die etwas breiteren Hüften. Eine bunt schillernde Haut, in der sich die Farben des Regenbogens brachen, ein strohblonder Haarkranz um eine natürliche Tonsur.

Sie sah aber wirklich nur so aus.

Es gab so gut wie keine Außerirdischen, die sich dauerhaft im Konkordat aufhielten: Die Machtbereiche, soweit man von ihnen sprechen konnte, waren weit voneinander entfernt, und nur wenige besonders wagemutige Forscher und Einzelgänger wagten die weiten Reisen. Es gab wenig Handel – niemand hatte den anderen mehr anzubieten als oft schwer verständliche Kultur – und kaum diplomatische Kontakte. Der Weltraum war viel zu groß, um gemeinsame Interessen zu entwickeln oder um Kriege zu führen. Für die Herrschaft über eine Menge Nichts riskierte niemand sein Leben. Lagen Hunderte von Lichtjahren zwischen Einflusssphären, nahm man sich gegenseitig zur Kenntnis, tat sich nichts und ließ sich in Ruhe. Tilla gehörte nicht nur zu den Ausnahmen, sie war auch eine der ganz wenigen Außerirdischen, die sogar für das Konkordat arbeiteten. Warum sie ausgerechnet bei der Polizei mitmachte, hatte allerdings nie jemand richtig verstanden. Fragte man sie danach, antwortete sie meist in dem Sinne, dass »jemand die Arbeit ja tun müsse«.

Das galt wohl für sie alle.

»Das heißt wieder tagelange Recherchen, und er bekommt erneut seinen üblichen Vorsprung«, kommentierte Apostol diese richtige Einschätzung bitter. Es war immer das gleiche Spiel. Aber so nahe wie jetzt waren sie ihm noch nie gekommen. Er wurde manchmal nachlässig. Dessen ungeachtet verfolgte er immer noch seine »Projekte«, wie er es nannte, durch die er sich finanzierte. Das hinterließ immer Spuren. Meist war es nicht Gracens Nachlässigkeit, sondern die seiner »Geschäftspartner«, die die Ermittler wieder auf seine Fährte brachten.

Es ging immer weiter. Lyma Apostol war erschöpft. In Momenten wie diesen hätte sie beinahe nichts mehr dagegen, von diesem Fall abgezogen zu werden. Dann erinnerte sie sich an die große Anzahl der Opfer, die aus Gracen einen der größten Serienmörder des Konkordats gemacht hatten, und der Gedanke verschwand so schnell wieder, wie er gekommen war.

Aufgeben kam für Lyma nicht infrage. Es gab nichts anderes in ihrem Leben, und ihre Pflicht war klar: Gracen endlich zur Strecke zu bringen. Sie würde nicht ruhen, ehe ihr dies gelungen war.

Dabei war sie immer so, so müde.

»Alles in Ordnung?«

Snead, der kluge Beobachter. Sie musste für einen Moment ihre Gedanken in ihrem Gesicht widergespiegelt haben. Eine Närrin war sie. Nicht nur Gracen wurde nachlässig, auch sie teilte dieses Schicksal. Es durfte ihr nicht erneut unterlaufen. Snead war zu gut.

»Nein, es ist nichts in Ordnung«, erwiderte sie. »Drei Tote und Gracen auf der Flucht. Es ist absolut nichts in Ordnung.« Sie sagte es leise, nur zu ihm. Seine Moral war über alle Zweifel erhaben. Zu den Toten auf der Liste des Wissenschaftlers gehörten viele enge Kollegen, andere Ermittler, die dem Mann einmal zu nahe gekommen waren. Ein Schicksal, das auch Apostol zu blühen drohte, wenn sie nicht vorsichtig war.

»Ich habe hier was!«

Severus Inq kam auf sie zu, in seinen schneeweißen Plastikhänden trug er eine elektronische Komponente, die Apostol nicht auf den ersten Blick zuordnen konnte. Sie warf ihm einen fragenden Blick zu. Inq wusste alles. Das war sein Job.

»Biometrischer Formungsmesser«, sagte er ohne weitere Aufforderung. »Zumindest ein Teil davon. Ein Genmodifikator.«

»Verdammte Scheiße!«, entfuhr es Snead, als er das Teil in Augenschein nahm. »Er wird doch nicht ...«

Es gab immer nur schlechte Nachrichten, wenn es um Gracen ging. Diese hier aber war besonders schlecht. Sie konnte das Ende all ihrer Bemühungen darstellen, so nahe vor dem Ziel.

»Oh doch, er wird«, sagte Apostol düster. »Er will sich komplett rekonfigurieren. Aussehen. DNA. Alles. Er muss das vor langer Zeit vorbereitet haben. Und es erklärt die drei Leichen. Die Frau ist Dr. Anetha Skalkrug. Bioformerin. Eine Expertin für Gestaltumwandlungen. Ich glaube nicht, dass er die Absicht hat, sich die notwendige Erlaubnis für den Eingriff zu beschaffen. Er macht es einfach selbst.«

Gracen war ein Mörder, und er war ein Genie. Inq *wusste* vielleicht alles, der Wissenschaftler aber, der seinen Genius alleine für Straftaten einsetzte, die ihn reich und berüchtigt gemacht hatten, *konnte* alles. Er war von extremer Bildung und besaß viele Talente. Die Umformung würde für ihn, hatte er erst einmal die Ausrüstung beisammen, das geringste Problem sein.

»Nun, der Messer hier fehlt ihm«, sagte Inq.

»Das wird ihn nicht lange aufhalten«, kommentierte Kang, der seine Scans mittlerweile beendet hatte. »Wenn er den Rest des Umformers fertig hat, ist es kein Problem, das Teil zu ersetzen. Auf dem Schwarzmarkt vielleicht eine Woche, wenn er zu zahlen bereit ist.«

Gracen war bereit. Er war steinreich. Eine Woche also.

Apostol nickte.

Jetzt lief ihnen die Zeit davon, und das mehr denn je.

3

Ein guter Ort, dachte Joaqim Gracen und drehte sich langsam einmal um sich selbst. Das war kein normales Hotelzimmer. Es war ein schmuck- und fensterloser Raum, der gut sieben Meter unter der Landefläche lag, die den Raumhafen von Candar ausmachte. Manchmal zitterten die Wände, wenn ein Raumschiff direkt über ihm abhob und wenn die schweren Verladekräne sich mit ihren Füßen in den Keramikbeton bohrten. Er ertrug all dies mit Gelassenheit, denn es gab für ihn derzeit keinen Ort auf dieser Welt, der sicherer war. Und solange er diesen Planeten noch nicht verlassen konnte, musste er sich in Bescheidenheit üben.

Der Raum war groß. Auf der einen Seite fand er die Annehmlichkeiten einer Unterkunft, für die er einer höchst illegalen Schmugglerorganisation eine sehr beträchtliche Miete zahlte: ein Bett, ein Sofa, ein Nahrungsautomat, eine Toilette – alles funktional, aber nichts davon hatte Stil. Gracen bedauerte das nicht. Der fehlende Luxus erinnerte ihn daran, was er verdiente, was ihm noch fehlte und wonach er strebte, und all das fokussierte seine Aufmerksamkeit und potenzierte seine Energie. Er lebte. Er war entkommen, wenn auch knapp. Apostol war schon immer lästig gewesen. Die Verzweiflung, die sich aus ihrem beständigen Versagen speiste, machte sie zunehmend hartnäckig. Ein Dackel, der sich im Hosenbein verbiss. Gracen hatte einmal einen Dackel gehabt, er wusste, wovon er sprach. Er hatte ihm die Schädeldecke geöffnet, eine Gehirnsonde implantiert und dafür gesorgt, dass er eigenständig ein Hochhaus betrat, ein Treppenhaus emporkletterte und sich mit letzter Kraft von ganz oben in den Tod stürzte. Sein erstes Meisterstück. Elf war er damals gewesen. Seine Mutter hatte ihn bestraft.

Gracen lächelte fein. Später hatte er sie bestraft. Auch sie war gesprungen, mit einer etwas komplexeren Variante der gleichen Sonde im Kopf. Sie war fett gewesen und beim Aufprall geplatzt wie eine reife Melone. Sehr zufriedenstellend.

Auf der anderen Seite des Raums stand seine Ausrüstung. Der Formtank, die große, schneeweiße Einheit mit chromblitzenden Armaturen, sündhaft teuer, illegal, in jahrelanger Arbeit aus ihren Komponenten zusammengesetzt, ein hochkomplexes Stück Medizintechnik. Sein ganzer Stolz, sein Weg in die Freiheit. Es dauerte nicht mehr lange, dann würde er sich hineinlegen und danach wie neugeboren wieder aufstehen. Nein, korrigierte er sich. Nicht »wie«. Es würde eine wahre Wiederauferstehung sein. Joaqim Gracen würde niemals ein Grab bekommen, aber sein Ende war unausweichlich. Zu gegebener Zeit, daran erinnerte er sich, musste er sich einen neuen Namen ausdenken. Etwas Klangvolles mit Stil, abhängig von der neuen Identität, die er sich erschaffen würde. Er erwog mehrere Optionen.

Alles würde besser werden.

Gracen beendete seinen Rundblick. Er schaute auf die Uhr. Sein Kontaktmann war überfällig. Er hasste Unpünktlichkeit, wusste aber, dass die meisten Menschen ein sehr entspanntes Verhältnis zur Zeit hatten. Sie unterschätzten den Wert einer effizienten Nutzung der zur Verfügung stehenden Minuten und Stunden. Es waren alles Verschwender. Gracen hasste auch Verschwendung. Unpünktlichkeit war nichts anderes. Aber er wusste die Dummheit der ihn umgebenden Individuen zu ertragen, solange sie nützlich waren, er sogar auf ihre Hilfe angewiesen war. Er war kein Soziopath. Ein bisschen vielleicht, gut. Aber er war zu sinnvoller Interaktion in der Lage. Er konnte scherzen. Er hatte Humor. Er verstand die Menschen. Er wusste sogar, wie man Sex machte.

Er fand es nur langweilig.

Ein Signal ertönte. Der Bewegungsmelder hatte angesprochen. Gracen griff in seine Jackentasche. Der Klammerwerfer war geladen und schussbereit. Er mochte diese Waffe. Sie verschoss kleine Metallklammern, die sich in das Fleisch des Gegners gruben. Sie töteten nicht, sondern verursachten große Schmerzen, eine endlose Qual, die niemand beenden konnte: Die winzigen Roboter fraßen sich langsam und genüsslich immer tiefer in das weiche Gewebe, bis sie auf Knochen trafen. Man musste sie einzeln operativ entfernen, und meistens waren die Getroffenen vorher wahnsinnig geworden. Ein Schuss platzierte drei Dutzend auf einem Opfer, und Gracen ging gerne sicher und feuerte mehrmals. Er traf auch gut. Er hatte geübt. Er mochte es, wenn sie schrien und ihn in dem Bewusstsein anstarrten, dass diese Agonie noch schier endlos weitergehen würde. Manchmal, wenn er Zeit hatte, verabreichte er seinen Opfern ein Stärkungsmittel, das den Kreislauf anregte. So konnten sie sich nicht so einfach in die Bewusstlosigkeit verabschieden. Er hatte die Ampulle mit dem Medikament in der anderen Tasche. Hier unten, unter dem dicken Beton, würde niemand sein Opfer schreien hören.

Nein, es war nur sein Kontaktmann. Gracen beherrschte die Enttäuschung, die ihn plötzlich ergriff. Es würde sicher eine andere Gelegenheit geben. Eine Freude, die man aufschob, war umso süßer, wenn sie schließlich bereitet wurde.

Der Mann war in einen typischen Overall eines Raumhafenarbeiters gekleidet. Er hatte eine struppige Frisur, das Haar glänzte fettig. Gracen verzog sein Gesicht. Er verstand nicht, wenn Leute nicht auf ihr Äußeres achteten. Es zeigte, wie wenig Respekt sie vor sich selbst hatten. Im Grunde verdienten sie alle schon deswegen den Tod. Aber nicht dieser hier, nicht heute. Er wurde gebraucht.

»Sie sind spät«, begrüßte Gracen ihn.

»Die Wachen wurden verstärkt. Irgendein Irrer hat in der Stadt eine Familie ausgelöscht. Überall sind Streifen und Kontrollen, vor allem am Raumhafen. Es ist ein Wunder, dass ich es überhaupt so weit geschafft habe.«

Gracen nickte. Die Erklärung war akzeptabel. Er ließ den Werfer in seiner Tasche los, nicht ohne ein gewisses Bedauern, denn der Tölpel hatte ihn einen Irren geschimpft, und das nahm er ihm ein wenig übel. Gracen war überdurchschnittlich begabt. Seine geistige Stabilität befand sich auf einem höheren Niveau, und natürlich verstanden das die Dummen nicht. Für sie war er damit »irre«. Tatsächlich war er von allen der Vernünftigste. Eines Tages, das hatte er sich schon lange vorgenommen, würden sie es verstehen, und wenn nicht, dann war das nur ein weiterer Grund, den eigenen Weg über ihre Leichen fortzusetzen.

Was am heutigen Tag bedeutete, dass er die Hilfe dieses Mannes benötigte. Gracen wusste, dass er als Mensch ein soziales Wesen war. Das hieß aber nicht, dass es ihm Freude bereitete. Am liebsten, so sein Traum, wäre ihm, wenn es nur einen Menschen im Universum gäbe, und zwar vorzugsweise ihn selbst.

»Der Flug geht morgen früh«, sagte der Mann und reichte ihm ein altmodisches Ticket auf Plastikfolie, das Gracen nahm und sofort in die Tasche steckte. »Sie heißen für die Reise Jordan Gaines, und wir haben Sie schon eingecheckt. Das war übrigens nicht preiswert.«

Er sah Gracen auffordernd an. Der Mann verzog das Gesicht, unmerklich nur, aber jeder, der ihn kannte, hätte sofort alarmiert reagiert. Sein Kontakt aber sah ihn das erste Mal und war völlig gelassen.

»Ich habe 120.000 Taler an Ihre Auftraggeber überwiesen«, sagte Gracen langsam und in betonter Ruhe. »Das sollte alle Ausgaben beglichen haben und noch einen schönen Profit bringen.«

»Die Preise sind gestiegen. Der Mord hat die Sache kompliziert gemacht. Einige, die vorher die Hand aufgehalten haben, sind jetzt erst mal eine Weile vorsichtig. Tun ihre Pflicht und so. Das sorgt dafür, dass wir für manches teure Umwege gehen müssen. Vom Profit ist nicht mehr viel übrig. Ich denke, wir brauchen einen kleinen Bonus.«

Gracen war sich nicht sicher, ob der Mann mit »wir« tatsächlich seine Bosse oder sich selbst meinte, es war im Grunde auch völlig egal. Er setzte ein freundliches Lächeln auf. Jeder, der ihn näher kannte, wäre jetzt davongerannt, sein Gegenüber aber sah ihn nur erwartungsvoll an.

»Einen Bonus? Haben Sie denn alle Dokumente dabei? Die falsche ID? Die Frachtpapiere für mein Hab und Gut? Die Tarnbehälter für die Kontrollnaniten?« Sein größter Schatz, wenn man es recht betrachtete. »Die Speditionszusage?«

»Alles hier«, erklärte der Mann bereitwillig und zog einen Packen Folien hervor, mit dem er vor Gracens Nase hin und her wedelte. »Die Sachen werden in einer halben Stunde abgeholt, verpackt und verladen. Sehr zuverlässiges Unternehmen, das nicht einmal ahnt, was hier abläuft. Ehrenwert bis auf die Knochen.« Der Mann grinste verschwörerisch und mit einer Kameraderie, die in Gracen Übelkeit hervorrief.

»Das ist ja ganz wunderbar«, sagte er dann. Die folgende Bewegung hatte er tausendfach geübt, sie erfolgte geschmeidig und schnell, und niemand, der nicht im Nahkampf trainiert war, konnte etwas gegen sie ausrichten. Der Kontaktmann öffnete den Mund zu einem Protest, als der Klammerwerfer auf ihn gerichtet wurde, machte tatsächlich einen Schritt zurück – albern! – und hob abwehrend die Hände – noch viel alberner! Gracen schoss, einmal, zweimal, genehmigte sich noch einen dritten Schuss, dann sah er, wie der Getroffene schreiend und um sich schlagend zu Boden fiel. Gracen senkte die Waffe.

Die Schreie gefielen ihm gut. Der eben noch so selbstgefällige Mann stieß seine Qual in hohen Tönen aus, mit ganzer Lunge, versuchte sich die metallenen Klammern aus der Haut zu reißen. Er entwickelte beachtliche Kräfte, wie Gracen neidlos anerkennen musste. Eine der Klammern, die etwas ungünstig aufgekommen war, zog der Leidende mit urtümlicher Gewalt aus dem eigenen Fleisch, das in Fetzen dranhing. Doch seine Bewegungen wurden langsamer, als sich die anderen Klammern methodisch durch Haut und Gewebe zu fressen begannen. Dann verdrehte er die Augen, und gnädige Bewusstlosigkeit umfing ihn, während die Geschosse sich mit einem sanft knirschenden Geräusch weiter durch seinen Körper vorarbeiteten und dabei viele dünne Blutströme auslösten, die sich neben dem reglosen Leib zu einer Pfütze vereinten.

Gracen verzichtete in diesem Fall auf das Stärkungsmittel, obgleich es ihm sicher Freude bereitet hätte, alledem noch etwas länger beizuwohnen. Doch die Zeit drängte, er musste die Leiche verschwinden lassen, die Verladung seiner Ausrüstung überwachen und sich selbst für die Abreise bereit machen. Er beugte sich hinunter, nahm dem beinahe Toten die Dokumente ab und steckte sie sorgfältig ein. Der Körper vor ihm zuckte ein wenig hin und her, wenn die Klammern einen Muskel oder eine Sehne erreichten und einen Reflex auslösten. Irgendwie ein lustiger Anblick. Gracen jedenfalls lächelte, und es war diesmal aus echter Freude.

Dann trat er dem noch schwach Atmenden mit seinem Absatz auf den Kehlkopf. Ein scharfes Knacken ertönte, als er ihn mit Wucht in die Speiseröhre drückte und dabei gleichzeitig das Genick brach, ein sehr befriedigendes Gefühl, wie das Zerdrücken von Bläschenfolie.

Das erinnerte ihn daran, dass er solche nun benötigte, um seine Geräte einzupacken. Es gab noch viel zu tun. Bald würde er diese Welt verlassen. Und kurz darauf sein altes Leben.

Er freute sich schon auf das neue.

4

»Es tut mir leid.«

»Das glaube ich Ihnen sogar.«

Werftdirektor Evans von Cand starrte auf die Schreibtischplatte. Sie bestand aus einem seltenen Holz, dessen Namen er nicht kannte, glatt poliert, vor über zwei Jahrhunderten durch die sorgfältige Hand des Tischlers und seitdem von allem, was von Cand und sein Vater daraufgelegt hatten. Das Holz scheuerte nicht, es gab keine Macken und keine Streifen, es glänzte immer weiter, wie am ersten Tag. Diese besondere Eigenschaft machte es so wertvoll, und sein Vater war sehr glücklich, ja stolz gewesen, ein so schönes Möbelstück sein Eigen nennen zu dürfen. Angesichts der aktuellen Entwicklung war Evans froh, dass sein alter Herr seit vielen Jahren tot war. Er wäre nicht erfreut gewesen.

Evans war auch nicht erfreut. Nicht einmal Horana LaPaz war froh, obgleich ihr der geringste Schaden zugefügt wurde. Sie repräsentierte Holloway, Pansel & Klint, die Anwaltskanzlei seiner Firma, mit der auch bereits sein Vater enge Beziehungen gepflegt hatte. Holloway, Pansel & Klint waren ebenso tot wie der Gründer von Cand Spaceways, und die edle Tradition der Firma wurde von den drei Töchtern aufrechterhalten, von denen Horana LaPaz die Älteste war. Evans wusste es zu würdigen, dass sie sich persönlich in sein Büro begeben hatte, ein Zeichen des Respekts für einen Mann, der soeben eine schwere Niederlage erlitten hatte.

»Es ging wirklich nichts mehr?«

»Wir haben geklagt. Wir haben gewonnen. Ich habe die Vollzieher geschickt«, zählte Horana auf, und bei jedem Punkt hob sie einen schlanken, sorgfältig manikürten Finger, dessen hellbraune Haut im sanften Licht der Deckenbeleuchtung zu schimmern schien. »Wir haben uns alles angeschaut, jedes Konto, Immobilien, Wertsachen, und die Gesamtsumme, die wir ermittelt haben, liegt ziemlich genau bei 2,3 Millionen Talern.«

»Dann sind wir auf noch größere Weise betrogen worden als erwartet«, stellte der Direktor der Werft ernüchtert fest. »Ich hatte gehofft, nach dem Insolvenzurteil zumindest noch Zugriff auf gewisse Passiva zu bekommen, die wir zu Geld machen können. Aber es ist ja so gut wie nichts da. Convent schuldet uns fast 98 Millionen, Horana! Was soll ich da mit etwas mehr als zwei anfangen?«

»Sie nehmen und glücklich darüber sein, dass überhaupt etwas da ist«, erwiderte die Anwältin leise. »Convent hat nicht nur Sie an der Nase herumgeführt. Die Liste der Gläubiger ist lang. Sie stehen an erster Stelle, aber mehr haben wir letztendlich nicht erreichen können.«

»Dass wir nicht das einzige Opfer sind, ist kein großer Trost. Die eigene Dummheit schmerzt nicht weniger, nur weil man Teil einer Herde von Idioten ist.«

Von Cand presste die Lippen aufeinander, fixierte wieder die sanft reflektierende Oberfläche des Tisches. Ein edles Stück dieser Art brachte auf dem Antikmarkt gute 5000 Taler ein, wenn nicht 6000. Es war entsetzlich, dass sich ihm dieser Gedanke nun aufdrängte, denn möglicherweise würde er ihn tatsächlich verkaufen müssen, zusammen mit allem anderen. Er war beim Bau der *Unendliche Schönheit* erheblich in Vorleistung getreten, hatte den Versprechungen der Werft genauso geglaubt wie die gefälschten Sicherheiten nicht ausreichend überprüft. Nun stand er selbst mit dem Rücken zur Wand.

»Sie können immer noch die *Schönheit* verkaufen«, sagte die Anwältin mitfühlend. »Sie gehört Ihnen.«

»Ha!«, machte von Cand und schlug mit der Handfläche auf den Tisch. »Das ist eine große Hilfe. Ein Kreuzfahrtschiff. Ein gigantisches Kreuzfahrtschiff. Wissen Sie, wie die Branche aussieht? Überkapazitäten, wo man hinblickt! Ich hätte mich sofort wundern sollen, warum Convent so einen Pott auf Kiel legen wollte! Aber nein ... aber nein ...«

Von Cand seufzte. Er war gierig gewesen, die Konditionen hatten aber auch zu gut ausgesehen. Und die Linerflotte seiner Firma war alt und benötigte frisches Blut. Alles hatte so wunderbar gepasst. Zu wunderbar. Jetzt wurde ihm die Rechnung präsentiert.

»Jemand wird das Schiff kaufen. Es ist fast fertig.«

»Es ist zu drei Vierteln fertig«, korrigierte von Cand. »Wer immer es kauft, muss noch einmal kräftig draufbuttern. Was kann ich also erlösen? Wenn ich sehr viel

Glück habe, ein Viertel des Kaufpreises. Auch dann bin ich bankrott, Horana. Ich kann doch nicht einmal Ihr Honorar zahlen.«

Die Anwältin zog unmerklich die Augenbrauen hoch, und von Cand musste ihrer Selbstbeherrschung applaudieren. Das waren keine guten Nachrichten für sie, denn die Kanzlei hatte sich wirklich angestrengt. Er seufzte und drückte einen Knopf an seinem geliebten Tisch. Er konnte es doch auch nicht ändern. Besser, wenn sich alle der harten Wahrheit stellten.

»Theresa, bitten Sie Ergin herein.«

Augenblicke später öffnete sich die Tür, und ein hochgewachsener Mann mittleren Alters eilte über den dicken Teppich, nickte der Anwältin zu – man kannte sich – und nahm unaufgefordert in einem zweiten Sessel Platz. Er trug einen etwas lose sitzenden Anzug, der vor Jahren modern gewesen war, und wirkte sehr ernst. Ergin Balthus war der Chefingenieur der Ausbesserungswerft, die zu Evans' Firma gehörte. Dort konnten sie keine Schiffe von der Größe der *Schönheit* bauen, aber sie würden in der Lage sein, den Rohbau auszustatten, wenn es sein musste. Ergin war ein Mann von großer Erfahrung und Sachkenntnis und gleichzeitig der Chefkonstrukteur der *Unendliche Schönheit*, des größten Schiffes, für das er jemals verantwortlich gewesen war. Sein Stolz, den er damals ob dieser Tat empfunden haben musste, war der gleichen Ernüchterung gewichen, die auch von Cand nun fühlte, und es war dem Ingenieur anzusehen, dass ihm dies schon fast körperliche Schmerzen bereitete.

»Direktor«, sagte der Mann statt einer Begrüßung, »Sie haben Fragen?«

»Welche Summe wäre nötig, um die *Schönheit* plangemäß fertigzustellen?«, fragte von Cand.

Die Antwort kam sofort. Natürlich hatte Ergin diese Zahlen parat.

»Noch einmal sieben Millionen. Es geht im Grunde fast nur noch um die Innenausstattung, und da kann man sparen. Nicht sparen kann man an Sicherheit, Redundanz, Rettungsmaßnahmen und derlei – da gibt es gesetzliche Vorschriften, die müssen wir einhalten.«

Von Cand sah LaPaz an. »Sieben Millionen, und Ergin ist niemand, der unnötig auf die Kacke haut. Das ist eine realistische Summe. Die muss ein zukünftiger Besitzer noch einmal aufbringen, wenn er das Schiff einigermaßen ausstatten möchte. Kennen Sie eine Reederei oder eine große Werft, irgendeinen potenziellen Investor, der sich das ans Bein binden wird?«

Die Anwältin musste gar nichts sagen. Ihrem Gesichtsausdruck war die Antwort bereits zu entnehmen. Von Cand wandte sich wieder an seinen Chefingenieur.

»In was könnte man das Schiff umrüsten, Ergin? Welche anderen Aufgaben könnte es erfüllen?«

»Oh, das wird richtig teuer, egal was wir uns vorstellen«, sagte der Mann sofort. Auch darüber hatte er sich zweifelsohne bereits seine Gedanken gemacht. »Man könnte ein Hospitalschiff daraus machen, für Notfälle planetaren Ausmaßes. Doch das Konkordat unterhält bereits fünf kleinere Einheiten, und soweit ich weiß, sind sie in den letzten zwanzig Jahren nur ein- oder zweimal eingesetzt worden und sitzen sonst nur in irgendeinem Orbit und fressen Geld. Ich vermute, die Flottenautorität wird nicht einmal ernsthaft an die Übernahme der *Schönheit* denken, selbst wenn wir sie verschenken würden.« Er sah den Direktor prüfend an. »Wollen wir sie verschenken?«

»Das würde ich wirklich gerne vermeiden. Und sonst? Umbau zum Frachter?«

Ergin schüttelte den Kopf. »Das wäre theoretisch möglich, aber die Umbaukosten wären noch mal höher. Das Schiff ist in seiner inneren Stabilität darauf angelegt, als Personentransporter zu fungieren – als Luxusliner. Natürlich können wir Veränderungen vornehmen, aber die Kosten ... ich will mich nicht zu weit aus dem Fenster lehnen, aber das Doppelte sicher. Es wäre aber im jetzigen Zustand, ohne Innenausstattung, schnell zu erledigen. Das ist vielleicht ein Vorteil.« Seinem Gesichtsausdruck war zu entnehmen, dass er es nicht für einen hielt.

»Vierzehn also«, knurrte von Cand. »Und wir haben im Frachtbereich ebenfalls Überkapazitäten. Der Handel im ganzen Konkordat ist in den letzten Jahren eingebrochen, alle stöhnen sie. Niemand braucht so ein Monster.«

Ergin widersprach nicht. Er war der Technikexperte und beantwortete Fragen. Für das Geschäftliche war der Direktor verantwortlich, und man merkte an den fragenden Blicken, die der Ingenieur von Cand zuwarf, dass er an den Fähigkeiten des Mannes in dieser Hinsicht zu zweifeln begonnen hatte. Von Cand konnte es ihm nicht verdenken. Er hatte selbst Zweifel entwickelt. Aber er trug die Verantwortung, und wenn ihn sein Vater eines gelehrt hatte, dann, dass man vor dieser nicht davonrennen konnte, erst recht nicht, wenn es mal richtig schlecht lief.

»Ergin, wenn wir die *Schönheit* zurückbauen, die Anlagen verkaufen, die Hülle verschrotten, was könnte das bringen?«, fragte er nun.

Der Ingenieur verbarg seinen Widerwillen nur mühsam. Das war ein Sakrileg, eine persönliche Beleidigung. Auch nur daran zu denken, ein funkelnagelneues Schiff, ein Meisterwerk der Baukunst, einfach auseinanderzunehmen und die Teile zu versilbern, war ihm zuwider. Er bewegte die Lippen für einen Moment aufeinander, als müsse er die Worte erst zurechtkauen, um niemanden zu beleidigen, doch der indignierte, ja ablehnende Unterton war deutlich herauszuhören, als er schließlich antwortete.

»Ich schätze, etwa zehn Millionen. Das ist ja alles praktisch neu. Einiges werden die Zulieferer möglicherweise sogar direkt mit einem Abschlag zurücknehmen. Zehn Millionen.«

Von Cand sah die Anwältin an. »Das hört sich wie unsere beste Option an.«

»Es deckt nicht einmal ansatzweise die aufgelaufenen Verbindlichkeiten«, erinnerte sie ihn.

»Wir haben andere Aufträge, und ich werde die Banken um eine zusätzliche Kreditlinie bitten«, sagte der Direktor. »Wir sind noch gut im Geschäft.«

»Nicht gut genug, fürchte ich.« Sie sah fragend auf Ergin, der dem Austausch ohne Kommentar gefolgt war.

Der Direktor nickte. »Ergin ist länger in dieser Firma als ich. Wir können offen sein.«

LaPaz seufzte. »Direktor, die Zinsen alleine ... Sie werden das mit Ihren Buchhaltern noch mal besprechen, aber ich habe die Zahlen ja auch bekommen, im Zuge der Prozessvorbereitung. Selbst wenn die Auftragsbücher voll wären – und das sind sie nicht, egal was Sie erzählen –, wird es die Banken nicht überzeugen. Sie werden aufhören, gutes Geld schlechtem hinterherzuwerfen, Direktor. Sie können es versuchen, ja, aber ...«

Sie ließ das Ende des Satzes in der Luft hängen, doch von Cand wusste auch so, was sie hatte sagen wollen. Die Anwältin jedenfalls teilte seinen Zweckoptimismus nicht, und da es nur Zweckoptimismus war, er eigentlich auch nicht.

»Sie brauchen bei der aktuellen Auftragslage kurzfristig 20 Millionen, Direktor. Das ist wirklich die untere Grenze, wenn Sie sich über Wasser halten wollen.«

Sie hat ja recht, dachte von Cand. *Sie hat ja recht.*

Für einen Moment hing eine düstere Stille im Raum. Ergin fühlte sich erkennbar unwohl, und ihm war anzusehen, dass ihm weder eine gute Idee einfiel noch er etwas Tröstendes vorzubringen imstande war.

»Es ist gut«, sagte von Cand schließlich. »Ich rede mit den Banken. Schaden kann das nicht. Ergin, ich danke Ihnen.«

»Sollen wir die Arbeiten einstellen?«, fragte dieser noch im Hinausgehen.

»An der *Schönheit*? Ja, sofort. An allen anderen Ausbesserungen wird weitergearbeitet.«

Der Ingenieur nickte und ging. Von Cand starrte ihm nach und sagte dann leise: »Ein guter Mann, einer der besten. Er wird leicht eine neue Stelle finden. Man wird sich um ihn reißen.«

Um Evans von Cand aber, dessen war er sich bewusst, würden alle nur noch einen weiten Bogen machen. Wäre er dazu in der Lage, würde er selbst es genauso machen.

5

Geon hob den rechten Arm, verbiss sich den Schmerz, den die Bewegung auslöste und die in Wellen durch seinen restlichen Körper flutete. Sein Arm zitterte. Es war so anstrengend, dass ihm schlecht wurde. Doch dann sprang der Timer um, stieß den beruhigenden, sanften Laut aus, auf den Geon gehofft hatte, und er konnte das geschwächte Körperglied wieder auf die Bettkante sinken lassen.

Dreißig Stunden. Wieder dreißig Stunden.

Saim stand neben ihm und schaute auf den Liegenden herab, die beiden großen, pupillenlosen Augen fixierten den ausgemergelten Leib. Er hatte Geon bei seiner Bewegung nicht geholfen, natürlich nicht. Hätte er es getan, der Timer wäre nicht umgesprungen und Geons Zeit wäre ebenfalls abgelaufen. Die Grauen Träger wären gekommen, hätten dem Schwächling eine Dosis verabreicht, seinen Tod abgewartet und ihn dann entsorgt. Saim hätte Geon keinen

Gefallen getan. Und wäre dann ob der unerlaubten Hilfe bestraft worden.

Er hätte es auch gar nicht gewollt. Der dünne, fast lippenlose Mund verzog sich ärgerlich, als er Geons Kraftanstrengung beobachtete. Am liebsten, das wusste der Erkrankte, hätte Saim ihm den Arm fortgeschlagen, doch das wäre wiederum Mord gewesen, und auch das wurde sofort und unnachgiebig gesühnt. Saim hatte nur tatenlos zusehen können, wie Geon sein Leben ein weiteres Mal verlängert hatte, weitere dreißig Stunden wertvolle Ressourcen verbrauchte, Luft wegatmete, Nahrung zu sich nahm – wenig genug, wie jeder einräumen würde, der den Liegenden betrachtete – und vor allem seine Position behielt. Eine Position, auf die Saim aus war, dessen Ungeduld wie ein übler Geruch aus jeder Pore seines Körpers zu dringen schien.

Geon sah Saim an, wie er sich mühsam beherrschte, und allein dieser Anblick gab ihm Energie für dreißig Stunden. Er konnte sich jetzt ausruhen, seine Kräfte sammeln, um dann erneut zu versuchen, die vorgeschriebene Mindestbewegung zu schaffen, etwas mehr Zeit zu gewinnen, nur ein weiteres Mal. Eine weitere Frustration für seinen Konkurrenten. Noch einmal dreißig Stunden Frieden.

Es war nicht so, dass Geon große Angst vor dem Tod hatte. Das physische Ende war für alle Mitglieder seines Volkes etwas Beiläufiges, und innerhalb der reisenden Sphäre waren Leben und Tod ohnehin etwas, deren Grenzen immer wieder verschwammen. Aber Saim als Mitglied des Obersten Siegels, mit all seinen verrückten Plänen und gefährlichen Ansichten – Geon durfte nicht einfach aufgeben, er musste es so lange hinauszögern, vor allem jetzt, wo ein weiterer Stopp bevorstand und, wenn alles lief wie erwartet, eine weitere Aufnahme.

Begrenzte Ressourcen würden langfristig noch begrenzter werden. Ein Konflikt war unausweichlich. Geschichte wiederholte sich, ein Zyklus endete. Doch man wusste nie, wer aus einem solchen Konflikt als Sieger hervorging und wie viele Opfer tatsächlich unausweichlich waren. Die Dinge liefen derzeit sicher ungünstig. Und das galt leider vor allem für Geons krebszerfressenen Leib, der ein einziger permanenter Herd unglaublicher Schmerzen war. Was ihn genau noch am Leben hielt, wusste er manchmal auch nicht. Saim war anzusehen, dass ihm das ebenfalls ein großes Rätsel war.

»Warum gibst du nicht auf? Du quälst dich ganz unnötig«, sagte er leise. Er hatte recht. Selbst wenn Geon noch ein paarmal den Arm hob und den Timer auslöste, am Ende würde er nicht mehr stark genug sein.

»Du weißt, warum.«

»Du bist ein alter Narr, Geon. Deine Krankheit vernebelt deine Sinne.«

»Ein Narr und alt, ja. Aber nicht halb so närrisch wie du, Saim, der du gesund bist und jung. Ich frage mich, wie derangiert du sein wirst, erreichst du erst meine Jahre.«

»Ich habe vor, nicht so lange zu leben.«

»Das ist die erste gute Nachricht des heutigen Tages.«

Saim war nie sonderlich subtil gewesen, und Geon verschwendete keine Diplomatie an ihn. Geon wusste, dass das ohnehin eine Eigenschaft war, die hier wenig Verbreitung fand, im ganzen Rat der Kooperation nicht und bestimmt nicht bei der Siegelfraktion, die schon seit Jahren Oberwasser hatte. Er warf es dem Jüngeren nicht vor. Saim machte eine unbewusste automatische Handbewegung, als er seinen

Timer berührte, der vorschriftsgemäß hinten auf seinem Gürtel saß. Das beruhigende Geräusch der Auslösung erklang. Weitere dreißig Stunden für Saim.

Die Zählung begann mit der Geburt, und in den ersten sechzehn Jahren reaktivierten sich die Timer automatisch. Erst danach musste jeder darauf achten, die eigene Lebenszeit zu verlängern, um unter Beweis zu stellen, dass er zu eigenständiger motorischer Bewegung in der Lage war. Wer dies unterließ, wurde sofort getötet, entweder wie Geon auf dem Sterbebett oder wie Saim – dem eine solche Unachtsamkeit natürlich niemals passieren würde – durch den Timer selbst, der seine Injektionsnadeln mit tödlicher Unerbittlichkeit in das Rückenmark seines Trägers stoßen würde. Es war dieser bedingungslose Wille zur Selbstaufopferung, der Geons Volk vor langer Zeit die Vormachtstellung im Rat verschafft hatte. Dies und die Tatsache, dass sich die Eldidi nun einmal vermehrten wie die Karnickel.

Der Timer war ihr aller Schicksal. Er begleitete sie und bestimmte ihre Existenz. Die permanente Drohung mit dem Tod schärfte die Sinne und zwang einen, die zur Verfügung stehende Zeit bewusst zu leben. Sie war ein Fluch und ein Segen.

Saim wandte sich wortlos ab und verließ das Krankenzimmer. Er hatte darauf gehofft, Zeuge von Geons Ableben zu werden, doch jetzt musste er wahrscheinlich weitere dreißig Stunden warten, sollte der Alte nicht zwischendurch aus sehr natürlichen Gründen verscheiden. Geon war sich sicher, dass Saim kurz vor Ablauf der Frist wieder hier sein würde, um ihm beim Verrecken zuzusehen. Jeder hatte seine Obsessionen, und Geon war die des Saim, der schon viel zu lange darauf wartete, seine Position einnehmen zu dürfen.

Aber jetzt noch nicht.

»Ich möchte mit Riem sprechen«, sagte Geon leise. Sein Wunsch wurde sofort aufgenommen und kommuniziert. Über Geons in stützende Kissen gebettetem Kopf erschien das holografische Abbild Riems, der Geon nicht mit der gleichen Feindseligkeit musterte wie Saim. Riem war ein Verbündeter, ein Freund, und er würde leiden, wenn Geon starb. Sein Leid würde sogar recht lange andauern, denn der stellvertretende Kommandant der *Lian* und damit automatisch Stellvertreter Geons war noch jung, fast so alt wie Saim, und er hatte seinen eigenen Ehrgeiz, dessen Erfüllung jetzt erkennbar auf der Kippe stand.

»Geon. Dreißig Stunden?«

»Mit Mühe.«

»Was kann ich für dich tun?«

»Schenke mir Kraft für eine weitere Bewegung.«

Riem lächelte freudlos. »Mit Vergnügen, wenn ich nur wüsste, wie.«

»Wie ist der Status?«

Geon fühlte sich besser, wenn er sich seinen Pflichten widmen konnte. Es war, als würde seine Krankheit dann in den Hintergrund treten und seine Aufmerksamkeit fokussieren. Selbst an Saim mochte er dann nicht mehr denken. Der Rivale war natürlich eine stete Präsenz im Hintergrund, und das war ja auch seine Funktion. Jeder Ratsvorsitzende der Kooperation hatte einen offiziellen Rivalen, einen Schatten, jederzeit bereit, die frei werdende Position zu übernehmen, eine potenzielle Nemesis wie der Timer. Man musste wirklich sehr auf sich aufpassen, wenn man eine Position wie diese innehatte, und Geon, der Kommandant und unumschränkte Herr an Bord des alten Schiffes und Ratsherr seit Geburt, sogar ganz besonders.

»Der Transfer ist wie immer ungnädig zu allen Systemen. Ich habe gehört, dass es bei den Unifer Tote gegeben haben soll. Integritätsmangel. Wir werden sicher mehr davon hören, sobald die Reise ein Ende hat.«

»Die Unifer hat es schon beim letzten Mal übel getroffen«, murmelte Geon. »Und niemand kann ihnen helfen. Ich möchte, dass ein Rettungsteam sich vorbereitet, sodass wir jemanden schicken können, wenn alles vorbei ist.« Es war möglich, während des Transfers innerhalb der Sphäre zu reisen, aber es gab ein Tabu, was das anging, und zu viele hielten sich nicht zuletzt aus Bequemlichkeit daran. Warum sollte man den Unifer helfen? Weniger Esser waren doch eine gute Sache!

»Saim hat bereits sein Veto dagegen eingelegt. Er meinte, es handele sich um verschwendete Ressourcen. Die Unifer seien ohnehin am Ende, und bald gäbe es keine mehr von ihnen.«

Natürlich hatte sein Rivale absolut recht. Das Volk der Unifer hatte das Glimmerfeld vor mehr als dreihundert Standardzyklen betreten, und es war ein Unfall gewesen, wie bei so vielen. Sie waren von Anfang an wenige gewesen und im Grunde nicht vorbereitet auf das, was dann auf sie zugekommen war. Ihre Zahl schwand seitdem stetig. Aber sie waren niemals mutlos gewesen, niemals gehässig wie Saim, und sie hatten geholfen, soweit sie dazu in der Lage gewesen waren. Genauso wie die Eldidi selbst, jedenfalls unter dem Kommando Geons. Und solange er in der Lage war, seine Hand zu heben und den Timer zu berühren, würde das auch so bleiben.

»Du hast deine Befehle«, sagte Geon leise. »Ein Rettungsteam steht bereit, sobald der Transfer vorbei ist, und wir helfen den Unifer, wenn sie darum bitten.«

»Dein Befehl wird ausgeführt.«

»Gibt es Hinweise darauf, wie lange es diesmal dauert?«

Riem machte eine Geste der Ratlosigkeit. »Wir haben sich widersprechende Projektionen, aber unsere Rechner sind auch nicht die besten. Sollen wir eine Prognose von den Thal kaufen?«

»Wie ist der aktuelle Kurs?«

»Drei Energieeinheiten.«

»Die halten diesmal ganz schön die Hand auf.«

Riem lächelte. »Die Thal stehen auch vor einem neuen Zyklus. Wenn es Zeit für die Häutung ist, ziehen die Preise an, da sie dann ihr großes Fest feiern. Soll ich die Projektion kaufen?«

»Nein, das wäre Geldverschwendung. Wir werden es merken, wenn wir da sind, und wir haben ja ohnehin keinerlei Einfluss auf die Dauer unserer Reise. Danke, Riem. Informiere mich, wenn es etwas Neues gibt. Und … Riem!«

»Ja, Vorsitzender?«

»Schau hin und wieder nach meinen Lebenszeichen. Du solltest gewarnt sein, wenn ich sterbe, damit du Saim aus dem Weg gehen kannst. Ich glaube nicht, dass er dich auf deinem Posten belässt, wenn es so weit ist.«

»Das glaube ich auch nicht. Ich werde wachsam sein.«

Das Hologramm erlosch, und Geon schloss sein Hauptauge, dessen Ränder wieder zu brennen begonnen hatten. Es war nie eine gute Zeit zu sterben, es blieb immer so viel zu tun, und niemals waren jene, die nach einem kamen, adäquat. Aber diesmal, so kam es ihm vor, war es besonders schlimm. Er entsann sich nicht, dass er beim Tode seines Vorgängers den gleichen Unfrieden, die gleiche Angst in der Haltung des Alten gesehen hatte, wie er sie jetzt empfand.

Für die Probleme, die er erwartete, gab es natürlich eine gute, eine sehr naheliegende Lösung.

Er durfte einfach nicht sterben.

6

»Kommen Sie hier herein, beide. Danke, dass Sie überhaupt so schnell hierhergekommen sind.«

»Es war eine Bitte, der man nur schwer widerstehen konnte.«

Houten lächelte Jordan an, dann Elissi, die ihn einfach nur an- oder auch an ihm vorbeistarrte, denn sie betraten die Kommandozentrale der Autorität, und das war ein Anblick, den man erst mal auf sich wirken lassen musste. Der kuppelartige Raum wurde dominiert durch eine gigantische Projektion, die in Form eines Balls in der Mitte schwebte, auf dem Boden umgeben von einem Kranz an Kontrollpulten, über denen weitere Bedienelemente schimmernd in der Luft schwebten. Der Ball zeigte das Konkordat, den umliegenden Raum, die bekannten Konstellationen der wenigen außerirdischen Siedlungsgebiete, dazwischen dunkle Lücken von vielen Lichtjahren. Irgendwann verlor sich die Datendichte, vor allem in die Richtungen, in die die Explorersonden noch nicht vorgedrungen waren. Das Konkordat kooperierte hier mit den Alienzivilisationen, eines der wenigen Felder, in denen es ein echtes, gemeinsames Interesse gab. Der ständige Austausch von Explorationsdaten, von aufgefangenen Signalen und neu entdeckten Konstellationen, war Aufgabe der Autorität. Und so war es auch nicht verwunderlich, dass sich hier, wo all diese Datenströme zusammentrafen, nicht nur Menschen befanden, sondern auch Wissenschaftler anderer Zivilisationen, die Jordan mit staunendem Blick betrachtete. Er hatte nie zuvor einen Alien gesehen, nur auf Bildern, gelehrt in der Schule, aber nie in Person. Er war ein wenig überfordert mit der Fülle an Eindrücken, die hier auf ihn einprasselten, und schaute Elissi sorgenvoll an. Doch diese starrte allein auf die Projektion, schien die Darstellung förmlich in sich aufzusaugen. Das war alles, was sie interessierte, und deswegen war sie auch so gut in dem, was sie tat.

Houten schaute sie an. Wunderte er sich? Viele wunderten sich über Elissi, und nicht alle kamen gut damit zurecht.

»Hier entlang. Wir haben einen Raum vorbereitet, es gibt auch einige Erfrischungen.«

Wenn Jordan eines nicht hatte, dann Hunger. Das hochmoderne Kurierschiff, das sie wie angekündigt abgeholt hatte, war nicht irgendein enger Schnellkreuzer gewesen, sondern die Variante für Führungspersonal, mit einer kleinen Lounge, einer Bar, einem hochmodernen Nahrungsautomaten, zwei Schlafkabinen mit sehr komfortablen Betten und einem Panoramafenster, das einem den Eindruck vermittelte, im Weltall zu stehen, wenn man sich davor platzierte. Was Elissi fast die ganze Reise über getan hatte, wenn Jordan sie nicht förmlich dazu gezwungen hatte, etwas zu essen oder sich einmal hinzusetzen. Der gut siebenstündige

Flug jedenfalls hatte sie nicht erschöpft, sie waren nicht verhungert, es hatte aber auch niemand ihre Fragen beantwortet. Dreimal hatte der Pilot mit ihnen gesprochen, ein sehr freundlicher Mann, doch mehr als Angaben zur Flugdauer hatten sie nicht aus ihm herausbekommen.

Dann waren sie gelandet, direkt neben dem Turm des Wissens, an dessen Seite das Symbol der Autorität schimmerte: eine menschliche Hand, die sich von einer stilisierten Planetenoberfläche dem Sternenhimmel entgegenstreckte. Offiziell hieß sie Suchende Hand. Inoffiziell trug sie respektlose Bezeichnungen wie »Sternengrapscher« oder »Ertrinkender Astronaut«. Jordan mochte Suchende Hand aber lieber.

Nach ihrer Landung waren sie sofort hierher in den Turm gebracht worden. Jordan hatte die Millionenstadt, in der die Autorität ihren Sitz hatte, nur aus dem Fenster eines Gleiters sehen können, und allein das war für ein Provinzei wie ihn sehr beeindruckend gewesen. Er verspürte eine plötzliche Sehnsucht, hier bleiben zu dürfen, nie mehr zurückkehren zu müssen und damit sich selbst von unsichtbaren Fesseln zu befreien, die ihn von dem abhielten, was er zu tun beabsichtigte.

Ein intensiver, aber flüchtiger Wunsch.

Als sie den modern eingerichteten Konferenzraum betraten, wurden sie schon erwartet. Fünf weitere Männer und Frauen erhoben sich von ihrem Platz, und Jordan fühlte sich eingeschüchtert. Es war eine sehr ehrwürdige Runde, die Namensschilder voller akademischer Titel, von denen er nur träumen konnte, und niemand auch nur in der Nähe des Lebensalters, das Elissi und er repräsentierten. Dennoch fehlte es den Blicken an Spott oder gar Verachtung, ein schöner

Kontrast dazu, wie Professor Bell mit ihnen umgegangen war. Man nahm sie ernst. Das kam nicht völlig unerwartet, aber doch überraschend genug, dass Jordan kaum mehr als eine gemurmelte Begrüßung herausbekam. Ihnen wurden zwei Sitzplätze zugewiesen, und Houten schien die Rolle eines Moderators zu übernehmen.

Wenn Jordan die Vorstellungsrunde richtig verstand, waren die Anwesenden allesamt Wissenschaftler, und alle schienen gleichermaßen neugierig wie beunruhigt zu sein.

»Ich weiß«, begann Houten und lächelte die jungen Gäste an, »dass das alles für Sie etwas schnell gegangen ist. Ich möchte Sie beide nicht überfordern, aber bevor wir anfangen, müssen Sie das hier unterschreiben.« Er legte beiden je ein Computerpad vor, auf dem ein Formular flimmerte.

»Was ist das?«, fragte Jordan leise.

»Eine Verschwiegenheitserklärung. Sie verpflichten sich, über alles hier absolutes Stillschweigen zu bewahren, solange Sie nicht von der Autorität von dieser Verpflichtung entbunden wurden. Wir können nur weitermachen, wenn Sie das unterzeichnen. Sie werden später verstehen, dass es notwendig ist. Wir machen das nicht, um Sie zu schikanieren oder zu bedrohen. Es werden sich für Sie beide große Chancen ergeben, wenn wir dieses Gespräch fortsetzen. Chancen, die Sie möglicherweise vorher nicht gehabt hätten.«

Jordan dachte an den Moment, in dem er einen langen Blick auf die Skyline, auf den Raumhafen und das imposante Gebäude der Autorität geworfen hatte. Er vergegenwärtigte sich die ruhige Selbstsicherheit der Anwesenden, diese Ausstrahlung von Kompetenz, und seine Sehnsucht dazuzugehören. Wie ein Schmetterling, der aus dem Stadium der

Verpuppung freibrach und seine Flügel entfaltete. Jordan war bereit, dafür fast alles zu tun, und wenn es jetzt erst einmal nur war, den Mund zu halten ...

Er unterschrieb, sah auf und merkte, dass Elissi es ihm gleichgetan hatte. Verschwiegenheit entsprach ohnehin ihrer Natur.

»Danke«, sagte Houten und sammelte die Pads wieder ein. Er holte tief Luft, dann fuhr er fort: »Sie werden sich bereits denken, warum Sie hier sind. Es geht um Ihrer beider Beobachtung, die Sie dankenswerterweise der Autorität gemeldet haben. Egal, was Ihnen Ihr ungnädiger Professor gesagt hat: Das war kein Fehler, es war nicht voreilig, und es war nicht schädlich, sondern ganz im Gegenteil. Sie haben einen ersten Blick auf etwas geworfen, das wir seitdem mit weitaus größeren Ressourcen beobachtet haben, und Sie haben das Recht, nicht nur mehr zu erfahren, sondern – entsprechend den Statuten der Autorität – auch an allen weiteren Forschungen beteiligt zu werden.« Er sah Jordan prüfend an. »Ich vermute, dass das Ihren Wünschen entspricht.«

»Das tut es ohne Zweifel«, sagte Jordan mit fester Stimme und stieß Elissi an, die nicht mehr tat, als zu nicken. Erwartungsgemäß nahm sie die Sache mit der Verschwiegenheit zu ernst und drängte ihn daher in die Rolle ihres Sprechers. Das war nichts, womit er sich wohlfühlte. Die ganze Sache war ihre Idee gewesen. Ihr sollte der Ruhm gelten. Dumm nur, dass sie sich so gar nichts daraus machte.

»Wir haben«, sagte Houten, und der Raum wurde plötzlich dunkel, »unsere Augen in die Richtung gewendet, die Sie uns gezeigt haben.« Über dem Tisch erschien eine Holografie, die erst einmal nur wiedergab, was Jordan schon kannte: die Aufnahmen, die Elissi gemacht hatte und die der Auslöser für ihre plötzliche Reise gewesen waren.

»Wir haben nicht nur alle verfügbaren Teleskope eingesetzt, sondern auch drei Deep-Space-Sonden, die in dieser Richtung operierten, umgeleitet. Alte Aufzeichnungen wurden durchsucht, um den Zeitpunkt zu bestimmen, zu dem das Objekt auftauchte. Wir haben es auf etwa sechs Monate eingrenzen können. Es ist also tatsächlich neu, und es bewegt sich.«

Ein weiteres Bild erschien, diesmal mit einem weitaus schwächeren Flecken, vor dem Hintergrund kaum auszumachen.

»Ein älteres Bild, generiert aus den Daten, die wir routinemäßig in dieser Ecke der Galaxis machen, die aber nie systematisch ausgewertet wurden. Vor etwas mehr als sechs Monaten war das Objekt noch rund 4500 Lichtjahre von hier entfernt. Dann verschwand es und tauchte in der bekannten Position wieder auf, die Entfernung auf etwa 750 Lichtjahre geschrumpft. Verlängern wir die Flugrichtung und gehen wir von der gleichen Distanz aus, könnte das Objekt, sollte es seine Reise mit einem entsprechenden Zwischenstopp unterbrechen, im Herzen des Konkordats auftauchen.«

Houten ließ das Hologramm verblassen und schaute Jordan auffordernd an. Der Student erwiderte den Blick verwirrt. Wurde von ihm ernsthaft eine Stellungnahme erwartet? Bereits diese kurzen Ausführungen enthielten mehr Informationen, als er bis eben selbst besessen hatte.

»Spektralanalyse«, sagte dann Elissi, mit einem leicht fragenden Unterton.

Houten nickte. »Genau. Das Ding strahlt Energie ab, und wir gehen derzeit davon aus, dass diese Emissionen keines natürlichen Ursprunges sind. Das entspricht dann ja auch der Fortbewegung. Es muss sich um so etwas wie ein Raumfahrzeug handeln.«

»Sehr groß dafür«, sagte Elissi leise. »Wie groß genau?«

»Da haben wir eine recht ordentliche Schätzung. Der Durchmesser beträgt mindestens 12.000 Kilometer und es hat Kugelform, zumindest grob.«

»Gut 904 Milliarden Kubikkilometer«, sagte Elissi und alle – außer Jordan – sahen sie mit dem Ausdruck leichter Verwunderung an. Elissi war so. Kopfrechnen konnte sie auch ohne aufwendiges Implantat. Jordan lächelte stolz. Er mochte es, wenn sie andere beeindruckte, auch deswegen, weil es ihr so herzlich egal war und sich einfach mal jemand für sie freuen musste.

»Was genau veranlasst Sie zu der Annahme, dass das Volumen des Körpers von Interesse sein muss?«

»Es ist etwas darin.«

Houten sah sie verwundert an. Elissi kam oft schnell mit Hypothesen, was viele verwirrte.

»Vielleicht, ja. Wir wissen noch nicht, ob es massiv ist oder nicht. Wenn es sich tatsächlich um ein Raumfahrzeug handelt, dann könnte es viel kleiner sein und das Phänomen eine Art Schutzfeld oder ein Produkt des Überlichtantriebs, der ja zweifelsohne vorhanden ist. Solange wir darüber keine Gewissheit haben …«

Houten ließ den Rest des Satzes im Raum hängen und sah Elissi weiter an, doch die schaute nur direkt nach vorne, ganz in ihre eigenen Gedanken versunken. Er merkte, dass kein weiterer Kommentar von ihr kommen würde, verkniff sich offenbar gerade noch ein Achselzucken und fuhr fort.

»Das Objekt ist immer noch zu weit entfernt, um genauere Angaben machen zu können. Wir wissen nicht, wann es sich auf die Reise in unsere Richtung machen wird und ob nicht ein Kurswechsel bevorsteht. In jedem Falle aber wurden wir vom Konkordat angewiesen, das Objekt zu untersuchen, vor allem im Hinblick auf die Frage, ob es sich um eine mögliche Bedrohung handelt. Wir haben auch die anderen Regierungen außerirdischer Zivilisationen über alle Details in Kenntnis gesetzt. Wir möchten mögliche Missverständnisse vermeiden, soweit es geht.«

Er sah Jordan an.

»Wir haben das Explorationsschiff *Montgomery Scott* ausgerüstet, und es steht im Orbit bereit für den Fall, dass das Objekt in das Gebiet des Konkordats eindringen sollte.«

»Was ist mit Sicherheitskräften?«, fragte ein Mann, sicher der Älteste in der Gruppe. Jordan sah ihn stirnrunzelnd an. Wovon sprach der Wissenschaftler genau? Es gab doch gar kein Militär.

»Die Regierung ist bereit, die zentralen Polizeikräfte zusammenzuführen, und erwägt auch, einige der alten Kreuzer zu entmotten. Jedenfalls wurden entsprechende Vorbereitungen getroffen.« Houten klang nicht besonders enthusiastisch. »Es wird aber über symbolische Aktivitäten nicht hinausgehen. Das Konkordat wurde niemals von außen bedroht, und wir verfügen über keine aktiven Streitkräfte. Seit den Kolonialkriegen vor zweihundert Jahren kommen wir auch alle ganz gut intern miteinander aus. Wir haben im Zweifelsfalle nichts, was wir einem Gegner entgegenstellen könnten.«

»Möglicherweise ein Fehler«, knurrte der Alte. Jordan las den Namen auf dem Schild, das dieser an der Brust trug:

Soedewind. Bei Jordan klingelte es da. Er musste einmal etwas aus seiner Feder gelesen haben. Das war nicht ungewöhnlich. Houten hatte sicher einige Koryphäen hier versammelt. Dass diese mitunter in politischen Fragen nicht einer Ansicht waren, überraschte gleichfalls nicht. Wissenschaftler waren sich ohnehin selten über irgendwas einig, von der Natur Schwarzer Löcher angefangen bis hin zur richtigen Beilage für das Mittagessen. Jordan hatte zumindest diese eine Erfahrung schon recht früh in seiner Studienzeit machen dürfen.

»Möglicherweise«, sagte Houten. »Sie können sich ja für das Konkordat aufstellen lassen, mein Freund. Ihre Ansichten werden zumindest kurzzeitig sicher an Popularität gewinnen. Angst hat schon so manche politische Karriere beflügelt.«

Soedewind grunzte etwas.

Houten sah Jordan und Elissi entschuldigend an. »Kehren wir doch zu dem zurück, was wir realistischerweise erreichen können. Ich lade Sie beide ein, sich an der Expedition der *Scott* zu beteiligen. Sie haben sich das Recht dazu erworben – aber es ist keine Verpflichtung. Alternativ können Sie beide hierbleiben und sich mit der Analyse befassen, wie wir alle. Sie haben die Wahl. Ich habe mir Ihre Resultate angesehen. Sie sind im letzten Studienjahr, und Ihre Leistungen sind gleichermaßen beeindruckend.«

Jordan wusste, dass das eine sehr höfliche Umschreibung war. Er war ein fleißiger und aufmerksamer Student, so weit mochte er Houten folgen, und seine Ergebnisse waren überdurchschnittlich. Aber er spielte nicht in Elissis Liga, das tat ohnehin kaum jemand. So gesehen waren sie »gleichermaßen« beeindruckend, allerdings nur, wenn man unterschiedliche Maßstäbe anlegte. Doch wer war er, das jetzt in aller Öffentlichkeit zu diskutieren?

Er sah Elissi an. Er kannte sie gut genug, um in ihr lesen zu können. Wenn sie Emotionen zeigte, dann klar und unverfälscht. Sie konnte nicht lügen, weder in Worten noch in Taten. Deswegen mochte er sie so, neben der Tatsache, dass sie einen wunderbar geschwungenen Mund hatte. Elissi war ohne einen Anflug von Falschheit und ohne jede Eitelkeit. Sie war so erfrischend sie selbst, so verlässlich ehrlich und eindeutig, es war ein Wunder, dass sie überhaupt existierte. Die junge Frau sah ihn an, nickte unmerklich. Ja, er war immer noch ihr Sprecher. Das war weniger als das, was er sich von ihr erhoffte. Aber besser als gar nichts. Und die stumme Botschaft war eindeutig gewesen.

»Wir nehmen das Angebot an«, sagte er fest.

Houten nickte, blickte auf Elissi. Er wollte es auch von ihr hören. Jordan sah, wie sie sich überwinden musste, die Lippen öffnete, die makellosen Zähne entblößte und dann leise sagte:

»Ja.«

7

»Verschwunden.«

»Ich will das Wort nicht hören.«

»Verschwunden. Verschwunden. Verschwunden.«

»Du bekommst gleich großen Ärger.«

Lyma Apostol sah Inq strafend an. Der Androide war durchaus in der Lage, seinen Mitwesen auf die Nerven zu fallen. Die psychologischen Routinen, die im Verlaufe seiner langen Tätigkeit durch empirische Werte immer mehr verfeinert wurden – seine Version von »Menschenkenntnis« –, erlaubten es ihm, Besatzungsmitglieder der *Scythe* zu ärgern, zu provozieren und zu erheitern. Mit Letzterem hatte er wenig Glück: Humor war eine komplexe Sache und überstieg manchmal auch sein Verständnis. Er kannte ein paar sehr gute Witze. Aber darum ging es hier nicht. Er sah es offenbar als seine Aufgabe, die Kommandantin aus dem brütenden Schweigen zu wecken, in das sie seit ihrer Rückkehr auf die *Scythe* und ihrem Start von dem Ort ihrer letzten Niederlage gefallen war. Inq hatte sie wahrscheinlich eine Weile genau beobachtet und war dann zu dem Schluss gekommen, dass ein Gespräch über ihre Nemesis helfen würde. Vor allem, wenn er sie möglichst brüsk darauf hinwies, dass alle Grübelei nichts daran ändern würde, dass Gracen schlicht abgehauen war und sie mal wieder nicht wussten, wohin.

»Er wird sich das fehlende Ersatzteil besorgen und der Molekularumwandlung unterziehen«, sagte Apostol. »Er kann jeder sein. Wenn er sein Ego unter Kontrolle hält, wird er so gut untertauchen können, dass uns nur noch ein Zufall helfen kann.«

»Sein Ego lässt kein friedliches Leben als Farmer auf Rhode VI zu«, sagte Inq leise. »Er ist ein Genie, und seine höchste Lust ist es, diese besondere Fähigkeit, sein umfassendes Wissen auch einzusetzen. Er kann sich vielleicht eine Weile zurückhalten, um Ruhe einkehren zu lassen. Dann aber wird er irgendwann wieder nach oben getrieben, und egal, was er vorhat: Er benötigt Ausrüstung, Geld, sogar Mitarbeiter. Die letzten drei Laboratorien, die wir gefunden haben, standen voller sündhaft teurer Spezialgeräte, und er umgibt sich auch nicht mit Amateuren. Da arbeitet keiner für die Ehre oder weil er schlicht genauso wahnsinnig ist wie er. Geld aber kann er auf legalem Wege kaum bekommen, also muss er wieder einen Coup landen.«

»Neue Identität, Inq«, erinnerte ihn Apostol. »Er ist intelligent. Er wird die alten Fehler nicht wiederholen. Natürlich kann er seinen Leidenschaften dann erst einmal auch legal nachgehen. Er benötigt falsche Papiere und Zeugnisse, und wir beide wissen, dass er ganz genau weiß, wie er drankommt. Mit seinen Qualifikationen wird kein Arbeitgeber noch lange Fragen stellen. Einer der großen interstellaren Konzerne vielleicht? Die machen genug eigene schäbige Sachen. Gracen wird wunderbar hineinpassen. Vielleicht nicht für immer, da hast du recht. Wenn sein Ego nicht genug gefüttert wird – ja, dann hat er irgendwann genug. Aber bis dahin können Jahre vergehen. Unterschätze ihn nicht!«

Sie holte tief Luft. »Ich kann keine Jahre warten. Ich bin der Jagd müde, Severus. Ich benötige ein Ergebnis, sonst habe ich in Kürze ein sehr großes Problem mit *meinem* Ego. Das ist nicht so schlimm wie bei Gracen, aber schlimm genug.«

Inq sah sie an, seine Routinen suchten wahrscheinlich nach der richtigen Antwort. Lyma Apostol hatte keine schwache Persönlichkeit, ganz im Gegenteil. Aber es waren gerade die starken, selbstbewussten und energiegeladenen Menschen, die richtig in sich zusammenbrachen, wenn der Punkt erreicht war, an dem sie nicht mehr konnten. Für sie war der Umschwung dann besonders abrupt, sehr schmerzhaft, und er verletzte sie dauerhaft. Wieder zurück zur alten Form zu finden, stellte dann eine besondere Herausforderung dar. Inq war die ständige innere Anspannung Apostols ganz sicher nicht entgangen. Und jetzt, in diesem Moment, erkannte er wohl, wie nahe sie die ganze Zeit daran gewesen war, endlich genug zu haben, ein Scheitern einzugestehen und alles hinzuwerfen.

Was, wie der Androide auch wusste, eine gigantische Verschwendung eines unschätzbaren Talents wäre.

»Wir geben nicht auf.«

»Darum geht es nicht.« Sie sah Inq an. Ihre Augen waren rot, sie hatte viel zu lange nicht geschlafen. »Es ist doch eine Frage der Effizienz. Wir setzen seit Jahren immer mehr Energie ein, um immer näher an Gracen heranzukommen. Wir haben es beinahe geschafft. Und jetzt droht uns die Gefahr, dass wir wieder ganz von vorne beginnen müssen. Vielleicht ist das ein guter Zeitpunkt, dass jemand anders die Verantwortung übernimmt.« Sie senkte ihre Stimme. »Ich habe wirklich alles gegeben. Die ganze Crew, jeder Einzelne. Aber irgendwann ist es auch mal gut, weißt du?«

»Du brauchst Urlaub.«

»Ich brauche mehr als nur das. Ich brauche möglicherweise tatsächlich eine ganz andere Aufgabe. Soll sich jemand anders um diesen Mann kümmern. Vielleicht jemand mit neuen Ideen, dem etwas wirklich Gutes einfällt. Ich bin möglicherweise mittlerweile so betriebsblind, dass ich gar nicht mehr erkenne, wie vernagelt ich eigentlich agiere. Gracen kennt mich inzwischen zu gut. Dadurch kann er mich entweder direkt an der Nase herumführen oder zumindest so weit meine Reaktionen erahnen, die Art, wie ich denke und handle, dass er sich meinem Zugriff immer wieder entzieht. Das ist doch keine völlig falsche Vorstellung, oder?«

»Du hast uns. Wir denken mit. Wir denken auch nicht alle gleich.«

Apostol schüttelte den Kopf. »Aber ich treffe die Entscheidungen. Ich agiere auf der Basis meiner Sichtweise, sehe die Dinge durch meine Brille. Ich stecke in meiner Haut. Gracen weiß das, und er kann damit arbeiten.«

»Aber du kennst ihn auch.«

»Ja.« Sie seufzte, ein Laut, der die Verlassenheit und Verzweiflung in ihr in einem kurzen Klagen zum Ausdruck brachte. »Aber bald nicht mehr, und ich will ihn nicht von Neuem kennenlernen, falls ich überhaupt die Gelegenheit erhalte. Ich gebe der Sache noch einen Versuch, Inq. Sobald ich auch nur ahne, dass er die Transformation abgeschlossen hat, bitte ich wahrscheinlich das Präsidium um eine andere Aufgabe. Es gibt andere Verbrechen, andere Täter, und nicht alle sind so clever wie Gracen. Es wäre zur Abwechslung doch mal eine feine Sache, jemanden zu erwischen. So ein Erfolgserlebnis, das vermisse ich schon seit Langem, und ich bin nicht die Einzige an Bord dieses Schiffes. Das sagt mir niemand. Aber ich spüre es. Und es beginnt, den Erfolg unserer Arbeit zu beeinträchtigen.«

Der Androide sagte nichts mehr. Lyma Apostol durch bloße Worte aus dieser Stimmung zu befreien, war möglicherweise nicht zu erreichen. Wenn Menschen müde waren, das war nach Lymas Einschätzung mittlerweile seine Erfahrung, wurden sie leichter depressiv, sahen die Welt durch eine verzerrte Brille, die alles trüber erscheinen ließ. Schlaf half, ein gutes Frühstück, ein Scherz am Morgen – oder, im Falle Lymas, die als Morgenmuffel bekannt war, eine ausreichend lange Karenzzeit, in der niemand sie ansprach oder Lärm machte. Sie wusste, dass er gut darin war, andere von ihr abzuschirmen, wenn das nötig war. Das war im Moment das Beste.

Nein, das stimmte so nicht.

Es wäre das Beste, so schnell wie möglich eine Spur von Joaqim Gracen zu finden.

8

Horana LaPaz warf ihre Ledertasche auf den Tisch und starrte durch die leicht eingetrübten Fensterscheiben auf die Skyline von Emerald, der Stadt, die dieser Welt ihren Namen gab, die im Licht der untergehenden Sonne auch zu schimmern begann, so, wie man es von ihr erwartete. Wenn sie den Kopf in den Nacken legte, konnte sie bei zunehmender Dunkelheit die Strukturen der großen Schiffswerften im Orbit erkennen, die sich wie ein glitzerndes Netz über das Firmament zogen, durchstoßen von den langen Nadeln der Orbitalfahrstühle, die Tag und Nacht Material und Personal hinauf- und herunterbeförderten. Emerald war eine reiche Welt, hier lebten wohlhabende Leute, und es waren vor allem die Werften, die für diesen Wohlstand verantwortlich waren. Die Kanzlei, in der LaPaz arbeitete und deren Teilhaberin sie war, wuchs mit jedem neu auf Kiel gelegten Schiff. Leider erlitt sie auch Einbußen mit jedem geplatzten Auftrag und jedem Quäntchen nicht ausgelasteter Kapazität.

Und zurzeit war es so. Seit sieben Jahren litt Emerald unter der Krise, dass die Wirtschaft im ganzen Konkordat auf einer langsamen, aber steten Talfahrt war. Zwei große Werften hatten bereits Konkurs angemeldet. Der Wohlstand hatte gelitten. Die Katastrophe mit der *Schönheit* war nur ein weiteres Symptom einer tiefer gehenden Erkrankung. Das Konkordat war dick und fett und behäbig geworden. Die Expansion hatte nachgelassen, es wurde deutlich weniger kolonisiert – einfach, weil es dafür keine Notwendigkeit gab. Kaum noch Bevölkerungsanstieg, wenig echte Armut, keine Feinde. Allen ging es furchtbar gut. Dagegen gab es natürlich absolut nichts einzuwenden, aber weil alle genug von allem hatten, war der teure interstellare Handel in Mitleidenschaft gezogen worden. Und weil alle schon alles gesehen hatten – und die Welten des Konkordats sich auf betrübliche Weise sehr ähnelten –, wollten auch nicht mehr so viele reisen oder exotische Waren kaufen.

Das war zumindest ihre Hypothese. Es gab so viele Erklärungen. Wie immer fanden sich zu jedem Problem ein Dutzend Kommentatoren, die alle für sich beanspruchten, die Ursachen zu kennen, und sich dann gegenseitig mit Vehemenz widersprachen. Horana hörte ihnen nicht mehr zu. Sie war des ewigen Geredes müde. Die Kanzlei war in die gleiche Schieflage geraten wie die *Schönheit*, die als neu erbautes Wrack im Orbit hing, ein Symbol der Probleme, die das Konkordat im Allgemeinen und Emerald im Besonderen beutelten. Von Cand konnte nicht zahlen? Da war er nicht der Einzige. Die Außenstände der Kanzlei wuchsen. Die Aufträge und Mandate eher nicht. Es gab eine Menge im Insolvenzrecht zu tun, aber da das System ohne Geld war, gab es nur wenig daran zu verdienen. Holloway, Pansel & Klint mussten gesundschrumpfen, und das war genauso schmerzhaft, wie ein neu gebautes Schiff an die Schrotthändler zu verhökern. Es war keine gute Zeit, eine Werft zu betreiben. Es war keine gute Zeit, Anwältin zu sein.

Horana tröstete sich damit, immer eine Alternative zu haben. Die Rechtswissenschaft hatte sie studiert, weil ihr Vater es verlangt hatte. Horatio Pansel war ein strikter Mann gewesen, in so ziemlich allem außer seinen Liebschaften. Die Kinder, die seine Gattin ihm nicht geschenkt hatte, zeugte er mit seinen Mätressen, und viele hatten ihn dann nur Geld gekostet und enttäuscht. Allein Horana war fleißig und aufmerksam gewesen, gehorsam dazu, eine Eigenschaft, die Pansel besonders schätzte. Er hatte sie dazu getrieben, sich dem Recht zu widmen und in seine Fußstapfen zu treten. Sie hatte es getan, ein wenig desorientiert, ein wenig folgsam, gelockt durch die Aussicht nach Geld und Ansehen – jetzt, gut sechs Jahre nach dem Tode des Vaters wusste sie gar nicht mehr so genau, was sie damals eigentlich wirklich motiviert hatte. Ihren rebellischen Geist hatte sie erst während des Studiums entwickelt, hatte angefangen, nebenher Xenopsychologie und Linguistik zu studieren, hatte als fleißige Studentin auch dort Abschlüsse erzielt, ohne dass der Vater davon erfuhr. Als er es erfahren hatte, hatte er es lächelnd als Hobby abgetan. Das stimmte auch. Sie war sofort in die Kanzlei eingetreten und hatte seitdem nichts anderes mehr gemacht. Aber sie wusste, dass sie rauskonnte. Sie hatte einen Ausweg. Sie traute sich noch nicht, ihn zu gehen. Angst vor der eigenen Courage vielleicht. Angst davor, andere zu enttäuschen, ihr Bild in der Öffentlichkeit zu beschädigen, möglicherweise auch, dadurch ein Scheitern einzugestehen. Angst vor dem gestrengen Blick des toten Vaters, der von der getäfelten Bürowand auf seine Tochter herabstarrte und jede ihrer Bewegungen auch aus dem Jenseits zu beobachten schien.

Er war ganz sicher nicht erfreut. Und LaPaz würde so gerne sagen, dass es nicht ihre Schuld war. Aber das entsprach nicht ganz der Wahrheit. Sie wusste, dass sie sich nicht richtig reingehängt hatte, nicht mit Händen und Füßen gegen den Niedergang ankämpfte. Ihr Herzblut hing nicht an der Sache. Ja, es war alles sehr schade, und sie fühlte sich verantwortlich und verpflichtet. Sie hatte nette Kollegen, Menschen mit Sachverstand und Engagement, denen sie es gönnte, ihren Job zu behalten. Aber das alles galt für sie persönlich nur in einem geringeren Maße. Tief in ihrem Herzen, das war ihr schon vor geraumer Zeit klar geworden, wollte sie hier raus. Den richtigen Zeitpunkt für den Absprung aber hatte sie verpasst. Wäre sie doch nur gegangen, als es der Firma noch besser ging – dann wäre es keine feige Flucht geworden, sondern eine selbstverantwortliche Karriereentscheidung. Damals hatte sie sich nicht durchringen können. Und jetzt?

Jetzt saß sie auf dem langsam sinkenden Schiff und traute sich nicht, ins Wasser zu springen.

Horana LaPaz gönnte sich noch ein paar Minuten des Selbstmitleids. Es war ein schönes Gefühl, hatte etwas Tröstendes. Es war ein stilles Gebet um Hilfe, das niemand hörte, denn sie zeigte stets die Maske aufmerksamer Professionalität, gab niemals preis, wie es in ihr aussah. Und an die Schicksalsmächte, an Gott oder Götter, konnte sie nicht glauben. Selbst wenn, so nahm sie an, würden sie sich mit wichtigeren Dingen befassen als mit Anwaltskanzleien, die in Schwierigkeiten steckten, und Töchtern, die an ihrem

Vaterkomplex arbeiteten und ihn ganz offensichtlich nicht in den Griff bekamen.

Dann drückte sie auf den Knopf der altmodischen Gegensprechanlage, eines Relikts aus der Zeit ihres Vaters, der sich ganz bewusst mit alten Dingen umgeben hatte, um damit den Eindruck von Tradition, Bodenständigkeit und Seriosität zu verbreiten. Horana fand Gefallen an den klobigen Knöpfen des anachronistischen Designs, das in letzter Zeit eine Renaissance zu erfahren schien. Wenn eine Gesellschaft nicht mehr so richtig wusste, wohin die Reise eigentlich ging, dann besann sie sich auf die Vergangenheit, um der verloren geglaubten Zielgerichtetheit nachzutrauern. Oft blieb davon nicht viel mehr übrig als klobige Tasten aus leicht angelaufenem Plastik, die beruhigend klickten, wenn man sie drückte.

»Megan, ist mein nächster Termin schon da?«

Die Stimme der Assistentin klang blechern aus den Lautsprechern. Die Soundprogrammierer hatten sich Mühe gegeben, die natürlich perfekt arbeitende Stimmübertragung so klingen zu lassen, als würde die Frau im Vorzimmer in einer Badewanne sitzen und draußen ein Zug vorbeifahren.

»Dr. Plissken sitzt auf glühenden Kohlen. Ich glaube, er hat es ziemlich eilig.«

Horana seufzte. Es ging, wie immer, um Katastrophen, im Großen wie im Kleinen. Die Kanzlei übernahm seit Kurzem auch Scheidungsfälle, einfach nur, um den Geldfluss am Laufen zu halten. Dr. Eusebius Plissken hatte genug von seiner Frau und sie genug von ihm. Und Horana LaPaz sollte seine Abneigung in eine rechtliche Form gießen, möglichst auf eine Art und Weise, die die Gegenseite noch ausreichend demütigte. Sie war tief gefallen. Ihr Vater blickte in diesem Moment noch viel strafender auf sie herab. Zu seiner Zeit ...

Aber es war nicht seine Zeit. Es war Horanas Zeit, und sie war beschissen.

»Dr. Plissken soll bitte hereinkommen. Und bringen Sie Kaffee.«

Der Mann trat ein, reichte ihr die lauwarme, etwas feuchte Hand, die in der ihren lag wie ein labbriges Stück Tuch, nahm Platz, wirkte nervös genug, um deutlich zu machen, dass ihm seine Scheidung Sorgen bereitete. Seine fahrigen Bewegungen setzten sich fort, als die Assistentin das Tablett mit dem Kaffee brachte. Er trank mehr aus Höflichkeit, offenbar bestrebt, die Sache gleich zu beginnen und auch möglichst schnell abzuschließen.

»Ich habe hier den Schriftverkehr des gegnerischen Anwalts vorbereitet«, sagte Horana zur Einführung. Sie schaute Plissken verständnisvoll an, als sie das Wort »gegnerisch« verwendete. Theresa Plissken war eine Gegnerin, sogar eine Feindin. Sie wollte alles und dann vielleicht noch etwas mehr. Entweder hatten sich in ihrer Ehe einige sehr unschöne Dinge abgespielt oder sie war einfach so gestrickt. Sieben Jahre hatte die Beziehung gehalten, dem Klischee entsprechend war sie auseinandergebrochen, als es alle erwartet hatten, außer dem Gatten selbst, den es »kalt erwischt« hatte, wie er ihr einst anvertraut hatte. Natürlich war das naiver Blödsinn. Er hatte eine Jüngere gebumst, und da waren Konsequenzen nun einmal unausweichlich.

»Die Forderungen meiner Frau sind nicht weniger geworden, nehme ich an.«

»Tatsächlich hat sie noch einmal draufgelegt. Sie will den Hund.«

»Tiberius? Sie hasst den Hund!«

»Aber Sie hängen an ihm.«

Plissken nickte langsam, aber mit Nachdruck. »Ja.«

»Dann wissen wir jetzt auch, warum Ihre Gattin nach ihm verlangt.«

Horana beobachtete, wie ihr Gegenüber im Sessel zusammensank. Sie hatte aufrichtiges Mitleid mit ihm. Plissken war ein farbloser Mann, ohne Ecken und Kanten, nichts an ihm wirkte auffällig – oder besonders attraktiv. Er war hilflos in dieser Situation, wusste nichts mit der Perfidität seiner Ehefrau anzufangen. Er setzte all seine Hoffnung auf Horana, und das ging offenbar über die rein rechtlichen Fragen hinaus. Sie sollte ihm die Welt erklären, die er plötzlich nicht mehr verstand, und alles wieder gut machen. Horana war durch diesen Anspruch überfordert und bemühte sich um professionelle Distanz.

»Sie beruft sich auf die Klausel im Ehevertrag, die Ihr damaliger Anwalt etwas vage formuliert hat«, sagte sie also und legte den Finger auf das Problem, das sie seit geraumer Zeit beschäftigte. »Ich sage es Ihnen ganz offen: Es wird vom Richter abhängen, wie er den Satz auslegt. Es kann zu Ihren Gunsten ausgehen oder auch völlig katastrophal.«

Plissken nickte wieder. »Sie müssen sich einsetzen. Das Gericht überzeugen.«

»Ich werde mich bemühen. Aber es gibt keine Garantien.«

Plissken schaute deprimiert zu Boden. »Die gibt es offenbar für nichts, selbst wenn man es einmal geglaubt hat.«

»Sie müssen sich auch zusammennehmen«, sagte Horana mit tadelndem Unterton. »Wenn Sie eine falsche Bemerkung machen, kann das genauso fatale Konsequenzen haben. Wir müssen vorher genau absprechen, was wir tun und sagen werden, nur so kann die Sache gut für Sie ausgehen.«

»Ich verstehe«, murmelte er mutlos.

»Es ist nicht alles so furchtbar, wie es derzeit aussieht. Sie haben einen interessanten Beruf in sicherer Stellung, sind noch nicht am Ende Ihres Weges angekommen. Sie können eine neue Frau kennenlernen, vielleicht jemanden, der Sie besser versteht. Jemanden, der Hunde mag. Noch ist nichts verloren. Sie stecken jetzt in einem Loch, ja, aber daraus gibt es sicher einen Ausweg, auch wenn Sie ihn derzeit nicht sehen wollen.«

Plissken schaute sie dankbar an. Horana verfluchte sich. Sie hatte doch Distanz wahren wollen. Jetzt reichte sie ihm die freundschaftliche Hand. Aber er machte wirklich einen erbarmungswürdigen Eindruck.

»Wenn Sie mir jetzt noch helfen können ... wenn Sie das Gericht beeindrucken ... ich gönne ihr diesen Triumph einfach nicht. Ich weiß, es ist gehässig von mir. Ein wenig schäme ich mich. Aber ich fühle mich ungerecht behandelt. Wenn sie jetzt alles bekommt ... wo ist da die Gerechtigkeit?«

Vor Gericht, das wusste Horana LaPaz, ging es um das Recht, nicht um Gerechtigkeit. Manchmal fiel beides zusammen, und das konnte man dann als glücklichen Zufall bezeichnen, aber oft genug auch nicht. Das Rechtssystem hatte seit Tausenden von Jahren vor allem ein Ziel: Erwartungssicherheit zu schaffen und Konflikte zu regeln, selbst dann, wenn das für den einen oder anderen im Einzelfall bedeutete, ungerecht behandelt zu werden. LaPaz war da durchaus mit sich im Reinen, immerhin war es ihre Funktion, die Gleichheit der Waffen herzustellen. Aber vor Gericht war es wie im Krieg: Wie man die Waffen einsetzte, war entscheidend.

»Ich tue, was ich kann, Dr. Plissken«, sicherte sie zu, und exakt das hatte sie auch vor. Sie holte einige Dokumente hervor, altmodisch auf Papier, so, wie es ihr Vater gemocht hätte. Es vermittelte Seriosität, wo im Grunde oft genug nur Hilflosigkeit herrschte, und in ihrem Beruf war vieles eben Show und keine Substanz. Ein Grund mehr, warum sie eigentlich …

Aber das war jetzt nicht relevant. Plissken sah sie aus seinen treuherzigen Hundeaugen an, hatte all seine Hoffnung und Zuversicht auf sie konzentriert. Sie kannte ihre Pflichten.

»Ihre Gehaltsaufstellung …«, sagte sie dann und weckte den Mann aus seiner Trance.

»Ich wurde gerade befördert«, erwiderte er unaufgefordert. Es klang bitter. »Stellvertretender Forschungsleiter in der Abteilung III der Astronomischen Autorität. Verantwortungsvolle Arbeit, vor allem …«

Er hielt inne. Er hatte etwas sagen wollen, doch dann überflog plötzliche Konzentration sein Gesicht, als merke er, dass er sich beinahe verplappert hätte. LaPaz tat so, als habe sie es nicht gehört, doch es war ihr natürlich aufgefallen. Sie war geschult darauf, diese Nuancen sofort zu bemerken und richtig einzuordnen.

»Ein neues Projekt?«, fragte sie.

»So etwas in der Art. Ich glaube, es wird bald eine öffentliche Bekanntmachung geben. Die Autorität ist in heller Aufregung. Ich sollte es auch sein … wenn diese Sache nicht meine ganze Energie beanspruchen würde. Und einen Gutteil meiner Einkünfte, wenn wir keinen Erfolg erzielen.«

»Natürlich.«

Sie vertieften sich in die Unterlagen. Die Vermögensaufstellung gehörte zu den Kernstücken des Verfahrens, sie enthielt den Kuchen, von dem die entfremdete Gattin einen möglichst ordentlichen Bissen bekommen wollte. Und es war Horanas Aufgabe, dafür zu sorgen, dass sie sich an dem Happen so verschluckte, dass ihr der Appetit schnell verging.

Es würde anstrengend werden. Doch das, was Plissken nicht hatte sagen wollen, ging ihr aus irgendeinem Grunde nicht mehr aus dem Sinn. Es bewegte sie, an einer Stelle ihrer Seele, die sie vor geraumer Zeit begraben hatte. Es machte sie unruhig, drohte mitunter ihre Konzentration zu beeinträchtigen.

Sie riss sich zusammen. Das Verfahren zu gewinnen, Plissken glücklich zu machen, das war jetzt die Priorität.

Glücklich. Und dankbar.

9

»Kommandant auf der Brücke!«

»Lass den Scheiß!«

Nishith Gosh grinste, verbeugte sich ironisch und ließ sich wieder in den breiten Sessel hinter der Kommandokonsole der *Montgomery Scott* fallen. Der zweite Offizier des Expeditionsschiffes hatte Wache gehabt, was im Orbit einer friedlichen und seit mehr als 300 Jahren ganz und gar erforschten Welt wie Toragus für jemanden wie ihn nur eines bedeutete: gepflegte Langeweile. Als sein höchster Vorgesetzter außer der Reihe die Brücke betrat, die abgesehen von den beiden Männern niemanden sonst beherbergte, war dies so ziemlich das Aufregendste gewesen, was Gosh in den letzten acht Stunden erlebt hatte.

»Sie sind meine Ablösung, Captain?«

»Hättest du wohl gerne. Sharon ist auf dem Weg. Ich schaue nur nach dem Rechten. Bekomme ich eine Meldung?«

»Alles in Butter.«

Efrem Rivera schaute Gosh halb tadelnd, halb amüsiert an. Natürlich war alles in Butter. Die *Scott* hing im Orbit, unten tagte die Autorität rund um die Uhr, und er hatte bloß den Befehl, sich »abflugbereit« zu halten. Landurlaub für die kleine Besatzung des Schiffes war auf 12-Stunden-Pässe beschränkt worden, und alle mussten sie jederzeit erreichbar sein. Einige hatten über die »militärischen Zustände« gemault, obgleich nicht einer von ihnen genau wusste, was das überhaupt war. Aber wenn man unzufrieden war, holte man eben die Klischees aus der Schublade, um dem Unwillen Ausdruck zu geben. Rivera selbst war gerade erst von der Oberfläche zurückgekehrt. Er hatte sich in der Autorität briefen lassen, und alles, was er an Informationen mit an Bord der *Scott* nahm, ließ sich so zusammenfassen: Bitte warten.

»Wann geht es also los? Und wohin?«

»Wir warten noch.«

Gosh verzog das Gesicht. »Worauf genau? Was ist das Ziel unserer Mission?«

»Warten. Sagte ich doch gerade.«

Nishith Gosh erkannte, dass er mit seiner Fragerei entweder auf Granit stieß oder Rivera tatsächlich nichts wusste. Er schaute auf das Kommandopult, das außer ein paar Bereitschaftsleuchten nichts zeigte. Der gedrungene, grob zylinderförmige Druckkörper der *Scott* hing in einem geostationären Orbit und tat nichts. Das etwa 80 Meter lange Schiff hatte einen Durchmesser von gut 25 Metern, und die Stammbesatzung bestand aus vier Offizieren und fünf Technikern. Die *Scott* war ein moderner Neubau, weitgehend automatisiert, und der Großteil ihres Bauches wurde durch ein variables, multifunktionales Labor eingenommen, in dem bis zu zwei Dutzend Wissenschaftler unterschiedlichster Fachrichtung optimale Arbeitsbedingungen fanden. Je nach Mission konnte die Konfiguration an Geräten angepasst werden, dafür standen viele verschiedene Modulsätze zur Verfügung. Die *Scott* war auf astrophysikalische Untersuchungen modularisiert worden, und das war bisher auch der einzige Hinweis darauf gewesen, welche Aufgabe sie tatsächlich zu erfüllen hatten, nahm das Warten erst einmal ein Ende.

Rivera klopfte Gosh auf die Schulter.

»Bald wirst du dich nach der Zeit des Wartens zurücksehnen. Das habe ich im Gefühl.«

Der Offizier verzog das Gesicht, sagte aber nichts, denn seine Aufmerksamkeit war anderweitig beansprucht. Ein Rufsignal blinkte, und mit einer schnellen Bewegung etablierte er die Verbindung. Die beiden Männer sahen in das Gesicht eines Mannes, den sie gut kannten. Houten hatte sie hierherbeordert und war die Ursache ihres Wartens, jetzt aber spürten sie beide, dass diese Zeit ein Ende haben würde.

»Captain Rivera, schön, dass ich Sie gleich erwische.«

»Hat die Autorität Befehle für uns?«

Houten lächelte. Er musste den eifrigen Unterton der Frage bemerkt haben.

»Das hat sie. In einer halben Stunde startet ein Shuttle mit dem Expertenteam zur *Scott*. Richten Sie sich auf acht Personen ein. Rufen Sie Ihre Besatzung zusammen und machen Sie das Schiff startklar.«

Plötzliche Aufregung befiel den Mann. »Sir, wir sind jederzeit zum Aufbruch bereit.«

»Jederzeit ist, wenn Sie komplett sind. Ich übermittle Ihnen jetzt Flugdaten und das Missionsbriefing. Bitte machen Sie sich sofort damit vertraut. Eventuelle Fragen wird Ihnen das Team beantworten. Ich muss Sie darauf hinweisen, dass diese Informationen vertraulich sind. Bewahren Sie Stillschweigen.«

Rivera runzelte die Stirn. Vertraulich? Stillschweigen? Dafür war die Autorität eigentlich nicht bekannt. Er entsann sich nicht einer Mission aus seiner Karriere, die nicht der vollständigen Informationsfreiheit unterlegen hatte! Alle wissenschaftlichen Daten waren für jedermann frei zugänglich, auch Rohdaten. Dass Houten plötzlich den Sack zuzog, musste einen besonderen Grund haben. Gosh sagte nichts, schaute Rivera nur verständnislos an. Ihm war das auch neu.

»Haben Sie mich verstanden, Rivera?«

Der Kommandant merkte erst jetzt, dass er die Anweisung gar nicht bestätigt hatte. Er nickte pflichtschuldig. »Das habe ich. Stillschweigen.«

»Sie werden den Grund dafür verstehen, wenn Sie das Briefing lesen. Ich wünsche Ihnen viel Glück!«

Houtens Gesichtsausdruck, als er den letzten Satz geäußert hatte, gefiel ihm nicht so besonders. Das war mehr als nur eine beliebige Floskel gewesen, der Mann war tatsächlich der Ansicht, dass ihnen auf ihrer Reise Glück sehr helfen würde.

»Wir haben ein Datenpaket bekommen«, sagte Gosh. »Ich habe das Rückrufsignal an die Mannschaft ausgeschickt und warte auf die Bestätigungen.«

»Welche Zielkoordinaten?«

Auf dem holografischen Kartentank erschien die Karte. Eine Position in der Nähe einer blauen Sonne wurde erkennbar, mitten im Konkordat, keine 100 Lichtjahre von der Erde entfernt. Dort war alles erforscht, seit Jahrhunderten. Es gab keine großartigen neuen Erkenntnisse zu erwarten. Es gab keine bewohnten Welten, keine astrophysikalischen Phänomene. Es war ein stinkend langweiliger Ort im Nichts. Was sollte die *Scott* dort erforschen? Er war plötzlich sehr neugierig auf den Inhalt des Datenpakets.

»Gosh, du wartest auf deine Ablösung, und dann kümmerst du dich um unsere Neuankömmlinge.«

»Hat jemand Ablösung gesagt?«

Sie drehten sich um und nickten Sharon Toliver zu, der Ersten Offizierin. Die kleine Frau, die Efrem nur knapp bis zur Schulter reichte, trug ihren Pagenhaarschnitt wie auf den Schädel aufgeklebt. Rivera hatte sich nie überwinden können, sie nach den genauen Charakteristika ihrer Frisur zu fragen, vor allem, weil Toliver ausgesprochen gereizt auf Konversation reagierte, die sich nicht allein um berufliche Belange drehte. Das hieß nicht, dass sie unumgänglich war. Sie beschrieb nur sehr deutliche Grenzen, und Rivera sah es nicht als seine Aufgabe an, diese auszutesten. Früher ... früher war das anders gewesen.

»Wir fliegen«, sagte er und machte Platz, damit sie Goshs Sitzplatz einnehmen konnte. »Ich schicke alle Dateien über den Komm-Kanal. Mach das Schiff bereit und glüh den Ofen vor.«

»Ofen vorglühen, jawohl«, sagte sie, und ihre Hände flogen über die Kontrollen. »Wohin geht es? Oh!« Ihr Blick fiel auf die Darstellung im Kartentank. »Da ist nichts und niemand.«

»Ich nehme an, dass sich das entweder geändert hat oder ändern wird.«

Er ließ die beiden mit dem formalen Übergabeprotokoll alleine und zog sich in seine Kabine zurück. Das Datenpaket war schnell geöffnet, und er versank in die Informationen. Mit jeder Minute, die er sich damit beschäftigte, stieg seine Erregung, und er begann zu verstehen, was es mit der Geheimhaltung auf sich hatte. Es gab Besuch, und keiner wusste, woher er kam, wohin er ging und wie lange er bleiben würde. Die *Scott* bekam ernsthafte Arbeit.

Er sah auf die Personaldaten der Wissenschaftler, die er an Bord nehmen würde. Zwei Studenten. Rivera verzog unwillig das Gesicht. Dies war kein Unipraktikum, dies war eine wichtige Mission. Die Autorität traf manchmal wirklich sehr seltsame Entscheidungen. Drei ausgewiesene Experten kamen hinzu, Astronomen oder Astrophysiker, gegen die Rivera keine Einwände hatte. Und drei Personen, die darauf hinwiesen, was die Autorität im Stillen erwartete: ein Xenolinguist, ein Xenopsychologe und ein »Sicherheitsberater«. Was genau diese Person tun sollte und über welche Fähigkeiten sie verfügte, wurde aus den Daten nicht deutlich. Aber spätestens jetzt wurde Rivera etwas ungemütlich zumute.

Er schickte die Informationen an seine Offiziere weiter. Der Rest würde die Kurzfassung als Crewbriefing bekommen. Dann spürte er das leise Zittern, das die *Scott* immer durchfuhr, wenn die Hauptgeneratoren hochgefahren wurden. Das Schiff erwachte zum Leben, normalerweise ein Vorgang, der Rivera mit Freude und froher Erwartung erfüllte. Doch diesmal war es anders. Er lauschte in sich hinein. War das Angst? Er hatte in den acht Jahren seines Kommandodienstes noch niemals Angst gehabt!

Es war kein angenehmes Gefühl, und er hatte es ganz sicher nicht vermisst.

»Transfershuttle in zehn Minuten. Hangarautomatik aktiviert.«

Rivera erhob sich und beendete seine Lektüre. Vielleicht würden die Experten etwas zu seiner Beruhigung beitragen können.

Im Stillen bezweifelte er das.

10

»Geon.«

Er hörte die Stimme irgendwo am Rande seines Bewusstseins. Im Grunde aber interessierte sie ihn nicht.

»Geon!«

Warum ließ man ihn nicht einfach in Ruhe? Er war so furchtbar erschöpft, und alles tat ihm weh.

»Geon! Wach auf!«

Er schlug die Augen auf, und der Ärger über die Störung belebte seine Sinne kurzzeitig. Dann hörte er den Warnton und sah das Blinklicht. *Siebzehn. Sechzehn. Fünfzehn.* Es waren Sekunden, keine Minuten. Geon hob den Arm, der zitterte wie Espenlaub. Eine plötzliche Panik befiel ihn. Er hatte zu lange geschlafen und zu tief, und niemand hatte ihn geweckt, jedenfalls ... *Vierzehn. Dreizehn. Zwölf.* Es war so anstrengend. Es tat so weh. Seine Muskeln wollten nicht. Alles in seinem Körper schrie ihn an. Gib auf! Es ergibt doch keinen Sinn mehr! Du hast das Deine getan! Lass andere die Last tragen!

Elf. Zehn. Neun.

Sein Finger berührte den Timer. Das Blinklicht erlosch, Stille kehrte ein. *Dreißig*. Diesmal Stunden. Er hatte es noch einmal geschafft, fast gegen seinen Willen. Er bedauerte es beinahe. Es war erschreckend, wie ihm der Lebensmut zu schwinden drohte, wie schnell dieser aus ihm herausfloss wie Blut aus einer offenen Wunde. Er drehte den Kopf, sah Riem neben sich stehen, voller Sorge. Riem hatte ihn geweckt. Er hatte die Hände erhoben, als wolle er Geons Timer selbst betätigen, ein großes Verbrechen, das mit sofortiger Auslöschung bestraft wurde. Doch Geon hatte es selbst geschafft, gerade noch so.

»Du bist nicht erwacht. Ich eilte zu dir.«

»Danke«, brachte der Sterbende hervor, obgleich er keine Dankbarkeit empfand. Die bleierne Müdigkeit, kurz vertrieben durch Panik und Schrecken, begann wieder Besitz von ihm zu ergreifen. Die Medikamente machten das. Reduzierte er ihre Wirkung, wäre er wacher, aber die Qualen vernebelten dann seinen Verstand weitaus mehr als die Müdigkeit. Geon blinzelte. Riem reichte ihm Flüssigkeit, die er gierig trank. Nährstoffe, die ihn am Leben erhielten. Er fühlte, wie sie ihn stärkten. Sein Körper sog die Flüssigkeit auf wie ein trockener Schwamm. Er trank zu wenig. Er dachte einfach nicht mehr daran. Er lag nur so da.

»Wie ... ist der Status?«, krächzte er, nachdem Riem den Trank abgesetzt hatte.

»Wir sind wieder unterwegs. Der letzte Etappenzyklus.«

So ging jede Reise vonstatten. Sieben Überlichtetappen von exakt gleicher Länge und Distanz, dann ein Aufenthalt, der aber nicht immer von gleicher Dauer war. Es war der Aufenthalt, der das Problem darstellte. Das Glimmerfeld lud sich auf, und die Neugierigen kamen. Hoffentlich blieben sie diesmal draußen. Es wurde wirklich sehr, sehr eng hier drin. Geon war nicht zuversichtlich. Mit unbeirrbarem Instinkt suchte sich die Sphäre auf ihrem Weg immer Gebiete aus, in denen intelligentes Leben vorhanden war. Es schien, als würde sie es anlocken wollen oder sich einfach an der Nachbarschaft erfreuen. Eine Nachbarschaft, die im Inneren des Feldes zu immer unerträglicheren Bedingungen führte.

Sie konnten keinen Zuwachs mehr gebrauchen. Mit jedem Stopp zog sich das Feld etwas enger zusammen. Die bereits eingefangenen Schiffe konnten nicht mehr richtig manövrieren. Und die Verteilungskonflikte wurden immer schärfer. Geons Stellung als Vorsitzender des Rats hatte ihn vor allem mit solchen Auseinandersetzungen konfrontiert. Er hatte sein Leben damit verbracht, die Situation nicht eskalieren zu lassen. Saim würde darauf keine Zeit verschwenden. Für ihn war es so weit, den historischen Zyklus zu einem Abschluss zu bringen und den erlösenden Konflikt ausbrechen zu lassen, den wie immer nur die Stärksten und die Klügsten überleben konnten. Sein Egoismus wurde nur noch durch die latente Xenophobie gestärkt, die desto weiter um sich griff, je länger sie hier existieren mussten.

Doch die Sphäre kümmerte sich um all das nicht. Sie kümmerte sich um gar nichts. Sie reiste einfach, von Stern zu Stern, von Galaxis zu Galaxis, ein Wunderwerk einer unerklärlich weit entwickelten Technologie, ohne bekannte Absichten und mit unbekanntem Ziel. Als Geons Heimatschiff vor dreihundert Jahren im Glimmerfeld verschwunden war, war die Situation etwas besser gewesen. Geons Vorgänger waren in der Lage gewesen, friedlich zu leben und zu sterben. Erst die Einführung des Timers ...

Der Preis für die Macht. So hatten die Eldidi alles getan, um zu zeigen, dass sie des Ratsvorsitzes würdig waren.

Aber es lohnte nicht, sich darüber Gedanken zu machen. Niemand konnte noch etwas daran ändern. Es bedurfte keiner genialen Fähigkeiten, um zu wissen, dass der letzte, umfassende Ressourcenkrieg dieses Zyklus unvermeidlich war, nur noch eine Frage der Zeit. Geon war beinahe froh, dass er dann tot sein würde. Doch hatte er Angst um die Seinen. Saim als Anführer war kein Garant für ihre Sicherheit. Er wollte den Kataklysmus noch beschleunigen, suchte nicht einmal nach einer Alternative. Geon glaubte manchmal, er sehnte die Endzeit beinahe herbei. Es würde zur Struktur seiner Persönlichkeit passen.

»Haben wir irgendwelche Beobachtungen?«

»Die Horri verkaufen einige Fotos auf dem Schwarzmarkt. Sie behaupten, sie hätten Sonden bis ans Glimmerfeld gebracht und durch die Interferenzen einige Schnappschüsse machen können. Ich bin mir nicht sicher, ob die Qualität der Fotos den Preis rechtfertigt.«

Geon seufzte. Die Horri waren mit ihren beiden kleinen Schiffen vor achtzig Jahren zu ihnen gestoßen, und wie alle Neuankömmlinge existierten sie außen am Rand. Sie waren die Ersten, die enger zusammenrücken mussten, wenn das Feld schrumpfte, da die Älteren im Innenbereich ihren Platz sehr eifersüchtig verteidigten. Raum war eine Ressource, um die sich alle stritten. Er wurde zu knapp. Leute wie Saim träumten irrationale Visionen vom großen Befreiungsschlag. Zerstörerische Vorstellungen für alle Beteiligten, aber das war eine zu rationale Sichtweise, um heutzutage noch viel Gehör zu finden. Vor allem unter den Jüngeren.

»Wir geben keine Einheiten dafür aus«, entschied Geon. »Wir werden früh genug erfahren, wo wir diesmal enden werden. Für wann wurde das Ratskonzil einberufen?«

»Zwei Zeitpunkte vor dem Etappenende, wie immer. Ich …«

»Du weißt nicht, ob ich es bis dahin schaffen werde. Es ist eine recht lange Zeit, und mein Arm ist schwach.«

»Nicht nur dein Arm, Geon.«

»Ja. Mein Wille ebenso. Ich weiß das wohl.«

»Ich wünschte, ich könnte etwas für dich tun.«

»Lass diese Wünsche. Begrabe sie schnell. Du weißt, was passiert, wenn du einem solchen Impuls nachgibst. Ich bin gar nicht so wichtig. Viel wichtiger ist, was passiert, wenn Saim meinen Platz einnehmen sollte. Wer wird sein Rivale sein?«

Riem verzog das Gesicht. »Es sieht so aus, als seien alle Kandidaten eigentlich seine Gefolgsleute. Saim wird mit ihnen keine Probleme haben.«

»Das hörte ich auch.«

Der Rivale war eine festgefügte Tradition. Jeder, der eine gewisse Position erklommen hatte, musste damit leben. Er war ständiger Mahner, eine Wache, die auf Fehler wartete, ein Antagonist, der eine Rolle spielte, die durch Regeln und Gesetze geschützt wurde. Einen Rivalen musste man ertragen. Ihn zu töten, war ein Schwerverbrechen. Saim war ehrgeizig, er war etwas irre, und er war ein furchtbares Arschloch, aber er kannte die Konsequenzen solcher Taten, war ein nahezu fanatischer Verteidiger aller Traditionen. Er würde diesen Fehler nicht begehen. Viele andere, aber diesen nicht. Und wenn stimmte, was man hörte, gab es dafür auch gar keine Notwendigkeit.

»Das Konziltreffen wird lange und anstrengend«, sagte Riem voller Sorge.

»Wie jedes. Du wirst mir zur Seite stehen.«

»Ich habe alles vorbereitet. Du wirst hinzugeschaltet, sobald du so weit bist.«

Geon versuchte ein Nicken, doch die Bewegung verursachte sofortige Schmerzwellen. Er hatte die Dosis der Mittel etwas heruntergeregelt. Es würde ihm nichts nützen, der Sitzung beizuwohnen und die meiste Zeit zu dösen. Dies war höchste Diplomatie und erforderte einen wachen Geist. Eigentlich war er für diese Aufgabe gar nicht mehr geeignet, aber selbst todkrank verfügte er noch über mehr diplomatisches Geschick im kleinen Finger als Saim in seinem ganzen, hasserfüllten Gehirn. Er im Konzil. Geon konnte sich lebhaft vorstellen, wie dann ganz schnell alles den Bach runterging.

Der Schmerz ebbte ab. Er trank noch etwas, gierig fast, als täten die Nährstoffe mehr, als ihn gerade noch so am Leben zu halten. Das Glimmerfeld war unterwegs, und er würde das Ende der Reise nicht erleben. Keiner von ihnen, wenn man sich die Ereignisse der Vergangenheit vor Augen führte. Als Kind hatte er immer davon geträumt, Zeuge der finalen Ankunft zu werden, der letzten Etappe. Eine Begegnung mit dem Ziel, vielleicht den Erbauern der Sphäre, ein paar Worte der Erklärung, warum sie das Universum durchstreifte und sie alle aufsammelte, gewollt oder ungewollt, und mitnahm auf diese unendliche Reise, deren Zweck Anlass zu endlosen Spekulationen gab. Geon hatte die seinen dem Berg an Hypothesen hinzugefügt, sie waren so gut wie alle anderen und würden allmählich sedimentieren, vergessen und zusammengedrückt von der Last der Jahrtausende, die die Sphäre bereits unterwegs war.

Zusammengedrückt wie die alten Schiffe, die kläglichen Reste der ersten, die es ins Glimmerfeld verschlagen hatte, der Heiligen Wracks, tote Zeugen ausgestorbener Populationen, von denen man manchmal noch Bilder bewahrt hatte, mit denen aber keiner der noch Lebenden jemals ein Wort hatte wechseln können.

Wie schade, dachte Geon. So gerne hätte er noch herausgefunden, was das alles eigentlich sollte. Vielleicht, wenn er tot war, konnte er die Sphäre von einer höheren Warte aus betrachten und Antworten bekommen.

Aller Wahrscheinlichkeit interessierten sie ihn dann aber nicht mehr. Was ebenfalls ein tröstlicher Gedanke war.

11

Sie bekamen je eine Kabine, eng, aber zweckmäßig, und Jordan musste Elissi erklären, wie sie funktionierte. Sie hatte mit ihren Eltern sehr einfach gelebt, in einem kleinen, ehemaligen Fischerhaus, nicht abgeschnitten von der Zivilisation, aber an ihrem Rande und ohne das Bedürfnis, das Anwesen mit Hightech vollzustopfen. Ein angenehmes Leben in einer friedlichen Umgebung. Er war zweimal dort zu Gast gewesen und hatte länger mit Elissis Mutter gesprochen. Nach einiger Zeit hatte sie ihm erzählt, wie seine Freundin so gewesen war, manchmal mit einem fast entschuldigenden Unterton. Als Kind war Elissi oft von unerklärlichen Wutanfällen heimgesucht worden, und das Meer schien eine beruhigende Wirkung auf sie gehabt zu haben. Irgendwann hatte es der Familie so gut gefallen, dass sie schlicht geblieben waren. Beide Eltern arbeiteten von zu Hause aus, und obgleich sie nicht wohlhabend waren, reichte es aus, um für Elissi das zu tun, was sie tun konnten.

Die Mutter hatte sicher gemerkt, dass Jordan sich ihrer Tochter mehr als nur freundschaftlich verbunden fühlte, und sie hatte nichts weiter dazu gesagt, ihn nur hin und wieder etwas traurig angeschaut. Sie wusste wohl, dass es bei Elissi nicht einfach war, und Jordan hatte das dann auch selbst schnell genug herausgefunden.

Doch intelligent war sie. Jordan musste ihr keines der Bedienelemente zweimal erklären. Die ausklappbaren Möbel, die aufgleitenden Schränke, die Nasszelle, das Komm-System. Die Schiffscomputer erklärten selbst recht viel, und die *Scott* war darauf ausgerichtet, je nach Mission sehr unterschiedliche Besatzungen an Bord zu nehmen, von denen nicht alle immer professionelle Raumfahrer waren. So gesehen war dies der ideale Ort für Elissi. Und wenn es der ideale Ort für sie war, wollte Jordan sich nicht beschweren.

Er vermisste natürlich das Wasser. Schwimmen konnte man auf der *Scott* nicht. Kurz vor ihrer Abreise hatte er ein großes Naturwellenbad auf Toragus besucht und sich stundenlang im Wasser aufgehalten, in einer schon fast verzweifelten Beharrlichkeit. Das fehlte ihm. Er machte keine Affäre daraus, aber es fehlte ihm sehr.

Was sie ebenfalls bekommen hatten, in einer medizinischen Prozedur, waren die Frequenzimplantate, die individuell auf sie abgestimmte, komplexe Identifikationsmerkmale aussandten. Es war wie ein Dienstausweis der Autorität, erlaubte ihnen Einlass in Einrichtungen im ganzen Konkordat und auf den Schiffen, die die Institution unterhielt. Es war ein unverwechselbares Merkmal, das sie zu Mitgliedern der Autorität machte, und zumindest Jordan empfand nicht wenig Stolz dabei.

Generell aber fühlte er sich noch etwas verloren. Die Wissenschaftler um ihn herum waren hochkarätige Persönlichkeiten, deren Qualifikationen ihn nur mit andächtigem Staunen erfüllten. Er kam sich klein und unbedeutend vor, obwohl niemand ihm wirklich dieses Gefühl vermittelte. Er bekam weder Herablassung noch joviale Aufmerksamkeit zu spüren, man ließ sie beide schlicht in Ruhe. Sie hatten Zugriff auf die astrophysikalischen Daten, bekamen Arbeitsplätze im Laboratorium zugewiesen, alles so, als seien sie von gleichem Wert wie die anderen. Jordan ertappte sich dabei, die Autorität der Verschwendung zu bezichtigen. Diese beiden Arbeitsplätze gehörten doch eigentlich echten Spezialisten, nicht zwei Studenten.

Er musste sich korrigieren. Das galt nur für einen Arbeitsplatz. Sobald Elissi alles verstanden hatte, machte sie sich an die Arbeit. Sie tat dies mit der ihr eigenen, so typischen Hingabe und Effizienz, und ihre absolute Konzentration fiel auch den anderen Experten auf. Manche beobachteten sie mit einem Ausdruck stiller Anerkennung, und bereits einige Stunden nach Beginn ihrer mehrtägigen Reise erhielt sie Aufgaben – keine Beschäftigungstherapie, sondern echte Aufgaben. Für Jordan fiel dabei auch so manches ab, dafür sorgte Elissi schon, und er nahm ihr Verhalten, wie immer, als Ansporn, über sich hinauszuwachsen. An seinem Fleiß gab es nichts auszusetzen. Doch diese absolute, jede Faser ihres Seins durchflutende Hingabe, diese Fokussierung, das bekam er nicht hin.

Elissi war glücklich und ganz hin und weg, soweit sie dazu in der Lage war. Für sie war alles an Bord der *Scott* so ... *shiny*.

Er konnte auch nicht wegsehen. Er musste sich reinknien. Er wollte jeden Moment genießen. Wer wusste schon, wann er jemals wieder auf ein Schiff dieser Klasse, mit dieser Ausrüstung zurückkehren würde? Er konnte nicht wie Elissi immer auf die Daten starren und über diese mit Hingabe nachdenken. Er musste sich umsehen. Er sog diese für ihn so inspirierende wie einschüchternde Umgebung auf wie ein trockener Schwamm das Wasser.

Der Chef des Wissenschaftlerteams war ein Astrophysiker namens Campbell, ein auf den ersten Blick verschroben und weltfremd wirkender Mann, der aber erstaunliche Qualitäten in der Menschenführung an den Tag legte. Er schaffte es, ein sehr diverses Team zu organisieren, eine koordinierende Funktion einzunehmen, ohne dabei autoritär zu wirken, und ihm gelang dabei, irgendwie von jedem gemocht zu werden. Jordan beobachtete dies mit großer Bewunderung. Es war so ein krasser Kontrast zu der Art, mit der Professor Bell seine Mitarbeiter geführt hatte, dass er gar nicht für möglich gehalten hatte, dass so etwas ging. Campbells verbindliche und gleichzeitig stets freundliche Haltung übertrug sich auf die beiden Studenten, die auch von ihm zu keinem Zeitpunkt das Gefühl bekamen, nicht ernst genommen zu werden. Das tat Jordans Selbstbewusstsein gut, mehr sogar, als er sich selbst gegenüber zugeben wollte. Elissi nahm es irgendwie zur Kenntnis. Sie war auch von Bells Tiraden weitgehend unbeeindruckt gewesen, reagierte nur auf Aggression mit Rückzug und Angst, da sie aus einem naiven Blick auf die Welt nicht verstehen konnte, warum jemand böse auf sie sein könnte.

Tatsächlich verstand Jordan das auch nicht. An Bord der *Scott* sprach niemand ihr gegenüber ein ärgerliches Wort. Es war, als würden die Männer und Frauen schnell erkennen, dass Elissi etwas Besonderes war. Und da diese Erkenntnis auch ein wenig auf ihn abfärbte, sie beide als untrennbare Einheit betrachtet wurden, verbesserte sich Jordans Stellung in der Crew schrittweise. Er begann, sich wohlzufühlen. Wie immer, wenn er derlei empfand, bekam er sofort Angst, dass dieses Wohlgefühl ein Ende nehmen würde. So war er. Elissi tat ihm dann gut. Sie erwartete immer das Beste oder kümmerte sich einfach nicht um die Zukunft.

Er musste das wirklich in den Griff bekommen. Dies war sicher eine spannende Sache. Aber worin genau sollte die Gefahr liegen? Tentakelige Aliens, die Menschen das Gehirn auffraßen, gab es nur in wirklich schlechten Romanen. Aus dem Alter war Jordan schon lange heraus, und alle anderen mit ihm sicher genauso. Es gab also keinen Grund für Pessimismus. Eher im Gegenteil: Dies konnte das Sprungbrett sein, auf das er so lange gehofft hatte. Vielleicht gab es danach ein Stipendium. Einen Abschluss direkt an der Universität der Autorität. Wenn er Leute kennenlernte und einen guten Eindruck hinterließ, würde man ihn sogar einstellen, ihm die Chance geben, ein echtes Mitglied eines solchen Forscherteams zu werden! Und um den guten Eindruck ging es. Jordan war nie faul gewesen. Jetzt aber, im Lichte dieser neuen Perspektive, warf er sich auf jedes Fitzelchen Arbeit mit der Energie eines wissenschaftlich interessierten Berserkers.

Der Flug verlief weitgehend ereignislos. Die Autorität übermittelte Daten der Fernsonden, die derzeit aber nichts mehr auffingen. Es war anzunehmen, dass das Ding ebenso Überlichttechnik verwendete wie die *Scott*, endgültig ein Hinweis darauf, dass es künstlichen Ursprungs sein musste.

Die Diskussionen an Bord waren voller Spekulationen. Jordan und Elissi saßen in der Messe vor ihren Mahlzeiten und hörten stumm, aber sehr aufmerksam zu. Manche Wissenschaftler hatten eine sehr farbige Fantasie. Jordan kam zu dem Schluss, dass dem einen oder anderen die Idee der gehirnfressenden Tentakelmonster nicht so fremd war, wie er erst angenommen hatte. Das hatte durchaus etwas Ernüchterndes.

Als sie nach Ende der Flugzeit an ihrem Ziel angekommen waren, erkannte Jordan, dass die Anspannung, die sich zum Schluss bei ihm aufgebaut hatte, größte Energieverschwendung gewesen war. Hier gab es nichts. Hier war niemand. Und keiner an Bord, außer ihm vielleicht, schien etwas anderes erwartet zu haben. Sie wussten ja auch nicht, ob das Ding jemals hier auftauchen würde. Aber wenn, so vermuteten die großen KIs auf Toragus, dann war dies das richtige Gebiet.

»Wissenschaft«, erklärte ihm Campbell, als er sich kurz nach der Ankunft in der Messe neben die beiden Studenten setzte, »hat manchmal etwas von Militär.«

»Ich weiß nicht, wie es beim Militär war«, erwiderte Jordan. Es war keine Erfahrung, deren Fehlen er als schmerzhaft empfand. Der Astrophysiker lächelte und griff nach einem Donut, seiner bevorzugten Speise, denn Jordan hatte ihn niemals etwas anderes zu sich nehmen gesehen.

»Das weiß kaum noch jemand. Aber es gibt eine Regel, die aus jener Zeit stammt: Beeile dich und warte. Der Kontrast aus hektischer, unter Druck entfalteter Aktivität und dann langen Phasen, in denen man einfach nur so sitzt und guckt. Wir gucken etwas aktiver als Soldaten, die auf ihren Einsatz warten, aber die Analogie stimmt trotzdem erstaunlich oft. Jetzt warten wir. Irgendwann demnächst wird das ... Ding hier eintreffen. Oder auch nicht. Vielleicht haben wir uns geirrt und es reist woandershin. Oder so langsam, dass es noch Jahre dauern wird, bis es hier ankommt. Dann kehren wir unverrichteter Dinge zurück und dies alles bleibt eine Episode. Kann alles sein.«

Jordan nickte nur. Eine bloße Episode würde seine Träume von einer Karriere in der Autorität schnell wieder in die harte Realität zurückführen. Nicht gut.

»Es ist nicht so schlimm«, sagte Campbell. »Sie beide haben solide Arbeit geleistet. Sie haben eine große Karriere vor sich, so oder so. Wenn ich Ihnen eines versprechen kann, dann das.«

Jordan fühlte sich ob des plötzlichen Lobs, der schönen Aussicht, mit einem Male ganz beseelt. Er lächelte erst Campbell, dann Elissi an, die die Ankündigung ihrer Aussichten mit dem üblichen Gleichmut aufnahm, den sie allem entgegenbrachte, was sie persönlich betraf.

»Wie nennen wir das Objekt?«, fragte er dann. »Ding?«

»Die Astronomen sind sich noch nicht sicher.« Campbell sah Elissi an, die schweigend und wie immer sehr methodisch aß. »Sie haben es als Erste gesehen, nicht wahr?«

Elissi nickte.

»Wir sollten es nach Ihnen benennen. Elissis Sphäre. Würde Ihnen das gefallen?«

Elissi unterbrach den Kauvorgang, und Jordan wusste, dass sie nun begann, ernsthaft über diese Frage nachzudenken. So war sie. Wenn man etwas von ihr wissen wollte, schenkte sie dem echte Aufmerksamkeit. Welche Spektralklasse hatte Objekt X-32984? Welches Raumvolumen nahm der Cortez-Nebel ein? Was gab es zum Nachtisch? Da war für sie kein Unterschied. Jordan musste sie manchmal davor ein wenig abschirmen, denn wenn Elissi eines nicht gut konnte, dann ihre Aufmerksamkeit nach Prioritäten zu ordnen. Das tat er für sie, und sie vertraute ihm. Da er diesmal nicht einschritt, musste sie schließen, dass die Frage echte Relevanz hatte. Für sie war sie aber auch schwer zu beantworten. Campbell hatte sie nach einem Gefühl gefragt. Elissi wusste sicher, dass sie Emotionen hatte. Jordan hatte lange mit ihr darüber geredet. Aber sie hatte so ihre Probleme, sie richtig zu erkennen und damit umzugehen. Diese Frage aber, so seine Einschätzung, sollte sie nicht vor unüberwindliche Probleme stellen.

»Es gefällt mir«, sagte sie. Jordan war sich nicht sicher, ob das stimmte. Hin und wieder schien Elissi das Konzept der »sozial erwünschten Antwort« zu verstehen, was für ihre große Intelligenz sprach. Wenn sich gewisse Konstellationen wiederholten, bei denen sie negative Reaktionen auf eine bestimmte Art der Antwort erhalten hatte, lernte sie daraus. Das hieß, sie lernte zu lügen, und es tat ihr nicht weh, sie schämte sich nicht. Elissi hatte tief in sich das Bedürfnis, dazuzugehören und verstanden zu werden. Sie war ein soziales Wesen wie sie alle und ihr abgesondertes Leben keine bewusste Entscheidung, sondern Resultat eines Prozesses, den sie nicht kontrollierte. Tatsächlich glaubte Jordan, dass es ihr völlig egal war, wie die Sphäre hieß oder wer sie entdeckt hatte. Sie trieb ein unstillbarer, von jeder Eitelkeit befreiter Wissensdurst, der die Erkenntnis als solche in den Mittelpunkt stellte. In einer Welt wie dieser musste eine solche Person beschützt werden, und Jordan hatte es auf sich genommen, diesen Schutz zu gewährleisten.

»Gut«, sagte Campbell lächelnd. »Sehr gut. Ich glaube nicht, dass es Widerstand dagegen geben wird, es ist eine gute, alte Tradition.« Er sah Jordan an. »Sie beschweren sich nicht?«

»Elissi war die Erste«, war Jordans einfache Entgegnung, und es war gut, damit schlicht die Wahrheit zu sagen. Er sah seine Freundin an, hoffte ein wenig, nur für einen Moment, etwas von der Sympathie in ihr zu sehen, die er sich erträumte. Doch Elissi nickte nur, denn damit war diese Klippe sozialer Interaktion zu ihrer Zufriedenheit umschifft worden. Es war alles gut für sie. Und es stimmte ja. Wofür Dankbarkeit empfinden?

Jordan verbarg seine Enttäuschung. Die war auch töricht genug.

»Sie sind nach dem Essen auf die Brücke eingeladen«, sagte Campbell schließlich. »Es ist nichts Besonderes zu sehen, aber wir machen immer eine kleine Party, wenn wir am Ort des Geschehens angekommen sind. Eine alte Tradition, wenn Sie so wollen.«

»Party?«, echote Jordan. Es musste sehr ungläubig geklungen haben, denn der Teamchef lachte leise auf.

»Wir sind Wissenschaftler. Rund 50 Prozent von uns erinnern sich vage an die Freuden geselligen Zusammenseins, und etwa ein Drittel davon ist in der Lage, ein belangloses Gespräch zu führen, ohne nach wenigen Sekunden zu aktuellen Forschungsergebnissen zu kommen. Es sind exakt diese Leute, die später befördert werden – von Verantwortlichen, die den Großteil ihrer Arbeit mit Belanglosigkeiten befasst sind und nicht dauernd von intelligenten Menschen daran erinnert werden wollen, dass dem so ist.« Er sah Jordan bedeutungsvoll an. »Wir vergessen das manchmal, junger Mann. Wir kommen nur weiter, wenn wir Leute kennen, die Leute kennen, die über uns reden oder zu reden bereit sind.« Dann fiel sein Blick auf Elissi, die ihn stirnrunzelnd ansah. Sie verstand, was er meinte – eine Kausalkette stellte für sie keinerlei intellektuelles Problem dar. Die Konsequenzen zu akzeptieren, die sich daraus für sie ergaben, fiel ihr hingegen schwer.

»Das gilt für jeden von uns«, betonte Campbell.

»Was ist mit denen, die nicht weiterkommen wollen?«, fragte Elissi leise. »Die nur Wissen wollen? Nichts weiter.«

Campbell sah sie verständnisvoll an. »Auch solche Menschen brauchen eine Position, die ihnen den ungestörten Blick auf dieses Wissen ermöglicht. Elissi, Sie sind ohne Zweifel jemand Besonderes. Halten Sie sich an Jordan hier. Er muss Ihr Schild und Schwert sein. Sie beide sind ein gutes Team.«

Damit hatte er alles gesagt, erhob sich, grüßte und ging. Jordan war das ein wenig peinlich. Doch Elissi nickte nur, ein einziges Mal, eine kurze, abrupt wirkende Bewegung ihres Kopfes, die ein paar Haare in ihre Stirn rutschen ließ.

»Wir sind ein gutes Team, Jordan«, sagte sie dann. »Wir sind ein gutes Team.«

Jordan wusste dazu nichts zu sagen. Er ahnte, wie sie es meinte, und er wollte so gerne, dass es auch etwas anderes bedeutete. Das verstand sie nicht. Oder das konnte sie nicht. Egal wie, es tat ihm weh. Und das war ganz allein sein Problem.

Es wurde Zeit, dass er alt wurde. Ab einem gewissen Lebensalter war man in der Lage, die emotionalen Wirkungen hormoneller Prozesse besser zu bewältigen, hatte er gelesen. In diesem Moment sehnte er sich diese Fähigkeit aus ganzem Herzen herbei.

12

»Von hier?«

Lyma Apostol starrte auf den Schirm. Belladonna war eine kleine Station, ein tonnenförmiger Rumpf mit drei rotierenden Auslegern, nicht mehr als eintausend Bewohner, die meisten davon arme Schlucker. Die Station hielt sich durch allerlei Geschäfte am Leben, in deren Details Lyma lieber nicht eintauchen wollte, und die Jurisdiktion des Konkordats über diese und vergleichbare Installationen, von denen es Tausende verstreut im ganzen Raum gab, war eher als nominell zu bezeichnen. Die offensichtliche Abneigung gegen die Ankunft der *Scythe* war körperlich spürbar, selbst die automatische Stimme des Dockcomputers schien Gehässigkeit auszudrücken. Natürlich bildete sie sich das alles nur ein. Die *Scythe* hatte ihre Ankunft notwendigerweise angekündigt, und wer auch immer auf Belladonna etwas zu verbergen hatte, dem blieben Stunden, um sich auf eine Untersuchung vorzubereiten. Lyma empfand ein wenig Schadenfreude bei der Vorstellung, dass dort drüben jetzt seit geraumer Zeit sehr hektische Aktivität herrschte. Auf einem Ort wie Belladonna stellte man nicht die Frage nach dem Schuldigen, sondern nur, wer von all den Schuldigen mehr oder weniger auf dem Kerbholz hatte. Die ganze Station in die Luft zu jagen und die Bewohner in einem nachträglichen Gerichtsverfahren zu verurteilen, wäre eine gerechtfertigte Vorgehensweise gewesen, wenn sich nicht auch Kinder an Bord befunden hätten, deren kriminelle Karriere sicher erst in ihren Anfängen stand.

»Wir bekommen Schleuse 7B. Ein-Mann-Zugang«, sagte Hayden, der Pilot, und schaute Lyma an. »Sie wollen wohl nicht, dass wir alle mit einem Mal reinstürmen.«

»Niemand hat die Absicht, diese Station zu stürmen«, sagte die Kommandantin und verbarg den Sarkasmus in ihrer Stimme nur ungenügend. »Bring uns ran und bleib zivil dabei. Wir sind, ob wir es nun wollen oder nicht, auf die Kooperation dieser Leute angewiesen.« Sie holte tief Luft. »Ich möchte den lokalen Konstabler sprechen. Die haben doch so was.«

Verächtliches Gemurmel antwortete ihr. Natürlich gab es auch hier eine Polizei, rein theoretisch Kollegen der Besucher, zur Kooperation verpflichtet und Teil einer Hierarchie, in der Lyma ziemlich weit oben stand. Doch es nützte erfahrungsgemäß nichts, auf diesen formalen Dingen zu beharren. Die Konstabler auf Stationen wie diesen steckten mit all jenen, die krumme Geschäfte betrieben, unter einer Decke und sorgten maximal dafür, dass Konflikte nicht allzu blutig ausgetragen wurden und Unbeteiligte nicht zu oft zu Schaden kamen. Es waren nur im allerweitesten Sinne »Kollegen«, und überbordende Kooperationsbereitschaft konnten sie von ihnen nicht erwarten.

Eher im Gegenteil.

Die *Scythe* näherte sich Belladonna mit sehr langsamer Geschwindigkeit. Jede Form der Provokation musste vermieden werden. Es hatte einige Zeit gedauert, bis sie die Spur Gracens hatten aufnehmen können, aber sein Hang zur Brutalität war ihm abermals zum Verhängnis geworden. Die Leiche, die sie unter dem Raumhafen in einem Schmugglerversteck gefunden hatten, war der erste Schritt gewesen. Gracen hatte es immer noch eilig, und dabei machte man nun einmal winzige Fehler, selbst wenn man ein Genie war.

Wenn sie aber hier nicht weiterkamen, drohte die Spur zu verblassen.

Lyma sah sich in der Zentrale um und überlegte kurz. Sie konnte nicht mit einem ganzen Kommando an Bord der Station gehen. Andererseits durfte sie nicht den Eindruck erwecken, als sei sie zu sorglos. Es gab hier Elemente, die durch den scheinbaren Übermut ihrer Gegner eher animiert wurden, etwas auszuprobieren oder ein Exempel zu statuieren. Nicht alle dachten dabei an die langfristigen Folgen. Sie wollten ihren Spaß, ihre Muskeln spielen lassen. Niemals durfte man das Risiko unterschätzen, von einem dahertrampelnden Idioten erlegt zu werden anstatt standesgemäß von einem wahnsinnigen Genie.

»Inq, du kommst mit mir«, sagte sie dann. Der Androide war ihre erste Wahl, was sowohl seine Fähigkeit als Leibwächter anbetraf als auch seine Beobachtungsgabe. Lyma dachte noch einen Moment über eine weitere Begleitperson nach, entschied sich dann aber dagegen. Sie würde genug Aufsehen erregen. Und sie war sich absolut sicher, dass Gracen sich nicht mehr hier aufhielt, sondern Belladonna nur als Zwischenstation genutzt hatte. Lymas Ziel war es allein, die Spur wieder aufzunehmen.

Als sie eine gute Stunde später mit der Polizeidrohne zusammen die Schleuse durchquerte und in die Station trat, schlug ihr zunächst ein übler Gestank entgegen, den einzuatmen sich ihr Körper instinktiv weigerte. Es kostete sie ein wenig Überwindung, und sie musste für einen Moment stehen bleiben, um sich selbst davon zu überzeugen, dass keine sofortige Vergiftungsgefahr bestand. Die Umgebung als heruntergekommen zu bezeichnen, war eine Verniedlichung der tatsächlichen Zustände. Belladonna gehörte sicher zu den am schlechtesten gewarteten Stationen, die Lyma bisher betreten hatte, und sie war gut herumgekommen. Die Plastikwände sahen aus, als hätte jemand dreckiges Fett auf ihnen verteilt, und der Kunststoff hatte Risse und warf sich blasenförmig auf. Der metallene Fußboden war seit Jahrzehnten nicht mehr gereinigt worden. Um die wackeligen Stände im Dockbereich herum, an denen vorwiegend bedenklich aussehende Nahrungsmittel feilgeboten wurden, hatte sich der Dreck langer Geschäftstätigkeit angesammelt. Die organischen Reste, die sich in Form von Flecken, Pfützen, Streifen und wie Schorf aussehenden Erhebungen auf dem Boden erkennen ließen, mussten einfach ungesund sein. Doch niemanden kümmerte das. Die Bewohner der Station sahen aus wie ihre Umgebung, heruntergekommen, manche in Lumpen, andere, die sich nur mühsam an die letzten Reste menschlicher Würde klammerten. Dreckige Gesichter mit hungrigen Augen, die Maß nahmen, als sie sich ihr zuwandten. Das Abwägen und Kalkulieren in den gierigen Blicken war beinahe körperlich spürbar. Lyma fühlte sich nicht einfach wahrgenommen, sie fühlte sich ausgeweidet, in alle verwertbaren Komponenten zerlegt, und noch nie beim Betreten eines Ortes hatte sie dermaßen spontanes Unwohlsein überfallen wie hier. Die meisten schauten dann wieder weg. Das Emblem der Polizeiautorität hatte auf jeden diesen Effekt, der sich seinen Verstand noch nicht mit schlechten Drogen weggelötet hatte.

»Das Konkordat hat hier versagt«, murmelte sie Inq zu.

»Die Leute hier wollen das Konkordat nicht«, erwiderte der Androide ebenso leise. »Die letzten Inspektoren wurden verprügelt, einer vergiftet. Belladonna ist kein Dorn im Auge, kein Stachel im Fleisch – es ist nicht mehr als der kleine Pickel, der sich manchmal entzündet, übel anzusehen, aber eigentlich einfach nur lästig.«

»An deinen Analogien musst du noch arbeiten, sie verderben mir echt den Appetit.«

Inq lächelte erfreut. »Danke. Das war der beabsichtigte Effekt. Ich dachte mir, ich suche die Poesie, die zu unserer Umgebung passt.«

Lyma beschloss, diesen Blödsinn nicht mit einem weiteren Kommentar zu adeln.

»Niemand scheint uns zu erwarten.«

»Aber alle beobachten sie uns.«

Lyma nickte, erkannte ihr Ziel und schritt auf die durch ein fleckiges und angeschlagenes Schild identifizierbare Konstablerwache zu, deren Zugang durch eine halb geöffnete Tür weder verwehrt wurde noch eine besondere Einladung aussprach. Sie scheute sich, sie weiter aufzustoßen, weil sie eine Infektion befürchtete, und schob daher den Stiefel nach vorne. Die Tür schwang auf und gab den Blick in eine völlig verranzte Räumlichkeit frei, dominiert durch eine Art Plastiktheke, hinter der ein Mann in Uniform schnarchte. Er war so groß wie breit, und die Uniform saß schlecht, aber der Kontrast war offensichtlich: Das Kleidungsstück war sauber, so sauber, dass Lyma angesichts der Umgebung beinahe geblendet war, als sie auf das Namensschild blickte.

»Konstabler Warren«, sagte sie laut.

Der Mann bewegte sich träge, öffnete ein Auge, dann das zweite und erhob sich ächzend aus seiner zusammengesunkenen Position. So sauber seine Uniform war, so schlecht war sein Atem, doch Lyma wich nicht zurück. Sie hatte schon Schlimmeres erlebt.

»Ach Scheiße!«, sagte der Mann und schaute auf Lymas Ausweis. Er blinzelte träge. »Ach Scheiße!«

»Exakt. Sie sind der Diensthabende?«

Warren machte eine schwache Bewegung mit einer Hand. »Sehen Sie außer mir noch jemanden? Heute trage ich die Arschkarte. Warum wecken Sie mich?«

»Ihr Ton ist unangemessen.«

»Verklagen Sie mich doch.« Lyma beherrschte sich. Auf die Herausforderung in seiner Stimme anzuspringen, würde zu nichts führen, und es gab andere Methoden, um mit Leuten wie Warren umzugehen. Sie beugte sich leicht nach vorne und lächelte freudlos.

»Sie mögen mich nicht. Sie halten mich für eine lästige, nervende Polizistin aus dem verdammten Konkordat, die sich in irgendwas einmischen möchte, das sie nichts angeht, die nur Ärger bereitet und sich für etwas Besseres hält als alle anderen, Sie inklusive. Ich mag Sie auch nicht. Sie sind ein pflichtvergessenes, korruptes Stück Scheiße. Was halten Sie davon, wenn wir das einfach mal als gesetzt annehmen und unsere Pflicht erledigen – dann bin ich schnell wieder weg und Sie können weiter Ihren gewohnten ... Dienst erledigen.«

Warren grinste sie an. Dass sie ihn gerade übel beschimpft hatte, tat ihm offenbar nichts. Entweder hörte er das jeden Tag, oder es war ihm schlicht egal. Er nickte langsam. Aber da glitzerte jetzt ein Anflug von Respekt in seinen Augen. Die Grundlage für seine Kooperationsbereitschaft war hergestellt.

»Was wollen Sie?«

»Die Liste der Ankünfte der letzten beiden Wochen.«

»Die ist im Zentralcomputer. Ihr lackierter Androidenarsch hat doch sicher Zugang.« Er zeigte auf Inq, der ihn indigniert ansah.

»Der lackierte Arsch hat Zugang«, bestätigte Lyma. »Aber ich will die *echte* Liste. Die inoffizielle. Die, für deren Pflege und Nutzung Sie und die anderen uniformierten Schmierenkomödianten die Hand aufhalten.«

Warren hob seine Augenbrauen, hielt ihr die Hand entgegen, Handfläche nach oben.

»Also?«, fragte er. Das war frech. Lyma fing ihrerseits an, Respekt für den Mann zu empfinden. Nicht übel.

»Ich bin Ihre Vorgesetzte. Sie werden sie mir so geben.«

Warren zog seine Hand wieder ein und zuckte mit den Achseln. »Es gibt keine solche inoffizielle Liste. Wir arbeiten hier streng nach Vorschrift. Ich habe keine Ahnung, wovon Sie überhaupt reden.«

»Natürlich. Sie sind eine Zierde unseres Berufs.«

Lyma trat hinter die Theke, schaute auf den Schreibtisch des Mannes, der ein völliges Durcheinander war, überdeckt mit Plastikmüll, in dem Essensreste erkennbar waren, manche davon mit einem kuscheligen Flaum bedeckt. Der

Boden war klebrig und voller Flecken, auch hier lag Müll herum, vor allem alte Kaffeebecher, aber auch Flaschen, die zweifelsohne für alkoholische Getränke genutzt wurden. Alles stank. Warrens Mundgeruch war möglicherweise nur Tarnung, damit er sich in diese Umgebung einfügte und nicht erkannt wurde. Seinem Büroschlaf war dies ohne Zweifel sehr zuträglich.

»Was wollen Sie?«

Warrens Stimme klang nicht mehr ganz so forsch wie eben noch, und Lyma gestattete sich die Illusion, dass ihre natürliche Autorität einen Beitrag dazu geleistet hatte.

»Die Liste, ich sagte es doch.«

»Wir führen keine solche Liste. So wichtig sind wir hier nicht.«

Lyma deutete auf die Batterie an Bildschirmen, die im Hintergrund des Raumes zu erkennen war. Einige flackerten, andere funktionierten, und die Kameras schwenkten langsam von links nach rechts. Kontrollen blinkten kränklich.

»Sie nehmen den Dockbereich auf. Sicherheitskameras.«

»Wir nehmen alles Mögliche auf. Wir haben weder das Personal noch die Rechenkapazität, um das ganze Zeugs auszuwerten.«

»Wie lange wird gespeichert?«

»Die üblichen zwei Monate.«

»Ich möchte Kopien.«

Warren nickte ernsthaft. »Sie haben sicher einen richterlichen Befehl dafür.«

Lyma verzog das Gesicht. Erwartungsgemäß wurde der Konstabler zum dienstbeflissenen Hüter des Rechts, sobald es ihm passte. Es gab einen Richter auf Belladonna, davon hatte sie sich im Vorfeld überzeugt. Als sie seinen Namen aufgerufen hatte, hatten die Warnungen der Einheit für Korruptionsbekämpfung wie ein schlecht komponiertes Kinderlied geklingelt. Er würde ihr nicht helfen. Er half nur sich selbst.

»Es geht um die Verfolgung eines wichtigen Kriminellen.«

»Der Richter wird sich das bestimmt gerne anhören. Ich mache nichts ohne entsprechende Anordnung.« Warren lächelte. »Sie wissen ja. Recht und Gesetz.«

Lyma kämpfte den plötzlich aufwallenden Zorn nieder. Am liebsten hätte sie dem Mann und seinem süffisanten Grinsen eine passende Antwort gegeben, mit einer geschwungenen Rechten, von der sie aus Erfahrung wusste, dass sie im Regelfalle den gewünschten Effekt erzielte. Doch sie würde sich mit derlei nur in Schwierigkeiten bringen. Außerdem war es nicht notwendig.

»Wer leitet das Krankenhaus auf der Station?«

Warren hob seine Augenbrauen. »Sie sind krank?«

»Wer?«

Der Konstabler zuckte mit den Achseln. Er schien die Bedeutung dieser Information nicht einschätzen zu können. »Wir haben eine Krankenstation unter der Leitung von Dr. Goranski. Und eine Privatklinik für ... spezielle Bedürfnisse. Sie ist eher in einschlägigen Kreisen bekannt und macht nicht viel Werbung.«

»Eine Untergrundklinik? Ein illegaler Arzt?«

»Privatklinik, wie ich schon sagte. Ich weiß nichts über die rechtlichen Rahmenbedingungen, unter denen man dort arbeitet. Da reden Sie mal lieber mit der Stationsleitung, die erteilt die Genehmigungen.«

Recht und Gesetz. Man konnte sich wunderbar dahinter verstecken, wenn es sich als notwendig erwies. Lyma nickte. Es musste einen Grund geben, warum Warren mit dieser Information so freigiebig war. Vielleicht eine offene Rechnung oder eine nicht bezahlte Bestechung. Warren wirkte wie jemand, der sehr nachtragend sein konnte.

Sie schaute Inq an, der dem Gespräch scheinbar unbeteiligt gefolgt war. Er nickte ihr unmerklich zu.

»Danke, Konstabler«, sagte sie und drehte sich um. »Sie waren uns eine große Hilfe.«

Warren sah sie misstrauisch an, abwägend, empfand diese Worte mehr als eine Drohung als eine aufrichtige Danksagung, und er hatte natürlich im Grunde nicht unrecht. Als Lyma zusammen mit Inq die Wache verließ, neigte sie ihm den Kopf zu.

»Und?«

»Die Datenschutzbestimmungen der Ermittlungsbehörden werden nur ungenügend eingehalten. Konstabler Warren hat auf dem Server der Wache einen virtuellen Glücksspielhub errichtet und verdient sich einiges an zusätzlichem Geld dadurch. Außerdem vertreibt er Pornografie. Echte, mit Aliens.«

»Tut er das?«

Inq lächelte. »Ich habe zwei Monate voller Aufzeichnungen der Kameras kopiert. Die KI der *Scythe* wertet sie bereits aus. Es dürfte nicht lange ...«

Er unterbrach sich, schaute für eine Sekunde ins Leere. Dann nickte er. »Gracen war hier.«

Lyma spürte die Aufregung in ihr hochkochen. Die Spur war noch heiß. Die Suche noch nicht sinnlos. Sie ergriff Inq am Arm. »Was hast du?«

»Nur seine Ankunft. Mit einer Ladung.« Der Android verzog das Gesicht. »Ich würde mal sagen, die Sache mit der Privatklinik ist unsere beste Chance, Lyma. Die offizielle Krankenstation wurde aufgrund massiver Hygienemängel vor drei Monaten geschlossen. Gegen Dr. Goranski läuft ein Ermittlungsverfahren wegen einer Kette von Behandlungsfehlern, und da wichtige Leute aus der Station involviert sind, zieht sich die Schlinge um seinen Hals zu. Die Privatklinik wird von einem Dr. Elias Brown geleitet, und der ist unsere beste Chance.«

»Wohin gehen ...«

Inq berührte sie am Arm. »Wir sollten erst einmal nicht allein gehen. Und wir brauchen tatsächlich so etwas wie einen Durchsuchungsbefehl, um mehr zu tun, als freundlich an der Rezeption um einen Gesprächstermin zu bitten.«

»Ich ...«

»Lyma!« Inq musste nicht mehr als dieses eine Wort sagen, um ihren aufsteigenden Ärger zu begrenzen. Sie atmete aus. Er hatte natürlich recht, deswegen nahm sie ihn ja immer mit. Die Stimme der Vernunft, die durch das Geschrei von Wut und Enttäuschung in ihrem Kopf hindurchdrang und sie auf dem richtigen Weg hielt. Es war furchtbar genug, dass sie einer Maschine bedurfte, um keine Dummheiten zu begehen. Es war dieser Fall, es war Gracen, der an ihrem Verstand und ihrer Zurechnungsfähigkeit zu nagen begann.

»Wir schicken eine Anforderung zum Bezirksgericht«, sagte Inq, um möglicher Kritik vorzubeugen. »Das dauert nur unwesentlich länger, und wir können davon ausgehen, dass dort jemand sitzt, der Belladonna für exakt den gleichen Scheißhaufen hält wie wir. Lass uns zurück zur *Scythe* gehen. Ich bereite alles vor. Tatsächlich habe ich es eben schon getan. Deine Identifikation, und wir senden es ab.«

»Ja«, sagte Lyma nur, eine knappe Antwort, die vor allem ergeben klang. Sie senkte den Kopf, als sie zurück zur Schleuse ging, nicht geschlagen, aber in der Erkenntnis, dass sie in ernster Gefahr war. Nicht notwendigerweise durch die Schergen Gracens oder die Gauner Belladonnas, sondern durch sich selbst. Sie musste sich zusammennehmen. Es war absolut notwendig, dass sie das tat. Sie berührte sich am Kopf. Unter den Haaren ertastete sie die Narbe, die sie an das erinnerte, was sie einmal gewesen war. Damals war ihre Wut genutzt worden, ihre ungeduldige Energie, und sie war ein Opfer gewesen, ohne jede Schuld zu tragen. Das hatte sie verarbeitet. Aber jetzt war sie kurz davor, zur Täterin zu werden, und das könnte sie sich niemals verzeihen.

»Halte mich auf Kurs, Inq«, bat sie leise, als sie die Schleusenkammer betraten.

»Du brauchst Urlaub, Lyma.«

Lyma schüttelte den Kopf. Was für ein absurder Gedanke. »Nein«, widersprach sie sofort. »Ich brauche Gracen.«

Und der Android wusste, dass es genau so war und nicht anders.

13

»Er hat mich mit einer Zwanzigjährigen betrogen. Zwanzig!«

Theresa Plissken sah so erzürnt aus, für einen Moment nahm Horana an, dass sie ernsthaften Schmerz empfand, eine aufrichtige Verletzung. Sie vermied jeden Blick auf ihren Noch-Ehemann, der neben Horana saß, direkt gegenüber dem Anwalt der Betrogenen. Horana schaute die schlanke Gestalt der makellos dasitzenden Frau an, achtete auf ihre Gestik, das sorgfältig geschminkte Gesicht, feine Untertöne, unbewusste Bewegungen. Sie hatte gelernt, auf diese Dinge zu achten. Es kam oft nicht auf das an, was jemand sagte, sondern vielmehr auf das, was dieser Mensch unbewusst zeigte. Theresa Plissken war empört. Aber die Ursache war keine tatsächliche oder imaginäre Zwanzigjährige, sondern das Vergleichsangebot, das Horana ihr soeben vorgelegt hatte. Das Gefühl war echt.

Denn Theresa Plissken hatte viel, viel mehr erwartet. Sie war eine anspruchsvolle Frau, das erkannte man auf den ersten Blick. Sie trug ihre Haare sorgfältig frisiert, das Ergebnis einer Sitzung, die zweifelsohne lange gedauert und einiges gekostet hatte. Ihre Maniküre war von gleicher Qualität, und die Noch-Gattin ihres Mandanten legte großen Wert darauf, dafür zu sorgen, dass man ihre Hände jederzeit sah, um die Nägel und die sanft schimmernde Haut auch gebührend bewundern zu können. Horana, die sich heute Morgen erst einen Nagel eingerissen hatte, war in der Tat beeindruckt. Die Kleidung und die Haltung der Frau waren makellos, und das Kostüm war sicher nicht von der Stange. Sie trug einen kleinen Hut, wie er in letzter Zeit wieder in Mode gekommen war, etwas schräg in die dafür eigens modellierte Frisur gesteckt. Auch sonst machte sie eine gute Erscheinung. Sie hatte sich fit gehalten, sei es nun durch Sport oder weniger anstrengende körperkosmetische Methoden. Horana konnte sie sich nicht schwitzend auf einem Trainingsgerät vorstellen, aber letztlich war das völlig irrelevant. Theresa Plissken sah gut aus, und sie wusste es. Darüber hinaus war sie aufbrausend, fordernd, arrogant, verächtlich und in so ziemlich allem eine unangenehme Person, wie sich Horana nun selbst ein Bild machen konnte.

Und sie hatte natürlich absolut recht. Ihr Gatte hatte sie mit einer Zwanzigjährigen betrogen, die nicht halb so attraktiv war wie Theresa, aber dafür eine wesentliche Qualität hatte, über die die Betrogene nicht verfügte: Sie war nicht so nervig.

Und: Es war absolut egal. Es gab im Scheidungsrecht keine Schuldigen und keine Unschuldigen. Wenn strafrechtliche Dinge vorgefallen waren, wurden diese Verfahrensteile gemeinhin ausgegliedert und separat behandelt. Dr. Plissken aber hatte seine Frau niemals geschlagen, selten mit ihr gestritten, sie niemals um Geld oder Besitz gebracht, sie nicht anderweitig geschädigt, er war einfach nur, aus purer Verzweiflung und möglicherweise großer Einsamkeit, mit einer Assistentin in die Kiste gesprungen. Horana hatte dafür, je länger sie sich Theresa anschauen – und vor allem anhören – musste, so etwas wie ein grundlegendes Verständnis entwickelt. Letzteres war ein Luxusgefühl. Sie musste ihren Mandanten weder verstehen noch seine Handlung positiv bewerten. Sie musste schlicht und einfach seine Interessen vertreten.

»Es tut mir leid, dass Sie sich betrogen fühlen«, sagte sie also in sachlichem Ton.

Theresa Plissken rümpfte die Nase, eine sorgfältig einstudierte Bewegung, die den größten Effekt erzielte. Natürlich verpuffte er bei Horana völlig.

»Fühlen? Fühlen? Hat er Sie auch gebumst, oder warum sagen Sie so was? Er scheint ja jeder zwischen die Beine zu springen, die nicht bei drei auf dem Baum ist!«

Horana atmete tief ein. Ihr Mandant hatte sich ihr nicht ein einziges Mal auch nur andeutungsweise genähert, aber das wusste Theresa auch. Sie wollte provozieren, die Anwältin ihres Gatten aus dem Gleichgewicht bringen. Horanas Blick fiel auf Johach Halderlin, den Anwalt der Frau, der schweigend und mit unbewegter Miene neben ihr saß und keinerlei Anstalten machte, sie in ihren Ausbrüchen zu besänftigen.

Weil es keine Ausbrüche waren. Horana war sich nun ganz sicher. Das gehörte zu ihrer Strategie. Es war Berechnung. Sie nickte Johach zu, der kurz die Augenbrauen hob. So eine Art Anwalt war er also. Was für ein Arschloch.

Schon vorher war Horana fest entschlossen gewesen, diese Sache mit Energie und Einsatz durchzufechten. Das, was hier geschah, bestärkte sie in diesem Entschluss ungemein.

»Ich verstehe, dass Sie aufgebracht sind«, unterbrach sie die Tirade der Betrogenen und legte falsche Freundlichkeit wie einen schmierigen Film über ihre Worte. Theresa verstummte, irritiert über die scheinbare Anteilnahme. Sie spürte natürlich, dass diese gelogen war, aber sie konnte nicht so tun, als sei sie nicht ausgedrückt worden.

»Ich bin mir sicher, dass Sie großen Schmerz empfinden«, fügte Horana hinzu. »Ich bin eine Frau und weiß selbst, wie Männer manchmal sind. Ich habe meine eigenen Erlebnisse gehabt.«

Das hatte sie nicht. Tatsächlich waren ihre bisherigen Beziehungen alle, bis auf das jeweilige Ende, ganz erfreulich gelaufen, und niemals war der Grund gewesen, dass der andere ein dummer Arsch gewesen wäre. Es hatte einfach nicht gepasst, zumindest nicht auf Dauer. Aber etwas weibliche Solidarität vorzuheucheln, nahm der Gattin ein wenig den Wind aus den Segeln. Horana lächelte dabei. Es gab Kurse für Prozessanwälte, die Mimik und Gestik schulten. Horana war dabei »ihr« Lächeln beigebracht worden, wie es bei ihr am allerbesten funktionierte. Dabei hatte sie gelernt, dass die Rezeption von Mimik bei Männern und Frauen unterschiedlich funktionierte. Männer dachten im Regelfalle ... unkomplizierter. Sie schauten auch nicht vorwiegend auf lächelnde Lippen, sondern ganz woanders hin.

Horana begann mit dem langweiligen und ermüdenden Teil. Sie fing an, über die Vermögensaufstellung zu reden, holte Listen hervor und verwandelte ihre Stimme in die Vertonung einer Litanei voller Monotonie und lästiger Details.

Theresa Plissken wollte, das war ihr anzusehen, mit dieser Art von Information nicht belästigt werden. Sie warf ihrem Anwalt immer wieder auffordernde Blicke zu. Der wirkte etwas wehleidig: Nachdem die emotionale Tour nicht funktioniert hatte, musste er jetzt richtig arbeiten, und Horana hatte das Gefühl, dass er ein wenig faul war. Aber wenn er sich nicht mit den Details befasste, wer dann?

Er tat es, mit wenig Enthusiasmus. Ein Teil ihrer Aufmerksamkeit widmete sich dem, was er entgegnete, mit Akribie, malte in Aufstellungen herum, bezweifelte Wertangaben, Besitzverhältnisse, Abschreibungen, Zuordnungen und derlei und brachte ihn damit ins Schwitzen. Ein anderer Teil beobachtete die zunehmend gelangweilt wirkende Frau, die all das nicht weiter interessierte.

Es ist ihr eigentlich völlig egal, schoss es Horana durch den Kopf. All der Besitz, all die Fragen, wer was bekäme und warum, waren völlig zweitrangig. Sie war nicht arm, würde es nie sein, hatte quasi unter ihrem gesellschaftlichen Status geheiratet und würde diesen jederzeit aus eigenen Mitteln wieder erreichen und erhalten können. Es ging um etwas ganz anderes.

Horana hob eine Hand. Johach unterbrach seine aktuelle Erklärung, warum der zweite Gleiter, obgleich schon zehn Jahre alt, ein besonderes Erinnerungsstück für seine Mandantin und daher bei der Vermögensaufteilung ihr zuzuordnen sei – ein Fahrzeug, das ihr Mann von seinem verstorbenen Vater erhalten hatte, kurz vor dessen Tode vor gut einem halben Jahr.

»Ich denke, dass wir so nicht weiterkommen«, sagte sie. »Darf ich einen Moment mit meinem Mandanten allein sprechen?«

Dr. Plissken sah sie verständnislos an, doch sie lächelte ihm nur mit einem Kopfnicken zu.

»Dagegen ist natürlich nichts einzuwenden«, sagte Halderlin und zuckte mit den Schultern. »Eine halbe Stunde? Eine kleine Pause ist immer gut.«

Horana nickte und erhob sich. »Sie können hierbleiben oder in das Café im Erdgeschoss gehen«, schlug sie freundlich vor. »Mein Mandant und ich nehmen den Meetingraum, sodass wir Sie nicht stören.«

»Ich bekomme den Gleiter«, sagte die Gattin störrisch und warf ihrem Noch-Ehemann einen bösen Blick zu. »Er steht mir zu.«

Plissken wollte den Mund öffnen, und Horana sah an seiner Haltung, dass er bereit war, seiner eigenen, über die letzte Stunde angestauten Wut freie Bahn brechen zu lassen. Das war nicht in ihrem Sinne, also ergriff sie ihn am Arm, zog ihn mehr mit sich, als dass er ihr freiwillig folgte, mit hochrotem Kopf und einem sehr empörten Gesichtsausdruck. Als sie die Tür des Meetingraums sorgfältig hinter sich geschlossen hatte, platzte es aus ihm heraus.

»Haben Sie das gehört? Wollen Sie das zulassen? Das ist doch reine Schikane! Die will mich nicht nur schröpfen, sie will mich erniedrigen! Ich werde ihr gar nichts geben! Hören Sie, ich sage es Ihnen als Ihr Mandant: gar nichts, nicht ein Fitzelchen. Kein Geld, keinen Gleiter, kein Möbelstück. Und nicht den Hund. Der Hund gehört mir! Er gehorcht ihr doch gar nicht! Er verachtet sie! Wir werden um jede Lappalie wie die Löwen kämpfen, bis sie Blut und Wasser schwitzt und das alles nicht mehr erträgt. So will ich es! Sie hat es nicht anders verdient, wirklich nicht!«

Horana ließ ihn Dampf ablassen. Plissken war nicht der erste Mandant in einer solchen Situation, und bevor sie mit ihrem eigenen Plan kam, war es notwendig, dass der Mann wieder auf normale Betriebstemperatur herunterfuhr. Sie ging an ihm vorbei und holte eine Schachtel aus einem Wandschrank. Ihre Geheimwaffe.

Der Mann starrte sie an, als sie ihm den geöffneten Behälter hinhielt. Darin waren Pralinen. Die besten, die man auf dieser Welt bekommen konnte und auf allen im Umkreis. Sündhaft teure Handarbeit gewissenhafter und inspirierter Chocolatiers und jeden Taler wert, den sie gekostet hatten.

»Nehmen Sie!«

»Wie können …«

»Nehmen! Sie!«

Plissken zuckte ein wenig zusammen und tat wie ihm geheißen. Erwartungsgemäß entspannten sich seine Gesichtszüge in einen Ausdruck sanfter Verzückung, als er die erste süße Preziose in seinem Mund zergehen ließ und die gesegnete Komposition ihre Wirkung auf seinen Geschmacksknospen entfaltete. Nur Menschen, deren Mundhöhle mit einem Flammenwerfer ausgebrannt worden war, konnten sich diesem Zauber entziehen. Exakt auf diese Wirkung hatte Horana gebaut.

Besonders deliziös waren die langen, stabförmigen Süßigkeiten in verschiedenen Geschmacksrichtungen, verbunden mit einem keksartigen Gebäck. Sie selbst mochte die Schokolade-Banane-Variante ganz besonders, belohnte sich aber nur damit, wenn sie einen Sieg davongetragen hatte. Wenn ihr Plan aufging, hatte sie sich das in Kürze verdient.

»Noch eine.«

Diesmal zögerte Plissken nicht. Er griff beinahe begierig zu. Das würde alles irgendwie auf seiner Rechnung stehen, er wusste es nur noch nicht. Er lutschte erneut, und ein fast schon seliges Lächeln umspielte seine Lippen.

Horana schloss die Schachtel. Der bedauernde Blick entging ihr keinesfalls. Er würde noch ein Stück bekommen. Sobald er sich ihrer Strategie angeschlossen hatte, so schwer ihm das auch fallen mochte.

»Hören Sie mir jetzt gut zu«, sagte sie mit eindringlicher Stimme. »Ganz genau. Und sagen Sie nichts, bevor ich meinen Vorschlag ausformuliert habe. Ich weiß, wie wir diese Sache zu einem guten Ende bringen können – und das, ob Sie es glauben oder nicht, für alle Beteiligten.«

Jetzt hatte sie immerhin seine volle Aufmerksamkeit.

Sie erzählte es ihm.

Er war nicht erfreut. Doch er sah es ein. Zeit für eine weitere Praline.

14

Efrem Rivera langweilte sich nicht lange. Es dauerte drei Tage nach ihrer Ankunft in der gottverlassenen Sternengegend, bis passierte, worauf sie die ganze Zeit gehofft hatten. Es geschah dennoch unerwartet, es war unübersehbar, und es versetzte sie alle in hektische Aktivität und ehrfürchtiges Staunen, nicht notwendigerweise in dieser Reihenfolge.

Das Ding erschien. Es war ein Spektakel auf allen Frequenzen, ein Anblick, der sich keinem von ihnen jemals geboten hatte. Es gab viele Superlative, die ihm dazu einfielen, und er beobachtete den Vorgang mit großer Andacht.

Es war groß. Eine Sphäre, Elissis Sphäre, offenbar von einer Art Energiefeld umgeben, auf dem wabenförmige Strukturen zu erkennen waren, die ein intermittierendes Glimmern abgaben, das den rein optischen Blick auf das, was dahinter war, verdeckte. Das Ding schälte sich aus dem

Hyperraum, als sei es unwillig, dieses Medium zu verlassen. Es war ein Prozess mit Nebenwirkungen, hellen Energiegewittern, die Entladungen gleich durch das Vakuum zuckten, als zwänge sich die Sphäre in all ihrer Majestät durch eine viel zu enge Öffnung zwischen den Dimensionen. Die Energietaster der *Scott* tanzten einen wilden Tanz, die Ausschläge ließen die Haare der Beobachter grau werden, doch sie hatten eine gebührende Entfernung eingenommen, als sie merkten, dass es losging.

Dennoch machte es ihnen allen bald Angst, zumindest ein wenig. Das war ein gutes Zeichen. Es gab noch Neues im Universum, das machte das Leben spannend. Efrem Rivera fühlte sich so lebendig wie schon lange nicht mehr. Dafür war er der Autorität als Offizier beigetreten. Genau für so was. Sollten die verdammten Energietaster doch ausflippen, er genoss jede Sekunde.

»Das Ding ist riesig«, murmelte Sharon, und die Erste Offizierin starrte auf die optische Darstellung fast ohne zu blinzeln. »Gott, das Ding ist beeindruckend.«

»Der Schirm«, erinnerte Rivera. »Der Schirm. Wir wissen noch nicht, was sich dahinter verbirgt. 12.000 Kilometer, aber da drin ...«

»Niemand gibt Energie für so ein Feld aus, nur um einen auf dicke Hose zu machen«, erwiderte Toliver tadelnd. »Dinge erfüllen normalerweise einen Zweck.«

»Geduld, Sharon, Geduld«, murmelte der Kommandant. »Wir werden es früh genug erfahren. Die Experten bekommen alle Daten?«

»Sitzen andächtig im Labor und nässen sich vor Freude ein.«

»Sharon, dir gebricht es an Respekt.«

Die Frau lächelte ihn zuckersüß an. Sharon war eine besondere Marke. Rivera erinnerte sich mit Freude an ihre gemeinsame Zeit zurück, damals, bevor er ihr Kommandant geworden und manche Dinge nicht mehr gestattet gewesen waren. Sie redete nicht gerne darüber, aber sie hatte es nicht vergessen. Seitdem spielten sie immer ein wenig Katz und Maus, weil es in ihnen beiden ein warmes Gefühl schöner Erinnerung auslöste. Es war gut, mit ihr zusammenzuarbeiten, denn zwischen ihnen gab es kaum Missverständnisse.

»Was empfangen wir?«

»Nichts Zielgerichtetes. Keine Datenprotokolle.«

»Vielleicht hat es uns noch nicht gesehen. Wir sind klein.«

»Wir strahlen wie ein Weihnachtsbaum, Efrem. Wer so was steuert, hat keine Tomaten auf den Augen.«

»Vielleicht sind wir auch nur zu unwichtig.«

Sharon schüttelte den Kopf. »Vielleicht überlassen wir die wilden und sinnlosen Spekulationen den Wissenschaftlern, die werden dafür bezahlt. Wir sind nur das Flugpersonal.«

Efrem Rivera mochte Sharons Pragmatismus. Er war manchmal durchaus schmerzhaft, aber er mochte ihn. Er trat nach vorne und legte dem Piloten eine Hand auf die Schulter. Albert Toufik war das jüngste Besatzungsmitglied, frisch von der Akademie, und flog auf der *Scott* seit einem halben Jahr, ohne negativ oder besonders positiv aufzufallen. Rivera bemerkte an subtilen Bewegungen, dass der junge Mann nervös war. Dies stellte eine Herausforderung für ihn dar, und er wusste offenbar noch nicht, ob er ihr gerecht werden konnte.

»Wir halten einen Sicherheitsabstand von fünftausend Klicks«, sagte Rivera leise und mit Zuversicht in der Stimme.

»Egal, wohin sich das Ding bewegt oder ob sich das Energiefeld ausweitet, wir halten fünftausend Klicks.«

»Fünftausend, Sir. Verstanden.« Toufiks Stimme klang belegt, aber er strengte sich an, und Rivera wusste das zu würdigen. Anfangs strengte man sich immer an. Es war alles schwierig und jeder ein potenzieller Kritiker. Ihm war es damals genauso ergangen. Da musste jeder durch, auf die eine oder andere Weise.

»Ich gehe runter zu den Experten und sehe nach, ob sie ihr Geld verdienen«, kündigte er dann an und nickte Sharon zu. »Stell hier nichts an, was ich nachher wieder ausbaden muss.«

Ehe sie antworten konnte, war er schon durch das Schott verschwunden. Natürlich hätte er die Wissenschaftler auch so fragen können, doch eigentlich wollte er ihnen gar nicht auf die Nerven fallen. Er wollte nur sicherstellen, dass da niemand war wie Toufik, nervös, vielleicht ein wenig ängstlich oder überfordert, dem es guttun würde, wenn der Kommandant der *Scott* auftauchte und Zuversicht verbreitete. Alle würden besser arbeiten, wenn die Aufregung, die sie verspürten, aus Neugierde geboren wurde, aus Eifer und nicht aus Furcht.

Er erreichte den Labortrakt wenige Augenblicke später und freute sich, alle konzentriert bei der Arbeit zu sehen. Rivera sprach niemanden direkt an, tauschte nur ein gelegentliches Kopfnicken aus, hielt sich im Hintergrund. Er beobachtete für einen Moment die beiden Studenten, deren Anwesenheit er anfangs nicht recht hatte einordnen können, bis Campbell ihm die offizielle Designation der Sphäre mitgeteilt hatte. Sie waren extrem aufmerksam, schon fast von nervöser Konzentration, ein wenig wie unter Drogen. Die junge Frau starrte auf die Datenkolonnen, fast ohne zu blinzeln, ihr Gesicht eine Maske, die nur hin und wieder durch ein Zucken ihrer Mundwinkel durchbrochen wurde. Der junge Mann betrachtete die Ergebnisse ebenfalls gebannt, blickte aber hin und wieder auf die Frau, als wolle er sich versichern, dass es ihr gut ging. Rivera hatte die Akten gelesen, die die Autorität über beide angelegt hatte. Der Mann war ein ausgezeichneter Student, Sportschwimmer dazu, wie man seinem Körperbau ansah, aus eher einfachen Verhältnissen, aber mit Ehrgeiz und Talent. Seine Begleiterin war eine hochfunktionelle Autistin, deren Eltern früh entschieden hatten, dass es sich dabei nicht um eine Erkrankung, sondern ein notwendiges und akzeptables Wesensmerkmal ihrer Tochter handelte. Es hatte keine neuronale Behandlung gegeben, und die Einschätzung der Psychologen bestätigte diesen Entschluss. Elissi war begabt, verarbeitete Informationen mit extrem hoher Schnelligkeit, verfügte über einen hochanalytischen Geist und eine beinahe übermenschliche Ausdauer. Woran es ihr fehlte, waren Empathie, das Verständnis für soziale Kontakte, für alles, was die Kommunikation ausmachte, aber vor allem für jede Form von Falschheit, die Machtspielchen, denen sich sonst alle unterwarfen. Rivera beschloss, sie im Auge zu behalten. Sie bedurfte des Schutzes. Er war offenbar nicht der Einzige, der so dachte. Ihr Begleiter schaute sie an, und darin lag dermaßen viel Beschützerinstinkt, dass er beinahe greifbar erschien. Rivera unterdrückte ein Lächeln. Er wollte nicht falsch verstanden werden. Wenn er eines nicht machen wollte, dann sich über die beiden lustig.

»Captain.«

»Dr. Campbell«, begrüßte er den Mann mit einem Nicken. »Ich wollte nicht stören.«

Der Wissenschaftler schüttelte den Kopf. »Sie stören aber. Wir versuchen alle, es uns nicht anmerken zu lassen, aber Sie stören.« Campbell sagte es mit einem Lächeln, das der Aussage die Schärfe nahm. Der Kommandant neigte den Kopf.

»Aber Sie sind der Captain. Ihre Frage ist: Was wissen wir?«

»Die erste Frage lautet: Was kann ich tun, um Ihnen die Arbeit zu erleichtern – abgesehen davon, so schnell wie möglich zu verschwinden?«

»Verringern Sie den Sicherheitsabstand zum Objekt.«

»Vergessen Sie's. Schicken Sie Sonden.«

»Dann verschwinden Sie möglichst schnell von hier, und wir machen exakt das.« Campbell lächelte noch breiter. »Ich habe gehört, dass man mit Ihnen arbeiten kann, Rivera. Scheint zu stimmen. Kommen Sie, ich zeige Ihnen etwas, Sie sollen etwas mit auf den Weg nehmen. Wir stehen ganz am Anfang. Und wir schicken Sonden, in etwa einer halben Stunde die erste. Ihre Erlaubnis vorausgesetzt.«

»Die haben Sie ja gerade bekommen.«

Er folgte dem Wissenschaftler zu einem Schaltpult, das ein lebensechtes optisches Abbild des Objekts zeigte. Immer noch ein faszinierender Anblick, und Rivera versuchte, neue Details zu erkennen. Doch außer der wabenförmigen Struktur war nichts zu sehen, was ihm auffiel.

»Das Objekt hat einen verringerten Umfang«, sagte Campbell. »Es ist kleiner geworden auf der Reise hierher – oder direkt davor. Wir vermuten, dass es bald wieder expandieren wird. Es hat sicher etwas mit dem überlichtschnellen Antrieb zu tun. Das Energiefeld einziehen, um es zu konzentrieren oder weil es Teil des Triebwerksmechanismus ist. Die *Scott* fliegt nach einem ähnlichen Prinzip. Unser

Schutzschirm bleibt im Hyperraum aktiviert, fungiert dort aber nicht als Schutz, sondern als …«

»Schmierseife«, sagte Rivera. »Damit es flutscht.«

Campbell runzelte die Stirn, nickte dann aber. »Eine Metapher, die den tatsächlichen Vorgang etwas verkürzt darstellt. Es gibt viele Gründe dafür, dass die Entwicklung solcher Antriebssysteme zu gleichen Prinzipien führt, und daher kann es gut sein, dass es auch hier so ist.« Er hielt inne. »Reine Hypothese natürlich. Wir müssen sie erst noch validieren. Von näher dran.«

»Sonden.«

»Ich weiß.«

»Es ist was drin.«

Eine plötzliche Stille kehrte ein, als sich alle Gesichter Elissi zuwandten, eine Reaktion, die völlig an ihr vorbeiging. Sie hatte die Worte klar und deutlich ausgesprochen, fast laut, als wolle sie eine Erkenntnis bekräftigen, damit man ihr auch glaube. Campbell warf Rivera einen bezeichnenden Blick zu, ehe er sich an die junge Frau wandte.

»Was ist drin, Elissi?«

Die Studentin schaltete. Die Holografie veränderte sich. Es schien, als würde der Schirm durchlässig und man könne im Inneren Strukturen ausmachen.

»Niederfrequente Strahlungsbilder. Ich mache hier nur eine Korrelation«, sagte die Frau, nicht entschuldigend, sondern erklärend. Das Konzept, sich für die Realität und die Begrenztheit ihrer Wahrnehmungsmöglichkeiten vor jemandem entschuldigen zu müssen, war ihr offenbar fremd. Rivera empfand das als erfrischend.

»Was ist das? Strukturen?« Rivera beugte sich nach vorne, als könne er dadurch irgendwas besser erkennen.

Schemen wurden sichtbar, Approximationen, hochgerechnet durch die Computer, Schatten gleich, die irgendwie in Bewegung zu sein schienen, aber auch stationär, wie ein Eimer voller Insekten unterschiedlicher Größe, die mit variierender Intensität übereinanderkrabbelten. Ihm wurde etwas mulmig bei diesem Vergleich, und er verscheuchte ihn aus seinen Gedanken. Keine voreiligen Schlüsse.

»Raumfahrzeuge«, sagte Elissi. »Es passt zu den Mustern. Ich sage, Raumfahrzeuge.«

»Dicht an dicht gepackt, bis nahe an den Schirm? Bei dem Radius ... das müssen Tausende sein!«

»Bei dem Radius?«, wiederholte Elissi tadelnd, die Ungenauigkeiten nicht gut leiden konnte, soweit sie überhaupt Missfallen zu empfinden in der Lage war. »Rechnen Sie mit Hunderttausenden, einer Million möglicherweise, je nach Größe. In dieser Form hat die Sphäre ungefähr die Ausmaße eines Planeten von Erdgröße. Etwas weniger vielleicht. Es ist nicht so kompakt, wie es aussieht. Da ist immer noch Platz zwischen den Komponenten. Und es gibt einen Kern, etwa mondgroß.«

»Woher wissen Sie das?«, wollte Campbell erfahren, seine Stimme leicht ungläubig.

Elissi antwortete gerne auf diese Frage. Sie begann mit monotoner, aber klarer Ausdrucksweise die Messergebnisse zu interpretieren. Gravitation. Energieabgabe. Hochgerechnete Antriebsenergie für den Hyperraumflug. Flugbahnen der »Komponenten«, wie sie es immer noch nannte, obgleich ihre Hypothese doch eine andere war. Sie erzählte fast zwanzig Minuten, und Rivera verstand jedes Wort. Die Frau hatte eine Begabung, Komplexität in Worte zu fassen, wie sie vielen anderen Experten fehlte. Campbell war beeindruckt.

Alle waren beeindruckt, beinahe neidlos. Jordan lächelte stolz.

»Ein Schutzfeld, das eine ganze Flotte umhüllt? Mehr Schiffe, als es im Konkordat gibt?«

»Eine gute Hypothese«, sagte Elissi, dann senkte sie den Kopf und machte sich unvermittelt wieder an die Arbeit. Sie hatte gesagt, was zu sagen war. Mehr würde nicht kommen, auch wenn jemand ungeduldig nachfragte. Rivera wandte sich Campbell zu.

»Wir müssen mehr wissen, und das dringend. Wenn das hier ... eine Art Trägerschiff ist und die Flotte darin zu irgendwelchen ... Aufgaben zu entlassen gedenkt ...«

»... dann werden wir es sicher als Erste erfahren.«

Rivera wandte sich ab, ließ die Experten mit ihrer Arbeit zurück. Gedanken purzelten durch seinen Kopf, Befürchtungen, eine plötzlich wieder erwachte Angst. Er bewegte sich zielstrebig zurück auf die Brücke, sah Sharon an, nickte ihr zu.

»Wir haben ein Problem. Ich brauche eine Sofortverbindung zur Autorität. Und Toufik ...«

Der Pilot sah von seinem Pult auf. »Captain?«

»Vergrößern Sie den Sicherheitsabstand auf zehntausend Klicks.«

Der Pilot fragte nicht. Er gehorchte. Toliver hob eine Hand. »Die Verbindung steht. Was ist los, Efrem?«

»Ich hoffe, nichts.« Damit wandte er sich ab. Dieses Gespräch würde eine Weile dauern, und er wollte die Besatzung der Brücke nicht ablenken.

Sie alle mussten jetzt sehr genau aufpassen.

15

»Es ist unausweichlich. Das ist es immer.«

Saim hatte recht, das war ja das Bedauerliche. Geon hielt sich zurück, was ihm angesichts seiner körperlichen Schwäche nicht schwerfiel. Riem sprach für ihn, wie es einem Stellvertreter zustand, und er machte seine Sache wie immer gut.

»Natürlich wird die Neugierde siegen. Die Verheißung kommt, die Lüge, und sie werden jemanden schicken, oder das Glimmerfeld holt sich, wen es kann«, sagte Riem mit klarer Stimme. »Aber die Frage ist doch, wie wir danach mit den Neuankömmlingen umgehen. Das alte Protokoll ist immer noch in Kraft. Dieser Rat ...«

»... sollte die Gelegenheit nutzen und den veränderten Vorschlag der Reformer aus der Siegelfraktion umsetzen«, sagte Saim laut. Er sparte in Haltung und Tonfall nicht an Verachtung. Geon konnte selbst nicht reden, und Riem war nur eine Marionette, das war die klare Botschaft des Rivalen, der den eigenen Triumph spürbar nahe fühlte. »Wir können es uns nicht mehr leisten, die Neuen zu verhätscheln. Das dumme Gerede von der Schicksalsgemeinschaft nervt nur noch. Sie sind neu, und sie haben Ressourcen. Die nehmen wir uns. Und sie selbst töten wir, damit sie keine Konkurrenz um Energie und Platz darstellen. Wir lassen ein paar potenzielle Wissensträger am Leben, den Rest recyceln wir. Sie bestehen bestimmt aus organischen Verbindungen. Nahrungsriegel, die wir alle gut gebrauchen können.«

Niemand war deswegen entsetzt. Die Fabriken des Rates taten genau das, allerdings nur mit denen, die eines natürlichen Todes starben. Etwas zu verschwenden, war nicht ihre Art. Wer starb, wurde geehrt, nach den Bräuchen seiner Art, und landete dann unweigerlich in den Sequenzierbädern der Recyclingfabriken. Aber jemanden umzubringen, für diesen oder einen anderen Zweck, das war bisher noch nicht vorgekommen. Die Forderungen der »Reformer« gingen in diese Richtung und noch viel weiter. Wenn keine Neuankömmlinge da waren, dann sollten die schwächeren Völker, vor allem jene, die sich dem Rat noch verweigerten, ebenfalls geopfert werden. Ressourcen. Darum ging es. Die wurden knapp, mit jeder Etappe knapper. Das Ende des Zyklus war unausweichlich, der Zeitpunkt, da der Verbrauch die Produktion überstieg. Geon verübelte Saim nicht, dass er verzweifelt war. Er empfand ebenso. Er verübelte ihm, dass er bereits jetzt vorschlug, jedes moralische Prinzip über Bord zu werfen.

Die virtuelle Präsenz der anderen sechsundzwanzig Ratsmitglieder zeigte nur sehr ungenügend, wie diese auf Saims Vorpreschen reagierten. Einige der vertretenen Spezies zeigten ihre Emotionen ohnehin nicht nach außen, oder wenn, dann war dies für Geons Wahrnehmung nicht erkennbar. Die Vai und die Hansani behaupteten gar von sich, völlig rational zu handeln und sich niemals durch Hormone in ihrem Ratschluss beeinflussen zu lassen, was Geon im Falle der Vai auch glaubte. Beide waren Verfechter von Saims Linie, aber nicht, weil sie seine irre Xenophobie teilten, die vermischt mit Klaustrophobie eine höchst unheilvolle Mischung ergab. Sie hatten andere Gründe, *rationale.*

Ja, natürlich, dachte Geon. Er kannte die Zahlen und Projektionen. Bald würden die moralischen Prinzipien von selbst zusammenbrechen, wenn der Hunger kam und die Kälte und die völlige Perspektivlosigkeit einer endlosen Reise, die niemals ein Ende zu finden schien und deren willenlose Passagiere sie alle waren. Wie es schon oft passiert war. Saim wollte diesen Prozess beschleunigen, um ihn zu kontrollieren. Ihm ging es gleichermaßen um das Überleben wie um Macht.

»Wann ist die Beobachtungszeit vorbei?«, fragte Geon, der offen einräumte, dass er nicht alles mitbekommen hatte. Seine Wachphasen wurden kürzer und kürzer, und man hatte ihn mehrmals wecken müssen, um ihn mit wichtigen Informationen und Nahrung zu versorgen. Doch er musste das Wort ergreifen, konnte nicht alles Riem überlassen. Es war klar, dass es mit ihm zu Ende ging, und das schneller, als es ihm lieb war. In dem Gedanken lag auch eine gewisse Erleichterung darüber, die Bürde bald abstreifen zu dürfen, aber noch überwog die Sorge um … na ja, um alles.

»Sie dauert nicht mehr lange. Es scheint, als habe sich draußen bereits ein Raumschiff der Hiesigen eingefunden, offenbar hat man die Annäherung des Glimmerfeldes extrapoliert«, berichtete Aidan, ein Ratsmitglied der Vai.

»Also eine hoch entwickelte technische Zivilisation«, murmelte Geon, und es klang nicht erfreut. Ein hoher technischer Standard bedeutete, dass das Glimmerfeld hier ideale Voraussetzungen dafür fand, das eigene Netz auszuwerfen – warum auch immer es das tat. Und sie, hier drin, konnten nichts dagegen tun, wie all die Generationen vor ihnen auch. Solange die Aufzeichnungen zurückreichten, es war nichts darüber bekannt, dass man jemals eine neugierige raumfahrende Spezies vor den fatalen Folgen ihrer eigenen Neugierde hatte bewahren können. Geon fühlte, wie der Fatalismus von ihm Besitz ergriff, gestärkt durch seine fortschreitende Erkrankung. Es war alles egal. Es kam, wie es kommen musste. Unter diesem Licht betrachtet, war selbst Saim nur eine böse Episode, ein Protagonist in einer Tragödie, die auf ihren deprimierenden Höhepunkt zusteuerte.

Geon versuchte, sich zusammenzureißen.

»Dann müssen wir die Vorbereitungen treffen. Der Empfänger wurde benannt?«

»Riem wird es sein«, sagte Aidan mit kalter Stimme, nicht aus Verachtung, sondern weil Vai nun einmal so waren. »Es ist immer der Stellvertreter.«

Natürlich, dachte Geon. *Natürlich.* Das war ihm wohl entfallen. Er kniff die Augen zusammen, als würde das helfen, seine Gedanken zu sammeln. Es fiel ihm mit jeder Minute schwerer.

»Wir brauchen keinen Empfang. Wir brauchen eine Streitkraft, die die Neuankömmlinge sofort angreift, ihr Raumfahrzeug besetzt, die Besatzung dem Recycling zuführt und die Ressourcen dem Rat übergibt«, sagte Saim, und er sprach genauso kalt wie Aidan, nur dass es bei ihm aus

Hass, aus bewusster Verachtung und aus Machtgier geschah. Geon fehlten die Worte. Es gebrach ihm an Sprachfertigkeit. Früher wäre er mit einer spitzen Bemerkung bei der Hand gewesen, jetzt aber war es schon fast zu anstrengend, überhaupt zu verstehen, was der Rivale von sich gab. Ihm entging aber nicht, dass die Zustimmung im Rat für seine Vorgehensweise da war. Noch nicht die Mehrheit, aber es fehlte nicht mehr viel. Und wenn er, Geon, erst einmal nicht mehr war … dann würde der letzte Damm brechen, der sie alle vor dem endgültigen Ausbruch des Wahnsinns bewahrte.

Der Gedanke gab ihm neue Kraft. Er war eine bessere Belebung seines Geistes als jede Droge, und er starrte Saim mit aller Verachtung an, zu der er fähig war.

»Riem ist der Empfänger«, sagte er mit fester Stimme. »Und wir machen es wie immer, wie seit Anbeginn dieses Gremiums. Wir heißen die Neuankömmlinge willkommen und bieten ihnen die Gemeinschaft mit uns an. Wenn sie guten Willens sind …«

»Ich scheiße auf deren guten Willen«, zischte Saim ohne jeden Respekt. »Sie sind eine technologisch weit entwickelte Zivilisation. Gut für sie. Aber noch besser für uns.« Er sah sich um, seine ganze Haltung eine einzige Herausforderung. Dabei beachtete er Geon nicht, ganz bewusst nicht. Die ganze Zeit schon sprach er mehr über den Vorsitzenden als mit ihm, betrachtete ihn quasi als bereits tot, als Teil der Vergangenheit. Das erfüllte Geon mit einem gewissen Zorn. Er mochte diese Art von Arroganz nicht. Sie belebte ihn erneut, und so erreichte Saim mit seiner Verhaltensweise exakt das Gegenteil von dem, was er beabsichtigte. Geon vergaß sogar für einen kurzen Moment seine Schmerzen.

»Die Regeln sind die Regeln«, sagte er mit eiserner Stimme. »Solange dieser Rat sie nicht ändert, sind sie weiterhin gültig. Möchte der Rivale gegen die bestehenden Gesetze verstoßen? Auch für solche Fälle sind wir durch entsprechende Vorgehensweisen gerüstet, Saim. Es gibt das Exil. Es gibt den Tod. Sprich es nur aus, und ich werde dir dienlich sein.«

Denn er war der Ratsvorsitzende, und er durfte das. Saim starrte Geon an. Jetzt nahm er ihn bewusst wahr, so, wie der Sterbende sich noch einmal in Erinnerung gebracht hatte, wie damals, als er noch gesund und jünger gewesen war, voller Tatendrang und wirklich absolut in Kontrolle dessen, worüber man innerhalb des Glimmerfeldes überhaupt Kontrolle ausübte. Ihr stummes Kräftemessen ging eine Weile, nicht lange, und dann senkte Saim den Kopf, gab sich geschlagen. Das Exil oder der Tod, beides war exakt das Gegenteil dessen, wonach es ihn verlangte. Er wusste, dass er diese rote Linie nicht überschreiten durfte.

»Natürlich, Vorsitzender«, sagte er also leise. »Die Regeln gelten, bis der Rat sie ändert. Ich ziehe meinen Einwand zurück.« Für jetzt und hier, wie Geon wusste. Wenn sich nach dem nahen Tode des Vorsitzenden die Machtbalance ändern sollte, würde er anders entscheiden. Darauf aber musste Saim noch eine Weile warten, und die Ungeduld, die diese Einsicht erneut in ihm auslöste, konnte er nicht verbergen.

»Dann ist es so beschlossen. Riem trifft alle notwendigen Vorbereitungen. Wir müssen an der Eintrittsstelle Platz schaffen. Die Registratur soll die Schiffsbewegungen entsprechend anpassen.«

»Es ist eng«, sagte Aidan. »Es ist sehr eng, und viele Schiffe sind antriebslos. Wir müssen Schlepper einsetzen. Das kostet uns wieder eine Menge Energie.«

Geon sah Aidan an. Mit seinem Widerstand konnte er umgehen. Der Vai war ohne Hass, hatte keine persönliche Ambition, keine offenen Rechnungen. Er sah die Welt eben auf seine Weise, und Geon verstand das. Er hatte eine andere Ansicht, aber er vermochte Aidan trotzdem zu respektieren, der eben war, der er nun einmal war.

»Wir haben einen Beschluss.« Er sah sich um. »Wir haben doch einen, oder?«

An sich war das formell nicht notwendig, solange sich die Entscheidungen Geons innerhalb der Regeln bewegten. Aber es erschien ihm erforderlich, noch einmal zusätzliche Verbindlichkeit herzustellen. Das Gift, das Saim verspritzte, und die objektiv immer schwieriger werdende Lage im Glimmerfeld machten dies nötig, und das öfter, als es Geon im Grunde lieb war.

Es gab keinen offenen Widerstand. Noch nicht. Der Vorsitzende nahm dies zur Kenntnis, wusste es als Etappensieg einzuschätzen, wohl wissend, dass der eigentliche Krieg im Grunde bereits verloren war. Armer Riem. Er hatte gegen einen geschickten Taktierer wie Saim, der seine Hausmacht beharrlich über die Jahre aufgebaut hatte, wahrscheinlich keine Chance.

Die Frage war – wenn Saim der neue Vorsitzende wurde und anfing, seine Pläne umzusetzen, was würde aus seinem treuen Stellvertreter werden, der in den Jahren von Geons Erkrankung immer mehr den Unwillen des Rivalen auf sich gezogen hatte? Saim war rücksichtslos, und er war rachsüchtig. Geon hatte die größten Befürchtungen.

Er würde etwas dagegen unternehmen müssen, eine letzte Geste für seinen treuen Gefolgsmann. Der Vorsitzende hatte auch schon eine wunderbare Idee, ob Riem nun wollte oder auch nicht.

16

»Sie beobachten uns«, sagte Elissi, und wie jedes Mal, wenn sie eine Aussage machte, tat sie es mit einer solchen Gewissheit, dass Jordan immer Hemmungen hatte, irgendetwas von ihr infrage zu stellen. Ihr schmales Gesicht war eine Maske der Konzentration, als sie die Datenströme in sich aufnahm, als sei sie ein Computer ... nur besser. In mancherlei Hinsicht war sie das wahrscheinlich auch. Sie blühte hier auf, das musste er zugeben. Sie bekam dermaßen viel Input und die ihr gestellten Aufgaben wuchsen so an Komplexität, dass sie dies wie eine Art geistiger Nahrung in sich aufzusaugen begann, und anstatt wie alle anderen irgendwann zu ermüden, schien sie belebt.

Jordan war *nicht* belebt. Er war müde. Er rieb sich dauernd die Augen, und er trank den Schiffskaffee, der ohne Zweifel allein zu dem Zweck gebraut worden war, aus müden Menschen Arbeitsmaschinen zu machen. Der bittere Geschmack und das Brennen im Magen zeugten davon, dass er sich dieser Droge zu intensiv ergeben hatte. Er musste damit aufhören. Ihn hatte eine nervöse Unruhe erfasst, und er ertappte sich dabei, wie er auf manche von Elissis schwerer zu verstehenden Äußerungen schnippisch und gereizt zu reagieren begann, was diese entweder einfach zur Kenntnis nahm oder nicht richtig verstand. Das hatte sie nicht verdient. Es lag nicht an ihr. Es lag an ihm.

»Wir sollten schlafen«, sagte er, und das nicht zum ersten Mal. »Wir arbeiten besser, wenn wir frisch sind, Elissi.« Er meinte natürlich sich.

»Ich fühle mich gut.«

»Du musst erschöpft sein.«

»Ich fühle mich gut.«

Sie sagte es fast beiläufig, wie zu einem Kind, das mit der immer gleichen Frage nervte, auf die es die Antwort doch eigentlich wusste. Jordan unterdrückte den plötzlichen Ärger, der in ihm aufzuwallen drohte. Es war seine Müdigkeit, die ihn so reagieren ließ, nicht die ihre. Dabei trank sie kaum Kaffee. Sie nahm Unmengen an Wasser zu sich und aß, mit methodisch wirkender Genauigkeit, alle neunzig Minuten einen sicher sehr nahrhaften und energiereichen Rationsriegel aus dem Automaten, der im Labor an einer Wand stand. Immer die gleiche Geschmacksrichtung, eine in Jordans Meinung völlig missglückte Kombination künstlicher Aromen: Mango-Apfel. Der Riegel schmeckte nach irgendwas Fruchtigem mit einem seltsamen Nachgeschmack, aber weder nach Mango noch nach Apfel. Da beide Früchte auf seiner Heimatwelt in großer Zahl wuchsen, konnte er das beurteilen, und Elissi doch eigentlich auch.

Es war ihr nur egal. Genauso, wie das Schlafbedürfnis für sie entweder tatsächlich nicht existierte oder sie es abtat wie ein Hungergefühl, das man nur regelmäßig unterdrücken musste. Er bewunderte sie, wenn er sich nicht gerade über sie ärgerte. Sie schien über Kraftreserven zu verfügen, an die er nicht einmal denken konnte. Er seufzte innerlich. Er gab es auf. Wenn sie keine Müdigkeit verspürte, dann war es eben so. Er konnte sie hier allein lassen. Kein Bell, keine mobbenden Mitstudenten, keine Bedrohung. Ein sicherer Ort.

Jordan erhob sich.

»Elissi, ich lege mich hin. Ich muss schlafen. Ich bin in meiner Kabine, wenn du mich suchst oder wenn du mich brauchst.«

Das Mädchen blickte hoch, sah ihn aus den großen Augen an, in die er sich so schnell verliebt hatte.

»Aber sie beobachten uns, Jordan. Für Schlaf ist keine Zeit.«

Jordan schüttelte den Kopf. Das war es, was sie so unablässig antrieb? »Wie kommst du nur darauf?«

»Schau dir das hier an!«

Sie rief eine verwirrende Darstellung auf, irgendwelche Messergebnisse, die Jordan gar nicht richtig zuordnen konnte. Es musste sich um Sensoraufzeichnungen der *Scott* handeln, so weit kam er mit. Er bemühte sich wirklich, es genau zu verstehen, aber gab schließlich auf. Es war keine Schande, sich gegen Elissi verloren zu geben, das war es für ihn noch nie gewesen. Er sah sie auffordernd an. Sie wartete immer ab, ob er es selbst begriff. Niemals würde sie vorpreschen und ihm zeigen, wie unverständig er im Vergleich zu ihr war.

»Ich habe bemerkt, dass die Sphäre etwas abstrahlt. Auf einem hyperfrequenten Band, Jordan. Wir können es nur auffangen, wenn wir so tun, als würden wir uns mit Überlichtgeschwindigkeit bewegen.«

»So tun?«

»Ich habe die Sensoren entsprechend umprogrammiert. Ich durfte das.«

Seit der Sache mit Bell gehörte *»Ich durfte das«* zu ihrem festen Repertoire. Sie fragte immer um Erlaubnis. Es war ihr weitgehend egal, ob sie Ärger bekam, aber es galt zwei Dinge für sie zu vermeiden: dass man ihr das Lebenselixier, die Arbeit, wegnahm und dass Jordan ihretwegen Ärger bekam. Elissi hatte Probleme mit der Wahrnehmung von Emotionen, aber sie war auch sehr intelligent und nahm selbstverständlich Ursachen und ihre Wirkungen wahr. Dinge einfach zu tun, ohne jene zu befragen, die über die dafür notwendigen Mittel verfügten, hatte Konsequenzen, die es zu vermeiden galt.

»Wir werden gescannt. Seit die Sphäre aufgetaucht ist. Ich bin mir sicher. Ich weiß nicht, was man dort drüben auffängt ... wahrscheinlich mehr, als wir derzeit ahnen. Aber wir stehen unter strenger Beobachtung, Jordan. Und das heißt für mich, dass man aus diesen Betrachtungen Konsequenzen ziehen wird. Es geschieht aus einem Zweck heraus. Wir werden bewertet.«

»Das ist sehr weit hergeholt«, sagte Jordan ohne Tadel in der Stimme. »Wie kannst du dir da so sicher sein?«

»Schau dir das hier an!« Wieder verwirrende Frequenzbänder. Jordan versuchte gar nicht erst, sich einen Reim darauf zu machen. Er warf nur einen kurzen Blick darauf, dann schaute er in ihr Gesicht, ein viel angenehmerer Anblick. Sie verstand den Wink, dafür arbeiteten sie schon lange genug zusammen.

»Feedback. Es wird etwas von uns passiv aufgefangen, und dann wird gezielt nachgeschaut. Diese Art von Scans ist kein Hammer, mit dem man auf etwas einschlägt, es ist ein sehr feines Instrument. Es arbeitet reaktiv. Es beobachtet, es verarbeitet in Echtzeit, verdammt schnell dazu, und dann fragt es nach. Es ist zielgerichtet, Jordan.«

»Was ist das Ziel?«

»Die Energievorräte und die Produktion der *Scott* werden gemessen. Das war die erste Runde. Danach kamen andere Ressourcen, die Leistungsfähigkeit vor allem der Triebwerke. Dann wir, die Besatzung.«

Jordan fühlte sich plötzlich beunruhigt, als sei er entblößt vor den Blicken eines Fremden. Er hatte keinen konkreten Anlass, Elissis Worten Glauben zu schenken, aber die verstärkte Unruhe empfand er trotzdem, weil sie eben viel zu oft recht hatte. Er vertraute ihr.

»Wir müssen das Campbell und dem Captain melden.«

»Ich muss noch einige abschließende Messungen durchführen. Ich will mir ganz sicher sein.«

Natürlich wollte sie das. Das war immer ihr Bestreben. Er bewunderte es meistens. Oft jedoch stand es ihr im Weg. Aber um so etwas beurteilen zu können, hatte sie ja ihn. Er stand auf, traf seine eigene Entscheidung, die diesmal nichts mit seinem Bett zu tun hatte.

»Campbell muss es wissen, Elissi. Ich sage es ihm sofort.«

Sie widersprach nicht. In diesen Dingen brachte sie wiederum ihm immer großes Vertrauen entgegen. Jordan war ihre Verbindung in die reale Welt menschlicher Beziehungen und Interaktionen. Er wünschte sich nur, er würde dabei selbst nie Fehler begehen. Ihr Grundvertrauen ehrte ihn, aber es war eine große Bürde.

Diesmal aber war er sich sehr sicher, das Richtige zu tun.

17

»Es tut mir so leid. So, so leid.«

So machte er es richtig.

Welch treuer Hundeblick. Welch Schmerz, welch echte Reue. Horana war stolz auf Plissken, und er musste aufpassen, selbst nicht allzu stolz auf sich zu sein. Horana bezweifelte, dass seine Gattin über ein ausgeprägtes und feines Empfinden für schauspielerische Leistungen verfügte. Aber das hieß nicht, dass man nicht aufpassen sollte. Eine kleine, unnötige Übertreibung, und der ganze Aufwand wäre für die Katz.

Plissken wurde warm und lief zur Höchstform auf.

»Es ist so vieles schiefgelaufen. Es ist sehr schmerzhaft, das sagen zu müssen. Ich habe gefehlt. Ja, es ist meine Schuld. Ich kann nicht anders, als es offen zuzugeben. Ich wollte es erst nicht wahrhaben. Es ist ja auch nicht leicht, gerade für einen Mann, ich gebe auch das zu. Ich hätte anders reagieren sollen. Niemals hätte ich mit diesem jungen

Ding etwas anfangen dürfen. Ich sollte verstehen, dass eine Beziehung auch Arbeit ist, und ich habe zu wenig in diese Arbeit investiert. Es steht mir jetzt ganz klar vor Augen. Es tut mir leid.« Er sah seine Gattin an, blinzelte, den Blick mit halb gesenktem Kopf ein wenig von unten nach oben gerichtet, bittend, reuig, erkennbar von dem eigenen Mangel an Perfektion enttäuscht. Bereit zur Buße, bereit zu weiterer Erniedrigung.

Wie es sein sollte.

Theresa Plissken starrte ihren Mann mit hypnotisierter Faszination an. Horana wiederum beobachtete die Frau aufmerksam. Die baldige Exgattin lauschte mit einer nahezu andächtigen Haltung, als wohne sie einem Gottesdienst bei. Ihre ganze Aufmerksamkeit war, möglicherweise zum ersten Mal seit vielen Jahren, auf ihren Mann gerichtet, und sie schien seine Worte förmlich aufzusaugen. Horana war sich keinesfalls sicher, dass er immer die richtige Formulierung wählte, aber sie hatte ihm keine zu engen Vorgaben machen wollen. Er kannte sie weitaus besser als Horana, was ihn in die Lage versetzen sollte, korrekt zu formulieren, was jetzt notwendig erschien. Und es durfte nicht einstudiert klingen, das war sehr wichtig.

Natürlich verstellte die Tatsache, dass er seine Gattin gut kannte, auf andere Weise auch den Blick auf die Realitäten, deswegen hatte sie eingreifen müssen. Theresa Plissken, das war ihre Erkenntnis gewesen, fühlte sich verletzt. Vieles ertrug sie – die Langeweile ihres Mannes, sein Desinteresse an den Dingen, die in der höheren Gesellschaft eine Rolle spielten, sein zweifelsohne wachsendes Desinteresse an ihr ... aber mit einem jungen Ding ins Bett zu hüpfen und damit ihre klaren Besitzansprüche infrage zu stellen, das war für sie unentschuldbar gewesen. Der Streit um die Dinge, der sie in den vergangenen Stunden gelähmt hatte, war nicht der eigentliche Punkt gewesen – Theresa hatte nicht das geringste Interesse an einem altersschwachen Fahrzeug oder einem blöden Hund. Für sie war das eine eher symbolische Auseinandersetzung gewesen, um ein Gefühl der Wiedergutmachung zu bekommen, das für sie im Mittelpunkt des Disputs stand. Dr. Plissken hatte seinen Stolz überwinden müssen. Erst hatte er sich schlichtweg geweigert. Horana hatte ihren Mandanten mit den möglichen Konsequenzen seiner starren Haltung konfrontiert: ein endloser, sinnloser und vom Ausgang her unwägbarer Rechtsstreit um Dinge, die eigentlich gar nicht das Thema waren. Er hatte es schließlich begriffen, intelligent, wie er war. Er hatte etwas Kraft sammeln müssen, um die aus dieser Erkenntnis notwendigen Konsequenzen zu ziehen, doch dann war seine Einwilligung gekommen. Und jetzt, das musste sie ihm lassen, setzte er es so gut um, wie es ihm möglich erschien.

Nach weiteren gut fünf Minuten hatte er sein Pulver verschossen. Er blieb einfach nur so sitzen, schaute zu Boden, wirkte ein wenig bedröppelt und wartete auf das Urteil seiner Frau, das hoffentlich eines des Richters unnötig machen würde. Horana strebte nun nicht weniger als eine gütliche Einigung an, und als sie den Blick des gegnerischen Anwalts auffing, sah sie ihn beifällig nicken. Er hatte verstanden, und er stimmte zu, und das natürlich aus einem guten Grund: Eine Einigung außerhalb des Gerichts würde es ihnen beiden möglich machen, für relativ wenig Arbeitszeit eine relativ ordentliche Rechnung zu stellen.

Theresa Plissken holte tief Luft. Auch sie musste nun einen Graben überspringen oder ihren eigenen Schatten, und sie hatte durch ihre Vorstellung die Messlatte recht hoch gelegt. Auch sie warf einen Blick auf ihren Anwalt, der sie nur unbewegt musterte und jeden Eindruck vermied, er stehe nicht voll und ganz auf ihrer Seite. Sie schaute wieder ihren Gatten an, der glücklicherweise nicht den Fehler beging, seine unterwürfig-reuige Haltung vorzeitig abzulegen. Dann, mehr zu sich selbst als zu den anderen, nickte sie.

»Na gut«, sagte sie leise. Und dann, noch etwas leiser: »Du kannst den Gleiter haben.«

Von hier an ging es aufwärts.

Das hieß nicht, dass es perfekt lief. Aber was war schon Perfektion in der Welt des Rechts, in der Nuancen eine große Rolle spielten, sowohl in Bezug auf die Auslegung gültiger Gesetze wie auch auf den Umgang der beteiligten Personen miteinander. Niemand wusste das besser als Horana, und es war einer der Gründe, warum sie es so leid war. Die permanente Ambiguität bereitete ihr Kopfschmerzen. Es verlangte sie nach Klarheit.

Doch ihr Konto und die Firma ihres Vaters hatten ihre eigenen Bedürfnisse. Nach einer mehrstündigen Sitzung kamen sie zu einem Ergebnis. Es war nicht so, dass es beide beteiligten Parteien gleichermaßen glücklich machte, vielmehr erreichten sie, dass beide gleichermaßen unglücklich waren – gemeinhin das zu erwartende Produkt der Rechtsprechung, wie Horana aus Erfahrung wusste. Da die Verteilung aber auf eine Weise erfolgte, die den Schmerz für das zu trennende Paar erträglich machte, kamen sie letztendlich zu einer Übereinkunft. Halderlin nickte ihr am Ende anerkennend zu, er hatte sich, als das Eis endlich gebrochen war, sehr kooperativ und vernünftig verhalten, froh, dass man eine weitaus hässlichere Auseinandersetzung vor Gericht durch eine Einigung verhindern konnte. Er reichte ihr die Hand, als sie sich auf den Weg machten, und er meinte es auch so. Horana, pflichtschuldig lächelnd, empfand dieses Lob, obgleich sicher aufrichtig, als schal und inhaltsleer. Das, was sie hier getan hatte, war ohne große Bedeutung für sie, und zu keinem Zeitpunkt empfand sie dies deutlicher als jetzt, da sie das Bürogebäude verließ und von einem trüben, wolkenverhangenen Himmel begrüßt würde, der, just als sie ins Freie trat, begann, seine nasse Last auf die Oberfläche zu schicken.

Als sie endlich ihren Gleiter öffnete und sich setzte, war sie bereits durchfeuchtet. Sie schloss ihre Augen und bekämpfte für einen Moment die tiefe Welle der Frustration, die sie zu durchfluten begann. Ergab sie sich dieser Regung, wäre sie für den Rest des Tages nicht mehr zu gebrauchen. Das konnte sie sich nicht leisten. Horana holte tief Luft, erinnerte sich mit Zwang daran, dass sie gerade sehr erfolgreich gewesen war und der Firma ein Honorar eines solventen Klienten beschert hatte, klammerte sich kurz an diesem Gedanken fest, um jede Freude aus ihm herauszusaugen, die er zu geben imstande war. Gerade wollte sie den Gleiter starten, da kam der Anruf. Auf dem Bildschirm des Armaturenbretts erschien das Gesicht von Evans von Cand, und der Werftdirektor sah in etwa so motiviert und mit sich im Einklang aus, wie sie sich fühlte.

»Ich störe Sie gerade?« Er musste das Innendesign des Gleiters erkannt haben. Horana schüttelte den Kopf und zwang sich zu einem Lächeln. Der Direktor erwiderte das Lächeln nicht. Er wirkte so niedergeschlagen, dass Horana beinahe unwillkürlich Mitleid mit ihm empfand, eine höchst unprofessionelle Regung.

»Die Lage spitzt sich leider zu. Uns wurde gerade ein großer Kassenkredit gekündigt. Die Schlinge zieht sich mir um den Hals, und es bleiben wohl nicht mehr allzu viele Optionen.« Eines musste man ihm lassen, er verschwendete keine Zeit damit, um den heißen Brei herumzureden. Das kleine bisschen Zufriedenheit, das Horana eben noch erzwungen hatte, evaporierte mit einem Male. Was zählte ein kleiner Sieg angesichts einer recht großen Katastrophe, die nicht nur ein Traditionsunternehmen in den Abgrund zu reißen drohte, sondern auch Hunderte von Menschen arbeitslos machen würde … ein Unternehmen, das die letzten vier Rechnungen von Horanas Kanzlei noch nicht beglichen hatte. Sie fühlte plötzlich den prüfenden Blick ihres Vaters auf dem Rücken. Ein alter Kunde, ein alter Freund. Da gab es Verpflichtungen aus einer Zeit vor ihr, wie so viele andere, und sie zerrten an ihr wie ewige Fesseln. Sie kämpfte erneut gegen ein Gefühl, diesmal gegen den Impuls, einfach die Verbindung zu beenden und von Cand seinem Schicksal zu überantworten, eine Versuchung, der sie beinahe nachkam. Aber natürlich nur beinahe. Sie verfügte über Selbstdisziplin und Verantwortungsbewusstsein. So war sie.

So war sie *leider.*

Horana zwang sich erneut zu einem Lächeln, das auch beim zweiten Mal seine Wirkung völlig verfehlte. Es half ja nichts. Sie musste zumindest die Form wahren. »Ich mache mich sofort auf den Weg. Wir sehen mal, was wir tun können. Es findet sich vielleicht noch eine Möglichkeit.«

Die falsche Zuversicht klang hohl aus ihrem Mund, war nicht mehr als eine leere Worthülse. Horana war selbst das beste Beispiel dafür, dass sie nicht der Wahrheit entsprach.

18

Dr. Elias Brown machte einen außergewöhnlich vertrauenswürdigen Eindruck, was sofort Lyma Apostols Misstrauen weckte. Der feingliedrige Mann präsentierte ein sehr gepflegtes Äußeres: makellose Haut von sanftbrauner Farbe, makellos manikürte Finger, sehr schlank und an einen Pianisten erinnernd. Eine perfekte Frisur, konservativ geschnitten, und ebenso perfekte Augenbrauen, in exakte Duplikate rasiert. Da ragte kein Nasenhaar vorwitzig aus dem klassisch geformten Gesichtserker, kein Bartstoppel verunzierte die weich schimmernde Haut über der sanft geschwungenen Lippe. Dr. Brown sah gut aus, er roch auch gut – nicht aufdringlich, aber entsetzlich angenehm –, und er hatte dieses gewinnende Strahlen in den Augen, wenn er jemanden anlächelte. Er lächelte gerne, zeigte makellose Zähne, strahlend weiß und aufgereiht wie eine perfekte Perlenkette. Als er Lyma die Hand reichte und sich ihre Haut berührte, musste sie das Verlangen niederkämpfen, diese niemals wieder loszulassen, so angenehm war die Empfindung. Dr. Elias Brown war jemand, dem man bedenkenlos die Gesundheit des eigenen Kindes, eine Operation am eigenen offenen Herzen oder den Eingriff gegen Erektionsstörungen zutraute, er vermittelte den Eindruck, alles zu können und alles zu wissen und dabei trotz der horrenden Gebühren für seine Dienstleistungen immer nur das Gute und Edle im Sinne zu haben. Er war, das wusste Lyma mit nahezu instinktiver Gewissheit, ein Gangster höchster Kategorie, ein Abziehbild, das den Leichtgläubigen die Taler aus der Tasche zog und dann zwar keine Kunstfehler beging – das würde ihm zu schnell anhängen –, aber für normale Dienste viel zu viel Geld verlangte. Die Tatsache, dass die reguläre Klinik hier in der Tat geschlossen worden war, führte dazu, dass die seine stark frequentiert wurde, und das auch von Leuten, die es sich im Grunde nicht leisten konnten. Dr. Brown hatte seine persönliche kleine Goldgrube gefunden, und das galt sicher nicht nur wegen der hiesigen Patienten, von denen die meisten arme Schlucker waren, sondern vornehmlich deswegen, weil es hier abgelegen und verschwiegen war und ein gewisser Medizintourismus anzunehmen war. Die Art von Patienten, mit denen man richtig Geld verdiente. Leute wie Gracen.

Dr. Brown bekümmerte das nicht. Ein kurzer Hintergrundcheck Inqs hatte ergeben, dass seine Liquiditäts- und Ertragssituation ausgezeichnet war. Die warme, sanfthäutige Hand, die Lyma eben noch genüsslich berührt hatte, war immer offen, Handfläche nach oben, und nahm Bares wie auch Direkttransfers. Immerhin, man bekam dafür ein bezauberndes Lächeln. Lyma mochte es, wenn Leute schön lächelten, es erinnerte sie daran, dass sie das auch mal ausprobieren wollte, wenn sich die Gelegenheit ergab.

»Ich freue mich, Captain. Bitte, setzen Sie sich!«

Das Büro war wie der Mann: geschmackvoll eingerichtet und dezent ausgestattet. Angenehm war das richtige Wort. Einfach furchtbar angenehm. Sie setzten sich in bequeme Sessel, Inq und sie, und der Arzt bot ihnen Erfrischungen an, die sie dankend ablehnten. Das leise Flüstern der Ventilation war das einzige Geräusch, als der Arzt in seinen weichen Slippern über den federnden Kunststoffboden hinter den Schreibtisch ging, sich niederließ, die wohlgeformten Finger vor sich auf dem Tisch verschränkte und Lyma aufmerksam ansah. Sie widerstand dem Impuls, ihm über ihre Nackenschmerzen zu erzählen und damit die Hoffnung zu verbinden, diese feinen, warmen und kundigen Finger zu einer sanften Untersuchung ihrer Muskeln zu animieren. Ihr Nacken schmerzte, weil sie all ihre Sorgen in ihre Muskeln projizierte, und die sanften Bewegungen der Finger würde sich der Arzt gut bezahlen lassen.

»Was verschafft mir die Freude Ihres Besuchs?«

Lyma beugte sich nach vorne und übergab Brown ein 3-D-Foto Gracens. Es war eine alte Aufnahme, es gab keine aktuellen Aufzeichnungen des Mannes, der darüber hinaus seine äußere Erscheinungsform mehrmals geändert hatte. Es war eine Extrapolation, und möglicherweise hatte sie nichts damit zu tun, wie der Mann derzeit aussah. Lyma überreichte das Bild daher auch nicht zum Zwecke der Identifikation, sondern nur als Aufhänger für die Fragen, die sie an den Klinikdirektor richten wollte.

Brown warf einen kurzen Blick darauf und zuckte mit den Achseln. Natürlich hatte er diesen Mann niemals zuvor gesehen, selbstverständlich nicht. Trotzdem, Lyma musste die notwendigen Fragen abspulen, es half ja nichts.

»Das soll mir etwas sagen?«, erkundigte sich der Arzt.

»Kennen Sie diesen Mann?«

Ein zweiter Blick, nur um einen Bruchteil intensiver. »Nein.«

»Er heißt Joaqim Gracen.«

Keine sichtbare Reaktion. »Er ist mir unbekannt.« Ein leiser Anflug von Bedauern in der Stimme, um zu unterstreichen, dass er wirklich furchtbar gerne behilflich gewesen wäre.

»Wir haben Grund zu der Annahme, dass er sich hier in medizinische Behandlung begab.«

Brown nickte und zog eine Tastatur zu sich heran, tippte auf ihr herum und starrte dabei in die Luft. Er trug ohne Zweifel Kontaktlinsen, die den Monitor oder eine Luftprojektion ersetzten. Lyma wappnete sich mit Geduld, diese wurde aber nicht allzu lange auf die Probe gestellt. Brown stellte den Blick ins Leere ein und sah sie wieder an, erneut mit sanftem Bedauern.

»Wir haben keinen Patienten dieses Namens aufgenommen. Auch niemanden, der der Person auf dem Bild ähnlich sieht. Es tut mir leid.« Brown lächelte entschuldigend. »Wir helfen den Behörden natürlich immer gerne.«

»Das freut mich zu hören«, sagte Lyma und brachte ihr Computerpad hervor. Mit einer Wischbewegung schickte sie die Datei in Browns Richtung, auf die es ankam: den Durchsuchungsbefehl. Jetzt gab es eine Reaktion, einen winzigen Riss in der Maske gleichbleibender Freundlichkeit. Dass sie gleich so schwere Geschütze auffahren würde, damit hatte er nicht gerechnet. Sie wusste nicht, ob er tatsächlich nichts über Gracen ahnte, egal ob er hier nun Patient gewesen war oder nicht. Aber er hatte sicher Angst, dass eine

Durchsuchung noch ganz andere Dinge aufwühlen würde. Niemand auf dieser Station hatte eine weiße Weste, und auf der von Dr. Brown befand sich mit größter Sicherheit Blut, so oder so.

Brown zögerte, wischte das Dokument weg, machte eine zweite Bewegung. Lyma runzelte die Stirn. Der Arzt wirkte für einen Moment sehr konzentriert, dann sehr entspannt, obgleich er weiterhin versuchte, seine Maske instand zu halten. Die Ermittlerin hatte zu viel Erfahrung im Lesen anderer Menschen, als dass er ihr etwas vormachen konnte. Sie drehte den Kopf zur Seite, sah Inq an, der ihr unmerklich zunickte.

Gut.

»Wir möchten Zugang zu allen Datenbanken.«

»Selbstverständlich.«

Das kam zu schnell und zu glatt.

»Darüber hinaus werden meine Leute die Räumlichkeiten durchsuchen.« Tatsächlich warteten Saiban Snead und ein Haufen Roboter draußen vor der Tür und verstopften den Zugang.

»Selbstverständlich, nur ...« Brown zögerte. »Es gibt hier Patienten, die für Behandlungen vorbereitet werden, die rekonvaleszieren oder die für heute eine Operation geplant haben. Ich denke nicht, dass Ihre Ermittlungen diesen Personenkreis umfassen, und darf Sie außerdem auf gewisse Vertraulichkeitsgrundsätze aufmerksam machen ...«

»Wir werden keine Gesetze brechen und die Privatsphäre Ihrer Patienten respektieren. Wir werden allerdings eine Überprüfung der Personalien veranlassen.« Lyma lächelte entschuldigend. »Das können wir ihnen leider nicht ersparen.«

Sie versuchte, einigermaßen aufrichtig zu klingen. Nicht alle Patienten hier standen automatisch unter Verdacht, und sie versuchte in der Tat, keinen falschen Eindruck zu erwecken. Sie war nicht auf einer allgemeinen Hexenjagd, sie verlangte es im Grunde nur nach dem Satan persönlich.

Entweder war Brown ahnungslos, unschuldig oder ein besserer Schauspieler, als sie bisher gedacht hatte. Er war ein wenig verunsichert, aber er behielt die Fassung.

Der Arzt erhob sich. »Ich kann wohl erst einmal nichts dagegen tun. Dass ich diese Art der pauschalen Vorverurteilung kritisiere, muss ich wohl nicht unnötig betonen. Ich bin ein gesetzestreuer Bürger des Konkordats und biete wichtige Dienstleistungen in diesem Sektor an. Dass es eher die öffentliche Gesundheitsversorgung ist, die derzeit in Misskredit gebracht wurde, wissen Sie doch bestimmt.«

»Wir sind informiert. Und es geht auch nicht darum, dass ich Ihnen irgendwelche Vorwürfe mache, Dr. Brown«, sagte Lyma, obgleich sie nichts lieber tun wollte als exakt das. »Wir sind einem notorischen Schwerverbrecher, einem Serienmörder auf der Spur, und wir dürfen diese nicht kalt werden lassen. Wenn Sie mit alledem nichts zu tun haben, wird sich das schnell so ergeben, und wir ziehen unverrichteter Dinge wieder ab. Aber uns brennt die Zeit unter den Nägeln.«

»Kein Grund, mich so zu überfallen.« Das stand nun als leise Klage im Raum, der Ausdruck eines Mannes, der sich zu Unrecht verdächtigt fühlte. Brown musste das geübt haben, es war in der Tat sehr überzeugend.

»Wir haben einen Durchsuchungsbefehl.«

»Den ich meinen Anwälten übergeben werde.«

Anwälte und Ärzte, dachte Lyma, es konnte heute gar nicht mehr besser werden. Sie nickte Brown zu.

»Wie Sie wünschen. Wenn Sie uns jetzt den Zugang geben, dann überlassen wir Sie Ihrer Arbeit – und öffnen Sie bitte meinem Team alle Türen. Wir werden Patientenzimmer nicht überfallartig betreten, das verspreche ich Ihnen. Im Zweifel stimmen wir uns mit dem Pflegepersonal ab.«

Brown sagte nichts mehr, sein nunmehr offen zur Schau gestellter Gesichtsausdruck, der an Säuerlichkeit kaum noch zu übertreffen war, sprach Bände. Er ließ Lymas Team in die Räume und zeigte ihnen die Konsolen, von denen aus sie auf die Dateien zugreifen konnten, ehe er sich zu dringenden Angelegenheiten verabschiedete. Er wollte nicht dabei sein, und er wollte bestimmt gewisse Dinge verbergen, deren Entdeckung er befürchtete. Doch dafür war es bereits zu spät.

Als sie alleine waren, sah Lyma Inq fragend an.

»Diese zweite Bewegung, nachdem er den Befehl erhalten hatte …«

»Ein vorbereiteter Löschbefehl für sensible Daten«, sagte der Androide nickend. »Exakt.«

»Er hat Dreck am Stecken. Du …«

»Ich habe aufgepasst, das Zugangsloch des ersten Abrufs genutzt und bin der Überstellung des Durchsuchungsbefehls quasi vorauseilend …«

»Inq!«, sagte Lyma mit gespielter Empörung. Natürlich war es ihr schlechter Einfluss, der den Androiden so handeln ließ, schließlich hatte sie über die Jahre oft genug an seiner Programmierung herumgefummelt. Und er lernte von den Besten.

Die Polizeidrohne sah Lyma an.

»Er hat Dreck am Stecken. Ich sitze bereits an der Auswertung. Wir tun jetzt mal so, als würden wir in den Datenbanken suchen, aber ich denke, Saiban sollte sich auf die physische Durchsuchung konzentrieren. Die Daten ...«, Inq tippte sich vielsagend gegen die Stirn, »... die sind sicher.«

Lyma lächelte zufrieden. Das richtig warme, freundliche Lächeln bekam sie noch nicht hin, aber Zufriedenheit, die gestattete sie sich hin und wieder.

19

»Das ist doch erst einmal ganz normal!«

Efrem Rivera sagte nichts, denn er fand in der Aussage keinen Widerspruch. Von dem Objekt – der Sphäre, diesem kleinen Mond – gescannt zu werden, war in der Tat nicht außergewöhnlich. Dass es auf eine Art und Weise geschah, die nicht als wirklich offensichtlich bezeichnet werden konnte, mochte für Misstrauen sorgen – doch sie mussten sich vergegenwärtigen, dass ihr eigener Standard hier nicht der ausschlaggebende war. Für sie mochte dies aussehen wie ein klandestiner Versuch der Datensammlung – für die Bewohner oder Herren der Sphäre war es aber möglicherweise eine ganz normale technische Möglichkeit, die sie selbstverständlich nutzten.

Doch dann war Campbell mit der zweiten Erkenntnis gekommen, und jetzt saßen sie hier zu dritt und diskutierten. Campbell und Rivera waren physisch anwesend, sie hockten zusammen im Büro des Kommandanten. Nur in Gestalt einer 3-D-Projektion weilte Houten bei ihnen, der weiterhin aufseiten der Autorität alles koordinierte und die Regierung des Konkordats auf dem Laufenden hielt. Dies war kein Krisengespräch, außer natürlich, man hielt die Entdeckung des Grals für eine Krise. In dem Falle standen sie vor einer entsetzlichen Katastrophe. Tatsächlich schienen die äußerst verlockenden Möglichkeiten weitaus wichtiger zu sein, und Rivera entging nicht, dass Campbell und Houten gleichermaßen Blut geleckt hatten. Er konnte es ihnen nicht verübeln.

»Ob die Sie gescannt haben, ob offen oder verborgen, das ist gar nicht der zentrale Punkt. Ich will noch einmal versuchen, mich mit der eigentlichen Erkenntnis vertraut zu machen, die bei uns für … Aufregung gesorgt hat«, sagte Houten betont langsam, als spräche er mit zwei Kindern. Der Eindruck war unfair, wie Rivera wusste. Houten sprach mehr zu sich selbst. Er war derjenige, der sich davon überzeugen musste, alles richtig verstanden zu haben, und Rivera machte ihm absolut keine Vorwürfe. Es war schwer zu begreifen. Sie wussten es seit gut zwei Stunden, und Rivera hatte immer noch seine Probleme, es zu verstehen. Es war nicht die Erkenntnis als solche, die sie etwas aus der Bahn warf – es waren die möglichen Konsequenzen.

Und die blanke, ungehinderte Gier, die Houten aus dem Gesicht sprach, egal wie zurückhaltend und vorsichtig er diese auch ausdrückte. Gier, die Rivera gut nachvollziehen konnte, und Campbell wahrscheinlich auch, obgleich er eher an den mit der Entdeckung verbundenen wissenschaftlichen Möglichkeiten interessiert war.

»Unsere eigenen Messungen sind recht eindeutig«, sagte Campbell also und versuchte, nicht ungeduldig zu klingen.

Houten war ihr Chef. Er hatte es verdient, dass man ihm manches auch zweimal erklärte. »Innerhalb der Sphäre befindet sich eine erhebliche Masse von D-52, und wir haben noch niemals, weder natürlich noch künstlich erzeugt, eine solche Konzentration erlebt. Sie ist enorm. Megatonnen, wenn Sie mich fragen. Ich bekomme keine exakten Messwerte, aber Megatonnen.«

Das Wort sprach er beinahe genüsslich aus. Es hatte nicht nur etwas Gigantisches, dahinter steckte auch etwas von Bedeutsamkeit.

Rivera schüttelte den Kopf, weil er es immer noch nicht glauben wollte. Seit die Menschheit vor Hunderten von Jahren begonnen hatte, Dunkle Materie in Kategorien zu unterteilen und dabei ein dem Periodensystem der Elemente vergleichbares Tabellarium aufzubauen, war viel Zeit vergangen, in der Wissenschaftler sich dem Phänomen mit einer Menge echter Frustration genähert hatten. Dunkle Materie hatte sich lange nur als Postulat gehalten, ohne dass ein echter Nachweis möglich gewesen war.

Campbell sprach, und es klang oberlehrerhaft, doch es war gut, dass er für ihre Überlegungen noch einmal die Grundlage schaffte.

»Dunkle Materie absorbiert, wie wir wissen, kein Licht, und es gibt auch sonst keine Wechselwirkung mit elektromagnetischer Strahlung. Die Baryonen, also jene Teilchen, die gewöhnliche Materie ausmachen, können demnach nicht ihr Hauptbestandteil sein. Zu den Baryonen zählen insbesondere Protonen und Neutronen im Atomkern, die wie alle Baryonen aus jeweils drei Quarks bestehen.«

»Sie beschreiben also etwas, das es nicht gibt«, murmelte Houten, der mehr Administrator denn Wissenschaftler war.

»Auch aus einem anderen Grund muss Dunkle Materie über das Standardmodell der Teilchenphysik hinausgehen. Bestünde sie aus gewöhnlicher Materie, käme es nämlich zu Widersprüchen mit der Theorie der Elemententstehung beim Urknall, der mittlerweile als definitiver Ursprung zumindest des aktuellen Universums nachgewiesen worden ist. Hauptbestandteile der Dunklen Materie sind unseren Theorien zufolge demnach schwach wechselwirkende massereiche Teilchen. Solche Teilchen bringen einige Dutzend bis Tausende Protonenmassen auf die Waage. Sie treten miteinander und mit anderen Teilchen über die Gravitation und über die schwache Kraft in Wechselwirkung, aber nicht über die zwei anderen Fundamentalkräfte, die elektromagnetische sowie die starke Kraft. Derzeit handelt sich aber nur um die leichtesten symmetrischen Teilchen, die nicht gleich nach dem Urknall zerfallen sind. Von diesen haben wir bisher 51 verschiedene Subsysteme gebildet, die sich oft nur in wenigen Details voneinander abgrenzen ließen – Details, die auf ihre physikalischen Eigenschaften keine Auswirkungen hatten. Man kann mit ihnen nicht allzu viel anfangen, sie sind da und gewähren dem Universum genug Masse, um das bekannte Standardmodell der Entstehung des Kosmos und seiner fortwährenden Expansion zu erklären.«

»Und jetzt kommen wir zu D-52«, sagte Houten mit einem fast schon begierigen Unterton. Campbell nickte eifrig.

»Element 52, wie es im Sprachgebrauch hieß, ist die große Ausnahme. Es ist offenbar aus irgendwelchen Gründen nicht vor Jahrmilliarden nach dem Urknall zerfallen, sondern bleibt immer noch ein sehr massereiches Teilchen, und es enthielt eine Menge Energie. Es kommt so gut wie nicht mehr natürlich vor, wenngleich man seine

Existenz in Schwarzen Löchern nachgewiesen hat oder zumindest in irgendeiner Wechselwirkung mit extremer Gravitation – die genauen Zusammenhänge sind Gegenstand höchst esoterischer Spekulationen höchst esoterischer Fachleute. Es hat Ansätze gegeben, 52 künstlich herzustellen, und einen erfolgreichen Versuch, der zur Deneb-Katastrophe geführt hat, als das mit diesem Problem befasste Labor erst meldete, etwa ein Mikrogramm an 52 erzeugt zu haben, um dann in einer gigantischen Explosion zu vergehen, die nicht nur das gesamte Labor, sondern auch den Mond zerrissen hat, auf dem es stand. Bis heute weiß niemand, was genau schiefgelaufen ist. Man hat es seitdem nicht wieder versucht. Die besagten esoterischen Wissenschaftler vertreten die Ansicht, dass einmal in ausreichender Menge hergestelltes 52 sich selbst stabilisieren würde – man spricht in diesem Zusammenhang von einer ›Kritischen Dunklen Masse (KDM)‹ – und Eigenschaften besäße, die sogar Zeitreisen möglich machen könne. Oder Dinge, an die man gar nicht zu denken wagte. Reisen zwischen Galaxien etwa, für die man trotz Überlichtantrieb derzeit noch Jahrhunderte benötigt.«

»Das entspricht dann ja unseren Beobachtungen bezüglich der Sphäre, die offenbar nicht aus der Milchstraße kommt«, warf Rivera ein, der einfach auch mal was sagen wollte. Campbell nickte erneut, beinahe begeistert. Er hatte sich für das Thema sichtlich erwärmt.

»Megatonnen von D-52«, sagte Houten leise. »Also eine KDM – und damit das, was wir uns nicht mehr trauen, selbst herzustellen, und was für uns alle den Stein der Weisen darstellt.«

»Nicht für uns alle«, murmelte Rivera, der die Befürchtung hegte, zu höchst gefährlichen Forschungen angestiftet zu werden, die in seiner Explosion enden konnten, eine Aussicht, die er für eher unerfreulich hielt. Außerdem hatte er keine Lust, in die benachbarte Galaxie zu reisen, so spannend der Gedanke auch sein mochte. Houten ignorierte die Bemerkung, er hatte sie möglicherweise gar nicht bewusst wahrgenommen. Bei ihm herrschte Goldgräberstimmung, ebenso wie bei Campbell, der offenbar an sich halten musste, nicht dauernd die Handflächen gegeneinander zu reiben.

Fehlte nur noch, dass er zu kichern begann.

»Welche Chancen sehen Sie, in das Schutzfeld, in diese Sphäre einzudringen?«, stellte Houten die entscheidende Frage.

»Unsere Sonden sind nur bis zur Energiegrenze selbst vorgedrungen«, erwiderte der Chefwissenschaftler. »Das Feld strahlt sehr hart, zumindest nach außen, möglicherweise eine Konsequenz der gewählten Fortbewegungsart. Die Sonden wurden alle zerstört, und wir vermuten, dass dies unabsichtlich geschieht. Es ist nondirektionale Strahlung, und sie nimmt mit zunehmender Entfernung immer mehr ab. Die *Scott* ist absolut sicher. Das Problem ist aber, dass sich unsere Beobachtungsmöglichkeiten dadurch derzeit noch begrenzen, wenn wir nicht mit einem großen und entsprechend gut abgeschirmten Schiff näher rangehen. Es kann sein, dass die Strahlung im Verlauf der Zeit nachlässt, und wir beobachten die Situation rund um die Uhr. Was wir also erst einmal brauchen, sind entsprechend abgeschirmte Sonden. Die Fertigungsanlage der *Scott* stellt gerade eine solche her, es wird aber noch eine Weile dauern, bis wir sie gebaut und getestet haben. Es handelt sich um ein sehr aufwendiges Stück Technologie.«

»Wir benötigen mehr Manpower und Ausrüstung in der Nähe«, stellte Houten ohne weiteres Zögern fest. Er war ganz sicher aus naheliegenden Gründen zu erheblichen Investitionen bereit. Campbell sprang sofort auf den Zug auf.

»Wenn wir recht haben und wir in Elissis Sphäre erhebliche Mengen von D-52 finden, dann wird ein normales Forschungsschiff nicht reichen – und keine zwanzig. Wir brauchen ein Raumschiff von beachtlicher Größe, das ein inneres Dämpfungsfeld erzeugen und das Element transportieren kann, wenn wir überhaupt drankommen. Vielleicht können wir mit der Besatzung oder vielmehr den Bewohnern dieser Sphäre einen Handel abschließen, zu einer Übereinkunft kommen. Wenn uns das gelingen sollte, brauchen wir einen geeigneten Frachtraum. Nach allem, was uns Deneb gelehrt hat, ist das unumgänglich, und allein die Energieerzeuger für das Kraftfeld ... es muss ein richtig großer Pott sein.«

»So etwas gibt es nicht«, murmelte Houten mit düsterer Miene. »Die Autorität hat jedenfalls kein Schiff dieser Art in der Flotte. Vielleicht eine Privatfirma? Ein Fabrikschiff? Ein Tender? Davon gibt es nicht viele, und ich glaube nicht, dass man es uns vermietet, wenn es anderweitig gebraucht wird. Das Konkordat kann nichts einfach so requirieren. Wir brauchen da eine gewisse ... Kooperationsbereitschaft. An Geld soll es natürlich in diesem Falle nicht mangeln. Ich muss mich umhören.«

»Und wie schnell?«, fragte Rivera, eine eher rhetorische Frage. »Wir haben keine Ahnung, wie lange sich die Sphäre in unserer Reichweite aufhalten wird. Sie könnte morgen schon verschwunden sein – oder in drei Monaten.«

»Wie lange dauerte ihr letzter Aufenthalt?«, fragte Campbell Houten, der die Daten diverser astronomischer Beobachtungstationen auswertete.

»Das wissen wir nicht«, erwiderte dieser. »Die Entdeckung durch die Studenten war die erste aufgezeichnete Wahrnehmung – und leider hat seit geraumer Zeit keine andere Station in die besagte Richtung geschaut. Die einzige Aufzeichnung jüngeren Datums ist gut ein Jahr alt, da war das Objekt jedenfalls noch nicht zu sehen.«

»Das ist immerhin besser als nichts«, murmelte Campbell. Er sah Houten an. »Wir beobachten weiter, wir messen, wir versuchen die Kontaktaufnahme – aber wenn wir es tatsächlich schaffen sollten, eine Vereinbarung oder einen Zugang zu erlangen, dann ist die Autorität am Zug.«

»Nicht nur die Autorität. Dafür ist selbst meine Gehaltsklasse zu niedrig. Das geht direkt in die Führung des Konkordats. Und zwar so schnell wie möglich. Das ist meine Aufgabe.« Houten holte tief Luft. »Sie müssen mich auf dem Laufenden halten, jederzeit. Keine Info ist zu klein, kein Hinweis zu unwichtig. Ich habe mir das mit dem Schlafen sowieso abgewöhnt. Machen Sie weiter so. Rivera, passen Sie gut auf. Ich will absolut keine schlechten Nachrichten hören.«

»Keine schlechten Nachrichten, wird erledigt«, sagte der Kommandant leichthin, obgleich er wusste, dass das ernst gemeint war. Campbell und die Seinen mussten im Zaume gehalten werden. Für die Risikoabschätzung war allein er verantwortlich, und so attraktiv die Idee auch sein mochte: Er würde die *Scott* nicht in Gefahr bringen, jetzt nicht und auch nicht in Zukunft. Dafür war seine Gehaltsklasse nämlich auch zu niedrig, und mit ihr die aller Crewmitglieder.

Die Verbindung erlosch. Campbell erhob sich, rieb sich die Augen, auch er hatte lange nicht richtig geschlafen. Er sah Rivera an.

»Das ist eine Jahrhundertentdeckung, Captain. D-52 in solchen Mengen – die Möglichkeiten sind endlos. Ein Quantensprung. Eine Revolution von Wissenschaft und Technologie. Ich kann es gar nicht genug betonen.«

»Ich habe es schon verstanden«, erwiderte Rivera und sah Campbell abschätzend an. »Aber nichts davon ist es wert, ein Menschenleben zu riskieren.«

Er wartete auf eine spontane Zustimmung, eine seufzende Einsicht, doch der Wissenschaftler brauchte eine Weile, bis er sich zu einem knappen Kopfnicken durchrang, für Rivera eine alarmierende Verzögerung. Wenn Campbell, den er bisher als klugen und nachdenklichen Mann kennengelernt hatte, dermaßen vom Goldrausch befallen war, dass er bereit zu sein schien, unkalkulierbare Risiken einzugehen – wie würde es dann den anderen gehen? Oder gar den Anführern des Konkordats, die derzeit vor allem mit einer wachsenden ökonomischen und gesellschaftlichen Krise, einer allgemeinen Stagnation, zu kämpfen hatten und ein Wunder ... einen Quantensprung, eine Revolution von Wissenschaft und vor allem Technologie ... gut gebrauchen konnten?

Der Gedanke machte Rivera ein wenig Angst.

20

»Die Scharade hat begonnen.«

Riem sagte es laut und deutlich, fast eindringlich, damit die Worte auch die Wolke des Schmerzes und der Müdigkeit durchstießen, die Geons Bewusstsein umgab. Er hielt sich an dem klaren Satz fest, ergriff ihn wie ein Seil, das ihn aus dem Sumpf zog. Geon musste sich beinahe über sich selbst wundern. Er wusste doch gar nicht, was ein Sumpf war. Seine Vorvorväter hatten es vielleicht noch gewusst, er aber kannte das Wort und seine Bedeutung, ohne jemals in den Genuss einer solchen Umwelt gekommen zu sein. Seine rissige Haut verlangte nach feuchtem Morast, so, wie seine Vorfahren sich in diesem gesuhlt hatten. Cremes ersetzten jetzt dieses Vergnügen, und sie waren ein schaler Ersatz, eine Notwendigkeit, eine Behandlung ohne das damit verbundene sinnliche Empfinden. Das Bedürfnis danach war tief in ihm, eine genetische Programmierung seiner Vorfahren, die man nicht einfach abschütteln konnte. Geon hatte, wie alle seines Volkes, immer die stille Hoffnung gehabt, dass sie ankommen würden, die Sphäre verlassen durften und eine Welt fanden, auf der es den Morast gab, nach dem ihr Körper seit Geburt ein stilles Flehen ausstrahlte. Der künstliche Sumpf an Bord der *Lian* war vor rund 150 Jahren ausgetrocknet worden, da sein Unterhalt zu teuer geworden war, Energie kostete und Biomaterie und Wasser, alles wertvolle Güter, die anderweitig dringender gebraucht wurden. Die einst dafür vorgesehene Halle an Bord des Schiffes wurde nun als Lager verwendet, und nur die stumpfen Zuläufe an den Wänden, seitdem mit Plastikkappen verschlossen, erinnerten daran, dass hier einst das Paradies gewesen war. Geon träumte oft davon. Gab es ein Leben nach dem Tode und hatte er sich aufgrund seines Lebenswandels irgendeine Belohnung verdient, so wollte er einmal in die warme, weiche Umarmung eines Sumpfes eintauchen und sich von aller Mühsal befreien lassen.

Er blinzelte. Wie immer hatten ihn seine Gedanken fortgetragen in eine andere, weitaus angenehmere Welt, und das geschah immer öfter. Riem besaß eine bemerkenswerte Geduld dabei, mit ihm umzugehen, natürlich nicht zuletzt aus einem gesunden Selbsterhaltungstrieb heraus.

»Was sie ihnen wohl für einen Köder vor die Nase halten?«, formulierte er langsam und mit Bedacht.

»Das werden wir, wie immer, erst erfahren, wenn es zu spät ist.«

Geon entsann sich des Köders, der sie hierher getrieben hatte: Sicherheit. Der Bürgerkrieg hatte damals Ausmaße angenommen, die beinahe zum Genozid geführt hatten, und die Flüchtlinge an Bord ihres Schiffes hatten ein

Versprechen von Sicherheit und Zuflucht benötigt. Das Versprechen war eingehalten worden: Waren sie erst durch die Öffnung im Glimmerfeld getreten, konnte ihnen kein Gegner mehr etwas anhaben. Allerdings hatten sie auch ihre Heimat dadurch verloren – und den einen Konflikt gegen viele andere eingetauscht. Es gab einige gute Gründe dafür, warum Geons Zivilisation seit langer Zeit eine wichtige Rolle im Rat spielte. Zum einen hatte sie aus der eigenen Vergangenheit gelernt und war sehr darauf bedacht, das komplizierte Gleichgewicht der Entführten zu bewahren. Zum anderen hielten sie den Schlüssel zu ihrer aller Vernichtung in Händen, wenn sie einmal entscheiden sollten, sich nicht länger zurückzuhalten und sich ganz dem Fortpflanzungstrieb hinzugeben. Aber selbst das hatte nicht ausgereicht. Sie waren ja nicht allein. Und sie wurden immer mehr. Das System knirschte überall.

Geon sah auf den Timer. Eine Stunde blieb noch, dann konnte er ihn auslösen und danach genug Zeit für etwas Schlaf haben. Wenn die Ereignisse das zuließen. Manchmal ging es ja recht schnell, manchmal dauerte es Monate, und es war nie vorherzusehen, wie es sein würde.

»Was sagt Saim?«

»Seit der Ratssitzung gar nichts mehr.« Riem zögerte, ehe er hinzufügte: »Er wartet jetzt auf deinen Tod, Geon. Das ist wohl für ihn der einfachste Weg.«

»Das wäre er für mich auch.«

Riem sah ihn an, über den schwachen, dahinwelkenden Leib gebeugt.

»Wenn es zu viel wird, dann lass es«, sagte sein Stellvertreter leise. »Die Qual dauert schon zu lange, und ich kann es kaum mit ansehen, Geon.«

Ein warmes Gefühl der Zuneigung durchflutete den Vorsitzenden, als er diese Worte und die dahinterliegende Anteilnahme vernahm. Riem war ein guter Mann, viel zu gut für diese Welt und seine Aufgabe. Geon war traurig, wenn er daran dachte, wie Saim mit ihm umgehen würde, und sei es nur, um posthum dem Mentor damit zu schaden und sein Ansehen in den Dreck zu zerren. Riem wusste das und hatte sicher seine Vorbereitungen getroffen. Zumindest war das Geons Hoffnung. Aber er würde sich nicht darauf verlassen. Er hatte das Seine getan, und vielleicht war jetzt tatsächlich der Zeitpunkt, dies zur Sprache zu bringen.

Sein Vorrat an zur Verfügung stehenden Zeitpunkten schrumpfte rasch.

»Was sagen die Beobachter?«

»An der Öffnung tut sich nichts. Es steht zumindest nicht unmittelbar bevor.«

»Das ist gleichermaßen beruhigend wie beunruhigend. Sind die Blinker bereit?«

Riem zögerte mit einer Antwort, und Geon wusste auch, warum das so war. Sie hatten in der Vergangenheit nichts bewirkt und würden wahrscheinlich auch diesmal scheitern, aber er war der Ansicht, dass sie es zumindest versuchen mussten. Kein Funkspruch drang durch das Glimmerfeld. Kam man aber nahe genug heran und waren die optischen Instrumente leistungsfähig genug, erlaubten die Fluktuationen des Schirms einen gelegentlichen, geschwächten Blick in das Innere, eine Momentaufnahme nur, die man bei langwieriger Beobachtung zu einem Puzzle zusammensetzen konnte. Um diese relative Durchlässigkeit zu nutzen, hatte der Rat wertvolle Ressourcen genutzt, um die Blinker zu bauen. Sobald man wusste, wo genau sich die Neugierigen und Angelockten draußen befanden, würde man sie aktivieren und versuchen, Lichtzeichen zu geben. Es war bislang noch nie gelungen, damit erfolgreich eine Warnung abzusetzen, das war die generelle Meinung. Geon war sich da nicht so sicher. Es hatte Ruhephasen gegeben, in denen keine neuen Schiffe in das Glimmerfeld aufgenommen worden waren, und seine Hypothese war, dass sie etwas gesehen oder gemerkt hatten, was abschreckend gewirkt hatte. Möglicherweise waren es die Blinker gewesen. So genau konnte man das natürlich nicht wissen.

Vielleicht war es auch nur die Hoffnung eines alten, kranken Mannes.

»Die Blinker«, insistierte Geon. Riem verzog das Gesicht. Sein großes Auge schimmerte feucht, Trauer im Blick, dann nickte er.

»Ich kümmere mich darum. Du solltest ruhen.«

»Ich werde bald sehr viel Ruhe haben. Bis dahin werde ich dir noch etwas auf die Nerven fallen, Riem. Du bist bereit für das, was passieren wird, wenn ich tot bin?«

Riem schwieg. Das war nicht ganz das, was Geon sich erhofft hatte. Riems Schweigen konnte natürlich bedeuten, dass ihm das Thema unangenehm war, weil es dazu führte, dass sie erneut über Geons nahen Tod sprachen, aber der Kranke wusste, dass Riem diese Frage auf verschiedenen Ebenen seines Bewusstseins verdrängte. Das war nachvollziehbar, aber Geon billigte es nicht. Es war Riems Schwäche. Wer im Rat saß, musste in der Lage sein, sich den Fakten zuzuwenden, und durfte niemals die Augen verschließen, so schmerzhaft der Anblick auch war.

»Ich werde versuchen, Saim aus dem Weg zu gehen.« Zögerlich, ausweichend. Geon fragte sich, ob Riem sich tatsächlich die Illusion machte, das sei eine erfolgreiche Strategie. Er brauchte etwas Handfesteres, und wie gut, dass Geon vorgesorgt hatte.

»Das wirst du nicht können, jedenfalls nicht einfach so«, erklärte Geon mit kräftiger Stimme, in der mehr Macht lag, als er für möglich gehalten hatte. Geon blieb seinen eigenen Grundsätzen treu, sie waren alles, was er noch hatte und was ihm eine letzte Würde verlieh. Und er schuldete seinem Stellvertreter so viel.

»Riem, ich habe eine meiner letzten Pflichten erfüllt. Wir alle wissen, dass Saim mein Nachfolger wird, die politischen Entwicklungen sind unumkehrbar. Alle Augen richten sich auf seinen Rivalen, zumindest die Augen jener, die keine Freude an der Aussicht haben, dass Saim alles zum Schlechten zu wenden gedenkt.«

»Das wird eine schwierige Aufgabe«, sagte Riem, und es lag exakt die Vorsicht in seiner Stimme, mit der Geon gerechnet hatte. Riem war intelligent. Es fehlte ihm manchmal an Biss, auch an Rücksichtslosigkeit, aber er hatte viele andere Fähigkeiten und Begabungen, und ein schnelles Verständnis der Situation gehörte zweifelsohne dazu.

»So ist es.«

»Ich bin mir nicht sicher, ob ich der Richtige dafür bin. Tatsächlich bin ich mir ziemlich sicher, dass ich es nicht bin.«

»Riem.« Geon legte Nachdruck in das eine Wort, eine Aufforderung, über das eben Gesagte noch einmal nachzudenken. »Wenn du es nicht machst, ist das dein Todesurteil. Ohne Amt bist du ein Opfer, früher oder später. Saim wird die Trauerzeit nach meinem Tode abwarten, dann aber bist du ein toter Mann. Belüge dich nicht. So wird es sein.«

Sein Stellvertreter starrte Geon an, und wo er sonst schnellen Verstandes war, fehlte es ihm an Fantasie, sich vorzustellen, dass ein Ratsvorsitzender Saim es wagen würde, die Regeln der Gemeinschaft dermaßen zu brechen. Geon wartete einen Moment auf eine weitere Reaktion, aber Riem hoffte offenbar, sich verhört zu haben.

Hatte er nicht.

»Es wird nicht lange dauern, und Saim wird alle seine Pläne in die Tat umsetzen«, sagte Geon eindringlich, und die Sorge um seinen Protegé gab ihm neue Kraft. »Er wird eine kurze Zeit Zurückhaltung üben und sehen, wer sich ihm gegenüber loyal erklärt und wer nicht erkannt hat, was für ein Wind jetzt weht. Dann aber wird er zuschlagen. Er möchte das alte System zerstören, das er als ineffizient und ineffektiv bewertet, und ein völlig neues errichten. Aus den Trümmern eines Krieges, eines großen Auslöschens.«

»Völlig neu? Ich weiß, dass ...«

»Völlig neu. Und weißt du was? Er hat ja recht! Das alte System funktioniert nicht mehr! Die Ressourcen schwinden, die Versorgungslage wird kritisch, und es wird nicht mehr lange dauern, bis alles explodiert, wenn wir die Grundbedürfnisse nicht mehr befriedigen können. Das ist uns doch beiden bekannt, oder? Sollten die Neuen Ressourcen bringen, wird uns das für eine Weile retten, aber wir haben doch keine Ahnung, wie lange die Reise noch dauern wird oder ob sie jemals endet! Natürlich müssen sich die Dinge ändern! Saims Vorgehen ist simpel: Der Ressourcenmangel wird dadurch gelöst, dass wir die Anzahl jener radikal verringern, die diese verbrauchen! Das hat es in der Vergangenheit oft genug gegeben, aber unkontrolliert und ungezielt. Saim will es organisieren. Der organisierte, vorbereitete, gnadenlose Massenmord. Ein Krieg um das Überleben, nach seinen Regeln und mit einem vorhersehbaren Ausgang. Du wärest nur ein Opfer unter vielen.«

Riem schwieg für einen Moment, als würde ihm die Bedeutung dessen, was sich da eröffnete, erst langsam bewusst.

»Ja«, sagte er dann leise. »Aber wenn das so ist, dann wird es mir auch nichts nützen, der Rivale zu sein, Geon. Denn wenn Saim das alte System umstürzen will, dann muss ihn doch nichts davon abhalten, dies auch auf die Funktion des Rivalen zu übertragen. Er hat keinen Respekt vor den Traditionen und den meisten der damit verbundenen Rollenzuweisungen. Wenn er so weit gehen sollte, wie du sagst, bin ich so oder so tot. Im Fall meiner Ernennung zum Rivalen wird es nur möglicherweise ein wenig schwerer. Und blutiger.«

»Das wäre so, wenn ich keine Vorsorge getroffen hätte. Ich kann dein Leben schützen, und das besser, als du denkst. Doch du musst dich nicht einverstanden zeigen, der offizielle Rivale zu werden. Es ist mein Recht, dir ein anderes Amt zu geben, und ich werde davon Gebrauch machen – allerdings nicht gegen deinen Willen. Was ist dein Wille, Riem? Willst du leben oder sterben?«

»Ich würde es nicht … alles, aber nicht der Rivale Saims. Den Kampf kann und werde ich nicht führen. Ich bin nicht wie du.«

»Dann weißt du, dass es nur noch eine einzige Alternative für dich gibt.«

Geon empfand dieses Gespräch als belebend. Er wünschte sich, Riem würde sich noch ein wenig zieren, um die Entscheidung drücken, damit er noch mehr Energie dabei entwickeln konnte, ihn von der Richtigkeit seines

Vorhabens zu überzeugen. Doch sein Stellvertreter tat ihm diesen Gefallen nicht, was letztendlich ja auch gut war.

»Ich bin einverstanden. Es ist, wie es ist.«

»Gut. Ich werde die Ernennung noch heute bekannt geben.« Geon lächelte. »Sie wird niemanden überraschen und Saim ärgern. Seine schlechte Laune zu sehen, wird mir in meinen letzten Stunden noch große Freude bereiten, vor allem in dem Bewusstsein, dass ich ihr Urheber bin.«

Riem nickte ergeben. Er wusste, was auf ihn zukam. Es gab schlimmere Schicksale, aber er freute sich nicht, denn das Portal zum Zentrum zu hüten, war sicher die sinnloseste Aufgabe, die jemand haben konnte.

21

Elissi träumte von Jordan, aber sie sagte es ihm nicht. Das war nicht schwer, da sie ohnehin nicht viel sprach, vor allem nicht über solche Dinge. Wenn ihr Verstand einmal nicht mit den Daten beschäftigt war, die die Sensoren der *Scott* übermittelten, oder wenn die Erschöpfung sie im Griff hatte, so sehr, dass sie sie nicht mehr durch bloße Willensstärke abschütteln konnte, dann fing sie an, von Jordan zu träumen. Sie schlief nicht. Elissi schlief wenig. Schlaf war nicht nur eine Verschwendung wertvoller Lebenszeit, deren effiziente Nutzung zu den Grundpfeilern ihrer Existenz gehörte. Schlaf, und die darin verwickelten Träume, war auch sehr verwirrend. Er konfrontierte sie mit Gefühlen, vor allem aber mit Situationen, die sie niemals verstand und die ihr keine Informationen vermittelten, die sie zu verarbeiten in der Lage gewesen wäre. Schlaf war verwirrend, manchmal auch ängstigend, er zeigte ihr, dass Dinge tief in ihr schlummerten, von denen sie nichts wissen wollte. Die sie nicht verstand.

Dabei gab es für sie nichts Schlimmeres, als etwas nicht zu verstehen. Seit sie während ihrer Adoleszenz gemerkt hatte, dass sie sich in wichtigen Aspekten von anderen Gleichaltrigen unterschied, hatte sie es sich zur Aufgabe gemacht zu verstehen. Alles musste gründlich analysiert werden. Für jedes Ereignis gab es einen Grund. Kausalität wurde ihr Mantra, die konsekutive Abfolge von Ursache und Wirkung das Glaubensbekenntnis, auf dem sie ihre ganze Weltsicht aufbaute. Sie war dabei nicht einseitig, nicht naiv. Manche Ereignisse hatten multiple Ursachen, und sie war sich der verwirrenden Erkenntnisse etwa der Chaostheorie bewusst, nur mit dem Unterschied, dass sie mehr und mehr zu der Überzeugung gekommen war, dass an diesen nichts verwirrend war. Es gab keine Heisenbergsche Unschärfe, es gab nur eine Unschärfe in der Art und Intensität der Beobachtung. Nach Elissis Überzeugung musste man jedes Rätsel nur lange genug betrachten, bis man die Lösung fand. Es gab für alles einen Grund, und bis auf Weiteres war sie noch nicht bereit, am Ende einen Gott zu vermuten. Auch darin unterschied sie sich von Heisenberg, den sie ansonsten sehr schätzte.

Wenn sie von Jordan träumte, schlief sie nicht, sie legte nur die Zügel ab, die ihren Verstand stets in die richtige Richtung steuerten. Sie erlaubte sich, einfach nur zu betrachten, wohin die Gedanken wanderten, als sei sie selbst das Objekt einer wissenschaftlichen Studie. Sie konnte dieses Experiment jederzeit beenden, das war das Beruhigende daran. Sie hatte die Kontrolle.

Kontrolle war für sie sehr wichtig. Sie machte die Welt weniger chaotisch, gab Ordnung und Sicherheit. Elissi wollte Kontrolle, über ihre gesamte Wahrnehmung, und das absolute Maß an Kontrolle erreichte man durch ein absolutes Maß an Erkenntnis. Wusste man erst einmal alles, kannte den Ursprung von allem, den Grund für jedes Verhalten und jedes Phänomen, dann hatte man die Kontrolle. Dann warf einen nichts mehr aus der Bahn.

Elissi wusste, warum sie an Jordan dachte. Warum sie von ihm tagträumte, wenn sie zu müde zur andauernden Konzentration war. Sie hatte es erforscht, methodisch und akribisch und weit über die bloße Selbstbeobachtung hinaus. Aus den Eierstöcken und Nebennieren gelangten Sexualhormone wie Östrogen und Testosteron über das Blut ins Gehirn. Sie überschwemmten die primitiven Hirnareale nahe dem Hirnstamm und regten die Produktion von Botenstoffen an. Diese Neurotransmitter waren die Ursache ihrer Träume, und sie erzeugten das, was Jordan für sie so interessant machte: Verlangen. Dopamin hieß der Stoff. Die Essenz der Lust. Damit sich die Begierde auf den Mann richtete und die Frau nicht nur in ein Chaos der gesteigerten Wahrnehmung stürzte, musste Dopamin im Gleichgewicht mit anderen Hormonen agieren. Serotonin bremste impulsives Handeln, erzeugte Wohlbehagen und ermöglichte gründliches Nachdenken. Serotonin war Elissis Freund. Grübelte sie beim Empfinden des Verlangens über die gewonnenen Daten nach, die Untersuchung, die sie gerade durchführte, standen die beiden Gegenspieler Dopamin und Serotonin im günstigen Verhältnis zueinander, und das Verlangen ließ nach. Wenn sie so müde war wie jetzt, funktionierte das leider nicht mehr besonders gut. Als dritten Botenstoff der Lust gab es dann noch die Opioide. Sie fluteten beim Orgasmus das Gehirn und konditionierten es, nach weiteren Höhepunkten zu streben.

Elissi wusste das aus ihrem experimentellen Vorgehen. Sie wusste, wo und wie sie sich zu berühren hatte, um exakt diesen Effekt hervorzurufen. Das war durchaus angenehm, und sie wiederholte es zu passenden Gelegenheiten, wenngleich sie zugeben musste, dass die parallele Analyse des Vorgangs, insbesondere die Visualisierung der notwendigen biochemischen Prozesse, ihr manchmal ein wenig die Lust nahm. Doch wenn sie dabei an Jordan dachte, war ihr klar, dass etwas fehlte, dass Biochemie allein vielleicht nicht die Lösung war. Um was genau es sich noch handeln konnte, das war eines der Rätsel, die sie noch zu ergründen trachtete.

Jedenfalls träumte sie von ihm und stellte ihn sich nackt vor. Da sie ihn schon mehrmals mit entblößtem Oberkörper gesehen hatte – er schwamm viel –, war das nicht sehr schwierig, und betrat sie erst einmal diesen Weg, fehlte nicht viel, dass sich in ihrem Geiste auch die restlichen Hüllen verselbstständigten und verschwanden. Es war schwierig, eine gewisse äußere Gelassenheit zu bewahren, wenn man diesen Pfad der Imagination weiter beschritt, und das war nur dann kein Problem, wenn sie allein in ihrer Kabine war, am besten unter der Dusche oder auf ihrer Koje. Da sie aber gerade in der Schiffsmesse der *Scott* saß, vor sich eine heiße Tasse Kaffee und ein Stück noch warmen Apfelkuchen, würde jede erkennbare körperliche Reaktion, vor allem das unausweichliche leise Aufstöhnen sowie der schneller werdende Atem, Aufsehen erregen. Elissi verstand nicht immer, welches menschliche Verhalten in einer gegebenen Situation unangemessen war, und oft genug kümmerte es sie nicht einmal. Aber sie hatte es sich zur Aufgabe gemacht, Reaktionen auf ihr Tun sorgsam zu registrieren und in verschiedene

Kategorien einzuordnen: in irrelevant, in störend, aber unwichtig und in wenig wünschenswert. Stöhnend in der Öffentlichkeit hinter einem Tisch zu sitzen und mit bebenden Lippen sexuelle Fantasien auszuleben, war für Elissi okay, aber für Zuschauer im Regelfalle entweder störend oder wenig wünschenswert. Das Konzept der *Peinlichkeit* war für sie schwer zu begreifen, aber Jordan hatte es einmal zu erklären versucht, und seitdem legte sie diesen Begriff und die damit verbundenen Taten unter »wenig wünschenswert« ab.

Also beherrschte sie sich. Sie konzentrierte sich auf den Kaffee, der ebenfalls wenig wünschenswert war, aber leider das Einzige, was ihr hier zur Verfügung stand, und auf den Kuchen, der tatsächlich einigermaßen schmeckte, wenngleich nicht ganz so wie der ihrer Mutter. Der Apfelkuchen ihrer Mutter war ein lohnenswerter neuer Fokus für ihre dahinwandernden Gedanken. Sie vermisste beides: Mutter und Apfelkuchen, auch etwa in dieser Reihenfolge, wenngleich mit unterschiedlicher Intensität. Apfelkuchen war eine wichtige Konstante in ihrem Leben gewesen. Sie hatte selbst ein schönes Rezept, das sie hin und wieder ausprobierte: Den Backofen auf 180 Grad Umluft vorheizen. Für den Kuchenteig Eier trennen und Eiweiß mit einer Prise Salz schaumig schlagen. Nach und nach Zucker unterrühren. War das Eiweiß steif, wurde Eigelb kurz mit dem Schneebesen untergerührt, ebenfalls das Öl und noch etwas Zucker, dann saure Sahne hinzu …

»Elissi.«

Sie blinzelte. Mandeln. Sie durfte die Mandeln nicht vergessen. Ein guter Apfelkuchen …

»Elissi.«

Jordan saß vor ihr und schaute sie forschend an. Sie wusste, dass sie sehr abwesend gewirkt haben musste. Das machte ihm manchmal Sorgen, obgleich sie nicht verstand, warum eigentlich. Aber sie verstand ihn ja sowieso oft nicht, daher war ihre Beunruhigung ob dieser Tatsache nur eine sehr sanfte. Sie gähnte und hob die Gabel in ihrer rechten Hand.

»Willst du Apfelkuchen, Jordan?«

Er sah sie für einen Moment verwirrt an, dann schüttelte er langsam den Kopf. »Nein, vielleicht später. Hast du geschlafen?«

»Hier? Nein. Ich habe an ein Kuchenrezept gedacht.« Sie behielt für sich, dass ihre Gedanken davor um ein anderes Thema gekreist waren. Es erschien ihr ... wünschenswert.

»Du siehst furchtbar aus.«

Das war keine Aussage, mit der man Elissi beleidigen konnte. Man konnte sie ohnehin nicht beleidigen. Wem es an Eitelkeit fehlte, der konnte auch nicht an dieser gepackt werden. Elissi hatte ein starkes Ego. Ihre permanent rasenden und alles beobachtenden und sezierenden Gedanken vermittelten ihr ein mächtiges Gefühl ihrer selbst, war sie doch der Angelpunkt, um den sich das Universum drehte. Aber sie hielt sich nicht für wichtig. Das erleichterte es, ein Genie zu sein. Und *anders*.

»Ich trinke Kaffee.«

Das erklärte nicht ihr Aussehen, aber immer dann, wenn sie nicht wusste, was sie sagen sollte – was sehr oft vorkam –, hatte sie gelernt, mit der Beschreibung dessen zu antworten, was sie gerade tat. Es half, die Illusion eines Gespräches aufrechtzuerhalten, eine Illusion, die fast alle Menschen um sie herum für wünschenswert hielten, darunter leider auch Jordan, der doch gar nicht *so* dämlich war.

»Elissi, du musst schlafen.«

»Die Arbeit ist noch nicht getan.«

Jordan lachte. »Diese Arbeit ist nie getan. Siehst du nicht, wie sie alle aufgeregt sind?«

Nein, das bemerkte sie meistens nicht. Aber sie war Jordan dankbar, dass er ihr nebenher erklärt hatte, was die verstärkte Aktivität zu bedeuten hatte, der erhöhte Gesprächspegel. Es war Aufregung. Dopamin und Opioide. Nein, korrigierte sie sich. Das war Erregung. Sie würde nachschlagen müssen, wie sich das genau biochemisch voneinander unterschied.

»Sie wollen alle reich werden«, sagte Jordan, und er sprach es aus, als sei das etwas Schlechtes. Elissi hatte ein gutes Verständnis von materieller Sicherheit und strebte durchaus nach dem Besitz von Ressourcen. Ressourcen halfen ihr, das zu tun, was sie zu tun gedachte. Eigentum war Freiheit. Davon war sie fest überzeugt. Solches anzuhäufen – nicht irgendwelches, sondern in andere Güter konvertierbares, also Geld –, gehörte zu den Zielen ihrer Existenz. »Ich habe die große Befürchtung, dass sie aus Gier Fehler machen werden.«

»Macht man aus Gier Fehler?«, fragte Elissi.

»Viele tun das. Es ist wie ...«

»Sex?«

Jordan sah Elissi an, wohl auf der Suche nach einem aufmunternden Lächeln. Elissi hatte dieses bewusst nicht eingesetzt. Sie wollte Sex mit Jordan, immer wieder, bis alles wund gerieben war. Aber es gab da diese emotionale Seite, die ihr der junge Mann bereits eingestanden hatte und die sie immer noch überforderte. Da sie Jordan auf ihre Art mochte und ihn ganz sicher *brauchte* ... wollte sie aus Gier keinen Fehler machen.

Jetzt hatte sie es begriffen. Eine Analogie! Elissi war stolz auf sich.

Sie beugte sich nach vorne, hielt darin inne, ihren Apfelkuchen zu essen, obgleich sie den Geschmack sehr genoss, vor allem im Konzert mit dem Kaffee, der dadurch beinahe genießbar wurde.

»Jordan. Sie wollen das D-52.«

»Davon rede ich doch die ganze Zeit.«

»Sie brauchen für Abbau und Transport ein großes Schiff mit richtig großen Energiespulen für das Magnetfeld, sonst explodiert ihnen alles.«

»Das weiß ich.«

»Ich will an Bord sein. Jordan. Ich will da rein.«

Elissi hatte allen Nachdruck in ihre Stimme gelegt, zu dem sie fähig war. Sie fixierte Jordans Gesicht mit einem starren Blick, in der Hoffnung, damit die gleiche Entschlossenheit, den unbedingten Willen hinter ihren Worten zu signalisieren. Sie machte bei so was immer Fehler, und sie hatte vor dem Spiegel geübt. Jordan sah sie überrascht an, aber nicht halb so schockiert, wie sie erwartet hatte. Er kannte sie. Elissi musste sich stets daran erinnern. *Er kannte sie.*

»Das habe ich mir schon gedacht«, murmelte er leise. »Aber ich bin mir nicht sicher, ob ich das will. Versteh mich nicht falsch. Es ist eine große Chance und so. Es ist sehr aufregend. Aber ich gebe es offen zu: Es ängstigt mich mehr, als mir lieb ist.«

Elissi schaute auf den Apfelkuchen. *Angst.* Sie wusste, wie sie entstand. Zum einen war es eine vererbte Reaktionsbereitschaft bei auftretender Gefahr, zum anderen gab es neuroanatomische Ursachen, die sich auf die Gehirnstruktur zurückführen ließen. Dann waren da biochemische

Ursachen, vornehmlich Neurotransmitterwirkungen, und metabolische Ursachen wie etwa Stoffwechselveränderungen. Schließlich wurde Angst durch neuroendokrinologische Effekte verursacht, also hormonell bedingte Veränderungen im vegetativen Nervensystem. Sie kannte Jordan gut, soweit sie überhaupt jemanden kannte, und tippte auf die Neurotransmitter. Da half ... Dopamin auch, aber vor allem Testosteron. Sie hatte darüber gelesen. Es verdrängte Angst und schränkte bei Männern die Denkfähigkeit ein. Das waren beides meist sehr wünschenswerte Effekte.

Sie kam zu einem Entschluss.

»Jordan.«

Der junge Mann sah sie an.

»Wir müssen jetzt Sex haben.«

Jordan blinzelte. Dann stieß er ein sanftes Seufzen aus. »Elissi. Du kannst das Problem nicht allein dadurch lösen, dass du bei mir Hormone ausschüttest. Ich bin keine Maschine.«

Elissi sagte nichts. Das war nicht exakt die Reaktion, die sie erwartet hatte, und bei ihr überwog die Verwirrung. Es war dann besser, einfach zu schweigen, oder nein, Moment ...

»Ich esse Apfelkuchen«, sagte sie leise.

Jordan sah sie an, schüttelte den Kopf. Er war ihr nicht böse. Das war gut, damit konnte sie nicht umgehen, wenn sie es einmal bemerkte.

»Oh, Elissi«, flüsterte er. »Meine liebe Elissi. Du willst es unbedingt, oder?«

»Sex? Nein, nicht unbedingt, aber wenn es helfen ...«

»Da rein. In die Sphäre.«

»Ja, das will ich.«

Jordan zuckte mit den Achseln. »Ich tu, was ich kann. Auch ohne Sex. Aber wir müssen dringend über diese Sache reden. Ein anderer Mann hätte die Gelegenheit nämlich genutzt, du bist verdammt scharf. Das ist ein Angebot ... mit dem du sehr sorgsam umgehen solltest.«

Er erhob sich und lächelte sie an.

»Guten Appetit noch! Und versuch dann, etwas zu schlafen. Du siehst schrecklich aus.«

Elissi sah ihm verwirrt nach. Sie sei *verdammt scharf.* Sie sehe *schrecklich* aus. Wie passte das zusammen? Das ging doch gar nicht.

Ihr Blick senkte sich auf den Apfelkuchen vor ihr.

Den zumindest verstand sie gut. Mandeln. Ein guter Apfelkuchen benötigte Mandeln. Davon ließ sie sich auch durch den Gedanken an Sex nicht abbringen.

22

Das Leben steckte voller Überraschungen, fand Horana LaPaz, als sie das weitläufige Büro betrat und drei Männer anwesend vorfand, die sie alle gut kannte. Evans von Cand wirkte beinahe aufgeräumt, geradezu gelöst, als er sich erhob und ihr die Hand entgegenstreckte. Das verwirrte sie, vor allem angesichts ihres letzten Gesprächs, in dem es sich nur um schlechte Nachrichten gedreht hatte. Auch Ergin Balthus war sehr freundlich, wie er eigentlich immer die Form wahrte, selbst wenn er Anwälte nicht leiden konnte. Er deutete sogar, ganz der Gentleman alter Schule, eine Verbeugung an. Der ältere Mann saß neben dem dritten Anwesenden, der sie wissend anlächelte.

»Dr. Plissken«, sagte sie, als sie seine Hand ergriff. »Mit Ihnen habe ich nicht gerechnet.«

»Und ich nicht mit Ihnen, aber als Direktor von Cand Ihren Namen nannte, wusste ich, dass das Schicksal mal wieder Sprünge macht, die ich nicht nachvollziehen kann.

Ich habe den beiden Herren von unserer Geschäftsbeziehung erzählt, um keine Missverständnisse aufkommen zu lassen.«

Von Cand setzte sich. »Dr. Plissken meinte, dass er ein sehr glücklicher und vor allem freier Mann sei.«

»Dann ist alles gut verlaufen?«, fragte Horana, die seit gut zwei Wochen nichts mehr von ihrem ehemaligen Mandanten gehört hatte.

»Alles bestens. Ich bin Ihnen immer noch sehr dankbar. Mein Hund auch, wenn ich das mal vermuten darf.«

»Sie haben meine Rechnung prompt bezahlt.«

Plissken lächelte. »Das auch, ja.«

»Ich bin überrascht, Sie drei hier zusammen anzutreffen, und dann auch noch unangekündigt«, sagte sie schließlich und sah in die Runde. Direktor von Cand lächelte breit und ergriff das Wort.

»Auch ich empfinde eine gewisse Befreiung. Horana, wir haben einen solventen Käufer für die *Unendliche Schönheit.* Fünfzig Millionen, und das Geld ist schon auf unserem Konto. Die Kollegen von Dr. Plissken haben dies möglich gemacht, eine ebenso überraschende wie willkommene Wendung.«

LaPaz sah auf Plissken. »Die Astronomische Autorität veranstaltet jetzt Kreuzfahrten?«

»Ganz spezielle Kreuzfahrten, ja«, erwiderte der Mann lächelnd. »Wir benötigen in der Tat ein Schiff von der Größe der *Schönheit,* und darüber hinaus geben wir umfassende Umbauarbeiten in Auftrag, deren Bezahlung noch zum Kaufpreis hinzukommt. Ich befürchte, die Salons und Erste-Klasse-Kabinen müssen ebenso weichen wie die Einkaufsboulevards, Schwimmbäder, Aussichtsplattformen und die Parkanlagen. Wir brauchen den Platz für etwas anderes, und wir brauchen ihn schnell.«

Von Cand lächelte. »Wir haben das Schiff verkauft, mit Gewinn, und wir haben einen Kontrakt für die Umbauarbeiten. Zwei Monate, in Wechselschichten rund um die Uhr. Wir werden gleich morgen damit beginnen. Nicht wahr, Ergin?«

Der Chefingenieur, dessen Arbeitsplatz ebenso wie der seiner Leute nun weitaus sicherer aussah als noch vor Kurzem, nickte fast eifrig. »Alle Vorbereitungen sind getroffen. Wir machen noch die Statiküberprüfung, aber das ist nur eine Formsache.«

»Es gibt noch einige Details im Vertrag zu besprechen«, sagte der Direktor, »und deswegen sind Sie hier, Horana. Ich überlasse die Sache Ihren bewährten Händen, da ich weiß, dass Sie unsere Interessen im Blick haben. Dr. Plissken hat Dokumente mitgebracht, die ich Sie zu prüfen bitte. Unsere Rechtsabteilung ist einverstanden, aber ich habe immer großen Wert auf Ihren Rat gelegt, und Sie haben die ganze Zeit zu uns gehalten. Ich ...« Der Direktor zögerte kurz. »Sie werden feststellen, dass wir alle derzeit ausstehenden Rechnungen bei Ihrer Kanzlei beglichen haben, Horana. Sie haben viel Geduld gezeigt.«

Horana sah von Cand überrascht an, dann Plissken, der immer noch nicht zu lächeln aufgehört hatte.

»Welch wirklich glückliche Wendung der Ereignisse«, meinte sie schließlich. »Ich werde mir die Dokumente gerne ansehen, Direktor. Und ich bin froh, dass Ihnen diese Last von den Schultern genommen worden ist.«

»Der drohende Konkurs ist aufgeschoben, aber nicht aufgehoben«, sagte der Mann. »Aber ich bin für jeden Fortschritt dankbar, und wir haben wieder etwas Bewegungsspielraum. Die Autorität war wirklich sehr, sehr großzügig.«

»Wir haben es sehr, sehr eilig, und niemand kennt das Schiff besser als Ihre Leute.« Plissken sah Ergin vielsagend an, der sich seiner Bedeutung bei aller Bescheidenheit durchaus bewusst war. »Es war unsere erste Wahl und unsere einzige.«

»Wir werden Sie nicht enttäuschen«, versicherte der Ingenieur, und Horana kannte ihn gut genug, um zu wissen, dass er das sehr ernst meinte.

»Ich gehe in das kleine Büro«, bot Horana an, als sie merkte, dass von Cand ihr allerlei Dokumente auf ihr Pad überspielt hatte. »Dann störe ich Sie nicht weiter.«

Der Direktor lächelte, wohl wissend, dass sie diejenigen waren, die die Anwältin bei ihrer Arbeit stören würden. Plissken erhob sich und hob eine Hand, um sie aufzuhalten.

»Ich würde gerne ein paar private Worte mit Ihnen reden, wenn es möglich ist.« Er warf einen entschuldigenden Blick auf von Cand. »Es geht um meine Scheidung. Ich versichere Ihnen, ich möchte keine Vorteile bei Ihrer Anwältin erschleichen.«

Der alte Mann lachte auf, es klang jetzt aber bemerkenswert freudlos. »Ich unterschreibe alles, und das wissen Sie sehr gut, Dr. Plissken. Außerdem vertraue ich Horana. Sie arbeitet tadellos und ehrenvoll. Gehen Sie nur, ich bespreche mit Ergin derweil den Schichtplan. Wir dürfen keine Zeit verlieren.«

Augenblicke später saßen sie zusammen im kleinen Büro, das neben dem des Direktors lag und für Gäste wie Horana bereitstand. Die Anwältin sah Plissken erwartungsvoll an. Der setzte sich nicht einmal.

»Ich will gleich zur Sache kommen. Es geht mir nicht um die Scheidung, die ist Geschichte, und ich habe es ernst gemeint: Sie haben hervorragende Arbeit geleistet, und ich stehe in Ihrer Schuld. Hören Sie: Sie erinnern sich an die Gespräche, die wir geführt haben – mal abgesehen davon, wie wir meine Exfrau unter Kontrolle bekommen? Die Gespräche über Ihre andere Qualifikation? Ich kam nicht umhin zu merken, dass Sie in Ihrer Arbeit sehr gut sind, Sie aber nicht recht zufrieden auf mich wirkten. Darf ich so etwas sagen? Ich möchte Ihnen keinesfalls zu nahe treten, aber es war fast mit Händen zu greifen.«

»Sie dürfen, und ich bewundere Ihre Beobachtungsgabe.« Horana spürte, wie ihr das Herz plötzlich bis zum Hals schlug. Eine wilde und irrationale Hoffnung hatte von ihr Besitz ergriffen.

»Sie haben mir wirklich sehr geholfen, und das auf eine ziemlich geschickte Weise. Ich habe Ihre Rechnung bezahlt, ja, aber ich glaube nicht, dass ich meiner Dankbarkeit damit hinreichend Ausdruck gegeben habe. Ich habe das Gefühl, dass ich Ihnen immer noch etwas schulde, und daher mache ich Ihnen ein Angebot, von dem ich glaube, dass es Sie interessieren wird. Wenn ich Sie damit beleidige oder bedränge, sagen Sie es ohne Umschweife, aber ich will es zumindest einmal ausgesprochen haben.«

Er sah sie auffordernd an. Sie nickte ihm in gleicher Absicht zu.

»Gut. Sie haben von Direktor von Cand gehört, dass wir eine ... Expedition planen, unter Zeitdruck. Vielleicht ist alles sinnlos und wir kommen zu spät, wir wissen gar nicht, wie unser Zeitfenster aussieht. Aber wenn es klappen sollte, gibt es eine Mannschaft für die *Schönheit* zusammenzustellen – wir sind in der Tat schon dabei. Wir haben erstaunlich viele Absagen bekommen. Das hängt damit zusammen, dass die Mission nicht ohne Risiko ist. Sie kann fatal enden, für alle Beteiligten, und ist voller Unwägbarkeiten. Ich muss das ausdrücklich vorwegschicken. Sie als Anwältin werden verstehen, warum ich das so betone, allein schon, um mich zu schützen.«

»Ich verstehe Sie. Was ist das für eine Mission?«

Plissken schüttelte mit einem Ausdruck des Bedauerns den Kopf. »Das kann ich Ihnen nicht sagen. Das ist wohl das zweite Problem. Sie ist geheim. Ich glaube, ich bin selbst nicht in alles eingeweiht, obgleich ich den Auftrag erhalten habe, das Schiff zu besorgen. Auch hier bin ich also ganz offen zu Ihnen. Aber ich biete Ihnen an, dabei zu sein. Wir sind dankbar für jede qualifizierte Person, die wir bekommen können, vor allem so kurzfristig und mit so unsicheren Aussichten.« Er zögerte. »Haben Sie Familie?«

»Nein.«

»Die Kanzlei ...«

»Ich habe Partner. Ich bin ersetzbar.« Das sagte sie, und als sie es aussprach, merkte sie zum ersten Mal, wie viel Wahrheit darin lag. Es spornte sie nur noch mehr an.

»Schwer zu glauben.«

»Sie schmeicheln mir. Sie müssen recht verzweifelt sein.«

Plissken lächelte. »Ich weniger, aber meine Vorgesetzten in der Autorität schon. Ich weiß, dass mein Angebot sehr vage ist, und es wird nicht konkreter, solange Sie nicht fest zugesagt und eine entsprechende Verschwiegenheitserklärung unterzeichnet haben. Sie benötigen bestimmt etwas Zeit, um ...«

»Ich tu es.«

Plissken schloss seinen Mund, sah Horana kurz forschend an, nickte dann.

»Ich dachte mir so was«, sagte er mit entwaffnender Ehrlichkeit. »Kommen Sie morgen in mein Büro. Sobald Sie unterzeichnet haben, erfahren Sie mehr. Sie können sich die Sache bis dahin auch noch mal überlegen. Ich bin Ihnen nicht böse, wenn ...«

»Ich tu es.«

Horana sagte es mit Hast und Bestimmung, hatte Angst, diese Chance würde ihr zwischen den Fingern zerrinnen, wenn sie nur kurz zögerte. Plissken lächelte sie an und erhob sich, reichte ihr die Hand.

»Gut. Ich freue mich. Wir sehen uns morgen, so gegen 10 Uhr. Ich bereite alles vor.«

Horana ergriff seine Hand wie eine Ertrinkende, der ein Rettungsring zugeworfen wurde.

Eine Scheidung, die alle glücklich machte. Für alles gab es ein erstes Mal.

23

»Das ist ein schönes Gerät, das Sie hier haben.«

Lyma tat so, als empfände sie echte Bewunderung, und ganz falsch war das nicht. Dr. Elias Brown stand neben ihr, und so recht wollte er keinen Stolz zeigen. Er wirkte nervöser als bei ihrer ersten Begegnung und diesmal sogar ernsthaft ratlos. Lyma verübelte es ihm nicht. Sie hatten so viele interessante Dinge in seinen Aufzeichnungen gefunden, diverse Staatsanwälte würden für Jahre damit befasst sein, sie aufzuarbeiten. Die Praxis des verehrten Chirurgen war in der Tat ein Segen für den Sektor gewesen, allein die Liste der ganzen armen, unterdrückten Gangmitglieder und Mafiabosse, die sich hier hatten umoperieren lassen, um sich dem Zugriff des Gesetzes dauerhaft zu entziehen, war von beeindruckender Länge gewesen. Ein beredter Ausdruck des sozialen Gewissens und der großen Hilfsbereitschaft von Dr. Elias Brown, von seinem aussagekräftigen Kontostand einmal ganz zu schweigen, der so viele

Zahlen hatte, dass selbst Severus Inq nicht umhingekommen war, anerkennend zu nicken. Und das von einem Androiden, dessen ganze Existenz nur aus Zahlen bestand.

Das absolute Prachtstück aber war der Genmodifikator, dessen große, schneeweiße Kapselform sich in einem separaten Raum der Klinik befand und erst vor Kurzem installiert worden war. Eine Spende eines großzügigen Mäzens, hatte Brown etwas lahm erklärt, als sich keine Kaufbelege für die sündhaft teure Anlage fanden. Lyma wusste es natürlich besser. Dies war Gracens Geschenk an den Arzt, der die abschließenden Arbeiten an ihm durchgeführt hatte, um aus ihm zu machen, was er jetzt war.

Leider fanden sich über das Ergebnis der Bemühungen keine Aufzeichnungen. Lyma Apostol hatte das auch nicht erwartet. Gracen war nicht dumm, er würde niemals irgendwo Hinweise auf seine neue Identität hinterlassen, und sie war daher auch nicht überrascht, dass Brown vorschützte, nichts zu wissen. Er wisse von keiner Prozedur. Er wisse von gar nichts.

Er war ohnehin ein bemerkenswert unwissender Mann, der über die Dinge, die in seiner Klinik passiert waren, kaum informiert war. Leider war er auch ein sehr schlechter Lügner, zumindest seit dem Zeitpunkt, als er verstanden hatte, dass die Säuberung seiner Datenbanken einen Moment zu spät erfolgt war. Lyma gestand ihm zu, dass er tapfer blieb und weiterhin seine Rolle spielte. Aber dass er seinen Laden hier zumachen und eine lange Reise zum Sektorgericht antreten würde, dessen war er sich schon bewusst, wenngleich er immer noch so tat, als sei all dies »absurd«.

»Sie haben dieses Gerät also nie eingesetzt?«, fragte Lyma noch einmal nach, wenngleich sie wenig Hoffnung hatte, dass sich die Geschichte des Arztes noch ändern würde.

»Es ist brandneu!«, sagte Brown entrüstet. »Ich weiß noch nicht einmal genau, wie es funktioniert.«

»Für einen Genmodifikator benötigen Sie eine spezielle Lizenz«, erinnerte sie ihn.

»Das Gerät war neu!«, beharrte der Arzt. »Ich hätte sie beantragt, ich war im Begriff, dies zu tun.«

Das war richtig schlecht, fand Lyma.

»Wie viele seltene Genkrankheiten gibt es auf dieser Station, die eine solche intensive, schmerzhafte und riskante Behandlungsmethode notwendig gemacht hätten? Mal von der Investition in das wirklich verdammt teure Gerät ganz abgesehen?«

Brown zögerte. Er kannte die Statistiken natürlich genauso wie sie. Im ganzen Konkordat gab es ein Dutzend Krankheiten, die den Einsatz eines Modifikators erwägenswert machten, und vielleicht ein- oder zweitausend Erkrankte. Für diese Fälle unterhielt das Gesundheitssystem auf fünf zentralen Welten vergleichbare Anlagen, und damit war der Bedarf des ganzen Konkordats mehr oder weniger gedeckt.

»Das müssen Sie den Spender fragen«, sagte er lahm. »Ich habe um dieses Geschenk ja nicht gebeten. Ich merke ja jetzt, welchen Ärger es mir einbringt.«

»Mein Mitleid hält sich in Grenzen. Inq?«

Der Android stellte sich neben sie. »Der Modifikator hat einen vollständigen Durchlauf gemacht. Die Speicher wurden gelöscht, und das sehr gründlich, aber die Abnutzungen sind nachweisbar. Ein vollständiger Durchlauf, nicht mehr und nicht weniger.«

»Was sagen Sie dazu, Doktor?«

Brown wischte sich mit einem Seidentuch den Schweiß von der Stirn. »Ich höre davon zum ersten Mal. Ich habe dieses Gerät nicht bedient. Ich wüsste nicht einmal, wie das geht.«

In diesem Punkt glaubte Lyma ihm sogar. Gracen hatte sich selbst behandelt und die Klinik nur als sichere Zuflucht benutzt, mit dem Versprechen, Dr. Brown ein Geschenk zu hinterlassen, über das die Mafiabosse sich noch weitaus mehr freuen würden als über seine chirurgischen Dienstleistungen. Ein Angebot, das man einfach nicht abschlagen konnte. Brown hatte keine weiteren Fragen gestellt, da war sich Lyma ganz sicher.

»Wie sind Sie mit Gracen in Kontakt gekommen?«

»Ich kenne keinen Gracen.«

Natürlich kannte er ihn nicht unter diesem Namen.

»Der Mann, der Ihnen dieses Gerät brachte. Wie sind Sie mit ihm in Kontakt gekommen?«

Brown bewegte den Unterkiefer, als kaue er auf der Antwort herum, was möglicherweise gar nicht so falsch war.

»Er wurde mir durch Dritte empfohlen.«

»Wer waren diese Dritten?«

»Geschäftskontakte.«

Brown wurde immer einsilbiger. Dass diese Geschäftskontakte aus Leuten bestanden, deren Identifizierung ihn immer tiefer in die Scheiße reiten würde, war anzunehmen. Sein Gesicht wirkte verschlossen, und Lyma Apostol kannte die Anzeichen. Brown wappnete sich, die Aussage fortan zu verweigern, erkannte, dass sein Zug abgefahren war, und würde sich nunmehr darauf konzentrieren, irgendwie seine Haut zu retten. Seine Chancen standen schlecht. Lymas

Vertrauen in das Rechtssystem war nicht so vollkommen, wie sie manchmal vorgab – oder wie es ihr als Ermittlerin eigentlich zustand –, aber Brown hatte dermaßen viele Straftaten auf dem Kerbholz, und die Beweislage war so erdrückend, er würde entweder für den Rest seines Lebens im Knast sitzen oder einer mentalen Umprogrammierung zustimmen müssen. Letzteres würde bedeuten, dass von Dr. Elias Brown außer dem Namen und dem schönen Gesicht nicht mehr allzu viel übrig bleiben würde, und das war möglicherweise das Beste für alle Beteiligten.

»Danke, Dr. Brown«, sagte Lyma also, die wusste, wann sie die Grenzen des Machbaren erreicht hatte. »Das wäre dann alles.« Sie winkte. Die beiden Konstabler, darunter der bemerkenswert kooperative Kollege Warren, die hinter ihnen geduldig gewartet hatten, machten eine einladende Geste, der der Arzt sofort Folge leistete. Es war nicht sein Stil, sich mit Gewalt gegen die Verhaftung zu wehren. Das machte diese Art von Gefangenen angenehm. Gracen würde sich wehren, wenn es so weit war, dessen war sich Lyma absolut sicher.

»Wohin ist er von hier aus gegangen?«, stellte sie die alles entscheidende Frage und sah Inq dabei auffordernd an. Der Android war seit ihrer Ankunft damit befasst, sich nicht nur durch den Datendschungel der Klinik, sondern auch durch alle Aufzeichnungen der Station zu kämpfen. Sie waren teilweise bemerkenswert gut gesichert, und die Stationsführung hatte sich nicht halb so kooperativ gezeigt, wie man das von treuen Bürgern des Konkordats gemeinhin erwartete. Das hing vor allem damit zusammen, dass sie gar keine treuen Bürger waren und Lyma Apostol für sie den Feind darstellte. Jeder hier hatte Dreck am Stecken.

Auch darüber machte sie sich absolut keine Illusionen. Es stärkte ihr Selbstbewusstsein. Wenn Leute wie dieser korrupte Haufen sie als ihre Feindin ansahen, dann machte sie etwas ganz grundlegend richtig.

»Ich habe nichts. Du solltest mit Tilla reden. Sie wirkte, als sei sie einer Sache auf der Spur. Sie ist am Andockring. In einem Café *Esplanade.*«

Inq wusste immer, wo jeder war.

»Du solltest nicht allein gehen«, sagte er noch, als sie sich abwandte.

»Tilla ist da. Und ich habe die hier.« Lyma klopfte auf den schlanken Stunner an ihrer Hüfte. Sie war gut mit der Waffe, schnell und zielsicher. Und sie hatte keine Angst vor dem Dreck auf dieser Station, zumindest nicht vor dem menschlichen. Gegen alles andere war sie geimpft worden, sogar mehrfach.

Sie kam wenige Minuten später am Ring an, identifizierte das Café, das nicht ganz so heruntergekommen wirkte wie andere Etablissements und offenbar vor allem vom Führungspersonal der Schiffe frequentiert wurde, die hier gemeinhin haltmachten. Tilla saß an einem der Tische, natürlich allein, denn man erkannte nach genauem Hinsehen nicht nur, dass sie zur Crew der *Scythe* gehörte, sondern auch, dass sie gar kein Mensch war. Das führte zu Reaktionen, einer doppelten Abstoßung, die Tilla nicht fremd war. Lyma bewunderte sie für ihre Standfestigkeit und Gelassenheit. Es war wohl das eine, rein theoretisch zu wissen, dass es außerirdische Zivilisationen gab, diese in Filmen und anderen Darstellungen zu sehen, aber das andere, einer Vertreterin in natura zu begegnen. Auf Belladonna stellte sie zweifelsohne eine Premiere dar, kein Alien mit Selbstachtung würde von sich aus diesen Dreckhaufen betreten.

So wurde Tilla gemieden und beglotzt. Lyma war nach Jahrzehnten der Polizeiarbeit – und nach alledem, was sie vorher erlebt hatte – zu der Erkenntnis gekommen, dass die Eroberung der Sterne den menschlichen Charakter nicht halb so weit verbessert hatte, wie manche das gerne gehabt hätten.

Gracen war ein wunderbares Beispiel für diese Hypothese.

Sie setzte sich neben Tilla und bestellte einen Kaffee, der ihr von einem Roboter gebracht wurde. Das Getränk war, wie sie nach einem vorsichtigen Schluck feststellen durfte, kein billiges Synthogebräu, sondern offenbar aus echten Bohnen hergestellt, was den Charakter des Cafés als »etwas besser« und über dem Stationsdurchschnitt unterstützte. Es gab ein leichtes Aroma nach Kardamom, wie sie angenehm überrascht feststellte.

»Was hast du?«

Tilla war nicht nur ein sehr intelligentes Geschöpf mit einem guten Spürsinn dafür, wenn ein Mensch log oder nicht – tatsächlich konnte sie Unterschiede in der Schweißproduktion, im Herz- und Atemrhythmus sowie subtile Veränderungen in der Bewegung der Pupillen wahrnehmen und interpretieren, und das ohne jedes technische Hilfsmittel –, sie hatte auch ein ausgezeichnetes Gehör, das über die irdischen Fähigkeiten der Aufnahme von Frequenzen weit hinausging. Ein guter Teil ihrer Ermittlungsarbeit bestand darin, an Orten wie diesem zu sitzen und einfach zuzuhören. Sie vernahm jedes Flüstern und verfügte über die Fähigkeit, Geräuschquellen zu isolieren und getrennt voneinander wahrzunehmen. Sie war, wie Inq einmal respektlos, aber durchaus zutreffend sagte, ein wandelndes Tonstudio und in dieser Fähigkeit sogar dem Androiden überlegen. Ihre fernen Vorfahren auf ihrer Ursprungswelt hatten dieses Talent entwickeln müssen, um die durch zahlreiche Raubtiere erzeugten unterschiedlichen Gefährdungslevel voneinander unterscheiden zu können. Wären sie dazu nicht in der Lage gewesen, hätten sie permanent vor allem davonrennen müssen, was ihrer Evolution nicht allzu zuträglich gewesen wäre.

»Zwei Dinge. Es gibt unregistrierte Schiffsbewegungen an dieser Station.«

»Das wissen wir mittlerweile. Wer dem Dockmeister etwas zusteckt, verschwindet aus den Datenbanken – oder vielmehr, wird gar nicht erst registriert. Es ist aber schwer, etwas nachzuweisen, das nicht da ist, also konnten wir bisher nicht mehr tun, als den Verantwortlichen streng anzublicken.«

»Das hat ihn sicher sehr beeindruckt.«

Lyma hob die Augenbrauen, nahm einen Schluck Kaffee. »Was noch?«

»Es gibt jemanden, der diese Schiffsbewegungen aufzeichnet. Siehst du den jungen Mann dort drüben an der Theke, der so schläfrig aussieht?«

Lyma schaute nicht direkt hin, sie musterte ihn nur aus den Augenwinkeln, eine Fähigkeit, die sie zur Perfektion entwickelt hatte. Der besagte Mann wirkte sehr normal, trug eine Arbeitsmontur, die nicht ganz so fleckig und zerrissen aussah wie die vieler anderer, und schaute auf ein Glas Bier, das vor ihm stand. Ihm schienen immer wieder die Augen zuzufallen, und nur hin und wieder raffte er sich auf, einen Schluck zu nehmen. Harmlos, das war ihre erste Einschätzung.

»Sein Name?«

»Jock wird er genannt. Ein Dockarbeiter. Unbeschriebenes Blatt. Macht seine Arbeit und pflegt sein Hobby.«

Lyma lächelte. »Etwas sagt mir, dass du sein Hobby nicht zum Spaß erwähnt hast.«

»Er hat Träume.«

»Haben wir die nicht alle?«

»Er würde gerne von dieser Drecksstation weg und Teil einer Raumschiffscrew werden. Es fehlen ihm aber die Qualifikationen, und er hängt seit seiner Geburt hier fest.«

»Das ist eine sehr traurige Geschichte, Tilla.«

Diese nickte. »Nicht wahr? Aber er hat eine große Leidenschaft für die Raumfahrt, und sein Hobby passt dazu: Er ist Shipspotter. Er schaut sich jedes Schiff an, das hier anlandet, führt es in seiner eigenen Datei, macht Fotos, notiert Schiffsklasse und technische Spezifika, den Flugplan und die Liegedauer. Er hat einen richtig schönen kleinen Katalog.«

»Woher weißt du das?«

»Er hat versucht, bei der neuen Cafébedienung zu landen. Er hat ihr angeboten, ihr seine Sammlung zu zeigen, was sie abgelehnt hat. Ich bin mir ziemlich sicher, dass sie ihn missverstanden hat. Ich glaube, er wollte sie ihr *wirklich* zeigen.«

»Deine Geschichte wird immer trauriger.« Lyma lächelte. Tilla hatte möglicherweise die Lösung ihrer Probleme gefunden. »Ich vermute aber mal, dass er in etwa genauso begeistert ist, mit der richtigen Polizei zusammenzuarbeiten, wie jeder in dieser Zierde irdischer Zivilisation.«

»Ich lausche nur. Die kleinen Wunder, das habe ich gelernt, vollbringt allein die Kommandantin.«

»Ach so. Na dann. Sag bitte Inq, er muss in die rosa Datei greifen. Die mit den fluffigen Einhörnern. Er soll sich bei mir melden.«

Tilla nickte und lächelte.

Lyma erhob sich, trat an die Bar, ihre Kaffeetasse in der Hand. Sie setzte sich neben Jock, der sie müde ansah. Als er ihr Badge bemerkte, das sie als Nemesis jedes Dockarbeiters einer im Halbschatten des Gesetzes operierenden Station auswies, ging ein kleiner Ruck durch seinen Körper. Er wurde auch ein wenig wacher, schob sein Bier davon und versuchte, sie nicht anzustarren, was ihm nicht so besonders gut gelang.

»Hallo, Jock! Mein Name ist Lyma Apostol. Ich bin Ermittlerin des Konkordats.«

»Ich weiß, wer Sie sind.« Jocks Stimme klang schwach, sehr defensiv, obgleich er eigentlich aufrecht und mannhaft hatte klingen wollen. Lyma lächelte ihn an. Der junge Mann war an diesem Ort fehl am Platze. Er war kein durchtriebenes Arschloch, und er machte nicht den Eindruck, ein brutaler Mensch zu sein. Er war ein Geek, und er war hier gestrandet, Tilla hatte absolut recht. Lyma betrachtete seinen Overall, mehrfach geflickt, aber in gutem Zustand und sauber. Sein Haar war ordentlich geschnitten, und er hatte sich gewaschen. Er bemühte sich. Er wollte nicht werden wie die anderen, die ihn wahrscheinlich dafür die ganze Zeit auf den Arm nahmen – bestenfalls. Er würde nirgendwo anders enden als hier, als Dockarbeiter, und er würde seine Arbeit behalten, weil er sie gut tat, weil er fleißig war, und niemals auf einen grünen Zweig kommen, weil er weder etwas klaute noch jemanden betrog.

Lyma nahm dieses Wissen in sich auf. Sie war gut in diesen Dingen. Manchmal irrte sie sich, und Gracen gehörte zu den Menschen, die ihre Intuition ständig durcheinanderbrachten. Aber jemand wie Jock war wie ein offenes Buch für sie, und sie wusste darin zu lesen. Die Frage war, ob es ihr gelingen würde, ein neues Kapitel darin aufzuschlagen.

»Was wollen Sie?«

»Ich weiß von Ihrem Hobby. Sie beobachten Schiffe.«

»Das ist nicht verboten!« Das war trotzig, da hatte sie ihn an seinem Wesenskern berührt. Lyma lächelte ihn an, so gut sie eben dazu in der Lage war, ohne jemanden zu erschrecken.

»Nein, das ist es absolut nicht.«

»Was wollen Sie also von mir?«

»Ihre Aufzeichnungen der letzten Wochen und Monate. Sagen wir, des letzten halben Jahres.«

»Nein!«

Jocks Antwort war kategorisch gewesen, und sie kam von Herzen. Lyma hatte es im Grunde nicht anders erwartet. Er mochte hier kein sonderlich glückliches Leben führen, aber es war sein Leben und sein Zuhause. Da entwickelte man zumindest eine gewisse Grundsolidarität, und außerdem wollte er nicht in den Geruch kommen, mit den Behörden ohne Not zu kooperieren. Die Tatsache, dass ihn die beiden Baristas des Cafés bereits misstrauisch beäugten, unterstrich dieses Bemühen. Wie gesagt, Lyma hatte dafür das größte Verständnis. Es musste ein Angebot formuliert werden.

Sie drehte sich halb auf ihrem Hocker um, als Inq das Café betrat und sich kurz zu Tilla hinunterbeugte. Sie erzählte ihm etwas, er nickte, richtete sich auf und gesellte sich zu seiner Chefin.

»Hast du etwas?«

»Ich denke, ich kann helfen.«

»Gut.« Lyma sah Jock an. »Ich habe ein Angebot für Sie.«

»Ein Angebot?« Der junge Mann warf einen irritierten Blick auf den Androiden.

Inq sprach.

»Eine Heuer als Ladehelfer auf dem Frachtschiff *Ephesus*, das in drei Wochen auf Clerus III ankommt, dem nächstgelegenen Umschlagplatz von Bedeutung. Ein Superfrachter, der auch Hilfskräfte auf der Reise ausbildet und zertifiziert. Wir bezahlen Ihnen das Ticket nach Clerus, Sie werden rechtzeitig da sein, und wir arrangieren den Transfer. Sie werden gut arbeiten müssen, wenn Sie die Zertifizierung anstreben, die Leute der *Ephesus* sind keine Sozialarbeiter. Aber es gibt eine Heuer und die Chance, etwas aus sich zu machen, etwas Richtiges. Der Captain der *Ephesus* schuldet uns etwas, und es kann sein, dass wir Ihnen etwas schulden.«

Inq sah Lyma an. »Ist doch so, oder?«

»Möglich.« Sie lächelte Jock aufmunternd zu. »Schulde ich Ihnen etwas, Jock?«

Es arbeitete in dem jungen Mann. Sie hatten die Karotte rausgeholt, und sie baumelte sehr verheißungsvoll vor seiner Nase. Er hatte mit beiden Händen das Bierglas umklammert. Er war so fasziniert von dem Angebot, dass er nicht einmal die naheliegende Frage stellte, woher sie überhaupt so viel über ihn wissen konnten. Da er wahrscheinlich den Behörden jede Schlechtigkeit zutraute, war die Antwort auf diese Frage für ihn selbsterklärend.

Dann schien er sich zu einer Entscheidung durchgerungen zu haben. Er nickte zögerlich.

»Gut«, sagte er. »Aber Sie müssen es mir versprechen.« Er senkte seine Stimme. »Wenn das rauskommt, habe ich hier keine sichere Minute mehr. Ich muss dann von hier weg.«

»Sie reden. Ich gebe Ihnen das Ticket für den Zubringer, der morgen nach Clerus geht. Den Vertrag mit der Heuer unterschreiben Sie hier und jetzt, ich habe ihn elektronisch dabei.« Sie sah dabei Inq an, und er erhob keine Einwände. Sie versprach nichts, was sie nicht zu halten imstande war.

Jock benetzte seine Lippen mit der Zunge. Da stand eine wilde Hoffnung in seinen Augen, die jeden Zweifel und all die Angst überwältigte. Lyma hatte richtiggelegen. Die Karotte passte.

»Gut.« Er zog ein angeschlagenes Datenpad aus seinem Overall. »Meine Daten.« Es dauerte keine Sekunde, dann waren sie übertragen, und nur eine Minute, dann war er im Besitz des Tickets, des Heuervertrages und einer neuen Zukunft, wenn er etwas daraus machte.

Als sie mit Inq und Tilla das Café verließ, war der Androide bereits mit der Analyse beschäftigt. Und als sie am Dockzugang der *Scythe* angekommen waren, stieß er einen sehr schön modulierten Pfiff aus.

»Du hast etwas?«

Inq grinste. »In der Tat.«

»Wohin?«

»Toragus.«

Lyma runzelte die Stirn. »Der Sitz der Astronomischen Autorität? Sonst gibt es da doch nichts!«

»Nichts – oder sehr viel, je nachdem, welche Pläne man verfolgt.«

Als sie die *Scythe* betrat, beschlich sie ein sehr mulmiges Gefühl. Und sie wusste nicht, woher genau es eigentlich kam. Sie hatte eine Spur. Das war doch gut! Das war sehr gut!

Lyma Apostol ging zur Brücke. Snead schaute sie auffordernd an, stand aus dem Kommandosessel auf, in den sie ihn sofort wieder zurückwinkte.

»Wann kommen die Kollegen?«

»In drei Stunden erwarten wir die Ankunft des Ermittlerteams von Clerus. Die übernehmen den Augiasstall von Dr. Brown.«

»Dann reisen wir ab.«

Snead hob die Augenbrauen. »Wohin?«

»Toragus.«

Der Mann verharrte für einen Moment, dann neigte er den Kopf. Er sah besorgt aus, was sie sofort alarmierte. »Lyma, du solltest die neuesten Nachrichten von Toragus lesen. Die als geheim eingestuften. Ich ahne, dass ... nein, es ist wahrscheinlich nichts, aber du solltest sie wirklich lesen.«

24

»Es ist nur ein Angebot, Captain Rivera. Es ist natürlich nicht so, dass es keine Alternativen gäbe, die gibt es ja bekanntlich immer.« Houten lächelte dünn. Rivera wusste nicht genau, wie er diese Mimik einzuschätzen hatte. Der plötzliche Goldrausch, der die Autorität erfasste, schien auf viele seiner Gesprächspartner eine negative Wirkung zu haben. Campbell und Houten waren dafür die besten Beispiele. Sie wirkten mit einem Male getrieben, und nicht vom wissenschaftlichen Forschergeist, sondern von einer speziellen Form der Geldgier. Es ging weniger um persönliche Bereicherung, sondern vielmehr um eine Mischung aus Ruhm, einem Bewusstsein für eine historische Möglichkeit und um Gestaltungsspielraum, die Chance, Dinge tun zu können. Für Letzteres hatte Efrem Rivera großes Verständnis, denn es machte das Angebot, das ihm gerade unterbreitet worden war, so attraktiv.

Aber warum musste man dann so … unangenehm werden?

»Ich kann nicht für die ganze Mannschaft sprechen.«

»Wird sie sich der Mission verweigern?«

»Sie wollen doch Freiwillige, oder?«

Houten verzog das Gesicht. »In gewissen Grenzen, ja. Sie sind alle dem Konkordat dienstverpflichtet, und das hat ja schon seine Konsequenzen, Captain. Ich bin ungern jemand, der auf Paragrafen herumreitet, aber ich möchte doch kurz darauf hinweisen, dass die Autorität Ihnen auch den Befehl geben kann – Ihnen allen! Deswegen ...«, und hier lächelte Houten auf eine Weise maliziös, die Rivera vorher niemals bei ihm aufgefallen war, »deswegen heißt es ja auch Autorität, nicht wahr?«

Houten freute sich über das Wortspiel mehr als Rivera.

»Ich verstehe. Es ist aber eine sehr gefährliche Mission.«

»Das ist uns bewusst. Wenn wir eine arbeitsfähige Mannschaft aus Freiwilligen zusammenbekommen, nehmen wir diese. Wenn nicht, werden Befehle erteilt. Im Grunde fasst das die Optionen ganz gut zusammen. Sie haben doch Einfluss auf Ihre Leute, Rivera.«

»Das ist genau das Problem.«

Männer wie Houten verstanden das wohl nicht. Rivera selbst war bisher auch noch nicht in einer vergleichbaren Situation gewesen. Doch jetzt ging es nicht nur darum, ob er sich freiwillig meldete, das Kommando über das rasch requirierte ehemalige Kreuzfahrtschiff zu übernehmen, dessen Umbau in diesen Tagen begonnen wurde. Gerade weil er eine so gute Beziehung zu seiner Mannschaft hatte, durfte und konnte er diese Entscheidung nicht leichtfertig treffen. Er wollte niemanden aus falsch verstandener Loyalität ins Verderben stürzen. Wenn Rivera von einer Sache gar nichts hielt, dann war es Nibelungentreue.

»Rivera, ich komme Ihnen entgegen. Ich hätte auch einfach Anweisungen verteilen können. So will ich aber nicht handeln. Sie entscheiden jetzt in Ruhe. Die *Scott* bleibt noch einige Tage vor Ort, dann werden Sie durch die *Krusenstern* unter Captain Lavalle abgelöst und fliegen nach Toragus zurück. Dort angekommen, werden Sie entweder freiwillig das neue Kommando antreten und gleich zur Werft aufbrechen, oder wir werden sehen, welche Befehle wir erteilen müssen, um die Durchführung der Mission zu gewährleisten. Es ist eine einfache Sache und eine einfache Wahl. Ich bin mir sicher, dass Sie sich richtig entscheiden werden.«

Ein letzter Satz falscher Freundlichkeit, dann wurde die Verbindung beendet. Nishith Gosh und Sharon Toliver, die dem Gespräch schweigend im Hintergrund gefolgt waren, stießen nahezu synchron ein Seufzen aus. Es bedeutete aber wahrscheinlich nicht das Gleiche. Toliver konnte Houten nicht leiden – noch nie! –, und dieser Austausch hatte sie in dieser Haltung sicher noch bestärkt. Gosh hingegen war seit der Ankunft der Sphäre daran interessiert gewesen, in diese einzudringen und ihre Geheimnisse zu lüften. Er würde sich freiwillig melden, und nicht aus falsch verstandener Solidarität zu Rivera, sondern weil er es wirklich wollte. Auch bei Toufik, der gerade dienstfrei hatte, war Rivera eher zuversichtlich. Der junge Mann wollte sich Meriten verdienen.

Obgleich der Kommandant die Einstellungen der beiden Offiziere kannte, nickte er ihnen auffordernd zu. Er wollte sie hören, ehe er seine Entscheidung traf.

Nein, korrigierte er sich, ehe er sie öffentlich bekannt gab. Denn er würde diese Chance, diese einmalige Gelegenheit, ganz sicher nicht ungenutzt verstreichen lassen.

Houten wusste das, dafür kannte er ihn gut genug. Rivera fühlte sich daher ein wenig manipuliert, und das war der Grund für seine Zurückhaltung gewesen. Das mochte er nicht.

»Also«, wandte er sich an die beiden Kameraden. »Was sagt ihr?«

»Houten ist überraschenderweise ein Arsch«, sagte Gosh und schüttelte enttäuscht den Kopf. »Ich hätte ihn nicht so eingeschätzt.«

»Er sitzt zwischen Baum und Borke«, hörte Rivera sich den Mann verteidigen. »Er muss Erwartungen erfüllen, und er braucht dazu Leute, die das für ihn erledigen. Nach oben hin buckeln, nach unten treten, das alte Prinzip. Dafür macht er das eigentlich noch recht behutsam. Er fragt vorher und legt die Karten auf den Tisch.« Er sah Toliver an, die von seiner Exkulpation genauso wenig begeistert war wie er selbst. »Ich frage euch nicht nach eurer charakterlichen Einschätzung Houtens. Ich will wissen, ob ihr bei dieser Mission mitmacht oder nicht. Freiwillig oder nicht, ohne euch mag ich nicht. Das kann alles furchtbar in die Hose gehen, und wenn das passiert, brauche ich Leute, auf die ich mich verlassen kann.« Rivera schaute sie beide wieder auffordernd an.

»Ich mache mit, wenn du mitmachst«, sagte Gosh erwartungsgemäß und, nach kurzem Zögern: »Ich würde auch dabei sein, wenn du dich weigerst.« Er zeigte nach draußen, in den Raum jenseits der Schiffshülle. »Das ist eine große Nummer. Nicht der Goldrausch. Das Ding da. Wer immer es gebaut hat, er ist ein Genie. Ich möchte ihn kennenlernen.«

Rivera grinste und schüttelte den Kopf.

»Das kann ich dir nicht versprechen.«

»Du kannst mir gar nichts versprechen. Niemand kann das. Ich bin dabei.«

»Sharon?«

Die Frau lächelte ihn schief an. »Reicht dir Gosh nicht? Muss ich auch?«

»Du musst nicht. Wenn du Nein sagst, werde ich alles in meiner Macht Stehende tun, um zu vermeiden, dass dich Houten freiwillig meldet, das verspreche ich dir.«

»Aber du würdest gerne mitmachen.«

Rivera nickte langsam. »Gosh hat es gesagt. Ich bin kein Goldschürfer, aber ich bin ein Offizier der Autorität, und es sind solche Ereignisse, Phänomene und Mysterien, für die ich unterschrieben habe. Und ich glaube, dass das bei dir nicht anders ist, oder?«

»Ich finde es zum Kotzen, dass Houten uns auf diese Weise manipuliert.«

»Das geht mir ähnlich. Aber die Sphäre ist real. Sie existiert. Wir wollen doch beide wissen, was dahintersteckt. Lass die Goldschürfer ihr Element jagen. Lass uns beide die Augen nach den wirklich wichtigen Dingen offenhalten. Sharon, ohne dich mag ich nicht. Du willst es doch auch.«

Sie verzog erneut das Gesicht. »Du klingst wie ein sehr ekelhafter Mann, Captain.«

»Ich bin manchmal sehr ekelhaft.«

»Das ist wahr.« Toliver gab sich einen Ruck. »Okay, ich bin dabei. Ich bin nicht glücklich über die Art und Weise, wie wir an diesen Job kommen, aber ich nehme ihn. Weil das da draußen groß ist. Größer als Houten. Vielleicht sogar größer als die Autorität. Ganz sicher größer als die Geldgier, die sie alle erfasst zu haben scheint. Irgendjemand muss ja einen kühlen Kopf bewahren und was anderes im Blick haben als die Taler.«

Rivera entspannte sich. Dankbar schaute er die Kameraden an, die ihm die eigene Entscheidung, obgleich im Grunde gefällt, noch einmal leichter gemacht hatten. Sie würden es tun. Vielleicht kam es gar nicht mehr dazu, aber wenn sich die Chance ergab …

Es konnte ein Höllenritt werden.

Aber es war eine ausgezeichnete Chance, endlich etwas zu erforschen, etwas zu erfahren, das nie zuvor jemand gesehen hatte. Und Rivera würde sich auf ewig verfluchen, sie nicht genutzt zu haben.

»Wird Campbell die Wissenschaftscrew auswählen?«, fragte Gosh.

»Davon gehe ich aus. Er will auf jeden Fall selbst dabei sein, sagte er mir. Das gilt aber nicht für alle seines Teams. Einige haben gesagt, es sei ihnen zu riskant, vor allem jene, die Familie haben. Das Forscherteam wird auch größer sein als auf der *Scott*. Ich vermute, er wird auch noch einmal stark in die Personalregister schauen müssen, denn er sammelt bereits seit unserer Ankunft Absagen ein. Es gibt aber zwei Freiwillige, wie ich höre: die beiden Studenten.«

»Ist das klug?«, wollte Gosh wissen.

»Sie sind erwachsen, nicht ohne Talent, und es ist das Alter, in dem man Risiken eingeht, oder?«

»Wird Campbell sie denn mitnehmen?«, fragte Toliver, die nicht überzeugt zu sein schien.

Rivera zuckte mit den Achseln. »Er wird sich nicht gerade von Freiwilligen bestürmt sehen. Campbell wird froh sein, wenn er genug Leute zusammenbekommt. Ich vermute, er hat keine Einwände erhoben. Wir werden auf dem neuen Schiff mehr als genug Platz haben, das ist nicht das Problem. Rechnen wir also damit.«

»Apropos neues Schiff«, sagte Toliver nun, ganz geschäftsmäßig, jetzt, wo die wichtigen Entscheidungen getroffen worden waren. »Wann wird es zur Verfügung stehen? Holen wir es ab?«

»Das tun wir – die *Scott* wird direkt Kurs auf die Werft nehmen und uns hinbringen, sobald es so weit ist, und vor Ort wird die Mannschaft endgültig zusammengestellt, zumindest, was den Schiffsbetrieb angeht. Wann? Sobald die Briefings alle erledigt sind, Campbell seine Leute beisammenhat und vor allem die baulichen Anpassungen beendet wurden. Die Werft arbeitet dem Vernehmen nach rund um die Uhr. Ich habe gehört, der Auftrag hat denen den Arsch gerettet. Der Zeitplan war zwei Monate, aber es soll wohl schneller gehen – man nimmt Abkürzungen und gibt Sondergenehmigungen.«

»Pfusch?«

»Abkürzungen war das Wort, Sharon.«

Toliver war anzusehen, wie ihre Laune beständig schlechter wurde.

»Dann hoffe ich mal, dass sie sich reinhängen. Für so einen dicken Kasten brauchen wir deutlich mehr Mannschaft als alle Leute der *Scott* zusammen«, sagte Gosh und lächelte. »Das heißt, wir werden so richtig richtige Offiziere werden, mit vielen Crewmitgliedern, die wir ordentlich rumkommandieren können.«

»Das gefällt dir«, murmelte Toliver kopfschüttelnd.

»Mir gefällt an der Sache so ziemlich alles«, erwiderte der Mann grinsend.

Rivera lehnte sich zurück und blendete die freundliche Stichelei aus. Um seine Leute machte er sich schon einmal keine Sorgen mehr. Dafür begann jetzt, mit getroffener Entscheidung, die Liste anderer Herausforderungen immer mehr anzuwachsen. Er würde bis zum Beginn der Mission keinen ruhigen Tag mehr haben.

Rivera warf einen Blick auf Elissis Sphäre, wie sie sich auf dem Schirm im Besprechungsraum abzeichnete.

Falls es eine Mission geben würde.

25

Geons Tod war nicht bemerkenswert, da alle damit gerechnet hatten. Er war kurz vor Ablauf des Timers noch einmal wach gewesen, doch hatte nicht viel mehr bewegt als seine Augen, die er auf Riem gerichtet hielt. Auch sein Nachfolger Saim hatte zugegen sein wollen, doch war ihm der Zutritt verwehrt worden. Geon hatte zum Schluss nicht einmal mehr Anstalten gemacht, den Arm zu heben und sich weitere dreißig Stunden zu verschaffen. Er war kurz vor dem Ende der Zeitspanne wieder eingeschlafen, und die Injektion hatte ihn auf gnädige Weise vom Schlaf in den Tod geleitet.

Als der Rat davon erfuhr, brach erst einmal keine Hektik aus. Dieses Gremium war von ornamentaler Formalität, seit Hunderten von Jahren gewoben in ein Netz von ritualistischen Verhaltensweisen und Prozessen, die auch ein Saim nicht einfach beiseiteschieben konnte. Er musste sich fügen, obgleich er seinen Triumph wie auch seinen Tatendrang nur schwer beherrschen konnte, als die Nachricht allgemein bekannt gemacht worden war.

Der vergiftete Leib des Toten wurde aufgebahrt, wie es bei einem Ratsvorsitzenden üblich war, und die Prozession der anderen Ratsmitglieder wurde in die ganze Sphäre übertragen, wenngleich es im Grunde nur jene interessierte, die die Autorität Geons anerkannt hatten, und selbst in dem Falle nicht alle. Auch Saim, obgleich jeder wusste, dass er für den alten Mann nie mehr als Verachtung empfunden hatte, reihte sich in die Schlange ein, verbeugte sich vor dem verwittert wirkenden Körper, dessen Zerbrechlichkeit nun, der belebenden Seele beraubt, besonders augenscheinlich wurde. Er wurde von vielen dabei beobachtet, vor allem von Riem, der übergangsweise das Amt des Ratsvorsitzenden innehatte, bis eine Neuwahl stattfand, an deren Ausgang es jetzt keinen Zweifel mehr geben konnte. Das alte System war am Ende. Es würde einen Krieg geben, und es mussten so viele sterben, bis die Kapazitäten wieder ausreichten, um dem Rest das Überleben zu sichern. Bis zum nächsten Mal. Bis zum Ende der Reise. Falls es jemals dazu kommen würde. Und Saim würde sie in diesen Krieg führen.

Ein Zyklus neigte sich dem Ende zu. Geon hatte versucht, das Unausweichliche aufzuhalten, und heute, zu diesem Anlass, wurde der drohende Kataklysmus noch einmal durch die Rituale und Formalitäten überdeckt, der Anschein von Einigkeit und Zuversicht erweckt, einfach, weil man es so tat, obgleich fast alle ahnten, dass nun eine sehr dunkle Zeit anbrechen würde.

Noch wahrten sie gemeinsam die Form. Sie trugen die Festgewänder ihrer Kulturen, alle nur dadurch miteinander vergleichbar, dass sie den purpurnen Streifen des Rates irgendwo eingewebt hatten oder ihn trugen wie ein Halsband. Es herrschte andächtige Stille, als die Prozession sich langsam dem Toten näherte, man hörte kaum mehr als die Berührung der Füße auf dem Boden, das Rascheln der Kleidung, nicht einmal ein gedämpftes Wort. Es gab keine Bekundungen der Trauer, obgleich manche sicher eine solche empfanden. Geons Tod war das Ende einer Epoche, einer weiteren in der endlosen Abfolge, soweit die Aufzeichnungen der Großen Reise zurückreichten. Es lag Melancholie in der Luft, mehr als sonst, denn nicht nur ein Leben war verloschen. Die meisten Ratsmitglieder, die einträchtig nebeneinanderstanden, würden in Kürze erbitterte Feinde sein, und nicht wenige von ihnen würden diesen Kampf nicht überleben.

Betrachtete man das eine oder andere müde Gesicht, so kam man leicht zu der Annahme, dass einige das auch gar nicht wollten. Für die Älteren gab es keine Zukunft, die sich lohnte, denn die Zeit des Krieges würde, wenn man den Aufzeichnungen Glauben schenken wollte, länger dauern als die verbliebene Lebensspanne der meisten Beteiligten. So manch einer war möglicherweise sogar ein wenig neidisch auf Geon. Der hatte es immerhin hinter sich. Für die anderen begann die Zeit der Mühsal.

Riem machte sich keine Illusionen. Nach dem formalen Akt der Wahl würde Saim die erste Phase des Krieges beginnen: den Angriff auf alle, die aus verschiedenen Gründen nicht im Rat repräsentiert waren. Sie oder wir, würde es heißen, und es schwang ja durchaus Wahrheit in diesem simplen Satz mit. Das würde sie alle einige Jahre in Anspruch nehmen und den Anschein der Einigkeit noch etwas verlängern. Waren die kleineren Schiffe und Konstruktionen vernichtet, erobert oder ausgeplündert, würde die Einigkeit schnell zerbrechen. Dann ging das Hauen und Stechen gegeneinander los, und es war absolut nicht absehbar, wer am Ende übrig bleiben würde. Wie ein jedes Mal in der Geschichte der Sphäre würde der Kataklysmus sehr gründlich, umfassend und blutig werden.

Nachdem alle vor dem Toten ihren Respekt bezeugt hatten, gab es einen Empfang. Es war ein etwas zynisches Ereignis: Überall in den noch aktiven Schiffen fehlte es an Ressourcen. Es gab nicht genug Energie, nicht ausreichend Nahrung, die Lebenserhaltungssysteme arbeiteten jenseits der Grenzen ihrer Kapazität. Aber für das Buffet des Rates war alles aufgefahren worden, was die Replikatoren produzieren konnten, für jeden Geschmack das Richtige und von allem genug, auf dass ein jeder satt würde. Es war ein Totenmahl, und mit ihm wurde nicht nur Geon zu Grabe getragen, sondern auch alles andere. Riem spürte es mit jeder Faser seines Körpers, und er war nicht der Einzige. Jene, die mit ihm waren, die Minderheit des Rates, hielten sich abseits, und allen war der Appetit vergangen.

»Riem. Mein Freund.«

Saims Stimme troff vor Selbstzufriedenheit, als er sich mit einem wohlgefüllten Teller zu ihm gesellte. Er wirkte nicht, wie sonst, selbstbeherrscht und immer aufmerksam, sondern nahezu entspannt, als sei dies in der Tat kein Anlass zur Sorge, kein Moment historischer Tragik, sondern ein Freudenfest. Für ihn war es das vermutlich auch. Wie jeder, der den Krieg befürwortete, versprach er, dass dies der letzte sein würde, das große Messen, das jeden weiteren unnötig mache und alle Probleme löse. Riem hatte die Geschichte der Großen Reise studiert, und wenn er eines wusste, dann das: Nichts konnte ein größerer Selbstbetrug sein als diese Haltung.

»Saim«, sagte er knapp. »Ich freue mich, dass Sie mich Freund nennen. Das hängt sicher damit zusammen, dass ich noch geschäftsführender Ratsvorsitzender bin. Die Sitzung ist morgen. Dann trete ich mein neues Amt an, genauso wie Sie das Ihre.«

»Details, Details!« Saim winkte ab. »Wir beide wissen, dass das nur eine schlichte Formalität ist. Der Rat wird mich ernennen. Wir werden beide große Freude an unseren Aufgaben haben, dessen bin ich mir sicher.«

Riem sagte nichts. Neben der triumphierenden Arroganz war nun der Hass zu hören gewesen, den Saim die letzten Jahre aufgestaut hatte. Geon war tot, aber sein engster Vertrauter am Leben und dank Geons Arrangement ein Stachel im Fleisch, dessen er sich nicht so schnell entledigen konnte. Unter seinen eigenen Unterstützern gab es genug Traditionalisten, die zwar einerseits die befreiende Reinigung eines schönen Krieges befürworteten, andererseits aber sehr auf die Wahrung aller Formen achteten. Riem war nicht unantastbar, aber nahe dran. Vor allem, da er zum Hüter des Portals ernannt worden war, eine gleichermaßen sinnlose wie ehrenvolle und würdige Position. Der Hüter war immer derjenige, der alle Fährnisse überstand und an dem sich niemand vergriff. Saim würde das respektieren müssen. Und es ärgerte ihn, das sah Riem ihm an. Geon hatte ihm noch im Tode eins ausgewischt, und nichts war für Saim schlimmer als eine so offensichtliche Demütigung.

»Geon hat Ihnen ein schönes Geschenk zum Abschied gemacht.«

Der neue Hüter machte eine zustimmende Geste, dann fuhr Saim fort.

»Das Portal, eine spannende Aufgabe. Leider wird der Rat die Ressourcen, die zur Erforschung aufgebracht werden, abziehen müssen. In diesen schweren Zeiten müssen wir uns auf die wesentlichen Dinge konzentrieren. Eine Krise steht bevor, da sind wir uns sicher beide einig. Es geht um unser Überleben.«

Vor allem geht es um dein Überleben und das jener, die aus dem drohenden Konflikt Kapital schlagen wollen und sich bereits entsprechend vorbereitet haben, dachte Riem. Er sagte es nicht laut, es würde nur einen Konflikt aufbrechen lassen, der bereits entschieden war, und zu seiner Demütigung führen. Die mageren Ressourcen vom Portal abzuziehen, war eine rein symbolische Geste, denn die wenigen Experten, die sich damit noch befassten, hatten seit endloser Zeit nichts Neues mehr herausgefunden. Es blieb, wie es war: Jeder, der den Zugang zum Kern durchschritt, kam hinein, aber keiner mehr heraus, noch nie in der Geschichte des Kerns. Große Raumschiffe konnten dort nicht andocken. Ein Großteil der Anlage blieb unzugänglich für die Forscher, auf immer verschlossen. Da konnte Riem in seiner Position »hüten«, wie er wollte, es gab für ihn im Grunde nichts zu tun. Aber für die Traditionalisten war diese Position beinahe heilig, und Saim würde sehr vorsichtig sein, mehr tun zu wollen, als ihren Inhaber an der ausgestreckten Hand verhungern zu lassen.

Das hieß aber nicht, dass er die Demütigung nicht bis zur letzten Neige auskosten und nicht weitere versuchen würde.

»Das verstehe ich«, sagte Riem. Er wurde beobachtet, von gelegentlich Vorbeispazierenden, die so taten, als würden sie das Gespräch gar nicht mitbekommen, was aber genau dem Gegenteil entsprach. Allen war klar, wer da miteinander sprach und welche Spannung zwischen den beiden herrschte. »Ich werde zurechtkommen. Die Portalstation ist selbsterhaltend, und einige der Experten werden auch freiwillig bleiben. Ich werde im Rat weiter über unsere Fortschritte berichten.«

»Das tun Sie mal«, lachte Saim, und sein Teller geriet dabei beinahe ins Ungleichgewicht. »Ich werde Ihnen jedes Mal einen Tagesordnungspunkt reservieren, mit allem notwendigen Respekt.«

Er betonte das Wort »Respekt« auf eindeutig zweideutige Weise. Dass er nicht den geringsten empfand und jede Gelegenheit nutzen würde, um sich über Riems sinn- und machtlose neue Position lustig zu machen, musste nicht weiter betont werden.

»Ich danke Ihnen, Saim. Ich weiß das zu schätzen.«

Riem sagte es tonlos, und es war für sein Gegenüber nicht zu erkennen, ob Ironie in seinen Worten lag. Saim beherrschte sich natürlich. Er würde diesen Anlass nicht dadurch entwürdigen, indem er zu Schlägen ausholte, die an diesem Ort ihre Wirkung nicht entfalten konnten. Stattdessen sah er betont lange auf den Leichnam Geons, der ihrem Festschmaus in stummer Missbilligung beiwohnte, und wandte sich dann mit einem ernsten Gesichtsausdruck an Riem.

»Sie müssen ihn vermissen.«

»Er war ein Mann voller Weisheit.«

»Er war sehr krank.«

»Ich vermute, das war seiner Weisheit eher zuträglich.«

Saim schloss kurz die Augen. »Er hat das Unausweichliche nur hinausgezögert. Es ist an der Zeit, Sie wissen es und ich weiß es. Wir werden beide zu den Überlebenden gehören, Riem. In Ihrem Falle hat Ihr Mentor dafür gesorgt. Sie sollten sich glücklich schätzen und ihm dankbar sein. Bescheiden Sie sich mit Ihrem Glück. Stellen Sie sich nicht gegen mich. Sie haben keine Chance.« Er schaute wieder auf den Leichnam, beinahe versonnen. »Sobald die neue Zivilisation in das Innere der Sphäre gelockt wurde und wir uns ihre Ressourcen genommen haben, wird der Krieg beginnen. Ich verspreche Ihnen: Er wird kurz sein, und der Schmerz wird ein schnelles Ende finden. Sie sollten das als positive Verheißung akzeptieren.«

Damit wandte er sich ab, ohne ein weiteres Wort zu verlieren. Riem war heiß und kalt zugleich, er empfand Wut und akute Hilflosigkeit. Jedes Wort war zutreffend. Geon hatte ihn beschützt, eine letzte Geste, und Saim würde entschlossen und schnell handeln. Und er selbst? Er hatte nichts in der Hand, wenige Verbündete und keine Macht. Er würde zusehen müssen, wie einmal mehr die mühsam etablierte Ordnung in der Sphäre dem Chaos und dem Tod weichen würde. Es war ein Prozess von historischen Ausmaßen, und Riem, das schmerzte am meisten, war sich darüber im Klaren, dass er nicht mehr war als ein winziges Sandkorn; jede Flutwelle würde es mit sich reißen.

Er sah auf das Buffet. Die meisten fraßen, als gäbe es kein Morgen, und genauso könnte es ja auch sein.

26

Auf Toragus war von der durch die Sphäre verursachten Aufregung wenig zu spüren. Die Zentralwelt der Astronomischen Autorität ruhte sehr in sich, fand Jordan. Alles war so geschäftig, von dem Bewusstsein der eigenen Bedeutung erfüllt, dass schon größere Katastrophen eintreten mussten, um die Leute hier aus dem Gleichgewicht zu bringen. Jedes Mal, wenn er in einem Gleiter saß und die Suchende Hand, bei Dunkelheit effektvoll illuminiert, zu Gesicht bekam, fühlte er etwas von dieser ehernen Ruhe, die diese gigantische Organisation ausmachte. Es war, als hätte man schon alles gesehen und jede »neue« Entdeckung sei nur eine Variation von etwas bereits Bekanntem.

Natürlich war das auch ein wenig Fassade: Der Goldrausch hatte viele erfasst. Jordan bekam alles nur am Rande mit, aber nach dem, was er hörte und der Diskussion in den Medienkanälen entnehmen konnte, positionierten sich viele in der Hoffnung, nachher ein Stück vom Kuchen abzubekommen. Da der Kuchen dem Vernehmen nach gigantisch sein würde, hatten viele Hunger.

Das Interessante war, dass Elissi und er dadurch attraktiv wurden. Sie hatten offiziell die Sphäre als Erste entdeckt, das war in den Archiven der Autorität dokumentiert, eine Tatsache, an der niemand mehr vorbeikonnte. Es gab hier gewisse Gesetze, und die sagten aus, dass im Falle der wirtschaftlichen Nutzung einer astronomischen Entdeckung, deren Erforschung in einem unmittelbaren kausalen Zusammenhang mit dem Fund des Phänomens zusammenhing, ein Gewinnanteil auszuzahlen wäre. Es war ein winzig erscheinender Prozentsatz, doch in den Expertenrunden wurden Summen gehandelt, die Jordan schwindelig werden ließen. Wenn er davon nur die Hälfte als realistisch annahm und sich keine weiteren bürokratischen Hürden ergaben, waren Elissi und er irgendwann Multimillionäre.

Er hatte versucht, das seiner Freundin verständlich zu machen. Das hatte keinerlei Probleme bereitet. Sie hatte ein gutes Verhältnis zu Finanzen und keine Furcht vor großen Zahlen. Elissi nahm diese Informationen mit freundlichem Interesse auf. Kurze Zeit später ertappte er sie dabei, wie sie die voraussichtlichen Kosten eines privaten Observatoriums mit Orbitalsatelliten kalkulierte. Sollte sie tatsächlich einmal steinreich werden, würde sie sich wohl als Privatgelehrte niederlassen. Jordan war das ein wenig peinlich: Er hatte, sicher ein wenig gelangweilt, sich die Baupläne einer wunderbaren Motorjacht von der Wohnungs-KI kalkulieren lassen. Und die Implantierung von High-End-Kiemen in seinen Hals. Der Hedonismus war bei ihm dann doch ein wenig stärker ausgeprägt als bei ihr.

Sie waren nach der Rückkehr der *Scott* wieder sehr gut untergebracht worden, aber ihre Adresse war kein Geheimnis. Intelligente Geschäftemacher hatten schnell eins und eins zusammengezählt. Sie erhielten Anrufe von Investmentberatern, seriösen und windigen gleichermaßen. Elissi war damit überfordert, da es ihr schwerfiel, Lüge von Wahrheit zu unterscheiden, und in diesem Bereich lag beides naturgemäß sehr eng beieinander. Irgendwann half nur noch, Filter vor die Anrufe zu setzen. Dann wurde es ruhiger, bis die persönlichen Besuche begannen. Auch hier musste Jordan Schutzmaßnahmen ergreifen. Es war keine regelrechte Belagerung, aber hinzu kamen noch die Anfragen von Journalisten. Jordan hatte kein Problem damit, ein paar knappe Statements abzugeben, aber sehr schnell wollten die Medienvertreter »Home Storys« publizieren, die irgendwie aus ihm und Elissi eine Art astronomisches Traumpärchen machten. Spätestens zu dem Zeitpunkt ordnete Jordan an, dass man sie jenseits der unausweichlichen Anrufe der Verwandtschaft und der Leute von der Autorität in Ruhe lassen sollte, und die KI ihrer Unterkunft war gut darin, diese Anweisung getreulich und effektiv umzusetzen.

Aber es war trotzdem alles ungewohnt. Und es wurde anstrengend, eine Anstrengung, die aus plötzlicher Langeweile entstand. Roboterdrohnen beobachteten und vermaßen die Sphäre von außen. Weitere Wissenschaftskreuzer waren abgeordnet worden. Die *Scott* war hierher zurückgekehrt, um die Mannschaft für den Versuch zusammenzustellen, in das Gebilde einzudringen. Es gab eine Art von äußerem Zugang, ein Portal, das derzeit noch verschlossen war, eine stumme Einladung, für viele eine große Verheißung. Tatsächlich schien es, als sei der Zugang, den sie identifiziert hatten, nicht nur eine Schimäre, und die Hypothese hieß, dass eine größere Annäherung eines geeigneten Objekts diesen zur Öffnung veranlassen würde – was bei den Drohnen und Sonden bisher allerdings nicht geklappt hatte. Jordan war der Ansicht, hier sei der Wunsch – oder vielmehr die Gier – Vater des Gedankens. Er hatte diese Meinung einmal geäußert und dafür böse Blicke geerntet, seitdem hielt er es wie Elissi und vergrub sich in den Daten, blieb aber ansonsten schweigsam.

Immerhin durften sie wohl mitfliegen. Als Jordan gehört hatte, dass ihr neues Schiff ein umgebauter Luxusdampfer sein würde, hatte er Geld investiert – seit seinem Dienstantritt auf der *Scott* erhielt er ein Gehalt der Autorität und war darüber sehr zufrieden. Seine Tauchausrüstung aus der Heimat und einige weitere persönliche Gegenstände für eine längere Reise hatten den Weg zu ihm gefunden. Auf Toragus gab es jede denkbare Möglichkeit, seine Freizeit zu gestalten – und wahrscheinlich auch auf dem großen Schiff, das zwar erheblich, aber nicht völlig umgebaut wurde und möglicherweise auch eine Chance bot, seinem Lieblingshobby weiter nachzugehen. Wenn es etwas gab, was er seit seinem Aufbruch von der Heimat vermisst hatte, dann wohl das. Auf Toragus verging kein Tag, in dem er nicht eines der großen öffentlichen Bäder aufsuchte. Es gab hier wenig natürliches Wasser, daher musste er mit den architektonisch aufwendig hergestellten künstlichen Landschaften vorliebnehmen.

Fünf Wochen brachten sie hier zu, und die Neuigkeiten aus dem Konkordat und von der Sphäre waren nichts, was ihn aus der Langeweile riss. Der Umbau des akquirierten Schiffes verlief absolut planmäßig und unter Hochdruck, und man ging davon aus, dass es binnen einer weiteren Woche weitgehend einsatzbereit sein würde. Alle hatten sie Angst, dass Elissis Sphäre sich davonmachen würde, ehe sie eine Chance bekamen, in sie vorzudringen.

Jordan erhielt schließlich die Aufforderung, sich wieder auf der *Scott* einzufinden, denn man würde nun direkt zur Werft fliegen, dort die endgültige Mannschaft zusammenstellen und beginnen, die Wissenschaftscrew einzusammeln, die zum Teil aus dem ganzen Konkordat verstreut anreiste.

Jordan half Elissi beim Packen. Sie besaß nicht viel. Aber sie war gut darin, Dinge zu vergessen, die nicht unmittelbar im Fokus ihrer Aufmerksamkeit standen, und so hatte er sich angewöhnt, gerade bei alltäglichen Planungen mit Vorschlägen und ein paar Erinnerungsanstößen an ihrer Seite zu stehen.

»Etwas über einhundert«, sagte Elissi relativ unvermittelt, als Jordan ihr einige Kleidungsstücke reichte.

»Was meinst du?«

»Die Besatzung. Alle zusammen. Etwas über einhundert auf einem Schiff, das ursprünglich dafür ausgelegt war, mehr als 2000 Personen aufzunehmen. Wir werden uns an Bord verirren.«

»Soweit ich weiß, wird ein Großteil des Platzes durch die Schutzfeldgeneratoren ausgefüllt, die das Element unter Kontrolle halten sollen. Große Reaktoren kommen hinzu, mit denen man eine ganze Welt mit Energie versorgen könnte. Wir werden gar nicht so viel Platz haben, glaube ich.«

Elissi nahm die Erklärung wohl nur am Rande wahr. Sie war in Gedanken schon weitergewandert.

»Etwas über einhundert. Ist das nicht wenig? Es ist doch eine so große Sache!«

»Es ist riskant. Viele haben Angst. Und man will nicht zu viele Menschen gefährden. Es könnte sein, dass wir es nicht überleben. Dass die Sphäre uns vernichtet. Dass sie uns schluckt und mit uns verschwindet.«

Dieser Gedanke schien Elissi zu beleben. Sie sah Jordan mit glänzenden Augen an. »Meinst du wirklich? Dass sie uns auf die Reise mitnehmen würde?«

»Du sagst das, als sei es eine Verheißung.«

»Ist es das etwa nicht?«

Jordan fiel die Antwort schwer. Elissi lebte für das Wissen, das sie anhäufte, und die Geheimnisse, denen sie nachjagte. Ihr eigenes Leben schien in diesem Kontext nur eine geringe Bedeutung zu haben, außer dass sie dessen Fortdauer benötigte, um von den neuen Erkenntnissen überhaupt etwas zu haben.

»Es ist gefährlich.«

Elissi hielt beim Packen inne, sah Jordan fragend an.

»Wofür lebst du, Jordan?«

Der junge Mann zögerte. Tiefsinnige Gespräche zu führen, überforderte ihn nicht, er hegte nur die Befürchtung, dass er im Falle von Elissi entweder dauernd an ihr vorbeireden oder sie schlicht nicht verstehen würde. Ein wenig hatte er auch Angst: Mit jedem Detail ihrer Persönlichkeit, das ihn verwirrte oder ihm unverständlich war, vergrößerte sich die Distanz zwischen ihnen beiden, und das war nichts, wonach er strebte. Und noch viel schlimmer: Was war, wenn Elissi so viel von ihm erfuhr, dass sie zu dem Schluss kam, er sei niemals der geeignete Gefährte, und nach etwas Kompatiblerem zu suchen begann?

»Nun, ich habe so meine Ziele ... ich meine, ich wollte immer für die Autorität arbeiten, so gesehen läuft also alles bestens.«

»Aber warum?«, insistierte sie.

Jordan zuckte mit den Achseln. »Ist eine sichere Sache, und die Arbeit ist ja ganz interessant.« Er lächelte bezeichnend. »Offensichtlich.«

»Das ist alles?«

Es klang nicht enttäuscht, sondern interessiert. Elissi wollte sichergehen, auch ja keinen Aspekt seiner Ansicht verpasst zu haben. Das setzte ihn ein wenig unter Druck. Er rieb sich über die Stirn, um Zeit zu gewinnen, eine Geste, die an seine Freundin völlig verloren war, da sie große Probleme damit hatte, Gestik und Mimik mit einer Gesprächssituation in einen sinnvollen Zusammenhang zu bringen. Das machte aber nichts, denn sie hatte dafür eine große Geduld und sah ihn einfach schweigend an. Das Fragezeichen hinter ihrer letzten Äußerung bedeutete, dass er an der Reihe war, und Elissi nahm diese Form der Konvention sehr ernst.

»Ich wollte einfach nur immer von zu Hause weg«, sagte Jordan. »Ich war neugierig auf die Welten da draußen und einfach … ich wollte immer was erleben.«

»Aber warum?«

Jordan blinzelte. »Warum? Ich habe mich wohl gelangweilt.«

»Aber warum, Jordan? Warum?«

Sie ließ nicht locker, und für einen Moment spürte er einen gewissen Unwillen in sich aufsteigen. Wenn Elissi einer Sache auf den Grund gehen wollte, dann konnte sie sehr hartnäckig sein und erinnerte an ein fünfjähriges Kind. Er unterdrückte die Regung. Sie war unfair und sie führte zu nichts. Stattdessen dachte er darüber nach, und leider steigerte das seine Verwirrung eher noch.

»Letztlich weiß ich es nicht«, gab er schließlich zu, ein wenig enttäuscht über sich selbst. »Ich glaube, ich habe schlicht nichts anderes zu tun. Du bist dir in diesen Dingen viel sicherer als ich, oder?«

»Allein die Erkenntnis über das Wesen der Dinge ist der Sinn meines Lebens. Erst wenn ich alles verstanden habe, werde ich zufrieden sein.«

»Das wird niemals der Fall sein, Elissi.«

»Möglich. Also wird mein Leben auf immer unerfüllt bleiben.«

Sie sagte das mit der gleichen trockenen Sachlichkeit, mit dem sie auch Sex mit ihm diskutiert hatte, und so meinte sie es wahrscheinlich auch. Jordan sah sie an, seufzte ganz leise, um keine unnötigen Fragen zu provozieren, und rechnete wie immer nicht mit ihrer scharfen Beobachtungsgabe.

»Du, Jordan, hast vor allem einen Grund, warum du die Reise antreten wirst«, sagte sie dann, als von ihm keine weitere Äußerung kam. Jordan zuckte zusammen. Was konnte sie meinen?

»Und die wäre?«

»Du willst bei mir sein, Jordan. Dein limbisches Belohnungszentrum verlangt danach.«

»Du kannst Liebe nicht allein durch Biochemie erklären, Elissi!«, begehrte Jordan auf. Das war so eine Angewohnheit von ihr, und sie wurde sie nicht los.

»Es ist die naheliegendste Erklärung.«

»Oh, Elissi!«

Es endete immer so. *Oh, Elissi!* Sie sah ihn dann an, meistens mit einem zufriedenen Gesichtsausdruck, als hätte sie die Welt ausreichend erklärt und alles sei gut. Er schüttelte den Kopf. Es war wirklich, wirklich nicht leicht mit ihr.

Er reichte ihr ein weiteres Kleidungsstück.

Abgesehen davon hatte Elissi natürlich absolut recht.

27

»Ich freue mich, dass Sie sich freiwillig gemeldet haben. Sie werden sich wundern, wie schwer es ist, genügend Leute zu finden, die für diese Mission bereit sind. Ich freue mich wirklich.«

Campbell drückte Horana LaPaz' Hand mit einer gewissen Inbrunst, um sich dann sogleich an die beiden anderen Neuankömmlinge zu wenden, die neben der Anwältin standen und sich der Gefühlsbezeugungen des Teamleiters nur mit Mühe erwehren konnten. Horana hatte sie nur kurz kennengelernt und fühlte gleich den Minderwertigkeitskomplex in sich aufsteigen, der sie seit ihrer Ankunft auf Toragus begleitet hatte. Morgen früh würde die *Montgomery Scott* sie zu ihrem neuen Schiff bringen, und die Tatsache, dass Campbell mit den drei »Neuen« vorher noch zusammentraf, war entweder tatsächlich Ausdruck seiner besonderen Wertschätzung oder doch eher der seines Misstrauens.

Horana LaPaz, Anwältin, Xenopsychologin und Linguistin, war möglicherweise die seltsamste in diesem Trio. An ihren wissenschaftlichen Qualifikationen bestand rein formal kein Zweifel, und sie war empfohlen worden, von einem durchaus wichtigen Bürokraten der Autorität. Das genügte, nicht zuletzt aufgrund der Schwierigkeiten, auf die Campbell eben Bezug genommen hatte. Aber sie hatte wenig Forschungspraxis, und ihr fehlte der »Stallgeruch« der wissenschaftlichen Gemeinschaft, und das war möglicherweise für sie schmerzhafter als für andere. Alle waren höflich und nett zu ihr, und vielleicht war es auch nur Einbildung, aber mancher Blick war doch arg abfällig gewesen. Sie war ein Notnagel, und man war dafür dankbar, aber es änderte nichts an ihrem Status.

Dr. Adian Hannah war ein älterer Herr mit Bauch, und er besaß nicht nur den Stallgeruch, dieser war sogar sehr penetrant. Der ungepflegte Endfünfziger war von unförmiger Gestalt, hatte die letzten Jahre weitgehend unauffällig in den Forschungslaboratorien eines Chemiekonzerns zugebracht und war als Biochemiker vor allem in der Produktentwicklung tätig gewesen, ohne ganz seine akademischen Meriten zu vernachlässigen. Er war aber auch niemand, der besonders von sich hatte reden machen, führte ein weitgehend zurückgezogenes Leben. Der Flug der *Scott*, so ahnte Horana, war für ihn genauso eine Flucht in ein anderes Leben wie für sie, nur mit dem Unterschied, dass seine Sackgasse vielversprechender gewesen war als die ihre. Hannah schien alles zu akzeptieren und zu allem bereit, dabei aber merkwürdig antriebslos. Er würde Campbell ein willfähriger Mitarbeiter sein. Die vorherrschende Emotion, die er zeigte, war Dankbarkeit für diese Chance, und auch darin war er Horana ähnlicher, als diese zugeben wollte.

Tizia McMillan hingegen war jung, hatte Energie in Mimik und Gestik, vielleicht manchmal ein wenig zu viel davon. Die schlanke Blondine hatte noch relativ wenig Berufserfahrung, dafür aber als Teilchenphysikerin einen hervorragenden Abschluss erworben und suchte, wie es so schön hieß, nach Herausforderungen. Offenbar lauerte da irgendwo auch eine traurige Beziehungsgeschichte im Hintergrund, die sich anzuhören Horana vermieden hatte. Solchen Geschichten versuchte sie gerade zu entkommen. McMillan hatte die Wahl gehabt, die Autorität war grundsätzlich an ihr interessiert gewesen, wie sie erzählte – ohne Arroganz, was Horana ihr wirklich zugutehielt. Dass sie sich für diese Mission entschieden hatte, hing sicher mit ihrer Jugend zusammen und der damit einhergehenden Risikobereitschaft. Sie war nicht vornehmlich dankbar, sie hatte eine Karriere fest im Blick, für die sie auch ein Risiko einzugehen bereit war. Es war eine Investition. Bei alledem war sie nett, auf eine sehr natürlich Art, sodass Horana sich vorstellen konnte, die möglicherweise lange Reise mit ihr gut zu ertragen.

Campbell überreichte ihnen Ausweise und Dokumente und eine Liste der restlichen Wissenschaftler, die sich an dieser Expedition beteiligen würden. Horana überflog die Namen nur, sie kannte niemanden von ihnen. Auch Hannah schien sich nicht grundlegend dafür zu interessieren, wer außer ihm noch mitreiste, solange er nur dazugehörte. McMillan hingegen runzelte bei dem einen oder anderen Namen die Stirn. Sie hatte wahrscheinlich, nicht zuletzt aus Karrieregründen, ihre Hausaufgaben gemacht.

»Dr. Proctoris!«, rief sie aus, gleichermaßen überrascht wie verärgert, und hielt sofort inne, als sie den warnenden Blick Campbells auffing. Horana entging dieser Austausch nicht. Wer immer Dr. Proctoris war, er oder sie besaß eine Art der Berühmtheit, die zumindest McMillan despektierlich erschien. Sie machte sich eine mentale Notiz. Darüber sollte sich etwas finden lassen, und ganz unbeleckt sollte sie vielleicht doch nicht in diese Sache gehen.

»Sie werden mit den Kollegen sicher schnell warm werden«, sagte Campbell etwas zu hastig, um überzeugend zu wirken. Dass er noch ein »Mit allen!« hinzufügte, machte es nicht besser. Er war sich seiner Sache wohl nicht so sicher, wie er gerne vorgab. Horana beneidete ihn nicht um seine Aufgabe, die Forschergruppe zusammenstellen zu müssen. Aber Campbell wirkte wie jemand, der mit Frustrationen umzugehen wusste.

»Wir stehen vor großen Entdeckungen«, meinte er dann noch, fand wohl, damit genug Inspirierendes gesagt zu haben, und sah die Gruppe an. »Haben Sie noch Fragen?«

»Werden Sie der Leiter des Teams bleiben?«, wollte Horana wissen.

»Das ist meine Absicht. Ich bin den ersten Schritt gegangen, also will ich auch den zweiten tun. Ich mache die Reise mit.«

»Für wie lange ist die Expedition genau geplant – und gibt es schon einen Weg, in das Innere der Sphäre einzudringen?«, fragte Dr. Hannah.

Campbell nickte. »Die erste Frage kann ich Ihnen immer noch nicht genau beantworten – das ist eben Teil des Risikos, das wir alle eingehen. Was die zweite Frage angeht, so gibt es ermutigende Daten von den Beobachtungssonden.

Demnach gibt es tatsächlich eine Art Tor, durch das auch größere Raumfahrzeuge hindurchfliegen können, und wir denken, dass wir den Öffnungsmechanismus mittlerweile zumindest als solchen identifiziert haben. Es wurden bereits Bemühungen begonnen, ihn zu erforschen.«

»Kann ich die Daten bekommen?«, fragte McMillan. Campbell sah sie für einen Moment schweigend an, als müsse er ermessen, ob die Frau damit Schaden anrichten konnte. Aber sie hatten alle ihre Verschwiegenheitserklärungen unterzeichnet und Freigaben erhalten. Es gab keinen Grund mehr, jemandem etwas vorzuenthalten.

»Natürlich. Sobald wir auf der *Scott* sind, haben Sie vollständigen Zugang.« Er sah erneut in die Runde, versuchte ein aufmunterndes Lächeln. Das war überflüssig. Niemand hier war betrübt oder hatte richtige Angst. Letzteres würde vielleicht noch kommen, auszuschließen war das nie. Aber jetzt waren sie alle, auf unterschiedlichem Niveau, neugierig, ein wenig aufgeregt und generell bereit für das große Unbekannte. »Wir sehen uns auf dem Schiff. Machen Sie sich noch einen schönen Abend. Für Entspannung wird es demnächst nur noch wenig Gelegenheit geben.«

Damit verabschiedete er sich und ließ sie allein. Horana zuckte mit den Achseln, sah die Kollegen an, die jetzt beide so wirkten, als wüssten sie nicht recht, was sie machen sollten.

»Mir ist nicht nach Entspannung. Ich war lange genug in der Warteschlange. Die Bürokratie der Autorität ist schlimmer, als ich es mir vorgestellt habe.«

Dr. Hannah blickte sie anklagend an. »Das ist nicht ganz fair. Die Autorität ist sehr groß. Wir brauchen Regeln.«

Horana neigte um Entschuldigung bittend den Kopf. »Ich bin auch Anwältin. Ich weiß, welchen Sinn Regeln ergeben.

Es war nur sehr ermüdend. Ich wollte niemanden beleidigen.«

Hannah nickte, er schien die Erklärung zu akzeptieren. Dennoch wollte eine leichte Säuerlichkeit seine breiten Gesichtszüge nicht verlassen. Er war der bürokratische Typ, dachte Horana und freute sich nicht auf die Zusammenarbeit mit ihm. Solche Menschen waren oft sehr, sehr umständlich, und zwar in allem.

»Ich glaube, es wird sehr spannend«, sagte McMillan und schaute die anderen auffordernd an. »Unabhängig von den Regeln, es wird spannend. Ich freue mich darauf.«

Hannah wollte den Enthusiasmus nicht teilen. Er wagte ein vorsichtiges Kopfnicken, mit dem er mehr oder weniger signalisierte, dass er die Worte der jungen Frau gehört hatte, sie aber nicht notwendigerweise bestätigen wollte. Hannah war von Natur her nicht nur vorsichtig, er scheute das Risiko. Er wirkte furchtbar träge, trotz seines massiven Körpers eher wie ein Schatten seiner selbst. Horana fragte sich, was ihn wirklich dazu getrieben hatte, sich der Expedition anzuschließen.

Sie jedenfalls hatte nicht die Absicht, Tizia McMillan so auflaufen zu lassen. Sie schenkte ihr ein zuversichtliches Lächeln. »Spannend wird es«, sagte sie dann vernehmlich. »Ich weiß noch nicht, ob ich mich darauf freue, aber letztlich kommt es darauf an, dass wir unsere Aufgabe erfüllen. Und dazu bin ich bereit.«

Wie man Dr. Hannahs Gesichtsausdruck entnehmen konnte, hatte sie damit etwas gesagt, das auch er jederzeit zu akzeptieren bereit war. Sie entspannten sich alle. Sie beschlossen sogar, tatsächlich noch gemeinsam etwas trinken zu gehen. Es fühlte sich alles weiterhin seltsam an, und so ganz genau wusste Horana nicht, ob die Furcht vor der Zukunft größer war als die Freude darüber, ein neues Kapitel in ihrem Leben aufschlagen zu können.

Wahrscheinlich hielt sich beides in etwa die Waage.

Und es wurde am Ende doch noch ein lustiger Abend.

28

»Entweder wird er jetzt wirklich nachlässig, oder er hat echten Zeitdruck.« Snead warf einen traurigen Blick auf die Leiche des Computertechnikers, der ihn irgendwie erschrocken anstarrte. Es war nur ein 3-D-Foto, der tote Mann lag mittlerweile seit einiger Zeit in der Pathologie, und es gab über ihn nicht mehr zu sagen als die Tatsache, dass sein völlig unbescholtenes Leben durch einen Angriff von hinten und einen kraftvollen Genickbruch ein Ende gefunden hatte. Außerdem fehlten ihm die rechte Hand und ein Auge, beides fachmännisch entfernt. Der Vorfall hatte sich eine Woche vor der Ankunft der *Scythe* auf Toragus ereignet, und die Behörden hatten dem Mord die gleiche Aufmerksamkeit gewidmet wie jedem anderen gewaltsamen Tod: Gewissenhaftigkeit und Ernst, aber keine besondere Eile.

Das hatte sich erst geändert, als Lyma Apostol – oder vielmehr Severus Inq – die Daten der Kriminalbehörden dieser Welt gescannt hatte, kaum dass der Polizeikreuzer in die Reichweite der Datentransfersatelliten gekommen war. Der tote Mann war wirklich nichts Besonderes – insofern, als er weder eine herausgehobene Stellung innegehabt noch sein Lebenswandel Anlass zu Bedenken gegeben hätte. Für seine Hinterbliebenen war er natürlich in vielerlei Hinsicht besonders gewesen, und es war dieser Gedanke, den sich Lyma Apostol immer wieder vorlegte, wenn sie über eine weitere Leiche stolperte. Jemand hatte ein ganzes Universum an Hoffnungen und Träumen und Erfahrungen ausgelöscht, verbunden mit den Universen all jener Menschen, für die der Tote eine Bedeutung gehabt hatte. Das mochte im großen Gang der Dinge keine Bedeutung haben, und der Tote würde spätestens nach zwei Generationen vergessen sein – aber es war dennoch ein absolut unwiederbringlicher Verlust. Ja, sie musste abgehärtet sein in diesen Momenten, und sie war es auch, aber auf ihre Weise. Niemals, das hatte sie sich geschworen, würde sie einen Ermordeten als »unwichtig« abqualifizieren. Immer wollte sie sich vor Augen halten, dass ihr aller Leben um etwas Unersetzliches gemindert worden war, um einen Gefährten in ihrem gemeinsamen Lauf durch diese Existenz.

Getötet von einem Mann, dem das Leben anderer Menschen völlig gleichgültig war. Und der es auch im Falle dieses Technikers unter Beweis stellte. Das Opfer war gestorben, weil Joaqim Gracen dadurch Zugang zu einem Datenkontrollpunkt der Autorität bekam. Er hatte ihm die rechte Hand abgehackt und sie an einen Biomotivator angeschlossen, der Blutkreislauf, Körperwärme und elektrisches Feld in der Hand in Funktion hielt. Mit dieser Hand hatte er den Scanner überlistet. Dann hatte er dem Toten eines der beiden Augen herausgeschnitten und es ebenfalls in einem

Motivator bei sich getragen. So hatte er den Retinacheck bestanden. Und die normalen Kameras eines absolut unwichtigen Personaleingangs in einer Nebenstraße, in der eines der zahllosen Verwaltungsgebäude der Autorität lag, waren schlicht ausgefallen, wie es eben manchmal so passierte. Gracen hatte nicht viel Zeit gebraucht und die Hilfsmittel seiner Tat anschließend entsorgt. Aber Lyma wusste, wonach sie zu suchen hatte, und sie hatte sehr schnell eins und eins zusammengezählt.

Und so standen sie vor der Workstation des Technikers, in einem kleinen Büro, alles höchst unspektakulär, nur mit dem Unterschied, dass Gracen hier einen absolut legitimen und keinerlei Alarme auslösenden Datenbankzugriff erlangt hatte.

»Was hat er gemacht, Severus?«

Das Kunstwesen stand über die Konsole gebeugt, das Gesicht in eine Maske der Konzentration verwandelt, seine Variante eines blinkenden Kontrolllichts. Inq antwortete nicht sofort, und das war schon einmal ein schlechtes Zeichen.

»Wenn er hier war, hat er keine DNA-Spuren hinterlassen«, sagte Snead, der einen Sniffer in der Hand hielt, mit dem er durch den engen Raum wanderte. »Da hat er zumindest aufgepasst.«

»Er hat sich auf das Wesentliche konzentriert«, kommentierte Lyma. »Er kam, um etwas Bestimmtes zu erledigen, und er wusste, dass …«

»… wir ihn nicht würden identifizieren können, wenn er sorgfältig genug wäre. Und die anderen Spuren haben ihn dann nicht mehr interessiert«, vervollständigte ihr Offizier. »Aber das ist trotzdem gefährlich, denn so hat er immerhin eine Fährte für uns hinterlassen, sonst wären wir nicht hier. Er steht immer noch unter Zeitdruck, und ich verstehe nicht, warum das so ist. Mit einer völlig neuen Identität kann er es doch ruhiger angehen lassen. Sich irgendwohin absetzen, Gras über die Sache wachsen lassen, ein gepflegtes Leben führen. Geldmittel wird er ja zur Seite geschafft haben. Ein wenig Geduld kann er nötigenfalls auch aufbringen. Aber da ist noch etwas, das ihn treibt.«

Lyma kam nicht umhin, Snead zuzustimmen. Sie schaute wieder auf Severus Inq. Der Androide war sich dieser Aufmerksamkeit sicher bewusst, ließ sich aber erwartungsgemäß davon nicht beirren. Es dauerte einige weitere Minuten, während denen Snead sinnlos mit dem Sniffer in der Gegend herumfuchtelte, bis sich die Maschine aufrichtete und die maskenhafte Starre ihr Gesicht verließ.

»Wir sollten mit der Autorität über diese Sphäre reden.«

»Wie bitte?«

Natürlich hatte Lyma die Geschichte mitbekommen und am Rande verfolgt, ihr aber naturgemäß nicht mehr als nur oberflächliche Aufmerksamkeit geschenkt. Selbst als sie auf Sneads Hinweis die Meldungen durchgesehen hatte, war der ganze astronomisch-wissenschaftliche Aufruhr an ihr eher vorbeigegangen. Snead schien zu meinen, dass Gracen darauf aus war, sie konnte es nicht recht glauben. Aber jetzt nahm sich auch Inq dieser Hypothese an, und es war an der Zeit, ihr Gehör zu schenken.

»Ich weiß nicht, welche Identität er angenommen hat«, sagte Severus Inq, ehe die unausweichliche Frage gestellt werden konnte. »Aber er hat nicht nur die Missionsdaten abgerufen – auch die, die nicht offiziell bekannt sind –, er hat des Weiteren irgendwas an den Personaldaten gemacht. Zumindest gab es einen Zugriff. Seine Spuren sind ganz gut verwischt, mehr kann ich nicht sagen. Er war extrem gut vorbereitet auf diesen Eingriff. Aber diese Sphäre interessiert ihn. Vielleicht ist er auf dieses D-52 scharf. Er könnte in kürzester Zeit sehr, sehr reich werden und seine ganzen ekelhaften Projekte vorantreiben. Das muss unweigerlich einen gewissen Reiz auf ihn ausüben.«

So hatte Lyma es noch nicht betrachtet. Ja, das D-52 wäre für Gracen das Tor in eine ganz neue Welt bisher ungeahnter Übeltaten, wenn er es unter Kontrolle bekam und für sich nutzbar machte.

»Was hat er vor?«, fragte Snead. »Der Autorität in diese Sphäre folgen und das Element stehlen? Dafür bedarf es einer gigantischen technischen Ausrüstung. Ich habe gehört, dass die Autorität einen großen Luxusliner zu diesem Zweck umrüstet. So was kann Gracen nicht mal eben aus dem Ärmel schütteln, egal welche Identität er angenommen hat.«

»Das muss er auch nicht«, sagte Lyma leise. Das Räderwerk in ihrem Kopf hatte intensiv zu arbeiten begonnen, nun, da sie die Hypothese als sinnvoll ansah. »Er wartet einfach ab, was die Autorität findet, und klaut es sich, wenn die Arbeit getan ist.«

»Das ist absurd und riskant!«, sagte Snead, als wolle er seine eigene Idee diskreditieren.

»Gracen hat oft absurde und riskante Dinge getan und war damit erfolgreicher, als uns lieb sein kann.«

Snead nickte unwillig. »Trotzdem, wie ...«

»Er geht an Bord der Expedition«, sagte Lyma nachdenklich. »Anders kann es nicht sein. Er hat von Anfang an Wind von der Sache bekommen und sich entsprechend vorbereitet. Gracen kann sehr langfristig planen – und gleichzeitig sehr schnell reagieren. Er weiß genau, was er tut. Ich stelle es mir so vor: Er verschafft sich eine Identität, die es ihm erlaubt, Mitglied der Expedition zu werden, und dann trifft er Vorsorge, die es ihm ermöglicht, sich alles unter den Nagel zu reißen, was die Autorität in der Sphäre findet, sobald man wieder draußen ist. Das ist ein großer Coup. Aber es riecht von allen Seiten nach Joaqim Gracen. Er denkt groß. Er hält sich für den Größten.«

Snead starrte sie an, war jetzt überzeugt, das erkannte sie an seiner Haltung. Severus Inq nickte gemessen.

»Was ... machen wir jetzt?«, fragte ihr Kollege.

»Wir sprechen mit der Autorität. Sie muss die Expedition abblasen – oder zumindest hinauszögern, solange wir die Mannschaft nicht bis ins Detail überprüft haben. Inq, was sagt der Zeitplan?«

Der Androide zögerte eine Sekunde, als er die Daten aus dem Netz der Autorität abrief.

»Die Besatzung des Expeditionsschiffes ist zur Werft gereist, in der der Liner umgerüstet wird.« Eine weitere Pause. »Wurde. Die Umbauarbeiten sind so gut wie abgeschlossen. Das Schiff steht kurz vor dem Aufbruch, die Mannschaft ist versammelt.«

»Verdammt!« Lyma ballte die Hände zu Fäusten. »Zurück zur *Scythe*, sofort! Gebt mir eine Verbindung zur Autorität, jemanden *mit* Autorität! Und macht das Schiff sofort startklar! Wir dürfen keine Sekunde verlieren.«

Sie eilten davon. Lyma ahnte, dass es knapp werden würde. War Gracen erst einmal in dieser Sphäre verschwunden – niemand konnte wissen, was dann geschehen würde. Er war ihr einmal mehr einen entscheidenden Schritt voraus.

Aber solange sie eine Spur hatte, würde sie nicht aufgeben.

29

»Und taufe dich auf den Namen *Licht des Wissens.*«

»Was für ein Kackname.« Toliver sagte es leise, sodass nur Rivera es hören konnte, und er warf ihr einen warnenden Blick zu. Kackname oder nicht, die Gattin des Ratsbeauftragten für Wissenschaft, die edle Dame Lavenda van Geerten, hatte sich diesen Namen ausgedacht, und ihr Mann war wichtig genug im Konkordat, um bei so einer letztlich irrelevanten Sache Durchsetzungsvermögen zeigen zu können. Lavenda, die schon vom Gesichtsausdruck her bewies, dass sie nicht die hellste Sonne im Universum war, sah dafür bemerkenswert gut aus in dem weiß-gelben Festkleid, eine Sache, die auch Rivera von einer rein fachlichen Perspektive her anzuerkennen bereit war.

Sharon Toliver war, davon ging er mal aus, neidisch. Sie musste das nicht, die Offizierin machte in der Uniform der Autorität eine gute Figur, und wenn sie lächelte, zeigte sie im Regelfalle Intelligenz und Esprit, durchaus im Kontrast zu

Lavenda, die nun sehr erfreut den höflichen Applaus der versammelten Festgemeinde entgegennahm und gerade wahrscheinlich die größte intellektuelle Herausforderung ihres im Vergleich zum Gatten jungen Lebens bestanden hatte.

»Sie hält zum Glück keine Rede«, wisperte Toliver. »Da wäre nicht viel zu erwarten gewesen.«

»Ich vermute, sie kann lesen.«

»Das ist eine gewagte Hypothese.«

Die Sektflasche, die eine Sonde in der Werftanlage auf die Hülle des großen Raumschiffes abgefeuert hatte, explodierte wenig spektakulär, dafür ließ die Kamera ihren Blick über die *Licht des Wissens* gleiten, und Rivera freute sich über diese schöne Fahrt. Das Schiff war groß, verdammt groß, und es hatte Ästhetik, wie es Luxusliner haben mussten, die nun einmal nach anderen als Zweckmäßigkeitsgründen konstruiert worden waren. Rivera hatte auf einigen Schiffen gedient, aber keines war jemals so ... *schön* gewesen, ein anderer Ausdruck fiel ihm beim besten Willen dafür nicht ein. Es würde trotzdem seinen praktischen Zweck erfüllen, dafür war in hektischer Betriebsamkeit gesorgt worden, und er hatte in einer ersten Inspektion aller Anlagen keinen Makel gefunden. Der Chefingenieur, ein Mann namens Ergin, war von herausragender Zuverlässigkeit und Einsatzbereitschaft und in seiner Akribie genauso beeindruckend. Rivera war sehr zufrieden mit dem gewesen, was man ihm präsentiert hatte, und so konnte er die Schönheit des Schiffes ohne Hintergedanken genießen.

Sharon Toliver sah immer noch etwas bedrückt aus. Sie machte sich, wie meistens, viel zu viele Sorgen.

»Es gibt ein Buffet«, versuchte er, seine Stellvertreterin aufzumuntern, doch Toliver hatte heute Abend wohl den

Beschluss gefasst, alles blöd zu finden. Das war eine legitime Entscheidung, wie Rivera selbst zugeben musste. Sie hätten ihre Reise längst beginnen können. Die restlichen Umbauarbeiten, soweit sie noch unbedingt notwendig waren, würden Roboter auf dem Flug erledigen, die Vorratskammern waren gefüllt und die Anlagen, vor allem die neu installierten Schirmgeneratoren, getestet. Die Mannschaft war komplett erschienen, sowohl die Schiffsführung wie auch die Wissenschaftler sowie die Techniker für das Eindämmungsfeld. Aber nein, es hatte einen Festakt geben müssen. Einige Politiker hatten sich für dieses Projekt weit aus dem Fenster gelehnt, sie brauchten eine Bühne, damit alle merkten, wie vorausschauend und segensreich sie gehandelt hatten. Noch konnte man das ja behaupten. Noch war keine Katastrophe eingetreten. Für einen solchen Fall aber gab es Leute wie Rivera und Campbell, der stocksteif nicht weit von hier saß, denen man dann die Verantwortung zuzuschieben vermochte.

»Scheiß auf dein Buffet! Wann fliegen wir los?«

»Sobald alle satt sind.«

Ratsbeauftragter van Geerten, die immer noch beglückte Gattin am Arm, spazierte an ihnen vorbei. In starkem Kontrast zu seiner Frau war er von unförmiger Gestalt und fortgeschrittenem Alter, obgleich die moderne Medizin die verschiedenen Formen der Adipositas eigentlich ganz gut im Griff hatte. Aber vor manchen Fressmaschinen kapitulierte auch sie. Beauftragter van Geerten war nicht der Erste am Buffet, aber er war eindeutig in der Spitzengruppe, und Rivera war sich einigermaßen sicher, dass er im Verlauf seiner Karriere keines ausgelassen hatte.

»Das kann dauern«, murmelte Toliver.

»Der Beauftragte hat sich sehr für die Mission eingesetzt. Du solltest fair bleiben.«

Die Offizierin holte tief Luft und nickte. Natürlich wusste sie, dass Rivera recht hatte. Aber sie war ein von Natur aus ungeduldiger Mensch, und niemand konnte jemals so richtig aus seiner Haut, vor allem dann, wenn diese von einer Festuniform bedeckt wurde, in der man sich grundsätzlich unwohl fühlte. Toliver war eine Frau unzähliger Qualitäten, bei Anlässen wie diesem aber völlig fehl am Platze. Rivera litt mit ihr. Er fühlte sich auch nicht richtig wohl, aber er war bereit, den Festakt als notwendigen Schritt hin zum Beginn ihrer Reise zu akzeptieren.

Und er hatte Hunger.

»Soll ich dir was mitbringen?«, fragte er, als er sich erhob und auf das Buffet zeigte. Toliver grunzte etwas, das er als Ablehnung interpretierte. Natürlich hatte sie ebenfalls Appetit, aber jetzt wollte sie aus Prinzip nicht. Rivera machte sich keine Sorgen. Es war genug aufgefahren worden, um die Besatzung der *Licht* einen Monat zu verpflegen. Legte sich der Ansturm erst, würde sich auch seine Stellvertreterin unerkannt anschleichen und versorgen können. Wenn niemand hinsah. Sie war manchmal wirklich etwas eigen in diesen Dingen.

Er bekam keine Antwort, als er noch einmal einladend in Richtung der Speisen winkte, also gab er es auf.

Während er sich den Weg durch die Menge bahnte, genoss er höfliche Aufmerksamkeit. Als Kommandant der *Licht des Wissens* hatte er eine gewisse Prominenz erlangt, die sich auch in einem wachsenden Medieninteresse niederschlug. Zweimal wurde er auf der Strecke zum Buffet von Reportern aufgehalten, die ihm so intelligente Fragen stellten wie, *wie er sich fühle* und *ob er große Erwartungen habe.* Rivera war von der Medienabteilung der Autorität auf diesen und ähnlichen Blödsinn vorbereitet worden, und er wimmelte die Neugierigen mit gleichermaßen freundlichen wie nichtssagenden Antworten ab. Er wollte niemanden enttäuschen, vor allem aber keine falschen Hoffnungen wecken. Die Aussicht auf einen gigantischen Schatz an höchst exotischer Materie hatte die Börsen des Konkordats bereits genug in Aufregung versetzt. Eine falsche Äußerung von ihm konnte Milliardenwerte schaffen oder vernichten. Das war keine Verantwortung, die er sich aufbürden wollte. Für so etwas gab es Ratsbeauftragte im Konkordat.

Als er das Buffet erreicht hatte, war der erste große Ansturm bereits abgeflacht, und er hatte gute Aussichten, sich den Teller füllen zu können, ohne endlos lange in einer Schlange anstehen zu müssen. Das Servicepersonal war sehr gut darin, alle zur Neige gehenden Spezialitäten wieder aufzufüllen, ohne dass es hektisch oder störend wirkte, und Rivera musste einräumen, dass er bei der Hälfte der dargebotenen Speisen nicht einmal wusste, um was genau es sich handelte. Da er niemanden durch endlose Nachfragen aufhalten wollte, beschränkte er sich in seiner Auswahl auf das Bekannte und verließ den Tisch mit einem wohlgefüllten Teller. Seine Augen scannten die nähere Umgebung, fanden einen freien Platz an einem Stehtisch eher am Rande des Areals, und zielsicher steuerte er darauf zu. Er hatte jetzt wirklich Hunger.

»Captain Rivera!«

Zwei Augenpaare sahen ihn erwartungsvoll und einladend an, als er sich hinstellte. Den einen Mann kannte er mittlerweile ganz gut: Thomas Erkensteen war der Ingenieur, der für die Etablierung und Kontrolle des Eindämmungsfeldes auf der *Licht* verantwortlich sein würde, ein Mann, von dessen Expertise ihrer aller Leben abhängen würde. Der Mittfünfziger sah dafür sehr entspannt aus, schaufelte einen gigantischen Salat in sich hinein und war generell guter Dinge. Rivera beschloss, das als positives Zeichen zu werten, und fragte sich, was passieren musste, um das sonnige Gemüt des Spezialisten zu trüben. Bisher hatte er ihn immer in ausnehmend guter Stimmung erlebt. Die Frau neben ihm war die Chefin der Krankenstation. Sie gehörte ebenfalls nicht zur ursprünglichen Besatzung der *Scott*, der Arzt seines alten Schiffes hatte aus familiären Gründen darauf verzichtet, an der Mission teilzunehmen. Dr. Delia Nom war eine aparte Frau mittleren Alters, die sehr gepflegte Hände hatte, was Rivera bei einer Ärztin sehr schätzte. Sie war keine sehr abenteuerlustige, aber dafür eine sehr pflichtbewusste Frau, und als die Autorität sich bei einigen qualifizierten Kollegen eine Abfuhr geholt hatte, war sie aus dem Hintergrund nach vorne getreten und hatte sich freiwillig gemeldet. Sie war in allem sehr angenehm, freundlich und interessiert, ohne dabei aufdringlich zu wirken. Rivera war gerne in ihrer Gesellschaft, und sie schien sich in der seinen wohlzufühlen.

»Sie haben Hunger«, stellte die Ärztin mit Blick auf das Sammelsurium auf seinem Teller fest und machte ostentativ Platz, als sei mit einer plötzlichen Expansion seines Leibesumfanges zu rechnen.

Der Kommandant nickte. »Die Zeremonie war anstrengend.«

»Sie war langweilig.« Delia stellte es ohne jeden Sarkasmus fest, einfach als Tatsachenbehauptung, gegen die niemand ernsthaft Einwand erheben konnte.

»Aber nicht überflüssig«, bemerkte Erkensteen. »Es ist gut, wenn wir uns ein wenig an die Rituale halten, die wir kennen und erwarten. Es wird alles ungewöhnlich genug werden, wenn ich mich nicht irre.«

»Ich hätte Sie nicht für einen Traditionalisten gehalten«, meinte Rivera kauend.

»Alle Ingenieure sind Traditionalisten, da sie darauf vertrauen und daran glauben, dass eine einmal erbaute und getestete Maschine exakt so funktioniert, wie sie es soll. Wir sind daher im Grunde unseres Herzens sehr konservative Menschen. Plötzliche Veränderungen sind für uns meist mit Katastrophen verbunden. Die Arbeit prägt einen eben.«

Rivera nickte und aß weiter. Das hatte er schon öfters gehört. Es war irgendwie beruhigend.

»Ich bin froh, dass Sie so denken«, sagte die Ärztin. »Wenn das Eindämmungsfeld versagt, nachdem wir D-52 an Bord genommen haben, sind wir alle sofort tot. Das sehe ich doch richtig, oder?«

Erkensteen nickte. »Wir werden es nicht einmal merken, wenn die Deneb-Katastrophe uns richtig gelehrt hat. Puff, und wir sind nicht mehr.«

»Wie hoch berechnen Sie die Wahrscheinlichkeit, dass das geschieht?«

»Null Prozent«, sagte der Mann lächelnd. Rivera hob die Augenbrauen. Selbstbewusstsein war eine Sache, Überheblichkeit und Selbstüberschätzung eine andere. Sein plötzliches Misstrauen musste deutlich auf seinem Gesicht ablesbar gewesen sein, denn der Ingenieur hob abwehrend die Hände.

»Wir wissen nicht nur ungefähr, was damals im Deneb schiefging. Wir wissen es sogar ganz genau. Alle Rekonstruktionsmodelle der Prozessdaten weisen darauf hin. Es war menschliches Versagen, verbunden mit einem Rechenfehler, der zu einer Schwankung in der Energieversorgung führte. Ein vorhersehbarer Fehler, der durch Nachlässigkeit übersehen wurde, eskalierte, schlecht gemanagt wurde und zur Katastrophe führte.« Erkensteen machte eine Kunstpause. »Ich bin nicht nachlässig. Keiner meiner Leute ist nachlässig. Wir achten sehr darauf, dass sich derlei nicht wiederholen kann. Sie besorgen uns das Element, und wir packen die *Licht* damit voll, bis kein Platz mehr ist.«

»Bis zum Bersten«, sagte Rivera und schluckte.

»Nein, eben nicht, Captain. Eben nicht.«

Erkensteen zeigte auf den wieder wohlgefüllten Mund des Kommandanten. »Sie wissen ja auch, wenn Sie genug haben, sodass es nicht peinlich wird. Ich weiß das ebenfalls, Captain. Und wenn wir zu kauen anfangen, werden wir das sehr gründlich tun und uns nicht verschlucken. Sobald wir unsere Beute haben und das Konkordat erreichen, sind wir alle sehr, sehr reiche Männer ... und Frauen«, fügte er mit einem entschuldigenden Nicken in Richtung auf eine sehr schweigsame Ärztin an. »Und das Konkordat wird unglaubliche Dinge tun können.«

Rivera sagte nichts mehr, aß weiter und sah zu, wie Erkensteen sich höflich verabschiedete und in der feiernden Menge verschwand. Delia Nom blickte ihm nach, ihr Gesicht ein Ausdruck vollkommener Ruhe, von fast kontemplativer Entspannung.

»Ich glaube ihm«, sagte sie. »Ich glaube, dass er das glaubt. Aber ich vermute mal, Captain, dass Sie trotzdem vorsichtig sein werden, oder?«

»Davon können Sie ausgehen«, versicherte er ihr. »So vorsichtig, wie es mir nur möglich ist.«

»Ich finde es bemerkenswert, dass wir eine zentrale Herausforderung der ganzen Mission so selten zur Sprache bringen«, fuhr Dr. Nom fort und stocherte nachdenklich auf ihrem Teller herum.

»Ich weiß, was Sie meinen«, behauptete Rivera. »Ob wir es überhaupt schaffen werden, in die Sphäre einzudringen und unseren Schatz einzusammeln, oder wie die Dummerchen davor herumfliegen werden, bis sie verschwindet.«

»Nein, das meine ich nicht.«

»Was dann?«

Delia Nom hob den Kopf und sah Rivera an. »Ob wir die Sphäre wieder werden verlassen können – mit oder ohne Beute.«

Rivera lächelte. »Wir sind keine Diebe. Wenn man uns nichts geben möchte, werden wir unverrichteter Dinge wieder abziehen. Es gibt eine lange Liste an Handelsgütern, die wir anbieten werden ...«

»Glasperlen«, unterbrach ihn die Ärztin. »Wer auch immer glaubt, dass es so einfach sein wird, dem hat die Gier den Blick verstellt. Und exakt das wird meiner Ansicht nach unser eigentliches Problem werden. Gute Nacht, Captain!«

Dr. Nom ging, und ihr nachzusehen, war ein angenehmer Anblick. Rivera aber konnte ihn nicht recht genießen. Die Ärztin hatte ihm mit ihrem Unken ein wenig den Appetit verdorben, und das mit Recht. Denn sie hatte ausgesprochen, was er insgeheim ebenfalls befürchtete.

Und das schlug ihm jetzt ein wenig auf den Magen.

30

»Die Sequenz hat begonnen, Vorsitzender Saim.«

Der frischgebackene Anführer des Rates nahm die Meldung regungslos entgegen. Riem kannte ihn besser. Saim war von großer Unruhe getrieben, aber er musste sich weiterhin beherrschen. Er wollte erst die Aufnahme der Neuen abwarten, bis er zur Tat schritt, und das war strategisch weise. Niemand wusste, wer und wie sie waren, über welche Möglichkeiten sie verfügten. Als vor Hunderten von Jahren die Eskandi in die Sphäre eingetreten waren, das Volk Geons, Riems und Saims, hatte dies das damalige Machtgleichgewicht empfindlich gestört. Das lag nicht nur an der hohen Fortpflanzungsrate der Neuankömmlinge, sondern auch daran, dass sie mit der *Lian* ein Schiff von außergewöhnlicher Schlagkraft in die Sphäre geführt hatten, mit den Hangars voller kleinerer Einheiten und einer Fabrikeinheit, alle auf der Flucht vor einem Bürgerkrieg, den ihre Seite zu verlieren drohte. Sie hatten Ressourcen mitgebracht, und es war wie außerhalb der Sphäre: Wer etwas hatte, der war etwas. Vieles davon war im Verlaufe der Generationen auf ein weniger beeindruckendes Maß zusammengeschrumpft, aber immer noch hatten die Eskandi eine Position im Rat, die maßgeblich war. Und die *Lian* war das Zentrum ihres Lebens, um das alles kreiste.

Wer konnte jetzt schon ahnen, wie und ob sich die Neuen einfügen würden? Vor allem dann, wenn sie erkannten, dass sie mitten in eine Situation hineinkamen, die einem Pulverfass glich, das jeden Moment explodieren konnte. Saim war zu vernünftig – auf seine eigene, etwas verquere Art –, um diesen Zusammenhang nicht zu erkennen und keine entsprechende Vorsicht walten zu lassen. Er konnte sich vor allem deswegen so gut beherrschen, weil er wusste, dass das Warten bald ein Ende finden würde. Wenn die Aufnahmesequenz begonnen hatte, stand die ganze Sache vor ihrem Höhepunkt. Erst wurden die Fremden angelockt, mit etwas, zu dem sie nicht Nein sagen konnten, eine perfekte Simulation eines sorgfältig abgestimmten Lockmittels. Welche Intelligenz auch immer die Sphäre steuerte, die Art und Weise, wie sie auf die Zivilisationen einging, der sie auf der großen Reise begegnete, war einer der wenigen Hinweise darauf, dass sie aktiv und nicht zu unterschätzen, ja, nahezu verständig war. Sobald die Fremden angebissen hatten, ermöglichte man ihnen den Zugang durch die große Raumschleuse. Und waren sie erst drin ... dann schien das Interesse der Sphäre an ihnen plötzlich zu erlöschen. Sie waren da, die Sphäre machte dicht und bereitete die nächste Etappe ihres Fluges vor, wohin auch immer, zu welchem Zweck auch immer, bis sich der ganze Zyklus erneut wiederholte. Es war schon immer so gewesen, und Riem befürchtete, es würde noch ewig so weitergehen, während im Inneren der Sphäre die Entführten um ihr Überleben rangen, mal kooperierten, mal Kriege führten, mal vor sich hin vegetierten und mal aufblühten, je nachdem, was die Neuen an Möglichkeiten und Problemen mit sich brachten.

Riem war dessen müde. Saim hingegen freute sich auf die unausweichliche Phase des Krieges, die nun vor ihnen lag, und er verband damit die Hoffnung, den ewigen Ablauf diesmal unterbrechen zu können. Mit Gewalt und Rücksichtslosigkeit. Riem konnte daran nicht glauben. Geon hatte es bezweifelt. Verdammt, der alte Geon fehlte jetzt wirklich an allen Ecken und Enden! Keiner von seinen alten Weggefährten hatte den Mut, gegen Saim zu sprechen, und Riem musste selbstkritisch feststellen, dass es ihm auch daran mangelte.

»Können wir erkennen, wie viele es sind?«, fragte Saim. Der große Bildschirm in der Ratshalle zeigte das Tor von innen. Sie würden erneut versuchen, den Augenblick der Toröffnung dafür zu nutzen, ein bemanntes Raumschiff von innen nach außen hindurchzuschleusen. Es war ein altes Ritual, der Versuch, von dort Hilfe zu holen für die seit Generationen Eingeschlossenen. Gerüchteweise war es das eine oder andere Mal auch geglückt, nur hatte man von jenen, die es angeblich geschafft hatten, nie wieder gehört.

Freiwillige gab es dennoch jedes Mal. Auch diesmal hatten sie eine Auswahl treffen können. Das kleine Raumboot war nur mit dem Nötigsten ausgestattet, alle gingen davon aus, dass es verloren sein würde, und es gab keinen Grund, Ressourcen zu verschwenden. Meistens war es ein guter Tausch, und wenn die vagen Beobachtungsergebnisse sie nicht täuschten, würde es jetzt wieder so sein. Immer kurz bevor die Sphäre so tat, als hätten die Fremden ihre Abwehrmechanismen überwunden und die Raumschleuse aus eigener Kraft geöffnet, gab es ein kurzes Zeitfenster, in dem die Eingeschlossenen bessere Ortungsergebnisse ihrer Außenwelt erhielten. Bereits jetzt zeichnete sich ab, dass ein sehr großes Raumfahrzeug in der Nähe der Sphäre wartete, und wenn die Größe Rückschlüsse auf die an Bord befindlichen Ressourcen gab, dann war mit einer erkennbaren Stärkung der Position Saims zu rechnen, sollte er es rücksichtslos an sich reißen, wie es sein Plan war.

»Ihr besteht darauf, Riem?«, wandte sich der Vorsitzende formell an den ehemaligen Stellvertreter.

»Es ist mein Recht.«

»Es ist unüblich.«

»Es ist mein Recht«, beharrte Riem. Sich für das Empfangskomitee freiwillig zu melden, stand jedem Vertreter des Rates zu, auch dem Hüter des Kernportals, der Riem nun geworden war. Da Geon seinem Stellvertreter zu einem Amt verholfen hatte, das sein Leben und seine Position im Rat sicherte, konnte Saim – bis auf Weiteres – nichts dagegen sagen. Es war ihm anzusehen, dass er die Idee nicht mochte, denn es bedeutete, vollständige Kontrolle über die Kontaktsituation zu verlieren.

»Die Sprachprotokolle kommen an. Die Öffnung steht kurz bevor«, meldete jemand. Auch das war erwartet worden. Wer oder was die Sphäre kontrollierte, es verschaffte sich Zugang zu den Datenbanken der prospektiven Neuzugänge und übertrug für die Translatoren die Sprachdateien. Darüber hinaus wurden im Regelfalle alle Aufzeichnungen des Rates übermittelt, Forschungsdaten, historische Informationen. Natürlich hatte die Transparenz ihre Grenzen, aber grundsätzlich war es immer das Prinzip gewesen, den Neuen gegenüber weitgehend mit offenen Karten zu spielen.

Es gab nur wenige Zivilisationen, bei denen das nicht funktioniert hatte. Vor 750 Jahren hatte ein arachnoides Volk den Zugang zur Sphäre geschafft, das sich allein durch Düfte sowie Vibrationen von zwischen zwei Gesprächspartnern gespannten Fäden verständigte. Eine Weile hatten sie versucht, eine gemeinsame sprachliche Basis zu finden, dann, eines Tages, hatte die Besatzung des Schiffes einfach kollektiven Selbstmord begangen. Seitdem trieb ihr Raumschiff tot in der Armada der Gefangenen. Niemand hatte es betreten können, nachdem die Videoübertragung des Suizids abgestrahlt worden war. Es war ein großer Sarg und eine große Verschwendung.

Das würde diesmal wohl nicht passieren. Die Spezies, die sich jetzt zu dem fatalen Schritt anschickte, war offenbar alles andere als exotisch. Langweilige Zweibeiner, wie man mittlerweile wusste, eine Standardvarianz eines evolutionären Standardmodells, ihre Sprache leicht zu entziffern und im Großen und Ganzen nicht nur simpel, sondern nahezu langweilig. Saim machte aus seiner abschätzigen Reaktion keinen Hehl, Riem aber hielt sich mit seinem Urteil zurück. Wie so oft konnte der erste Eindruck täuschen.

Und das Raumschiff da draußen war wirklich beeindruckend groß. Warum die Fremden mit so einer Riesenkiste anflogen, würden sie wahrscheinlich erst erfahren, wenn sie es in die Sphäre geschafft hatten. Hoffentlich war es kein Schlachtschiff. Noch mehr Paranoiker in der Sphäre konnten nicht zuträglich sein, vor allem wenn diese sich gar auf die Seite Saims schlagen würden. Andererseits ... Riem konnte die Hoffnung nicht ganz von sich weisen, dass echte Gegner für Saim, die nicht so einfach zu überrumpeln waren, der Situation durchaus einen besonderen Reiz geben würden.

»Wir sagen dir Bescheid, Riem«, flüsterte der Ratsvorsitzende ihm zu. »Du wirst es nicht verpassen. Denke an deine eigentlichen Pflichten!«

Riem verbeugte sich, übersah das süffisante Lächeln und zog sich leise zurück. Die Erinnerung war nicht notwendig gewesen, aber das änderte nichts daran, dass Riem in der Tat noch eine wichtige Pflicht zu absolvieren hatte, ehe er sich um die Neuankömmlinge kümmern konnte. Er wanderte durch das alte Raumschiff, das dem Rat als Hauptquartier diente, und betrat einen der zahlreichen Hangars. Von den einstmals rund drei Dutzend Beibooten funktionierte nur noch eine Handvoll, die exklusiv für die Nutzung durch Ratsmitglieder vorgesehen waren. Der Flug dauerte relativ lange, zumindest für die Verhältnisse der Sphäre. Riem ahnte bereits, dass Saim zu gegebener Zeit eine Ausrede finden würde, um ihn von der Möglichkeit fernzuhalten, den Erstkontakt zu vollenden. Aber er hatte diesen Anspruch erheben müssen, und sei es nur als symbolischen Akt des Trotzes.

Riem setzte sich in den abgenutzten Sessel neben dem schweigsamen Piloten und beobachtete den Startvorgang. Die Schirme vor ihm zeigten ein jedes Detail. Er hatte diese Reise schon mal mitgemacht, als er dem Imprint des letzten Hüters als Zeuge beigewohnt hatte, vor einer gefühlten Ewigkeit. Damals waren die Umstände angenehmer gewesen. Aber er konnte es sich nun einmal nicht aussuchen.

Das Beiboot löste sich vom Ratsschiff und strebte davon. Die Raumfahrzeuge, die sich um den Rat scharten, waren Abgesandte eines jeden der gefangenen Völker, und der Übergang zu den daneben schwebenden Schiffen erfolgte klar abgegrenzt. Die Schätzungen variierten, aber nach übereinstimmenden Aussagen aller Spezialisten lag das Minimum der noch in der Sphäre eindeutig zu identifizierenden Raumfahrzeuge irgendwo bei 800.000 Einheiten. Davon waren die ältesten, und auch das war nur eine Schätzung, rund 12.000 Jahre alt. Irgendwann damals musste die Sphäre ihre Reise entweder angetreten oder zumindest ihren Habitus des Einsammelns von »Gästen« begonnen haben. Es gab keine zuverlässigen Aufzeichnungen von damals. Zu viele Zyklen waren abgelaufen, zu viele Schiffe zerstört worden, zu viele der beteiligten Zivilisationen ausgelöscht, hatten den Freitod gesucht oder waren zur Unkenntlichkeit degeneriert. Die ältesten noch lebenden Gefangenen waren die Shiqta, und von ihnen gab es noch exakt zwölf. Sie redeten mit kaum jemandem und dämmerten vor sich hin, existierten in der Sphäre aber bereits seit 1250 Jahren, zumindest war das ihre Behauptung. Riem hatte nie einen kennengelernt.

Er strebte dem Zentrum der Sphäre zu, dem Kern, seiner Bestimmung. Die Flotte der Gefangenen war in Schalen um das Zentrum angeordnet, mit den ältesten Schiffen weiter innen, den Neuankömmlingen mit Positionen außen. Je tiefer man durch die verschiedenen Schichten vordrang, durch sorgfältig freigehaltene Flugkorridore, desto leiser wurde es um einen herum. Irgendwann zur Hälfte der Reise verstummten die Transponder, und auch der normale Kommunikationsverkehr war nicht mehr in diese Richtung gerichtet. Hier lagen die Totenschiffe, die Mehrzahl der Flotte, in unterschiedlichen Stadien des Verfalls, ohne Energie und Leben. In der Sphäre herrschte das gleiche Vakuum wie draußen, aber da die Neuen in steter Arbeit die Alten kannibalisierten – etwas seltener andersherum, vor allem eher dann, wenn Leute wie Saim das Sagen hatten –, gab es keine echten Denkmäler unter den Schiffen. Der Drang zum Überleben ließ Erwägungen zur Wahrung historischer Monumente in den Hintergrund treten. Schiffe waren Ressourcen. Verlassene Schiffe umso mehr, insofern als niemand sie mehr verteidigte. Riem bedauerte das. Es gab nur wenige Ausnahmen, wie die alten Pfeilboote der An'Sa, deren automatische Halbintelligenz dafür sorgte, dass jedes Abwrackteam den Besuch an Bord schnell bereute. Leider waren die An'Sa schon lange tot – sie hatten sich gegenseitig aus religiösen Gründen umgebracht –, und es gab daher niemanden mehr, der ihren Schiffsgehirnen Kooperation nahelegen konnte.

Ansonsten aber flog Riem durch Schichten von uraltem Weltraumschrott, und wie beim ersten Mal empfand er diese Reise als ausgesprochen deprimierend. Er kam nicht umhin, sich die Prozession technischer Leichen genau anzusehen, und fragte sich, was wohl wäre, wenn das hier versammelte Potenzial noch nutzbar wäre, was aus ihnen allen werden würde und ob sie die Geheimnisse ihres Schicksals nicht längst enträtselt hätten. Ein unnützer Gedanke und einer, der ihn mit Traurigkeit erfüllte. So viel war verloren. Manche der Zivilisationen, deren Schiffe hier im Orbit um das Zentrum trieben, existierten vielleicht auch außerhalb der Sphäre schon nicht mehr.

Riem holte tief Luft. Es nützte wenig, wenn er sich hier seinen Depressionen hingab. Er war auf einer Mission, sein Leben zu retten, das eine, das Geon ihm hatte schenken können. Und zur Vollendung dessen bedurfte er des Imprints.

Die Hüterstation schwebte direkt über dem Kern, etwa einen Klick von der Zugangsinstallation entfernt. Das anzusehen, ohne dass einem gleich eine Menge Fragen durch den Kopf gingen, war sehr schwierig. Der Kern war groß wie ein kleiner Mond, von absolut perfekter Kugelform, und er sah aus wie ein großer Ball aus Flüssigkeit. In der Tat hatte die Beobachtung bestätigt, dass die Konsistenz des Zentrums fluide war, und die Aufzeichnungen dieser Masse reichten viele Jahrhunderte zurück. Umgeben von einem weiteren Kraftfeld wie die Sphäre selbst, war rein theoretisch der Zugang zum Zentrum durch ein kleines Tor möglich, erneut eine exakte Kopie der großen Raumschleuse, umgeben von einer Installation, an der man andocken und die man betreten konnte. Zugelassen wurden aber von der aktiven Automatik nur kleine Raumboote, obgleich theoretisch größere Einheiten Platz finden würden.

Es gab in der Installation allerlei Räumlichkeiten, von denen viele nicht zugänglich waren. Wichtig war der zentrale Gang, der in das Innere des Kerns führte. Er war von einer Seite her zugänglich, und genug Wagemutige hatten ihn betreten. Schloss sich aber die Tür hinter ihnen, hörte man niemals wieder etwas von ihnen, und öffnete man nach einer gewissen Sperrfrist den Zugang wieder, war vom Freiwilligen nichts mehr zu sehen. Sie hatten alles versucht, zumindest nahm Riem das an – die entsprechenden Bemühungen hatten vor Tausenden von Jahren begonnen, als die allererste Zivilisation Opfer der Sphäre und ihrer rätselhaften Sammelleidenschaft geworden war. Und der Hüter des Portals hütete im Grunde nichts anderes als die fruchtlosen Bemühungen des Rates – und einiger anderer Gefangener, die sich ihm aus unterschiedlichen Gründen nicht anschließen wollten –, mehr herauszufinden. Was sie nicht taten, trotz aller Hingabe.

Aber es war ein sicherer Posten, hoch angesehen, überladen mit Tradition und Ritual. Er rettete sein Leben. Riem war durchaus dankbar dafür, aber es machte ihn gleichzeitig weitgehend handlungsunfähig. Der Hüter stand über den Dingen, personifizierte Distanz und Kontinuität. Den zentralen Kern und die Portalstation würde es auch nach dem Krieg noch geben, den Saim anzuzetteln die Absicht hatte.

Das Beiboot senkte sich auf einen der beiden Andocktunnel hinab. Es wurde in das Innere der Station gezogen, ohne jede Begrüßung oder Identifikation. Die Station war strategisch völlig bedeutungslos, hier führte nie jemand Krieg, denn es gab nichts zu holen außer ein paar Wissenschaftlern, die frustriert waren.

Als Riem sein Gefährt verließ, wurde er von einem alten Denesq erwartet, den er gut kannte. Altbar war sein Vorgänger, der so gebrechlich war wie zuletzt Geon, nur mit dem Unterschied, dass in seinem Volk kein Zeitschalter zu betätigen war und er seine natürliche Altersgrenze erleben durfte, wie auch immer diese aussehen würde. Das gebeugte, verhutzelte Männchen mit dem Mausgesicht ging sehr langsam und streckte Riem eine schmale und extrem zerbrechlich wirkende Hand entgegen. Riem ergriff sie, und sie hatte keinerlei Gewicht, wie ein Stück Papier, das er zwar spürte, die Schwerkraft aber zu ignorieren schien.

»Altbar«, sagte er leise. »Ich grüße Sie.«

»Ich erinnere mich an Sie, Riem. Sie waren bei meiner Inauguration dabei. Sehr jung damals.«

»Auch Sie waren ein wenig rüstiger.«

Altbar lachte knisternd, es klang wie ein aufflammendes Feuer, in dem etwas in der Hitze verging. »Ich bin so froh, den Job loszuwerden. Auf mich wartet eine Kabine an Bord der *Lichtquelle*. Ich glaube, ich mache nicht mehr lange.«

»Die Denesq sind für ihre Zähigkeit bekannt.«

Altbars Knopfaugen fixierten Riem, als er das sagte. »Saim ist ein Irrer, mein Freund. Dir muss ich das wohl nicht sagen. Ich möchte friedlich entschlummern, bevor die *Lichtquelle* anfliegenden Raketen ausweichen muss. Ich möchte in der Illusion sterben, alles sei gut. Eine Gnade, die dem guten Geon verwehrt blieb.«

»Geon war nie der Ansicht, dass alles gut sei – selbst dann nicht, wenn alles gut war.«

Erneut das knisternde Lachen. »So war er. Wenn Sie mir folgen wollen. Ich verzichte mal angesichts der Umstände auf einen Festakt. Die Hälfte meiner Leute wurde bereits abgezogen, ich habe kaum Personal, um die Beobachtungskuppeln zu besetzen. Saims Werk?«

Riem nickte traurig. »Er meint, diese Arbeit hier sei Ressourcenverschwendung.«

»Ich würde ihm so gerne widersprechen, aber ich sage es frei heraus: 37 Standardjahre habe ich als Hüter gedient, und in der ganzen Zeit haben wir nichts, aber auch rein gar nichts Neues herausgefunden. Es ist eine verdammt frustrierende Aufgabe. Nur ein paar alte Narren werden zurückbleiben, weil sie im Leben nichts anderes mehr haben – und ein Hüter, dem sein Mentor einen letzten Gefallen getan hat. Riem, ich beneide dich nicht. Finde eine sinnvolle Beschäftigung. Ich etwa habe zu stricken begonnen. Bin ganz gut darin.«

Er zupfte an seiner Jacke, die in der Tat handgearbeitet aussah und ganz ordentlich an Altbars schmalem Körper saß. Riem sagte nichts. Er hoffte, etwas anderes mit seinem Leben machen zu können. Er war zu jung, um es mit Handarbeiten zu beschließen.

Sie betraten die Kuppel. Sie bot einen unbegrenzten Blick auf die Masse unter ihnen, genauso wie auf das Portal, das sie alle lockte, ohne jemals das Versprechen auf Erkenntnis einlösen zu können. Die dunkelgraue, manchmal mit blauen Schlieren durchsetzte Flüssigkeit, die sich scheinbar träge unter dem Schutz des Feldes bewegte, war allen bekannt, die in der Sphäre lebten. Jeder hatte sich schon für denjenigen gehalten, der endlich das große Geheimnis lösen würde, eine Art der Selbstüberschätzung, die den jungen Lebensjahren vorbehalten blieb. Riem machte darin keine Ausnahme. Dass er jetzt die Position innehatte, die offiziell mit dieser völlig sinnlosen Aufgabe betraut war, machte die Sache nicht besser. Riem stellte sich an die Balustrade, die kurz vor den Kristallfenstern der Kuppel endete, und hielt sich an ihr fest. Weiter hinten gab es rund zwanzig Arbeitsplätze mit Konsolen, die die Ergebnisse der zahlreichen Scanner wiedergaben, die stets auf das Zentrum gerichtet waren und jede noch so kleinste Abweichung registrieren würden. Dass sie in den letzten Jahrzehnten noch nicht einmal Alarm geschlagen hatten, sagte einiges über die Aussichten der hier durchgeführten Forschungsarbeit aus.

Monotonie und Sinnlosigkeit erwarteten ihn. Riem schnürte es für einen Moment den Hals zu, als er daran dachte. Er musste sich jetzt zusammenreißen.

Neben Altbar und Riem hatte sich eine Gruppe von Gestalten versammelt, die sie erwartungsvoll, aber mit zurückhaltender Geduld anschauten. Die Reste der Forschungsmannschaft, alles Freiwillige wahrscheinlich, die eine Leidenschaft für ihren Gegenstand und, so war zu vermuten, eine gehörige Portion Trotz verband. Riem wusste nicht, welche Erwartungen sie an ihn hatten. Sie mussten darüber informiert sein, dass er sich keinesfalls um diese Position gerissen, ja, sie im Grunde nicht einmal gewollt hatte, dass sie ein Unfall war, die Geste eines Sterbenden. Riem war kein Wissenschaftler, er war im besten Sinne des Wortes ein Technokrat, mehr ein Verwalter und Politiker, kein Mann der tieferen Erkenntnis. Er fühlte sich nicht wohl bei dem Gedanken, hier eine, wenngleich auch nur geringe, Verantwortung übernehmen zu müssen. Er würde an ihr scheitern, weil er im Grunde gar nicht wusste, was hier zu tun war – und sein wahres Interesse nach außen gerichtet war, in die Welt jenseits des Portals, zu den Machenschaften Saims und dem drohenden Krieg hin. Den Neuankömmlingen, von denen er sich im Moment sehr entrückt fühlte.

Was hier niemanden wirklich interessierte.

»Wollen wir, Riem? Es bleibt danach noch ausreichend Zeit für Betrachtungen.«

Altbars sanfte Stimme riss ihn aus seinen Gedanken. Ja, sie warteten auf ihn. Der Alte hielt einen röhrenförmigen Gegenstand in den Händen, dem man sein Alter ansah. Riem wusste, worum es sich dabei handelte, und die plötzliche Ehrfurcht, die er empfand, war nicht gespielt oder vorgetäuscht. Der Imprintgenerator war das Erbe einer seit Langem ausgestorbenen Zivilisation, die zu den Ersten gehört hatte, die in der Sphäre notgedrungen heimisch geworden waren. Die Qinth hatten diese Station errichtet und das Amt des Hüters eingeführt, waren damals, soweit man das heute noch wusste, von beinahe religiöser Andacht erfüllt gewesen, überzeugt, die Masse dort unten sei entweder das Produkt eines Gottes oder Gott selbst. Vielleicht eine Methode, um in der Gefangenschaft dem Wahnsinn zu entkommen: den Wärter als anbetungswürdig zu erklären und damit einen Sinn in alledem zu suchen. Das Phänomen war in der Geschichte der Sphäre mehrmals aufgetreten, aber niemand hatte es jemals so weit getrieben wie die Qinth, und sie hatten sich und all ihre Ressourcen dabei verzehrt, diese Station zu errichten. Sie bestand zum größten Teil aus den Hüllen ihrer Raumschiffe, die sie zu diesem Zwecke verlassen hatten. Der Imprintgenerator sollte dafür sorgen, aus dem Hüter eine Art Propheten des Kerns zu machen. De facto war er aber vor allem eines: das Produkt wilder Albträume eines alten Qinth, der das Gerät konstruiert hatte, um dem Hüter die vollständige Kontrolle über die Station zu verschaffen und vor Usurpation durch imaginierte Sünder und Apostaten zu bewahren. Es war ein Zeichen der Würde und eine reale ID gegenüber den Stationssystemen. Man hatte versucht, es zu umgehen, aber es war nie richtig gelungen, und solange der Generator noch funktionierte, würde man ihn wohl weiter verwenden. Er schadete nicht, außer dass er Riem ein schmerzhaftes Tattoo verpassen würde.

»Den rechten Arm hineinstecken!«, sagte Altbar und nickte Riem freundlich zu. »Es tut nicht so weh. Glauben Sie den Geschichten nicht. Generationen von Hütern haben es gut überstanden.«

Riem zögerte kurz, fügte sich dann aber in das Unausweichliche. Die Röhre bestand aus einem flexiblen Material, das sich seinem Arm anpasste und ein Gefühl von Kälte vermittelte, ohne gleich unangenehm zu sein.

»Normalerweise«, sagte Altbar, »gibt es ein Ritual, angeleitet vom Ratsvorsitzenden. Unter diesen speziellen Umständen können wir aber wohl nicht mit seiner Anwesenheit rechnen.«

Die Missbilligung auf dem Gesicht der Anwesenden tat Riem unerwartet gut. Saim hatte hier keine Freunde.

Altbar erhob die Stimme, die mit einem Male eine Stärke entwickelte, die Riem eben noch für unmöglich gehalten hätte.

»Ich weiß, dass die Position des Hüters von vielen belächelt wird. Die Tatsache, dass wir hier versammelt sind, in einer Zeit, die alle möglichen Prioritäten setzt, aber sicher keine auf die Erforschung des Kerns, ist daher im Grunde nichts Besonderes. Dass der Ratsvorsitzende auch den letzten Rest an Respekt verweigert ... nun, damit müssen wir leben. Es muss uns nicht davon abhalten, unsererseits alles zu tun, um diesen Respekt zu zollen und eine alte Tradition nicht nur aufrechtzuerhalten, sondern sie auch mit Leben zu erfüllen.« Der Alte drehte sich um, breitete die Arme aus. »Soweit wir dazu noch in der Lage sind.«

Es war eine bedrückende Zeremonie. Riem sagte nichts, er war hier nur Gegenstand des Prozesses, von ihm wurden weder Reden noch besondere Gesten erwartet. Doch sosehr sich Altbar und die anderen auch bemühten, dem Ganzen ein festliches, würdiges Ambiente zu geben, es misslang ihnen gründlich. Es war nur ein Haufen Verlorener, für deren Tun sich keiner interessierte und mit denen niemand etwas zu tun haben wollte, zumindest nicht ernsthaft.

Dann, unvermittelt, kam der heftige Schmerz, der sich in seinen Arm bohrte, ein Brennen, als würde eine Säure seine Haut wegätzen. Es war so kurz, dass Riem keine Zeit fand, darauf zu reagieren, und anstatt hektisch die Röhre abstreifen zu wollen, fiel sie von selbst in die geöffneten Hände Altbars, der sie leicht auffing und einem Kollegen überreichte. Dieser nahm sie ehrfürchtig an sich und verstaute sie in einer bereitgestellten Kiste.

Riem schaute auf das sanft fluoreszierende Tattoo, das die Röhre in seine Haut gestanzt hatte. Die leichte Rötung zeugte von der plötzlichen Beanspruchung, aber jetzt fühlte er nur noch eine allmählich abklingende Taubheit.

»Sie sind der neue Hüter. Schauen Sie.« Der Alte sprach ihn nun mit neuer Formalität an. Altbar streckte seinen eigenen Arm aus. Auch dort war das Tattoo zu erkennen, aber es leuchtete nicht, wirkte blass, wie eine ungenaue Zeichnung auf der runzligen Haut. »Nur mehr eine Erinnerung. Sie werden es bald schon nicht mehr spüren, es ist ganz harmlos. De facto ist es eine Art molekularer Schlüssel. Dadurch kontrollieren Sie die Anlagen der Station. Sie können übrigens Zugänge delegieren, sollten Sie mal krank sein oder auf Reisen. Das ist völlig unproblematisch. Ihre Herrschaftsgewalt ist ... weitaus symbolischer, als ich es manchmal gerne gehabt hätte.« Altbar lächelte. »Aber es macht uns beide schon ein wenig besonders, finden Sie nicht?«

»Ich fühle mich nicht besonders«, sagte Riem leise, als sich die Zeugen der Übergabe abwandten und ihrem Tagwerk zu widmen begannen. »Ich wurde hierher abgeschoben, um am Leben zu bleiben. Ich habe das hier nicht verdient.«

»Geon war anderer Auffassung.«

»Geon und ich waren nicht immer einer Meinung.«

»Aber Sie haben seinen Ratschluss immer akzeptiert.«

»Er war der Vorsitzende.«

Altbar nickte. »Dann akzeptieren Sie ihn ein letztes Mal und machen Sie das Beste daraus. Glauben Sie mir, das ist der Versuchung, sich in Selbstmitleid zu ertränken, wirklich vorzuziehen.«

»Ich danke für diese Worte, aber es ist nicht das Amt, das ich wollte, und es ist keine Aufgabe, in der ich mich auskenne. Ich bin der falsche Mann am falschen Ort.«

»Und doch sind Sie hier und werden bleiben, solange der Imprint auf Ihrem Arm leuchtet.« Altbar sagte es mit fester Stimme, wie ein Vater zu seinem Sohn, und der Altersunterschied unterstrich dies noch. »Es ist, was Sie jetzt sind, Riem.«

»Ich werde tun, was ich kann.«

»Niemand erwartet mehr von Ihnen. Ich werde Ihr Boot nehmen und zur *Lichtquelle* zurückkehren. Ich bin dazu bereit. Werden Sie hier bleiben und sich eingewöhnen?«

»Nein.« Riem sagte es laut und klar und erwartete Ablehnung und Kritik, doch niemand nahm so richtig davon Notiz, und auch Altbar nickte nur gemessen. »Es gibt Neuankömmlinge. Ich muss und möchte vor Ort sein. Es ist zu wichtig, als dass ich es vor mir verantworten ...«

»Saim wird nicht auf Sie hören, egal was passiert.« Altbar sagte es ohne Vorwurf, als reine Feststellung einer Tatsache, und das tat Riem fast noch mehr weh, als wenn Hohn und Spott über ihn ergossen worden wären.

»Ich weiß«, erwiderte er also nur. »Ich erwarte Sie auf dem Boot, Hüter.«

»Ich bin das nicht mehr. Ihr Titel, Riem. Ihre Aufgabe.«

Damit wandte sich Altbar ab und stolzierte davon. Riem blieb in der Kuppel stehen, drehte sich um, schaute hinab auf die große, flexible Masse des Zentrums, mit den unendlich langsam erscheinenden Bewegungen der Flüssigkeit unter dem Schirm, so nah und seit Jahrtausenden doch absolut unerreichbar. Der Anblick reizte ihn. Saim würde nicht auf ihn hören. Er hatte keine Ahnung von den Aufgaben eines Hüters. Das Zentrum war ihnen seit jeher verschlossen. Ein Krieg stand bevor. Riem hatte jetzt die Chance, sich hier zu verkriechen und nur hinabzustarren auf ein Enigma, das schon immer da gewesen war und niemals verschwinden würde.

Das war aber nicht seine Art. Und Geon hatte das gewusst. Riem bekam den Eindruck, dass der tote Ratsvorsitzende ihm dieses Amt nicht einfach nur gegeben hatte, um ihn dadurch zu schützen. Er wollte ihm die Chance geben, etwas damit zu erreichen.

Das zumindest redete Riem sich ein, als er das Raumboot aufsuchte, um die Rückreise zur Ratsversammlung anzutreten. Es war immerhin etwas, an dem er sich festhalten konnte.

31

Die *Licht des Wissens* war verdammt groß, und Jordan hatte sich schon zweimal verlaufen, weil sein internes Navigationssystem noch nicht funktionierte, wie so vieles der technischen Anlagen nicht wirklich durchgetestet worden war. Zum Glück betraf das nur sekundäre Systeme, aber er hatte jedes Mal Elissi anrufen müssen, die ihn mit schlafwandlerischer Sicherheit wieder auf den richtigen Weg gebracht hatte. Sie kannte den aktuellen Lageplan des gigantischen Liners mittlerweile auswendig, ihr nahezu eidetisches Gedächtnis ließ sie selten im Stich, und ihr Orientierungsvermögen in einer Welt aus Gängen, Räumen und Hallen schien ungleich besser zu sein als Jordans. Da er es gewohnt war, dass Elissi in Dingen besser war als er, nahm er ihre Hilfe einfach nur dankbar an.

Immer noch besser, als in irgendeiner Ecke des Raumschiffes auf dem Boden zu sitzen und vor Hunger zu weinen.

Nach einigen Tagen kannte er den Weg in die Forschungssektion auch ohne fremde Hilfe, und er warf sich mit Feuereifer auf die Arbeit. Das Team war anders als auf der *Scott*. Viele neue Gesichter waren zu verarbeiten, eine Aufgabe, die ihm wiederum deutlich leichterfiel als Elissi, deren Gesichter- und Namensgedächtnis nicht immer synchron lief, ein bemerkenswerter Kontrast zu ihrem ansonsten absoluten Erinnerungsvermögen. Die schwarzen Flecken entstanden immer, wenn es um die Interaktion mit Menschen ging.

Das neue Team funktionierte auch nicht so gut wie das auf der *Scott*. Es war eine krude Mischung aus Freiwilligen, die nur grob aufgrund ihrer Qualifikationen zusammengefasst worden waren. Jordan hatte gehört, dass die wahren Koryphäen, die eingespielten Spezialisten, sich größtenteils entschieden hatten, den Vorstoß in die Sphäre nicht zu begleiten. Sie würden sicher von außen sehr wertvolle Ratschläge geben, aber die Crew an Bord der *Licht* war ... nun, nicht notwendigerweise zweitklassig, denn so wollte Jordan sich selbst bei aller Demut auch nicht bezeichnen, aber ganz bestimmt ... vielschichtig. Heterogen. Es gab Potenzial zur Verbesserung.

Das war ein schöner Begriff, mit dem er gut zurechtkam.

Elissi und er bekamen vornehmlich Beobachtungsaufgaben. Elissi war exzellent im Beobachten, das hatte man mittlerweile herausgefunden, und Campbell, der weiterhin als Chef der Forschergruppe fungierte, setzte sie dort ein, woran auch ihr Herz hing. Jordan war ein wenig ihr Appendix, da sie als Team am besten funktionierten. Er musste zugeben, dass es ein klein wenig an seiner Eitelkeit kratzte. Er sagte es nicht offen – er war froh genug, mitreisen zu dürfen, vor allem an Elissis Seite –, aber er nahm sich vor, noch intensiver und systematischer daran zu arbeiten, ein Wissenschaftler eigenen Ranges zu werden. Es ging nicht darum, als Genie zu erscheinen, aber ernst genommen werden wollte auch er. Das flexible Creditsystem der universitären Ausbildung im Konkordat würde es ihm ermöglichen, auf dieser Reise seine Studien auch formal abzuschließen – dafür waren genug etablierte Kollegen an Bord, die zur Zertifizierung entsprechender Leistungen berechtigt waren. Selbst wenn sie weder das Element noch sonstige grandiose Erkenntnisse vorfanden, gab es eine gute Chance, dass Elissi und er als Graduierte von dieser Reise zurückkehren würden, und das war doch immerhin auch etwas.

Und so beobachteten sie. Teleskope und Scanner tasteten die Sphäre permanent ab, die mittlerweile von einer Armada an Sonden und Raumdrohnen umzingelt wurde, die die Sphäre unablässig in Augenschein nahmen, um auch ja kein Detail zu übersehen. Neben der *Licht* waren zwei weitere Schiffe in der Nähe der Sphäre positioniert, zwei Forschungskreuzer vom Typ der *Scott*, die selbst derzeit ohne funktionsfähige Mannschaft auf neues Personal wartete. Und so wurde Jordan Zeuge des Moments, in dem sie Zugang zur Sphäre fanden.

Oder vielmehr: Elissi.

»Jordan«, wisperte sie während dieser zweiten Stunde ihres Dienstes, eingetaucht in den Datenstrom, der über sie hereinbrach, vorsortiert durch die Analyse-KIs, aber immer noch so viel, dass jeder Wissenschaftler sich nur einen Ausschnitt vornahm – ja, vornehmen konnte. Nicht so Elissi. Die befasste sich nicht mit Details, sie starrte auf alles, und sie erkannte die Muster, und das auf so zielsichere Art und

Weise, dass manche nur von nahezu spiritueller Inspiration zu reden begannen. Doch das hatte nichts mit Gott zu tun, zumindest war Jordan sich darin einigermaßen sicher. Elissi äußerte sich nicht zu spirituellen Fragen. Das war ein Thema, das sie nie angesprochen hatten. Jordan war beinahe neugierig, ihre Sichtweise zu diesen Dingen zu erfahren.

»Jordan«, wisperte sie erneut, ein wenig drängend. Er lehnte sich zu ihr hinüber.

»Ja?«

»Diese Sequenz. Diese Sequenz. Es ist eine Einladung, für die Verständigen. Das ist es, wonach wir suchen.«

Jordan war verwirrt, denn er sah nicht, was sie erblickte – aber er vertraute Elissi, und das sollte in diesem Falle ausreichen. Campbell, der unweit von ihnen saß und der einen eigenen Elissi-Instinkt zu entwickeln begann, sah von seiner Seite auf und blickte herüber – auf Jordan, denn er war der Übersetzer, derjenige, der das Verhalten der jungen Frau interpretierte. Jordan nickte ihm zu.

»Sie hat es«, sagte er voller Überzeugung. »Den Zugang zur Sphäre.«

Er sagte es nur halblaut, aber genug hörten es mit. Die plötzliche Aufregung war nun greifbar. Campbell erhob sich, stellte sich neben sie, schaute mit fast väterlicher Zuneigung auf Elissi hinab, die weiterhin all ihre Aufmerksamkeit allein auf den Datenstrom vor ihren Augen richtete. Sie spürte die Spannung nicht, die Erwartung, auch nicht die leise Missbilligung mancher Kollegen, die nicht verstehen wollten oder konnten, wer und wie fähig Elissi war.

»Sind Sie sicher?«, fragte Campbell leise. Jordan lächelte ob des Zweifels in seiner Stimme. Elissi war in diesen Dingen wie ein Bit, für das es nur zwei Werte gab: 0 oder 1.

Sie war sich sicher, dann sagte sie es. Sie wusste es noch nicht genau, so schwieg sie. Eigentlich sollte er das mittlerweile wissen, aber der Forschungsleiter war in den rhetorischen Spielchen menschlicher Kommunikation gefangen, die Elissi immer ignorierte. Immerhin, sie hatte gelernt, dass »normale« Menschen sich so verhielten, und hielt immer die passende Antwort bereit, und sie lautete immer ...

»Ja«, sagte sie.

»Zeigen Sie es mir.«

Das tat sie. Und danach hatte niemand mehr Zweifel. Sosehr Elissi die Muster erkannte und analysierte wie niemand sonst, so gut war sie darin, die Knäuel ihrer Erkenntnis aufzulösen und für Normalsterbliche begreiflich zu machen, wenn es darauf ankam.

»Es ist im Grunde ganz einfach«, murmelte Campbell nach einigen Minuten andächtiger Beobachtung. »Ein Muster unter einem Muster unter einem Muster. Einfacher Binärcode, aber aufgesplittet in scheinbar chaotischen Lärm, eine Art sorgfältig verborgener Leuchtturm. Das heißt aber auch, dass ...«

»... wer auch immer in der Sphäre das Sagen hat, Zivilisationen mit einem gewissen Verständnis und einer entsprechenden adaptiven Intelligenz förmlich einlädt – während alle Zufallsbekanntschaften draußen bleiben müssen. Sie richten keinen Schaden an und nützen niemandem.« Alle schauten auf Horana LaPaz, die sich zu ihnen gesellt hatte. Jordan sah sie stirnrunzelnd an. Die Frau hatte die Angewohnheit, von ihrem Fachgebiet fortzuwandern und sich für alles Mögliche zu interessieren, und sobald sie eine Meinung hatte, diese auch zu äußern. Das gefiel nicht jedem, vor allem weil das, was sie sagte, meist Hand und Fuß hatte. Wie auch ihr aktueller Kommentar. Campbell war, das musste man ihm zugutehalten, jemand, der einen unorthodoxen Ansatz zu schätzen wusste, solange er ihn zum Ergebnis führte.

»Das ist eine gute Hypothese«, sagte er und lächelte LaPaz an. »Und ich hoffe, dass sie darauf hinweist, dass wir keine Probleme damit haben werden, in die Sphäre einzudringen, friedlichen Kontakt herzustellen und den geplanten Handel abzuschließen.«

»Das habe ich nicht gesagt«, warnte die Frau. »Sie sind voreilig.«

»Wir werden es herausfinden. – Elissi.« Aller Aufmerksamkeit richtete sich wieder auf die Studentin. Immer wenn das geschah, spannten sich Jordans Bauchmuskeln an. Ein alberner, atavistischer Beschützerreflex. Er musste sich da wirklich etwas mehr entspannen. Diese Situationen wurden nun zur Normalität.

»Können Sie ein Signal entwerfen, das als eine Art Zugangscode für das Portal dienen könnte?«

»Nein.«

»Aber …«

»Es ist nicht nötig. Das versteckte Signal ist der Zugangscode. Senden Sie es einfach zurück, und ich bin zuversichtlich, dass sich der Zugang öffnen wird.«

Campbell nickte langsam. »Ich verständige die Autorität, und wir benötigen ein Briefing mit dem Captain. Aber wir werden exakt das tun. In zwei Stunden, also bereiten Sie alle sich entsprechend vor. In zwei Stunden öffnen wir die Büchse. Ich gehe auf die Brücke.« Er sah Elissi prüfend an. »Wenn sich irgendwelche neuen Erkenntnisse ergeben und wenn Sie irgendwelche anderen Interpretationen entwickeln, sodass …«

»Meine Hypothese ist bereit zur Falsifizierung«, erwiderte Elissi unbewegt. »Ich bin zuversichtlich, dass sie dieser standhält.«

»Na dann …«

Campbell war, das erkannte Jordan, hin- und hergerissen zwischen dem Bedürfnis, das Ereignis einzuleiten, das sich als Höhepunkt seiner bisherigen Karriere darstellen würde, und der natürlichen Vorsicht und bedachtsamen Zurückhaltung, die der wissenschaftliche Prozess erforderte. Das hier aber war, darüber machte sich niemand Illusionen, jetzt mindestens genauso eine Schatzsuche wie eine wissenschaftliche Expedition, und Campbell war kein abgehobener Gelehrter, sondern jemand, der seinen persönlichen Vorteil ebenso im Blick hatte wie den des Konkordats und der Autorität. Er würde abwägen, doch wenn der Captain grünes Licht gab, würden sie in zwei Stunden endgültig den Weg ins Unbekannte antreten.

Jordan sah Elissi an. Sie schien das nicht weiter zu bekümmern. Sie wollte vor allem ihre Hypothese falsifizieren.

Wenn die Welt nur tatsächlich immer so einfach wäre.

32

»Abblasen? Sie haben doch nicht alle Tassen im Schrank!«

Von dieser Aussage hörte sie durchaus unterschiedliche Variationen. Manche waren höflich formuliert, mit einem Ausdruck echten Interesses, ja, einer gewissen Faszination für die wilde Räuberpistole, die Lyma Apostol immer und immer wieder auftischte. Andere waren sehr direkt, nicht ganz so höflich, am Rande der Beleidigung, gezeichnet von Verachtung für Polizisten und ihre mangelnde Einsicht in die großen Zusammenhänge: Reichtum, Energie, Möglichkeiten, Erkenntnis, Wissenschaft.

Wen interessierte da irgendein Serienkiller? Vor allem, wenn die Crew der *Scythe* nicht einmal wusste, wen sie da eigentlich jagte. Wo war dieser Dr. Gracen denn? Oder vielmehr: Wer war er? Eine Frage, auf die sie keine Antwort wusste. Die einen rieten ihr dann, weitere Informationen zu sammeln und, sobald sie mehr wisse, sich wieder zu melden.

Die anderen lachten auf und unterbrachen die Verbindung. Niemand aber war bereit, ihre Bitte zu erfüllen. Niemand hinderte sie daran, zur Sphäre zu fliegen und mit den Leuten dort zu reden – das durfte die Autorität gar nicht, und vielleicht war es exakt das, was viele ihrer Kontakte so ärgerte. Lyma Apostol störte auf so vielen Ebenen gleichzeitig, war eine so unnötige und lästige Ablenkung, wenn der Polizeikreuzer in diesem Moment explodiert wäre, ein lautes Aufatmen wäre durch die Autorität gegangen.

Sie tat ihr diesen Gefallen nicht. Sie flogen zu Elissis Sphäre und zur *Licht des Wissens*, denn dort an Bord musste sich Joaqim Gracen aufhalten.

Die *Scythe* fiel aus dem Hyperraum, und für einen Moment, vielleicht auch ein wenig länger, starrten sie auf die Sphäre, die wirklich verdammt groß und beeindruckend war. Für kurze Zeit vergaß sogar Lyma, warum sie hier war, ganz eingenommen von diesem imposanten Anblick.

»Groß«, sagte Snead. »Irre groß, Mann.«

»Deine Analyse zeugt von einem scharfen kriminalistischen Verstand«, murmelte Lyma. Sie erwachte schnell aus der andächtigen Betrachtung des Dings. Der Gedanke an Gracen schlich sich erneut in den Vordergrund. Sie hatte eine Mission. Sie durfte sich nicht davon ablenken lassen, auch wenn die Versuchung groß war.

»Stelle bitte eine Verbindung zur *Licht* her«, forderte sie Severus Inq auf, der in diesem Moment ebenfalls Dienst auf der Brücke tat. »Mit allen Autorisierungscodes, ich möchte mit dem Kommandanten reden. Rivera oder so.«

»Wir sind sehr knapp eingetroffen, Lyma. Schau selbst: Die *Licht* beschleunigt auf die Sphäre zu. Wenn du mich fragst, sie planen in diesem Moment den Eintritt«, sagte Inq, und Lymas Aufmerksamkeit wurde auf die Ortungsanzeige gerichtet. Die Maschine hatte absolut recht. Das mächtige Schiff, trotz seiner beachtlichen Ausmaße neben der Sphäre wie ein Zwerg, setzte sich in Bewegung, auf das Phänomen zu, und die Ortungsanzeigen begannen verrückt zu spielen, als mehrere Dinge gleichzeitig passierten.

»Das Teil macht auf«, hauchte Snead. Erst wusste Lyma gar nicht, was er meinte, dann aber war es nicht zu übersehen. Sie beugte sich nach vorne, erneut abgelenkt, gegen ihren erklärten Willen. »Knapp«, murmelte sie. »Verdammt knapp.«

In der wabenförmig strukturierten Energiehaut der Sphäre blitzte und schimmerte es, als in einem Segment, umgeben von allerlei fremdartig wirkenden Gerätschaften, eine Öffnung entstand, groß genug, um die *Licht* zu verschlucken. Die auf dem besten Weg war, exakt das mit sich machen zu lassen.

»Wir sind zu einem schlechten Zeitpunkt angekommen«, sagte Snead.

»Severus, die *Licht*! Ich brauche eine Verbindung, aber sofort!«, befahl Lyma.

»Wir bekommen eine Bitte auf weiteren Stand-by. Der Kommandant sei beschäftigt.«

»Dann jemand anderen. Die haben doch einen Komm-Offizier oder so was.«

»Auf dem kleinen Schirm.«

Die Frau, die Lyma Apostol nun anstarrte, wirkte ungnädig. Sie wollte in diesem Moment, das war ihr anzusehen, ganz woanders hinschauen, wie sie alle. Die Polizisten waren ihr lästig. Sie verzog den Mund, wollte etwas sagen, doch Lyma ließ sie gar nicht erst zu Wort kommen.

»Ich muss an Bord Ihres Schiffes!«, sagte sie. »Sofort!«

Ungläubiges Erstaunen zeichnete sich auf den Zügen ihrer Gesprächspartnerin ab. »Sehen Sie nicht, was wir hier machen?«

»Brechen Sie es ab. Sie haben einen gesuchten Schwerverbrecher an Bord. Ich muss die gesamte Besatzung überprüfen. Noch einmal: Sofort!«

Die Frau starrte Lyma an, als sei diese völlig verrückt geworden. »Das meinen Sie nicht ernst! Wir sind kurz davor ...«

»Ich habe die Autorität, das zu verlangen. Prüfen Sie meine Legitimation. Und verbinden Sie mich sofort mit dem Kommandanten.«

»Captain Rivera ist damit beschäftigt, einen Erstkontakt herzu...«

»Lyma ...« Sneads leise Stimme unterbrach ihre Konzentration. Er zeigte auf den Schirm. Lyma blinzelte, für einen Moment aus dem Konzept gebracht.

Die Spitze der *Licht* hatte sich langsam vorgeschoben, erreichte nun die Öffnung in der Sphäre, begann, die wabenförmige Struktur zu durchfliegen. Lyma schaute auf ihren Kursplotter. Die *Scythe* war dem Giganten dicht auf der Spur. Sie würde sich nicht abwimmeln lassen, nicht so nahe an ihrem Ziel.

»Willkommen!«

Die Stimme stand in der Brücke der *Scythe*, als hätte sie materielle Form angenommen, und obgleich es absurd war, sahen sich einige Besatzungsmitglieder spontan um, auf der Suche nach der Person, die das Wort gesprochen hatte.

»Sie haben alle Filter durchdrungen«, sagte Inq. »Die Stimme ist synthetischer Natur.«

Lyma beobachtete, wie die *Licht* Kurs hielt, absolut unbeirrbar. Das Gesicht der Kommunikationsoffizierin war vom Schirm verschwunden. Dort drüben waren sie jetzt alle mit »etwas Wichtigerem« beschäftigt. Lyma sah sie sich selbst dabei zu, wie sie ihre Hände zu Fäusten …

»Tretet ein und seid willkommen.«

Lyma zuckte zusammen. Gracen war wichtig. Er durfte kein Unheil mehr anrichten, weder hier draußen noch dort drinnen. Ihr Entschluss kam spontan, schnell und für viele sicher unerwartet, aber er basierte auf den Erfahrungen einer langen, frustrierenden Jagd.

»Weiter Kurs auf die Öffnung!«, befahl sie, ein wenig heiser. »Wir halten uns in der Nähe der *Licht.*«

»Lyma …«, hörte sie Snead, doch sie schüttelte nur unwillig mit dem Kopf. War da jemand in ihrer Crew, der jetzt für einen Moment daran dachte, ihr den Befehl zu verweigern? Oder war da einer, der innerlich frohlockte, weil er nicht nur einen Serienmörder jagte, sondern auch seinen Forscherdrang befriedigen konnte?

Lyma Apostol war das völlig egal, solange sie alle ihre Befehle befolgten. Und das taten sie. Die schlanke Hülle der *Scythe* wurde nach vorne beschleunigt, als die Triebwerke weiter hochgefahren wurden, und der mit starkem Schub ausgestattete Polizeikreuzer begann, zur *Licht* aufzuschließen, die sich nahezu behäbig durch das gigantische Portal schob.

»Zweitausend Klicks Abstand, dann kontinuierlich verringern, wenn wir uns selbst dem Portal nähern«, murmelte Snead, der die Steuerung des Schiffes selbst übernommen hatte. Er gab damit Lyma die Gelegenheit, den Befehl, den er so offensichtlich missbilligte, noch einmal zu widerrufen und diesen Widerruf selbst auszuführen, doch sie nickte nur.

»Erneute Verbindungsaufnahme mit der *Licht*!«

»Keine Reaktion, nur ein Stand-by.«

»Einen Bericht an die Zentrale. Informieren Sie sie über unsere Absichten.«

»Lyma, was genau sind unsere Absichten?«, fragte Snead, nun ein wenig lauter. Da war ein leichter Unterton in seiner Stimme, nicht nur forschend, auch gereizt, und sie ermahnte sich selbst, das ernst zu nehmen. Sie hatte genug andere Probleme.

Sie holte tief Luft, sprach laut, damit sie alle hören konnten.

»Wir fassen Gracen. Wir halten uns aus allem anderen raus, und wir stören die Operation der *Licht* nicht, wir reden nicht mit … denen da, und wir bleiben in der Nähe unserer Leute. Wir gehen nur an Bord, führen unsere Ermittlungen durch, und das war's. Sobald sich eine Gelegenheit ergibt, kehren wir zurück, auch ohne die *Licht*, aber nicht ohne das Arschloch. Noch einmal entkommt er uns nicht, *das lasse ich nicht zu.*«

Snead beugte sich zu ihr herüber. Er wisperte. »Du bist besessen. Ich verstehe das. Ich will ihn auch. Jeder an Bord will das Schwein haben. Aber das hier geht über normale …«

»Wir machen keine normale Arbeit. Wir haben schon viel riskantere Manöver durchgeführt, um Gracen zu schnappen.«

Snead zeigte auf den Schirm, der nunmehr von der Sphäre völlig ausgefüllt wurde.

»Das ist nicht einfach nur riskant, Lyma.«

»Es ist die Sache wert. Wir geben nicht auf. Diskussion beendet!«

Snead nickte. Er wusste, wenn er einen Kampf verloren hatte, und er war loyal, anders hatte sie es auch nicht erwartet. Er kümmerte sich um seine Arbeit. Sie war sich sicher, dass die Sache für ihn damit noch nicht ausgestanden war. Es würde alles ein Nachspiel haben, damit rechnete sie fest. Aber es lag in der Natur eines Nachspiels, dass es »nachher« kam. Jetzt war jetzt.

»Wir nähern uns der *Licht*«, meldete Inq. »Sie wird langsamer. Man ist vorsichtig.«

»Geschwindigkeit anpassen, Abstand verringern. Geht nah an die Hülle heran, seid aber vorsichtig. Wir treten gemeinsam in die Sphäre ein.«

Jemand an Bord des gigantischen Konkordatsschiffes schien diese Tatsache jetzt auch endlich zu registrieren. Ein Rufzeichen ertönte. Lyma nahm es mit Zufriedenheit zur Kenntnis. Manchmal musste man jemandem erst richtig auf die Pelle rücken, um einen Effekt zu erzielen. Sie vermied es, Snead triumphierend anzusehen, ehe sie den Ruf entgegennahm.

Auf dem Schirm zeigte sich das angenehme Gesicht eines erbosten, aber beherrschten Mannes, dessen Uniform ihn als Kommandanten der Autorität auswies. Es musste sich um diesen Captain Rivera handeln.

»Was machen Sie da für einen Scheiß? Bewegen Sie Ihren Kreuzer sofort auf einen Mindestabstand von zehntausend Klicks und bleiben Sie außerhalb der Sphäre!«

»Ich nehme von Ihnen keine Befehle entgegen, Captain. Ich bin ...«

»Das ist mir völlig egal. Sehen Sie nicht, was wir hier gerade tun?«

»Sie sehen nicht, was *ich* gerade tue.«

»Ich erkenne, dass Sie wahnsinnig sind – oder eine wahnsinnige Bürokratin, was beinahe noch schlimmer ist. Die Autorität …«

»… hat keinerlei Jurisdiktion, wenn es um Strafverfolgung geht. Brechen Sie den Anflug ab, wir kommen an Bord, führen unsere Untersuchungen durch und verschwinden wieder. Ihre Mission ist sicher wichtig. Wir werden sie nicht allzu lange aufhalten, das verspreche ich Ihnen.«

»Ich …«

Lyma erfuhr nicht mehr, was Rivera sagen wollte. Ein heftiger Ruck durchfuhr die *Scythe*, und das war etwas, was es eigentlich gar nicht geben durfte. Die Dämpfer waren von neuester Bauweise, und sie sollten kinetische Energie gar nicht durchlassen.

»Snead?«

»Eine Art Traktorstrahl. Ich kann es nicht genau beschreiben.«

»Schutzfeld aktivieren!«

»Das habe ich. Es nützt gar nichts.«

Lyma starrte auf die Kontrollen, die verrückt zu spielen schienen. Die *Scythe* schüttelte sich wie ein unwilliges Tier, und automatisch plärrte die Alarmanlage los. Lyma warf sich in ihren Sessel, ergab sich in die feste Umarmung der seitlich herausschnellenden Gurte. Erneut ein Schütteln, als würde eine unsichtbare Faust dem Polizeikreuzer eine Ohrfeige geben. Die Verbindung zur *Licht* war abgebrochen. Rivera hatte jetzt andere Sorgen, wie Lyma auch.

»Status!«, verlangte sie ruhig. *Das ist nicht gut*, dachte sie mit plötzlicher Reue.

»Dämpfer überlastet. Wir werden vom Tormechanismus – oder was auch immer das ist – angezogen.«

»Gegenschub!«

»Aktivieren Triebwerke. Wenden Schiff.«

Die *Scythe* drehte sich erstaunlich unbehelligt einmal um ihre Achse, bis die großen Schlote des Haupttriebwerks auf die gähnende Öffnung in der Wabenstruktur der Sphäre gerichtet waren, der sie sich weiterhin näherten. Die Plasmaströme flammten auf, als die Triebwerke hochgefahren wurden, und für einen Moment schien sich die Fluglage des Kreuzers zu stabilisieren. Es war zu sehen, wie die *Licht* versuchte, das exakt gleiche Manöver zu vollziehen, wenngleich behäbiger. Sie hatte sich erst halb um sich selbst gedreht, als klar wurde, dass es nichts nützen würde. Zumindest die *Scythe* wurde weiterhin unbarmherzig in Richtung des Portals gezogen.

»Die *Licht* hat viel stärkere Triebwerke«, sagte Snead, dem ein leichter Schweißfilm auf der Stirn stand. »Sie sollte ...«

»Gar nichts«, sagte Inq. »Sie ist größer und hat weitaus mehr Masse zu bewegen. Ein umgebauter Luxusliner. Leicht untermotorisiert für die Hülle, da sie eigentlich nirgendwohin sehr schnell sollte und auch keine besonderen Manöver von ihr erwartet wurden. Unsere Antriebssektion hingegen ist auf Schnelligkeit und Triebkraft hin konstruiert, vor allem relativ zur Hüllenmasse. Wenn wir es nicht schaffen, dann die *Licht* erst recht nicht.«

»Quelle? Können wir darauf feuern?«, fragte Lyma.

»Das Portal als Ganzes. Soll ich das Feuer eröffnen?«

Inq sah sie reglos an, obgleich er normalerweise durchaus in der Lage war, Mimik zu simulieren. Das signalisierte ihr, was er von der Idee hielt.

»Nein.« Lyma holte tief Luft. »Triebwerke aus. Wir wehren uns nicht. Verschlusszustand. Alle in die

Druckanzüge. Ich möchte, dass wir auf alle Eventualitäten vorbereitet sind.«

Ihre Befehle wurden ausgeführt, und für einen Moment stellte sich Lyma vor, was auf der *Licht* vorging, deren Mannschaft sicher nicht so gut ausgebildet und aufeinander abgestimmt reagieren würde. Sie unterdrückte den Impuls, Rivera erneut zu rufen. Er hatte definitiv jetzt kein Ohr für sie.

»Was sagen die Schiffe der Autorität da draußen?«

»Gar nichts. Seit einer Minute herrscht absolute Funkstille. Wir bekommen nicht einmal mehr Signale der Drohnen und Sonden.«

Lyma nickte langsam. Das war jetzt keine freundliche Einladung mehr. Sie fühlte die Bedrohung, die durch die Sphäre ausging. Sie hatten sich zu weit vorgewagt. Jetzt griff jemand zu und holte sich seinen Preis. Die Autorität war von falschen Annahmen ausgegangen, daran bestand kein Zweifel. Und für die *Scythe* hieß es jetzt mitgefangen und mitgehangen.

Sie realisierte, dass sie in ihrem Wahn, Gracen zu kriegen, einen möglicherweise irreversiblen Fehler gemacht hatte. Als sie den Druckanzug schloss, den Falthelm zurückgezogen am Nacken hängend, beobachtete sie, wie die *Licht* das sinnlose Manöver der *Scythe* wiederholte, abbrach und sich ebenso ins Unvermeidliche ergab wie sie. Lyma Apostol setzte sich wieder in ihren Sessel, ließ sich festschnallen und starrte auf die Anzeigen, die Hände im Schoß. Sie konnte jetzt noch hektisch Knöpfe drücken oder Befehle geben, aber sie wusste tief in ihrem Inneren, dass das absolut nichts nützen würde. Seite an Seite mit der *Licht* wurde ihr Kreuzer in dieses Ding gesogen, und niemand konnte mehr etwas dagegen tun.

Immerhin, dachte sie, auf diese Weise würde auch Gracen so bald kein Unheil mehr im Konkordat anrichten können.

Das war allerdings ein eher schwacher Trost.

33

»Alles aus!«, entschied Rivera, der sich an die Lehnen seines Kommandostuhls klammerte, als habe er die Absicht, diese davon abzuhalten, einfach abzubrechen. Die ganze *Licht*, das große, mächtige Schiff, erschien ihm mit einem Male seltsam zerbrechlich, und das lag vor allem an ihrer so offensichtlichen Hilflosigkeit.

»Der Traktorstrahl ... oder was es auch immer ist ... ist stabil«, murmelte Toliver, die weitaus konzentrierter und ruhiger wirkte als er, was er als Ansporn nahm, sein Temperament unter Kontrolle zu bekommen. »Wir haben keine Belastungssituation. Alle Systeme laufen einwandfrei. Geringe Beschleunigung, stabiler Kurs, keine Schwankungen. Die wollen uns in einem Stück und unbeschädigt.«

»Warum?«, fragte Campbell, der sich zu ihnen gesellt hatte, vor der Station eines wissenschaftlichen Offiziers saß und genauso verwirrt und verängstigt wirkte wie sie alle. Vom Goldrausch war in seiner Haltung jedenfalls nicht mehr allzu viel zu bemerken.

»Ich frage sie bei Gelegenheit.«

»Was macht der Polizeikreuzer?«

»Hat alle Bemühungen aufgegeben.«

»Die müssen jetzt mit«, sagte Rivera leise. »Idioten! Hochgradige Schwachköpfe! Meldungen aus den Sektionen?«

»Alles in Ordnung. Einige Leute haben Angst. Große Angst. Wir schicken das Medoteam rum, um im Zweifelsfalle kleine Pillen zu verteilen.«

»Ich habe auch Angst«, sagte Rivera und runzelte die Stirn. »Was orten wir da drinnen?«

»Gar nichts. Als würden alle Taststrahlen verschluckt. Wir haben aber schwache optische Aufnahmen. Sie stimmen mit dem überein, was die Studentin uns gezeigt hat. Raumfahrzeuge, und viele dazu, die meisten offenbar immobil. Wir werden es sicher bald genauer wissen.«

»Zeitpunkt, bis wir ganz durch sind?«

Sharon Toliver warf einen schnellen Blick zur Seite. »Siebzehn Minuten bei gleichbleibender Geschwindigkeit.«

»Und sie ist gleichbleibend«, sagte Rivera, der erneut seine eigenen Kontrollen konsultierte. »Man will dort nichts überstürzen. Schicken wir ein paar Sonden voraus, vielleicht können die uns vorwarnen.«

»Aktiviere Sonden. Teilautonomes Bewegungsmuster.«

Drei Blips lösten sich vom grünen Symbol, das die *Licht* auf dem Schirm des Kommandanten darstellte, und strebten nach vorne, direkt auf das Gebiet hinter dem Portal zu. Für einen Moment flackerten sie, dann waren sie erloschen.

»Was ist da passiert?«

»Abgeschaltet.«

»Vernichtet? Ein Angriff?«

Toliver runzelte die Stirn und schüttelte den Kopf. »Abgeschaltet, nur eben nicht durch uns. Vollständiger Systemausfall. Als hätte jemand den Stecker gezogen. Ich bekomme ein schwaches Echo von den Druckkörpern. Sie treiben in die geplante Richtung, sind aber energetisch tot.«

»Die wollen nicht, dass wir wissen, was uns erwartet.«

»Das ist frustrierend«, sagte Campbell.

»Es ist beängstigend.« Rivera sah den Wissenschaftler an. »Etwas sagt mir, dass wir dort drüben entweder kein D-52 finden werden oder auf erheblichen Unwillen stoßen, es uns zu überlassen.«

Campbell antwortete nicht, seinem Gesichtsausdruck aber war anzusehen, dass er diese Befürchtung teilte.

Die Minuten tropften wie zähflüssiger Sirup dahin. Rivera war es fast leid, ständig auf die Schirme zu starren. Als die *Licht* das Portal schließlich passierte, war es beinahe eine Erleichterung, die sich aber sofort in erneuten Schrecken verwandelte.

»Der Christbaum geht an!«, rief Toliver. Alarmsignale ertönten. Die Schirme wurden hektisch. Die Ortung funktionierte plötzlich einwandfrei. Es war, als habe jemand einem eine schwarze Kapuze vom Kopf gezogen.

»Status des Traktorstrahls!«, verlangte Rivera, der versuchte, viele Informationen auf einmal aufzunehmen. Raumfahrzeuge näherten sich, kleine Einheiten, dafür aber verdammt viele, es ging in die Hunderte. Dahinter war ... eine Armada zu erkennen, anders war das kaum zu beschreiben. Viele Tausende von Konstruktionen, in Schwärmen, Formationen, ungeordneten Haufen, energetisch aktiv oder völlig tot, ein Wahnsinn ohne einheitliche Linie, ohne verbindliche

Struktur, und so viele, dass der Scanner ständig neue hinzufügte, die er entdeckte.

»Verdammt!«, murmelte Toliver, dann: »Traktorstrahl deaktiviert. Wir sind voll…«

»Umkehren! Voller Schub! Jetzt!«

Es gab kein Zögern. Die *Licht* war bereits aufgrund ihres vergeblichen Versuchs, sich gegen den Sog zu stemmen, in die richtige Richtung gedreht und konnte sofort die Haupttriebwerke einsetzen. Rivera sah, dass auch der Polizeikreuzer in die Sphäre eingetreten war und das Manöver zu kopieren begann, ungleich schneller, mit beinahe hämischer Eleganz. Glühende Plasmalohen schlugen aus den Triebwerksöffnungen, und die *Licht* begann zu zittern, als sie nach vorne geschoben wurde.

»Das Portal!«

Rivera hatte es halb erwartet, befürchtet eher, doch die Hoffnung starb zuletzt. Jetzt aber war sie zerstoben, als er sah, wie das eben noch einladend geöffnete Portal sich unerbittlich schloss, so schnell, dass es weder die *Scythe* noch die *Licht* vorher schaffen würden, ausreichend Fahrt aufzunehmen, um die Sphäre wieder zu verlassen. Rivera spürte die erwartungsvollen Blicke, die alle auf ihn richteten, weigerte sich für einen Moment, wie ein trotziges Kind, die Realität anzuerkennen und den unausweichlichen Befehl zu geben, dann aber siegten Vernunft und Einsicht.

»Fluchtmanöver abbrechen«, sagte er heiser und vielleicht ein wenig kraftlos. Auch die Führung des Polizeikreuzers hatte die Sinnlosigkeit seines Tuns eingesehen. Im erneuten Kampf gegen die Masseträgheit mühten sich die Steuerdüsen nun erneut, denn aus irgendeinem Grunde fühlten sie sich alle besser, wenn ihre Schiffe dem Unbekannten die Nase zuwandten.

»Was machen die?«, murmelte jemand, und die Frage bedurfte keiner weiteren Erklärung. Die winzigen Raumobjekte, die sich ihnen genähert hatten, umschwärmten sie wie wütende Insekten, und als die Anzeigen auszuschlagen begannen, wurde die Antwort klar.

»Irgendeine Saugfunktion, ein energetischer Aderlass. Schutzschirme destabilisieren«, meldete Toliver voller Sorge. »Die Dinger saugen uns die Energie der Schirme ab. Prognose: Zusammenbruch in zwanzig Sekunden.«

»Können wir zusätzliche Energie zuführen? Wir haben doch dicke Reaktoren an Bord!«

Jetzt fühlte sich jemand angesprochen, der bisher geschwiegen hatte. Erkensteen erhob die Stimme.

»Captain, ich kann die Zuleitungen dadurch nur überlasten. Es sind zwei autonome Systeme. Wir haben in der Schnelle des Umbaus keine vollständige Integration erreicht. Ich möchte ausdrücklich davon abraten.«

»Ausschalten«, befahl Rivera mutlos, der mittlerweile eines eingesehen hatte: Sich weiter gegen das Unausweichliche zu stemmen, würde sie nicht weiterbringen. Energieverschwendung und die Verschwendung von Aufmerksamkeit auf sinnlose Verteidigungsanstrengungen würden ihnen nicht helfen. Wer auch immer sie hier drinnen erwartete, er war ungleich mächtiger als das große Schiff und alles, was es aufzubieten hatte; und wenn es eine Lösung für sie gab, würde sie auf der Basis von Kommunikation erfolgen, nicht auf der von Konfrontation.

Nur die Besatzung der *Scythe* sah das ein wenig anders, und Rivera war nicht überrascht, das zu beobachten. Captain

Apostol war möglicherweise zur gleichen Erkenntnis gekommen, aber sie zog eine andere Konsequenz daraus. Weil sie es konnte.

Die Polizisten hauten ab.

34

»Jetzt!«, peitschte Lymas Stimme durch die Zentrale, und grimmige Entschlossenheit war auf den Gesichtern ihrer Leute zu sehen, selbst auf dem von Severus Inq, der das eigentlich nicht nötig hatte.

Auch die *Scythe* hatte ihr Schutzfeld abgeschaltet, als man den Effekt der wirbelnden kleinen Einheiten bemerkt hatte, die sich auf die *Licht* gestürzt hatten. Doch in diesem Falle nicht, um zu kapitulieren, sondern um eine andere Maßnahme zu ergreifen. Wenn ein Kampf aussichtslos erschien, man wenig oder nichts über den Gegner wusste und sich in einer ungewohnten Umgebung befand, dann gab es eine Taktik, die auf der Hand lag: Abstand gewinnen.

Möglichst viel davon und möglichst schnell. Hinaus ging nicht. Also blieb nur die zweitbeste Möglichkeit.

Hinein. Inq hatte sie darauf hingewiesen, mal wieder der Einzige, der wirklich den Überblick behielt. Je tiefer die Scanner ihre suchenden Augen auf die Region näher am

Mittelpunkt der Sphäre richteten, desto weniger energetisches Feedback bekamen sie. Es war dort nicht tot. Tatsächlich schien es ein sehr aktives, sehr machtvolles Zentrum zu geben, kein Planet oder Mond, zumindest nicht nach dem ersten Eindruck. Aber während die Ortungsanlagen Tausende von aktiven Raumschiffen orteten, in einer dermaßen verwirrenden Vielfalt, dass nicht einmal Inq darin so etwas wie Struktur und Einheitlichkeit erkennen konnte, wurde es da unten … ruhiger.

Die Region war voller Raumfahrzeuge. Noch mal Tausende über Tausende, und sie waren mit dem Zählen noch lange nicht fertig. Aber es handelte sich um tote, energielose, passive Massen aus Metall und anderen Materialien. Ein Labyrinth aus Strukturen. Ein guter Ort für eine Zuflucht, wie Lyma spontan beschlossen hatte. Und da niemand widersprach, hatte wohl auch niemand eine bessere Idee.

Und wenn ihr Schiff eines konnte, dann rennen. Das war etwas, was die *Licht* nicht schaffen würde.

Die *Scythe* legte alles, was sie hatte, in ihre Triebwerke. Rote Werte flackerten. Das Schiff erzitterte, als wolle es sich wehren, ein stummer Protest, der ungehört verhallte. Der Kreuzer sprang nach vorne, und er zog eine lange Plasmaspur hinter sich her, der die kleinen, auf sie zueilenden Einheiten nur folgen konnten. Die *Scythe* hatte eine der besten Antriebskonstruktionen des Konkordats. Dies war ein Schiff, das flüchtige Verbrecher jagte, in Jachten, Rennbooten, Fähren oder, wie den legendären »wilden Andri«, in einem Einmanntorpedo vom Typ Mergenthal, eine Geschichte, die niemand jemals vergessen würde.

Die *Scythe* war schneller als sie alle. Hoffnungslos übermotorisiert, wie Snead immer sagte. Eine Tatsache, die ihnen jetzt Hoffnung machte. Sie spurtete davon. Es war nichts, womit ihre Gastgeber gerechnet hatten. Nichts, was die Besatzung der *Licht* erwartet hatte. Der Kreuzer vibrierte in voller Kraftentfaltung, ein nunmehr anhaltender Protest, der die Belastung aller Anlagen unterstrich, doch Lyma Apostol blieb erbarmungslos.

»Schalte das Gejammer ab!«

Die Warnlaute der Antriebssteuerung verhallten. Das Zittern blieb, das Vibrieren der Dämpfer, die hin und wieder, für Mikrosekunden, winzige Anteile der Andruckkräfte hindurchließen, sorgfältig dosiert, aber unausweichlich. Die Gurte pressten sich für einen Moment in Lymas Fleisch, dann waren sie wieder nicht mehr als eine sanfte Präsenz auf ihrem Anzug, um sogleich wieder an ihr zu zerren. Die *Scythe* wollte nicht. Es war viel von ihr verlangt. Lyma aber wollte noch mehr.

»Wir gewinnen Abstand!«, meldete Snead. Abstand zu allen. Die kleinen Einheiten, die Schildsauger, fielen zurück, die *Licht* wurde kleiner. Nun war zu erkennen, wie andere, größte Raumschiffe ihren Kurs änderten.

»Sprechen sie mit uns?«, fragte Lyma.

»Ich höre nichts. Nichts an uns gerichtet«, meldete Inq, der alles hörte, alles sah und dessen ruhige Präsenz Lymas Halt war, mehr, als sie jemals zugeben würde.

»Gut. Ich will noch nicht reden.«

Weiter, immer weiter. Die *Scythe* durchbrach eine erste, löchrige Schicht, wie eine orbitale Zwiebelschale, und sie erhaschte einen Blick auf die Wracks, die an ihr vorbeihuschten. Nein, keine Wracks. Ja, nicht alle Schiffe schienen in einem perfekten Zustand, aber hier drängte sich nicht der Eindruck einer Kriegszone auf, zumindest nicht unmittelbar.

Es war eine Parkposition. Eine, in der man etwas ablegt, was man vielleicht noch einmal gebrauchen will oder von dem man sich nicht trennen möchte. Oder etwas, von dem man Abschied nimmt. Ein Friedhof oder auch mehr, so genau konnte sie es jetzt noch nicht sagen.

Tiefer, immer tiefer. Die *Scythe* zu manövrieren, wurde langsam schwieriger. Die Schiffskonzentration wurde dichter, die Struktur der Parkbereiche schien keinem vorhersehbaren Muster zu folgen. Inq flog. Er war der Schnellste, er sah voraus, und zusammen mit der KI setzte er den Kurs, während die *Scythe* mit lohenden Triebwerken durch eine Umgebung raste, in der diese Geschwindigkeit mit jeder verstreichenden Sekunde immer riskanter wurde.

»Schutzfelder reaktivieren!«, befahl Lyma, und das fahlblaue Leuchten flackerte um die Hülle des Kreuzers. Bei diesem Tempo konnte jedes Stück Weltraummüll verheerende Schäden anrichten. Sie brauchten das schützende Feld. Und keiner machte es ihnen streitig. Die kleinen, gierigen Sauger hatten sie weit hinter sich zurückgelassen. Sie hatten die Verfolgung eingestellt. Die erste Kapitulation ihrer Häscher. Lyma gestattete sich einen winzigen Moment des Triumphs.

»Verdammt, wo sind wir hier gelandet?«, fragte Snead leise, die Augen gebannt auf die Anzeigen gerichtet. Datenströme flossen, und es gab genug zu erfahren, aber niemals zuvor waren die Beobachtung von Fakten und das dafür notwendige Verständnis für sie so weit voneinander entfernt gewesen.

»Erst mal Sicherheit«, sagte Lyma, wohl wissend, dass die gewünschte Sicherheit sich ebenso als Schimäre herausstellen könnte wie offenbar die gesamte Sphäre. Sie waren nach allem, was sie nun wusste, betrogen worden, und das war ein Gefühl, das sie als Polizistin nun gar nicht schätzte. Andererseits war sie es beinahe gewohnt: Gracen hatte in den letzten Jahren mit ihr ständig das Gleiche angestellt, sodass sie es beinahe erwartete, hinters Licht geführt zu werden.

Defätismus, erinnerte sie sich mahnend, führte zu Niederlagen, mehr noch als die Taten ihrer Gegner. Sie durfte sich solchen Gedanken nicht hingeben.

Die *Scythe* zuckte waghalsig durch die treibenden Schiffe, und wenn sie verfolgt wurden, dann merkten sie davon nichts. Tatsächlich schienen manche der großen und kleineren Einheiten Ortungsimpulse abzufangen oder zumindest zu schwächen. Sie erfuhren immer weniger von dem, was »außen« passierte, verloren die *Licht* schrittweise aus dem Scannerfeld, überließen sie damit endgültig einem ungewissen Schicksal. Lyma fühlte sich dafür nicht verantwortlich.

Noch nicht. Sie wusste, dass ihr verdammtes Pflichtbewusstsein ihr irgendwann auch diese Zuständigkeit aufdrängen würde.

Snead schaute sie an. Er kannte sie und war sich darüber im Klaren, was kommen würde.

»Wir brauchen ein Ziel«, sagte er dann, lenkte ihre Gedanken auf das Unmittelbare. Lyma war Polizistin. Das hier aber war eine eher militärische Situation. Dafür war niemand im Konkordat mehr richtig ausgebildet. Sie nahm sich vor, die alten Handbücher aus den Datenspeichern aufzurufen, wenn sie Zeit dafür finden sollte. Den Krieg aus Büchern zu lernen, hatte etwas Absurdes, aber viel mehr Absurdität konnte es in dieser Situation kaum noch geben.

»Weiter. Zum Zentrum. Vielleicht können wir da jemandem drohen. Oder mit jemandem reden, der uns die Dinge hier erklärt.«

Die *Scythe* änderte ihren Kurs immer dann unmerklich, wenn sie einem Hindernis ausweichen mussten, doch Inq reduzierte die Geschwindigkeit allmählich. Die Schichten von Wracks oder Totenschiffen wurden enger, die Tunnel durch sie hindurch schmaler. Es war noch Platz, es schien sogar so zu sein, dass Korridore bewusst freigehalten worden waren. Jemand reiste hin und wieder zum Kern der Sphäre, das war eindeutig zu schließen, und das hieß auch, dass ihre Häscher ihnen mit großer Sicherheit noch auf den Fersen waren oder bald wieder sein würden.

Sie benötigten ein Druckmittel. Ein Faustpfand. Etwas, um einen Waffenstillstand auf der Basis einer gewissen Balance herzustellen. Diese Wracks eigneten sich bestimmt kaum dazu, ihr Wert dürfte nicht erheblich sein. Welches Echo auch immer die Ortung im Zentrum der Sphäre verarbeitete, das würde etwas von Bedeutung sein, es musste einfach. Wenn nicht, blieben ihnen nicht mehr allzu viele Optionen.

»Ich öffne die Waffenkontrolle«, sagte Lyma und sah, wie Snead, ohne mit der Wimper zu zucken, den entsprechenden Autorisierungscode bestätigte. Sie hatten das nicht oft gemacht, es war im Regelfalle nicht nötig. Aber die *Scythe* hatte Zähne. Es war an der Zeit, sie zu zeigen. Ob sie damit zubissen, war noch nicht gesagt. Lyma hatte die Befürchtung, dass es sie nicht allzu weit führen würde.

»Was ist das?«

Irgendjemand in der engen Zentrale der *Scythe* hatte es gefragt, und alle wussten sofort, worauf sich die Frage bezog. Was sich nun vor ihren Augen herausschälte, in den immer klarer werdenden Ortungsergebnissen zeigte und auch optisch bereits erkennbar wurde, war …

… *was auch immer.* Es war groß, es schien künstlichen Ursprungs, und die es umrundenden Wracks hielten einen respektvollen Abstand. Eine große Masse, aber offenbar flüssig, umgeben von einem Schutzfeld, genau im Zentrum der Sphäre und von erheblichem Energiepotenzial. Stationär umkreist von einer Raumstation, die keinen so heruntergekommenen Eindruck machte und aktiv zu sein schien.

»Das ist wichtig. Das muss wichtig sein.« Snead klang gefährlich ruhig.

»Wir gehen näher ran«, befahl Lyma. »Ich möchte eine Schwachstelle, irgendwas, auf das ich Bomben werfen kann.«

»Wir haben keine Bomben«, ermahnte Inq sie, einer der Momente, in denen er Äußerungen noch zu wörtlich nahm.

Oder auch nicht. Lyma Apostol sah ihn an, grimmig, nickte und erwiderte:

»Dann bauen wir uns welche, wenn es sein muss.«

35

»Überraschend«, wisperte Riem, und er nickte dem Piloten des Raumbootes zu. »Wir wollen Saim mit seiner missglückten Aktion allein lassen. Folgen wir dem zweiten Schiff.«

Es war gut, dass er Altbar zurückgelassen hatte. Der ehemalige Hüter hatte beschlossen, noch etwas zu bleiben, mit dem sicheren Instinkt dafür, dass gewisse Ereignisse einem Höhepunkt entgegenstrebten und die Portalstation nicht der unsicherste Ort sei.

Dem Piloten war anzusehen, dass er sich bei dieser Anordnung nicht wohlfühlte, aber Riem war der neue Portalhüter, ein Mitglied des Rates und niemand, dessen Befehle ein Subalterner einfach so ignorierte. Dass der Hüter schnell zurück zum Portal wollte, auf das das zweite, kleinere Schiff mit großer Beschleunigung zuraste, war auch verständlich. Riem hatte über das Kommunikationsnetz des Rates viel von dem mitbekommen, was sich abspielte. Die

Kommunikationssatelliten im Trümmerfeld sorgten dafür, dass die Station am Kern immer eine gute Verbindung besaß. Der Erstkontakt war ein Ziel, das Riem nicht aus den Augen verloren hatte – aber er verlagerte seine Absichten jetzt auf das naheliegende Objekt, und das schien kein Interesse daran zu haben, mit Saim zu sprechen.

»Herr, das Boot ist nicht so schnell.«

»Ich sagte folgen. Von einholen war nicht die Rede.«

Etwas Erleichterung war dem Mann anzusehen, als er das Raumboot in eine Kurve steuerte, pflichtschuldig die Geschwindigkeit erhöhte, ohne aber Anstalten zu machen, die alten Triebwerke zu überlasten. Riem ermahnte ihn nicht. Es gab Risiken, die man nicht eingehen sollte, und er wollte lebend am Portal ankommen. Er war besorgt, ja. Aber er vermutete nicht automatisch, dass die Neuen gleich einen Zerstörungsfeldzug durch die Sphäre antreten würden. Das war in der Vergangenheit erst zweimal passiert, und es war schnell unter Kontrolle gebracht worden. Das mächtige, große Schiff der Fremden war keine Gefahr, der Schirm ausgeschaltet, und Saim würde die Kommunikationsprotokolle aktivieren und mit seinen Lügen beginnen.

Riem konnte nicht überall sein. Wer auch immer die kleinere Einheit kommandierte, zeigte schnelles Reaktionsvermögen und Widerstandskraft, ohne automatisch zerstörerisch vorzugehen. Er entwickelte diesbezüglich eine kleine Hoffnung.

Und ja, das Portal war seine eigentliche Zuständigkeit. Hier lag seine neue Priorität, ob es ihm passte oder nicht.

Er lauschte der Kommunikation des Rates. Saim war wenig erfreut über den Gang der Dinge. Es passierte durchaus einmal, dass eine Aufnahmesituation danebenging, je nachdem, wie panisch die Neuankömmlinge reagierten. Ein anderer Ratsvorsitzender hätte dies akzeptiert und wäre zur Schadensbegrenzung übergegangen. Ein anderer Ratsvorsitzender hätte versucht, trotz aller Probleme die erfolgreiche Integration der Neuen in die Gemeinschaft der Sphäre voranzutreiben und Missverständnisse auszuräumen. Nicht immer gelang das, daher waren auch nicht alle in der Sphäre vertretenen Zivilisationen Mitglieder des Rates. Saim jedoch dachte allein an die Ressourcen, war gierig und wollte nichts und niemanden »integrieren«. Er wollte Macht, und er wollte ein Zeichen der Stärke setzen. Und da war ihm das eine, sogar das viel größere Raumschiff der Neuen nicht genug, da das Bild eben nicht perfekt war. Für ihn, in seinem Selbstbild, ein schlechter Start. Für Riem die Hoffnung, dass Saim weitere Fehler machen würde, und hoffentlich welche, die ihm irgendwann richtig schadeten.

»Unsere Station meldet sich«, hörte er den Piloten sagen. Er nickte und öffnete die Verbindung. Einer der Wissenschaftler war zu sehen, mit einem sorgenvollen Ausdruck.

»Herr, die Neuankömmlinge nähern sich dem Zentrum mit hoher Geschwindigkeit. Ich habe Befürchtungen.«

Riem teilte diese nicht, aber er wollte auch nicht so tun, als könne man diese einfach wegwischen.

»Stelle den Verschlusszustand her. Alle sollen sich in die Schutzräume zurückziehen. Keine aggressiven Handlungen.«

»Wir haben keine Waffen.«

»Auch Worte sind Waffen. Wenn die Fremden sich melden, leite alles auf mich um. Lass die Kommunikationsroutinen aktiv. Wir wollen verstehen, was sie sagen.«

»Die Portalstation kann sich kaum verteidigen.«

»Die Station ist nicht ihr Ziel.«

Wenn sich sein Gegenüber wunderte, woher der Hüter diese Gewissheit nahm, so zeigte er es nicht. Riem war über seine eigene Selbstsicherheit erstaunt, die möglicherweise etwas gespielt war. Doch wenn Saim in dieser Situation versagt hatte, konnte es helfen, wenn Riem Erfolg hatte. Echte Reputation war ein kostbares Gut, und es wurde durch erfolgreiche Taten erworben, wenn man es wirksam einsetzen wollte – nicht durch große Worte.

Riem witterte eine Chance, und er wurde sich dessen erst jetzt richtig bewusst.

»Wie lange?«

»Unser Boot ist wirklich …«

»Wie lange?«

»Noch etwas mehr als eine Einheit. Hüter, was auch immer die Fremden für ein Verbrechen …«

»Warum?«, unterbrach Riem unwillig. »Warum nehmen wir automatisch an, dass die Neuen ein Verbrechen vorhaben? Sie wissen nicht einmal, was der Kern ist. Sie wissen nicht, welche Aufgabe wir Hüter haben. Sie wurden vielmehr angegriffen, als sie die Sphäre betraten – selbst wahrscheinlich mit keiner anderen Absicht als friedlicher Forschung. Saim macht die Sache natürlich nicht besser. Aber bis auf Weiteres sind es einfach Wesen, die Angst haben.«

»Die Besatzung des kleinen Schiffes wirkte nicht ängstlich. Ihre Flucht ist überlegt, ihr Ziel sorgfältig ausgewählt.«

»Sehr gut«, nickte Riem. »Sie haben schnell reagiert, überlegt und entschieden. Ich glaube, wir können mit ihnen reden und müssen nicht gleich mit dem Schlimmsten rechnen.«

Der Pilot war nicht überzeugt, das sah Riem ihm an, aber etwas beruhigt und widmete sich wieder seinen Kontrollen. Der Hüter war sich selbst nicht ganz sicher, ob er nicht etwas mehr mit dem Schlimmsten rechnen sollte, aber nach Geons Tod war seine vorherrschende Gefühlslage ein trauriger Fatalismus geworden, und es war schwer, aus diesem Loch wieder emporzuklettern. Ein »Es kann nur noch schlimmer werden« als Grundstimmung war wenig hilfreich, und er klammerte sich an jede Hoffnung, die ihn aus dieser Haltung befreite.

Er musste die größte Befürchtung gar nicht hegen. Niemand war jemals mit einem Schiff dieser Größe in das Zentrum oder die Toreinrichtung gelangt. Niemand hatte den Schutzschirm überwinden können. Genug Irre hatten in der Frühzeit versucht, verzweifelt und wütend, die scheinbare Quelle ihrer Gefangenschaft zu zerstören. Es waren Waffen abgefeuert worden, und es hatte keinerlei Effekt gehabt. Natürlich war absolut nicht auszuschließen, dass die Neuankömmlinge über Technologie verfügten, die bisher noch niemandem zu Gebote gestanden hatte. Aber die bereits vorliegenden Ergebnisse der diversen Scans, die sofort nach Eintritt der beiden Schiffe in die Sphäre begonnen worden waren, gaben darauf keinerlei Hinweise. Eine technisch weit entwickelte Zivilisation, ohne Zweifel, aber nicht im Besitz von etwas, was den Erkenntnishorizont der bereits in der Sphäre gefangenen Völkerschaften erkennbar überstieg.

Kein Deus ex Machina. Keine Wunderwaffe. Das große Schiff zu integrieren, möglichst ohne Schaden anzurichten, war sicher eine attraktive Ergänzung. Riem würde seinerseits sehen, was sich mit dem kleinen Kreuzer anfangen ließ.

»Kommunikationsversuche sind bisher erfolglos«, kam die Meldung von der Station. »Das Schiff ist definitiv in der Lage, uns ab jetzt anzugreifen. Unsere Ortung meldet aktive Waffensysteme konventioneller Bauart. Wir befürchten eine Bedrohung.« Riem vernahm die Angst, die aufsteigende Panik. Er verstand es gut. Das Zentrum war bestens geschützt. Die Station aber war natürlich im Vergleich dazu verletzlich. Nicht wehrlos, aber verletzlich.

»Abwarten und weiterhin um Kontakt bitten. Flehen Sie!«

»Wie bitte?«

»Betteln. Bitten. Um Gnade winseln. Erniedrigen Sie sich.«

»Aber Hüter! Wir sind seit Jahrtausenden ...«

»Tun Sie einfach, was ich sage, verdammt!«

Die Stimme seines Gegenübers verstummte. Vielleicht hatte Riem die Gefühle des Wissenschaftlers verletzt. Vielleicht verstand er aber auch, dass es jetzt wahrlich nicht mehr darum ging, die Form zu wahren. Die Station war klug genug, die ausgehenden Nachrichten an ihn weiterzuleiten, und nun gab es einen Effekt. Der Kreuzer bremste ab und trat in einen stationären Orbit über dem Kern ein, unweit der Station, und er feuerte nicht.

»Wir sind gleich da«, informierte ihn der Pilot.

»Eine Planänderung«, erwiderte Riem und überprüfte seinen Anzugcomputer. »Wir fliegen auf die Fremden zu. Ich möchte an Bord gehen.«

Der Pilot starrte ihn entsetzt an. »Das widerspricht jedem Protokoll! Die exaltierte Person des Portalhüters ist auf jeden Fall ...«

»Wir sollten das Protokoll für einen Moment beiseitelassen«, unterbrach Riem ihn ruhig. Sein Computer zeigte, dass die Sprachdaten geladen waren. Die Sphäre hatte die

Fremden gründlich gescannt und wie bei jeder Öffnung die meisten Daten an ihre Gefangenen übermittelt, direkt von der Torstation aus, durch die die Schiffe in ihr Gefängnis flogen. Sie machte es ihren Opfern leicht, miteinander zu reden, ihr einziger Beitrag für ein gedeihliches Miteinander.

»Ich kann nicht …«

»Man wird uns nicht angreifen, wenn wir uns langsam nähern und vernünftig verhalten.«

Der Pilot rang mit sich. Vorschriften hier, die Autorität seines Gastes da, und natürlich die Tatsache, dass ihm der Arsch auf Grundeis ging, wofür Riem durchaus Verständnis hatte. Es war jetzt aber keine Zeit für Zaghaftigkeit. Er musste das Heft des Handelns in die Hand nehmen, vor allem, um es sich nicht von Saim aus dieser schlagen zu lassen.

»Kurs nehmen. Schön langsam. Und lassen Sie mich ans Funkgerät.«

»Herr …«

»Genau, der bin ich. Befolgen Sie meine Anweisungen, oder ich übernehme die Steuerung des Bootes selbst.« Keine leere Ankündigung. Riem wusste sich mit einem Raumboot zu behelfen, er war nicht immer Ratsmitglied gewesen.

Der Pilot gab auf. Er schaltete. Die Station meldete sich, fragend, protestierend, doch Riem ignorierte die Sprüche, die Bitten darum, doch die eigene Person nicht unnötig in Gefahr zu bringen, vielmehr den Rat um militärischen Beistand zu bitten.

Er hatte jetzt keine Zeit für die Kleinmütigen.

36

»Er nennt sich Saim und er sei Vorsitzender eines Rates«, sagte Campbell und sah genauso schlau aus wie zuvor, als Rivera ihn gefragt hatte, mit wem sie es nun zu tun hätten. Sie waren nicht allein: Ihrer kleinen Besprechung hinzugesellt hatten sich Horana LaPaz, die Rivera aus einem unbestimmten Impuls heraus für würdig erachtet hatte, sowie der zweite Xenolinguist neben ihr namens Sanders, ein älterer Herr mit würdigem Auftreten, der sich aber überflüssig fühlte und daraus auch keinen Hehl machte.

Es gab nämlich, zumindest auf den ersten Blick, kein eigentliches Kommunikationsproblem. Die Ansprache war in Konkordatsstandard erfolgt, akzentfrei und grammatikalisch absolut korrekt. Man war auf sie vorbereitet gewesen, und angesichts von Elissis Erkenntnissen war dies auch nicht überraschend. Rivera hatte das Gefühl, dass hier ein erprobter und bewährter Prozess ablief.

»Eines Rates?«, wiederholte Rivera. »Der dieses Ding hier regiert?«

»Oder einen Teil davon.«

»Einen Teil von was? Den Schiffen?«

»Sie haben ein Organigramm mitgeliefert.«

Rivera hatte hin und wieder das Gefühl, im falschen Film zu sitzen, und jetzt war wieder so ein Moment der Unwirklichkeit. Dies hier war ein verdammter Erstkontakt! Einem solchen historischen Ereignis fehlte es an Magie und Exotik, wenn die eine Seite einem erst den Schutzschirm leer saugte, um anschließend Organigramme zu verschicken. So hatte er sich das nicht vorgestellt.

»Die machen das nicht zum ersten Mal«, sagte LaPaz nun, die aufgrund ihres beruflichen Hintergrundes offenbar weniger extravagante Erwartungen hegte. Sie bestätigte jedoch damit Riveras Eindruck. »Das ist ein sorgsam geplanter Ablauf gewesen, und die Kommunikation erscheint mir ebenfalls gut vorbereitet. Wir bekommen alle wichtigen Informationen, bergeweise historische Daten, an denen die Wissenschaftler bereits sitzen wie Kinder unter dem Weihnachtsbaum, und wir werden gleichzeitig verwundbar gemacht. Es ist eine Einladung und eine Drohung, es ist aber auch die Möglichkeit, sich zu arrangieren – mit einer Situation, auf die wir nicht besonders gut vorbereitet sind.«

»Dieser Rat ...«, sagte Rivera, und LaPaz nickte.

»Soweit ich das verstanden habe, repräsentiert er einen erheblichen Teil der in dieser Sphäre siedelnden Zivilisationen. Die keine Welt bewohnen, sondern Schiffe, eine Armada unterschiedlichster Herkunft. Ich denke, dass sie alle ähnlich wie wir unter Vorspiegelung falscher Tatsachen hierhergelockt wurden, um als Gefangene dieses Konstrukts sich selbst überlassen zu werden.«

»Kein Element dunkler Materie?«, vergewisserte sich Rivera. Campbell schüttelte bekümmert den Kopf.

»Eine Schimäre, eine Illusion. Die Scanner fangen nichts mehr auf. Wir haben da etwas im Zentrum, das interessant zu sein scheint, und wir schauen uns die übermittelten Daten genau an, aber was uns hierhergelockt hat – die Vorspiegelung falscher Tatsachen! –, ist tatsächlich nicht auffindbar. Eine bewusste Lüge.«

»Das richtige Wort ist Köder«, warf Sanders ein, um auch mal etwas zu sagen. Rivera nickte ihm zu. Es war nicht leicht, das zuzugeben, aber letztlich waren sie Betrügern auf den Leim gegangen, und zwar ganz mächtig.

»Wozu?«

»Wir wissen es nicht. Die Informationen dieses Rates geben dazu keine Auskunft. Wenn ich eine Hypothese äußern darf ...« LaPaz zögerte, doch niemand hielt sie auf. Alle waren dankbar, dass jemand eine Meinung äußerte. Sie dürsteten gemeinsam nach Orientierung. »Ich glaube, die wissen es auch nicht. Wir sitzen alle im gleichen Boot. Es ist ein verdammt großes Boot und ziemlich außergewöhnlich, aber es ist unser gemeinsames Schicksal.«

»Weit hergeholt«, kritisierte Campbell, der vielleicht auch nicht wahrhaben wollte, was LaPaz' Hypothese für sie alle möglicherweise bedeutete. »Wenn dieser Rat hier schon lange agiert – und das Alter der Schiffsarmada weist ja darauf hin –, dann wird man doch Erkenntnisse über Sinn und Ursprung der Sphäre haben. Tatsächlich glaube ich bis auf Weiteres nicht einmal an die Idee, wir seien alle gleichermaßen Gefangene dieses Dings. Vielleicht sind diese

Ratsmitglieder mindestens unsere Wärter. Oder die Urheber eines Plans, mit dem sie gewisse Absichten verfolgen, die wir derzeit noch gar nicht absehen können.«

»Alles nicht auszuschließen«, sagte LaPaz. »Wir werden sicher mehr herausfinden, wenn wir das Angebot annehmen.«

Das Angebot, darum ging es.

Ein gutes Angebot, ohne Zweifel. Ein Treffen, ein Gespräch, Erklärungen, die Beantwortung all der Fragen, die ihnen auf der Seele brannten. Es war also keine Frage des Wenn, und die Anwältin wusste das auch, es war eine des Wie und des Wer.

»Wir haben Kontrolle über das Schiff«, sagte Rivera. »Wir können es nicht effektiv schützen, aber es hat keinen Versuch gegeben, uns zu entern. Und man hat uns freigestellt, ob wir zu diesem Rat kommen wollen oder ob wir an Bord eine Delegation empfangen.«

»Wenn man auf eigenem Territorium ist, agiert man von einer Position der Stärke. Begibt man sich freiwillig auf das des Gegners, kann dies als Schwäche interpretiert werden. Ich bin dafür, dass wir etwas Selbstbewusstsein zeigen«, gab LaPaz ihren Rat. Rivera war bereit, ihr auf diesem Gebiet eine gewisse Kernkompetenz zuzubilligen, deswegen war sie ja auch hier.

»Ich bin mir nicht sicher, ob das auf andere Kulturen einfach so übertragbar ist. Die Geschichte der bisherigen Erstkontakte zeigt eigentlich, dass wir uns in diesen Dingen öfters geirrt haben als recht hatten«, sagte Campbell. LaPaz sah ihn irritiert an.

»Das stimmt nicht«, wies sie ihn ruhig zurecht. »Es hat nie eine gewaltsame Auseinandersetzung mit einer anderen Spezies gegeben, und wir leben mit allen, die wir kennen, friedlich zusammen. Sie reden von anfänglichen Missverständnissen. Das Grundverständnis und das gemeinsame Ansinnen zur Koexistenz haben diese aber immer beseitigt oder aufgelöst. Vernunft gebiert eine gewisse Logik, die sich aus ebenso grundlegenden biologischen Determinanten ergibt: dem Selbsterhaltungstrieb, dem Fortpflanzungstrieb, der Fähigkeit zu sozialer Interaktion und Kooperation – ohne all das hätte es nie Erstkontakte gegeben, denn die Zivilisationen hätten es niemals ins Weltall geschafft.«

Campbell öffnete den Mund, aber er kam nicht zu seiner Replik.

Rivera hob eine Hand. »Wir wollen uns nicht um Grundsätzliches streiten. Ich denke, dass wir ein ganz anderes Problem haben: unsere Freunde von der Polizei. Ich meine – die haben sich schon irre genug verhalten, und ihre Ermittlungen sind seltsam, nicht nur von der Motivation her. Aber sie sind einfach davongebraust und stellen jetzt weiß Gott was an.«

»Das Problem ist vielschichtig«, bestätigte die Anwältin. »Zum Ersten müssen wir vermeiden, für Dinge verantwortlich gemacht zu werden, die diese Lyma Apostol anstellt. Zum Zweiten müssen wir ein gewisses Maß an Einigkeit zeigen, denn sonst können unsere Verhandlungspartner einen Keil zwischen uns treiben, was auch nicht in unserem Interesse wäre. Zum Dritten müssen wir schlicht verbergen, dass wir gar keine einheitliche Hierarchie haben und hier jeder tut, was er will …«

»Ich habe zu verhindern versucht …«, hob Rivera an, doch LaPaz schüttelte nur den Kopf.

»Ich mache niemandem Vorwürfe. Die Situation ist, wie sie ist. Wir müssen damit umgehen. Ich will nur sagen: Wir sollten uns nicht zu vehement von der *Scythe* distanzieren. Das könnte sich noch als fatal erweisen. Bleiben wir vorsichtig, halten wir uns alle Optionen offen, möglichst ohne Schaden an unserer Reputation anzurichten.«

»Reputation?«, echote Campbell. »Mein Gott, das ist Ihre einzige Sorge?«

Die Anwältin sah ihn scharf an. »Ja. Unsere Reputation ist die einzige Waffe, die einzige Währung, die uns jetzt bleibt.«

»Ein stumpfes Schwert.«

Die Frau schüttelte den Kopf. »Warum wurden wir noch nicht geentert? Wenn diese Leute unsere Sprachdaten haben, dann doch auch andere Erkenntnisse über dieses Schiff. Es ist kaum bewaffnet und personell unterbesetzt. Es muss etwas geben – eine Tradition, ein Verbot, ein Ritual, ein Protokoll, das diese Leute unter Kontrolle hält, ihr Verhalten bestimmt. Das müssen wir erlernen und für uns zu nutzen wissen. Und Reputation, unser Bild in deren Augen, ist dabei das stärkste Pfund, mit dem wir wuchern können. Aber ich räume ein: Wir spekulieren. Es gibt noch eine ganz andere Option, nämlich dass sie auf Zeit spielen, um die Eroberung der *Licht* vorzubereiten. Ich bin keinesfalls naiv, meine Herren. Wir dürfen gerne auch immer mit dem schlimmsten Szenario rechnen.«

Campbell wirkte unsicher und nervös, das war ihm anzusehen. Sanders hingegen nickte die ganze Zeit anerkennend. Und Rivera hatte das Gefühl, dass die Anwältin von ihnen allen am ehesten wusste, wovon sie sprach, vor allem gelang es ihr, manche unbestimmte Vorbehalte in Worte zu kleiden. Er kam zu einem Entschluss.

»Wir laden sie ein. Wir beide sind die Verhandlungsführer. Campbell, Sie sitzen dabei, aber Sie halten den Mund.«

»Ich …«

»Sie können auch irgendwo auf einem Monitor zugucken.«

Der Chefwissenschaftler ließ seinen Protest sofort ersterben. LaPaz hob eine Hand. Ihr war nicht anzusehen, ob sie sich geehrt fühlte oder nicht, aber sie protestierte nicht gegen ihre neue Aufgabe.

»Darf ich noch etwas vorschlagen?«

»Jederzeit.«

»Lassen Sie Elissi zuschauen. Sie wird möglicherweise Dinge erkennen, die uns entgehen. Elissi und ihren Freund. Und Sanders hier.«

Der ältere Herr lächelte versonnen. Er war niemand, der sich in den Vordergrund spielte.

Rivera nickte anerkennend. »Sie haben sich mit unserer Crew und ihren Eigentümlichkeiten schon gut vertraut gemacht.«

»Das ist eine Angewohnheit von mir.« LaPaz lächelte nun ihrerseits. »Vielleicht auch eine alte Berufskrankheit.«

»Ich werde Ihren Wunsch gerne erfüllen.«

37

»Das will ich nicht hören«, sagte Lyma Apostol grimmig und schaute Inq böse an, was diesen erwartungsgemäß völlig kaltließ.

»Die Strukturanalyse ist eindeutig. Was auch immer diese fluide Masse da unten umschließt, wir können es mit keiner unserer Waffen durchdringen.«

»Verdammt!«

»Die Station im Orbit hingegen ist verwundbar.«

»Sie betteln uns seit einer halben Stunde an, ihnen nichts zu tun.«

»Sie sind dabei recht überzeugend, ja.«

Lyma holte tief Luft. »Ich bin nicht hier, um Leute in Angst und Schrecken zu versetzen.« Sie registrierte die Erleichterung sowohl im Gesichtsausdruck Sneads wie auch in dem des Androiden, wenngleich Letzterer natürlich wohlkalkuliert war. »Ich brauche aber etwas in meinen Händen. Was ist das da unten?«

»Die Wissenschaftler sind an Bord der *Licht.*«

»Scandaten lesen kannst du aber auch, oder?«

Inq nickte ungerührt. »Die Station schwebt über einem Portal, eine kleinere Version dessen, was unsere Schiffe in die Sphäre gelassen hat. Es scheint inaktiv zu sein, aber wenn wir etwas erfahren, dann dort. Es gibt darum eine Art Anlage, an die man andocken könnte, um ein Team einzuschleusen. Glaube ich. Wir werden es erst ganz sicher wissen, wenn wir es auch tun.«

»Können wir näher heran?«

»Wenn sich uns niemand in den Weg stellt, sicher. Ich weiß von keiner Bewaffnung, aber möglich ist natürlich alles. Es ist selbst in seiner reduzierten Form eine ganz ordentliche Anlage. Wir müssten es uns in der Tat aus der Nähe ansehen. Außerdem: Wenn man Gewalt gegen uns anwenden will, dann wird man, so meine Hypothese, Beschädigungen dieses Portals eher nicht billigend in Kauf nehmen. Für mich ist diese Raumstation da draußen ein Ort der Forschung und Beobachtung. Ich vermute, unsere neuen Gastgeber wissen auch nicht viel mit diesem Zeugs da unten anzufangen. Wir müssten Zeit haben, alle Datenpakete, die wir erhalten haben, in Ruhe zu analysieren.«

»Sie sind daher wahrscheinlich gar nicht unsere Gastgeber«, murmelte Snead, und Lyma kam nicht umhin, ihm zuzustimmen.

»Dann nähern wir uns dem Tor«, entschied Lyma. »Wir provozieren die Station nicht.«

»Die sehen nicht so aus, als könne man sie zu etwas anderem provozieren, als um Gnade zu bitten. Vielleicht sollten wir ihnen sagen, dass wir keine Absicht haben, etwas Böses zu tun«, sagte Snead. Ihm war das beständige Flehen unangenehm, es stellte ihn in ein schlechtes Licht, als sei er ein gnadenloser Schlächter. Lyma fühlte durchaus mit ihm. Trotzdem …

»Wir behalten völlige Funkstille bei. Unsere Pläne können sich immer noch kurzfristig ändern. Ich habe nicht vor, etwas anzukündigen, was ich nachher nicht einhalten kann.«

Snead sagte nichts, schaute Lyma fragend an, aber sie hatte keine Absicht, das weiter zu erläutern. Es war absolut richtig: Sie war nicht hier, um Angst und Schrecken zu verbreiten. Manchmal aber war genau das absolut notwendig, und sie würde sich bis auf Weiteres keine Option durch voreilige Zusicherungen aus der Hand nehmen lassen. Manchmal war es schlimmer, als Lügner dazustehen denn als machtvoller Aggressor.

Die *Scythe* nahm wieder Fahrt auf, nachdem sie nun schon einige Zeit im Orbit um das Ding hing, glitt an der Orbitalkonstruktion vorbei, die sie weiterhin mit Gejammer überschüttete, und hielt stetig auf das Portal zu, das auf den Schirmen zu wachsen begann. Das mondgroße Objekt unter ihnen, unter dessen Schirmfeldern es waberte und wogte, war das Seltsamste, was sie alle jemals erblickt hatten, wenn man die eigentliche Sphäre für einen Moment außer Acht ließ. Lyma fühlte sich in dieser Situation dermaßen hilflos, sie musste sich größter Selbstdisziplin unterwerfen, es nicht nach außen zu zeigen. Es half nicht, wenn die Kommandantin die Nerven verlor, wo doch alle an Bord des Kreuzers am Rande der Hysterie standen. Sie musste der ruhende Pol sein, und das war sehr schwer, vor allem weil sie sich eigentlich laut schreiend die Haare raufen wollte.

Ein andermal vielleicht.

Das Tor war nicht von halb so fremdartiger Konstruktion, wie Lyma im Stillen erwartet hatte. Sicher, alles hier war verdammt groß dimensioniert, und so etwas wie die Sphäre hätte das Konkordat selbst unter größten Mühen nicht bauen können, und wenn, dann wäre es daran bankrottgegangen. Aber die zugrundeliegenden Konstruktionsprinzipien waren nicht unverständlich, von der Funktionsweise des Antriebs vielleicht einmal abgesehen, der wirklich ganz außergewöhnliche Leistungen vollbringen musste. Als sich die *Scythe* dem Tor so weit genähert hatte, dass Einzelheiten auch in der optischen Übertragung sichtbar wurden, fühlte sich Lyma in ihrer Ansicht bestätigt. Das Portal war mächtig, gut 500 Meter im Durchmesser, mit Aufbauten umrandet, die wahrscheinlich Motoren und Steuerelemente oder so etwas enthielten – sowie eine Andockvorrichtung, vielleicht für Servicepersonal.

»Gibt es Signale?«, fragte sie.

»Nur von der Station«, kam die Antwort. »Dort ist man jetzt auf unseren neuen Kurs aufmerksam geworden. Das Gewinsel hat jedenfalls aufgehört. Wir werden jetzt gewarnt. «

»Wovor?«

»Vor dem Portal. Sie behaupten, es gäbe aktive Abwehreinrichtungen.«

»Inq? Was fängst du auf? Ist da was?«

Der Androide schüttelte betont entschlossen den Kopf.

»Gar nichts, alles tot. Entweder kommt so etwas sehr überraschend oder ... Oha!«

Lyma musste nicht nachfragen. Es war, als habe jemand einen Gong direkt neben ihrem Ohr geschlagen, und ihr Körper krümmte sich, als die Schallwellen sie erschütterten.

Ein lauter, hallender Ton, der von überallher kam und jeden von ihnen durchdrang. Niemand brachte ein Wort hervor außer vielleicht einem Ächzen, und viele Hände wurden ohne Wirkung gegen Ohren gepresst.

Der Ton verklang. Menschen stöhnten. Lyma richtete sich auf, schaute an sich hinab, sah keine Verletzung. Auch alle anderen wirkten unversehrt, von den schmerzverzerrten Gesichtern einmal abgesehen. Das war durch Mark und Bein gegangen.

»Was war das, Inq?«, brachte sie hervor.

»Eine Art Scan. Ein Test vielleicht. Die Frage nach Identifikation. Eine unfreiwillige Entblößung. All das, wahrscheinlich zu etwa gleichen Teilen.« Inq wirkte ungerührt. Es war wirklich hilfreich, die Empfindlichkeit der eigenen Ohren stufenlos regeln zu können.

»Warum konnten wir das hören?«

»Die Schiffshülle hat geschwungen!«

»Inq, die *Scythe* ist kein Musikinstrument!«

»Dafür war sie aber recht beeindruckend.«

Inq bewahrte die Ruhe. Das war gut. Er klang dabei manchmal wie ein arroganter Besserwisser, aber das musste man eben in Kauf nehmen.

»Wir setzen den Anflug fort«, entschied sie, und die *Scythe*, musikalisch oder nicht, glitt weiter auf die Portalkonstruktion zu. Sie erwarteten beklommen einen weiteren Gongschlag, doch nichts geschah, genauso wenig, wie Waffen auf sie gerichtet wurden. Die *Scythe* blieb unbehelligt, und als sie an einer Art Plattform angekommen war, legte sich die Hülle mit einer Schleusenöffnung direkt an einen Zugang, passgenau und als sei es das Selbstverständlichste der Welt.

Die Signale von der Station verstummten. Zum einen hatten die Bewohner gemerkt, dass die Fremden keine bösen Absichten zu haben schienen, zumindest vorerst nicht. Zum anderen mussten sie verstanden haben, dass bis auf Weiteres keine Antworten zu erwarten waren. Oder sie waren schlicht darüber überrascht, dass die *Scythe* noch existierte, sollten ihre Warnungen ernst gemeint gewesen sein.

»Snead führt das Kommando«, sagte Lyma, als der Kreuzer zur Ruhe gekommen war und nichts anderes passierte. »Inq und ich gehen da rein. Ich nehme Simon mit.« Simon Yakes war Waffenspezialist, ihr personifiziertes SWAT-Team, ein schweigsamer Mann, der es jederzeit vorzog, seine besonderen Kenntnisse nicht einsetzen zu müssen.

Tilla Äios trat nach vorne. »Ich möchte auch mit. Ich könnte nützlich sein.«

»Du bist unersetzlich.«

»Soll ich das Simon so sagen?«

»Oder mir?«, fragte Inq mit gekränktem Tonfall. Lyma seufzte. Alle hatten sie recht. Es nützte nichts, jemanden in Watte einzupacken. Sie mussten sich alle mit der gleichen Situation zurechtfinden und das damit verbundene Risiko teilen. Und Tilla konnte sich in der Tat als sehr nützlich erweisen.

»Gut, also wir vier. Ich möchte, dass wir alle volle SWAT-Ausrüstung tragen. Ich weiß nicht, worauf wir da treffen. Ich will auf jede Eventualität vorbereitet sein.«

»Ich vermute, es wird uns weder möglich sein noch helfen, es zu erschießen«, sagte Inq, und auch das war wahrscheinlich zutreffend. Aber man fühlte sich hinter einem Körperpanzer einfach sicherer, auch wenn es letztlich nur eine Illusion war.

Es wurde nicht weiter diskutiert. Minuten später, nach schnellen, methodischen und oft antrainierten Bewegungen, die aus einfachen Polizisten gepanzerte Monster machten, traten sie in die Luftschleuse, ließen den Zyklus ablaufen und warteten geduldig, bis sich das äußere Schott öffnete.

Der dahinter liegende Gang war einfach, schmucklos und leer, und es gab darin Druck, aber nur unzureichend Sauerstoff. Die SWAT-Panzer waren mit einer eigenen Luftversorgung ausgerüstet, die für Stunden vorhielt, und sie konnten sich frei bewegen. Sie traten in den Gang, hörten den dumpfen Hall ihrer Schritte und verließen die *Scythe*.

38

»Warum leben sie noch?«, fragte Riem, als sich das Beiboot dem Kreuzer der Fremden näherte. Die Frage hatte jede Berechtigung. Kein Schiff dieser Größe hatte jemals unbeschädigt am Portal angelegt, daher operierten von der Station nur kleinste Einheiten wie jene, die er gerade benutzte. Das Kernportal verfügte über potente Waffensysteme, die alles ab einer gewissen Größe und bei Unterschreitung eines bestimmten Abstands aus dem All pickten. Die Forschungsstation lag glücklicherweise außerhalb dieses Radius, und wenn man auf eines genau achtete, dann darauf, es dabei zu belassen.

Dies war ein Novum. Es war aufregend. Es war sehr beunruhigend.

Auf dem Bildschirm war einer seiner Wissenschaftler zu sehen. Er wirkte irgendwie erleichtert, was vornehmlich mit der Tatsache zu tun hatte, dass er noch am Leben war. Auf die Frage seines neuen obersten Herrn fand er allerdings keine Antwort.

»Eine Fehlfunktion vielleicht? Alles ist sehr alt.«

»Gibt es historische Aufzeichnungen darüber, dass in Bezug auf die Sphäre jemals etwas nicht funktioniert hätte?«

»Es gibt diese eine Tür unten auf der Portaleinrichtung, die nicht ganz geschlossen ist und nach unserer Hypothese durch eine Fehlfunktion geöffnet wurde. Abgesehen davon ... nein«, musste sein Gesprächspartner zugeben. »Aber einmal ist immer das erste Mal. Die hier verwendete Technik ist nicht unfehlbar. Irgendwann müssen sich doch mal Abnutzungserscheinungen ergeben.«

Riem hatte keine Zeit, das weiter zu kommentieren. Seinem Gesprächspartner fehlte es erkennbar an Fantasie. Sein Pilot warf ihm einen gequälten Blick zu. Was als Transfer begonnen hatte, wurde zu einer Mühsal, und an der Portaleinrichtung anzudocken, hatte auch nicht im Flugplan gestanden. Dennoch hatte er es getan, und das Beiboot hatte unweit des großen Schiffes der Neuen festgemacht. Immerhin noch besser, als sich diesem direkt zu nähern, das weiterhin jeden Funkanruf ignorierte. So gesehen, befand er sich wieder auf gewohntem Territorium.

Riem jedenfalls war nicht gewillt, jetzt aufzugeben und einfach nur abzuwarten.

»Entsenden Sie eine Gruppe von Forschern, wir treffen uns am Portal.«

»Ich werde nicht viele Freiwillige ...«

Riem sah ihn scharf an. »Wer sprach von Freiwilligen? Ich brauche jene, die sich mit der Einrichtung gut auskennen, die schon oft hier waren. Egal, ob sie etwas erreicht haben oder nicht. Mindestens zwei, und schicken Sie mir keine Greise. Sie sollten sich eigenständig fortbewegen können. Entsenden Sie das Boot innerhalb einer Stunde. Das ist mein Befehl!«

Sein Gesprächspartner öffnete protestierend den Mund, doch Riem schaltete ab. Er hatte keine Zeit dafür, sich mit den Befindlichkeiten dieser Leute auseinanderzusetzen. Er wandte sich an den Piloten.

»Sie warten hier. Startbereit.«

Nichts, wogegen der Mann etwas einzuwenden hatte. Riem wartete eine eventuelle Antwort nicht ab, marschierte zur Schleuse, legte einen einfachen Druckanzug an. Er wusste aus den Berichten, dass es zwar eine Atmosphäre gab, die Luft aber kaum atembar war. Er wünschte sich, seinen Körper besser schützen zu können, aber das Raumboot war für eine solche Expedition nicht ausgerüstet. Er würde mit dem arbeiten müssen, was er vorfand.

Er trat durch die Schleuse, ein kurzer Gang, und durch ein Fenster sah er, gut fünfzig Meter entfernt an einer weiteren Dockvorrichtung, den schlanken und kraftvollen Leib des fremden Schiffes. Es hatte eine gewisse Ästhetik, wie er nicht ohne Bewunderung feststellte.

Er schritt den Gang entlang und fand sich in einem Raum wieder, den Forscher schon vor Hunderten von Jahren als den »Salon« bezeichnet hatten. Es war eher ein kleiner Saal, völlig leer, in dem die verschiedenen Andockgänge zusammenliefen. Und wie Riem erwartet hatte, war er darin nicht allein.

Vier Gestalten standen da, schauten sich um, verwirrt möglicherweise ob der Umgebung, ganz sicher aber, als sie seiner ansichtig wurden, und er zögerte keinen Moment, hob seine Arme, zeigte die leeren Hände, eine hoffentlich ebenso universelle Geste wie die Tatsache, dass er regungslos stehen blieb und keine bedrohlichen, schnellen Bewegungen in ihre Richtung machte. *Bedrohlich! Wie albern!* Selbst er erkannte auf den ersten Blick, dass die vier Zweibeiner Kampfausrüstung trugen, und einer von ihnen, besonders breit und muskulös gebaut, würde Riem mit einem simplen Hieb seiner mächtigen Fäuste niederstrecken können. Was auch immer jetzt geschehen würde, es konnte und durfte nichts mit Gewalt zu tun haben.

Sie sahen ihn an. Symmetrische Gesichter, zwei Augen, ein Mund, Riems Volk nicht unähnlich, von der Anzahl der Augen einmal abgesehen. Zwei Arme, zwei Beine, vertraute biologische Konstruktion. Es gab viele andere Formen des Lebens, aber diese Art von Grundprinzip war weit verbreitet. Manche evolutionären Zwänge stellten sich überall als die gleichen heraus. Mimik und Gestik. Riem ermahnte sich. Nichts falsch interpretieren. Keine voreiligen Schlüsse ziehen. Das gesprochene Wort galt, und solange er die Fremden nicht besser kannte, nur das allein.

Er blieb stehen, hielt Abstand. Nähe war manchmal beleidigend, manche Kulturen zogen eine unsichtbare Mauer um ihre Körper, die man nicht berühren sollte. Außerdem sahen ihn so alle, von allen Seiten, und er wirkte nicht bedrohlich. Riem brachte seinen Atem unter Kontrolle. Die Sprachdateien waren hochgeladen. Der Übersetzer zeigte Bereitschaft. Was sagte man als Erstes, was führte bestimmt nicht zu Irritationen?

Es war wie immer: Man sprach über sich selbst. Das fiel jedem am leichtesten.

»Ich bin Riem. Ich bin ein Mitglied des Rates. Ich bin der Hüter des Portals, der Meister der Portalstation.« Er machte eine Handbewegung nach oben, und es schien, als verstünden sie ihn. Eine der Gestalten trat vor, sie unterschied sich von den anderen dadurch, dass sie ein besonderes Emblem auf ihrer Rüstung trug, möglicherweise der Hinweis auf eine herausragende Stellung.

»Ich bin Lyma Apostol, Kommandantin des Raumkreuzers *Scythe*. Ich stamme aus dem Irdischen Konkordat. Dies sind meine Leute.«

Gut. Namen waren gut. Sie machten aus einem Fremden nicht gleich einen Vertrauten, aber sie stellten eine andere Art von Beziehung her. Lyma Apostol war nicht mehr nur eine Person in einem schwarzen Panzeranzug, sie war jetzt mehr. Riem entspannte sich unmerklich. Lyma Apostol hatte ruhig gesprochen. Hier wollte wahrscheinlich niemand jemanden umbringen. Das war absolut in seinem Sinne.

»Sie sind der Herr über diese Anlage?«, fragte sie. Eine naheliegende Frage und eine gute Gelegenheit, die eigene Verletzlichkeit unter Beweis zu stellen, ein Akt der Vertrauensbildung.

»Der Hüter. Ich verstehe sie nicht sehr gut. Wir haben sie nicht erbaut, sondern vorgefunden, wie viele vor uns. Wie Sie. Sie beherrscht sich selbst. Wir sind Beobachter.«

»Sie sind alle Gefangene der Sphäre?«

»Das sind wir.«

»Warum wurden wir angegriffen?«

»Die Sphäre deaktiviert Schutzfelder, gleich welchen Schiffes. Wir vermuten, dass diese dauerhaft Interferenzen auslösen, entweder mit dem Schutzfeld der Sphäre selbst oder mit dem Überlichtantrieb. Aber wir wissen es nicht. Sie können erst in gebührlicher Entfernung wieder aktiviert werden, sobald man sich dem Schutzfeld nähert, tauchen die Sauger wieder auf.«

Lyma Apostol machte auch eine Handbewegung, zeigte nach unten.

»Was ist das?«

»Das Zentrum. Der Kern. Wir wissen nicht, was es genau ist. Es scheint sich um eine flüssige Masse zu handeln, die in Bewegung ist. Wir erkennen ihren Zweck nicht. Wir sind nie so weit vorgedrungen.«

»Sie wissen wenig.«

Riem konnte diese Feststellung nur als zutreffend akzeptieren. Es war beschämend. Generationen über Generationen hatten in der Sphäre gelebt, die geballte Geisteskraft zahlreicher Kulturen, noch lebender wie auch untergegangener. Und sie waren der Antwort auf die Frage, was das alles sollte und wer dafür verantwortlich war, kaum näher als Lyma Apostol vom Raumkreuzer *Scythe*. Nur mit einem winzigen, aber wichtigen Unterschied: Die Portalanlage hatte das Schiff akzeptiert und andocken lassen. Das war neu und anders und aufregend. Beunruhigend. Sollte er ihr das sagen?

Riem entschied sich dagegen, zumindest vorerst.

»Zu wenig«, gab er also zu.

»Was geschieht mit unseren Freunden auf der *Licht*?«

»Das ist der Name des großen Schiffs?«

Lyma Apostol machte eine Geste mit ihrem Kopf, die Riem als Zustimmung interpretierte. Er merkte sie sich.

»Die normale Vorgehensweise sieht vor, Verhandlungen über einen Beitritt zum Rat zu beginnen, mit dem Ziel einer Integration des Schiffes in die Struktur, die wir hier geschaffen haben.«

»Wir würden diese Sphäre gerne wieder verlassen.«

»Diese Option gibt es nicht.«

Schweigen, nur einen Moment lang. Manche hatten sicher noch Hoffnungen, und manche würden diese auch nicht fahren lassen, bloß weil Riem eine andere Behauptung aufgestellt hatte. Er kannte die Phasen der Anpassung: Wut, Verweigerung, Fatalismus – und dann, wenn alles gut ging, eine aktive Mitarbeit und Kooperation.

»Was ist, wenn die normale Vorgehensweise nicht eingehalten wird?«

Ah, Lyma Apostol von der *Scythe* war eine aufmerksame Zuhörerin. Riem entsann sich nicht, einen besonderen Unterton gewählt zu haben, und wenn, hätte die Übersetzungssoftware diesen auch gar nicht kommuniziert. Das gesprochene Wort galt, und er hatte »normal« hinzugefügt.

»Der aktuelle Ratsvorsitzende hat eigene Pläne.«

»Welche?«

»Es ist schwer, das so schnell richtig zu erklären. Aber das große Schiff – die *Licht*? – ist in Gefahr.«

Lyma machte eine Bewegung mit beiden Armen, als wolle sie die Station und Riem umarmen. »Wir werden hier bleiben und uns umsehen. Wir werden der *Licht* nicht helfen können, solange wir allein agieren müssen.«

»Das ist eine kluge Entscheidung. Saim verfügt über Schiffe mit Waffen. Auch mit Schutzschirm wären Sie nicht mehr als ein Ärgernis.«

»Saim? Der Ratsvorsitzende?«

»So ist es.« Riem zeigte auf den »Salon«. »Lyma Apostol, es ist meine Pflicht, Sie als Hüter zu warnen, hier irgendwelche Manipulationen durchzuführen. Wir wissen nicht, welchen Schaden man dadurch anrichten kann.«

Die Fremde machte nun einen Schritt auf Riem zu, ohne dabei bedrohlich zu wirken. Als sie wieder sprach, war ihre Stimme eine Nuance leiser geworden, vielleicht um eindringlicher zu wirken. Riem blieb ruhig stehen.

»Haben Sie und die Ihren in der Vergangenheit schon einmal Schaden angerichtet? Irgendwas hier erfolgreich ›manipuliert‹?«

Damit hatte sie ihn natürlich. Riem zögerte. Sollte er lügen? Doch das würde sich früher oder später als Falschheit entpuppen. Er hatte kein Drohpotenzial, von seinen Befürchtungen einmal abgesehen – und warum sollte Lyma Apostol sich um diese scheren?

»Nein. Wir kennen einen Zugang ins Innere, der die Unseren hineinlässt. Aber niemals kehrte jemand zurück. Deswegen fürchten wir uns davor, dass Sie Erfolg damit haben könnten, denn alles, was Sie erreichen, wäre unberechenbar für uns.«

Im gleichen Moment, da er dies sagte, bemerkte er seinen Fehler. Und es sprach erneut für die Aufmerksamkeit der Fremden, dass sie ihn ebenfalls mitbekam.

»Was genau lässt Sie glauben, dass uns gelingen könnte, was Ihnen offenbar bisher misslang?«

Riem unterdrückte ein Seufzen, das sie missverstehen könnte. Sie hatte ihn. Er konnte sich jetzt herauswinden, lügen, sich in sinnloser Sophisterei ergehen, aber eigentlich hatte er jetzt, vielleicht auch geboren aus einer plötzlichen Müdigkeit oder Ratlosigkeit, das Bedürfnis, die Scharade zu beenden. Oder sie gar nicht erst ernsthaft zu beginnen. Wollte er die Fremden als Verbündete gegen Saims Pläne gewinnen, musste er ehrlich sein und dem Schicksal seinen Lauf lassen. Was blieb ihm auch anderes übrig?

Er sprach und erklärte ihr, dass er, Riem, Hüter des Portals, wie alle anderen Hüter vor ihm, vor allem eines bewachte: eine ganze Menge unbeantworteter Fragen.

Und dass die *Scythe* an einem Ort war, an dem sie eigentlich nicht sein konnte.

39

O*h, Aliens!* Rivera war dafür an sich gut gerüstet, mental, von der Ausbildung her, aber das galt eben nicht für alle. Das Geschnatter an Bord der *Licht* durchdrang die dicken Metallwände wie eine mörderische Strahlung, die Aufregung, die Vorfreude, wie vor dem Konzert eines berühmten Stars, dem der rote Teppich ausgerollt wurde. Das war die Menschheit, die ein Sternenreich besiedelte, Raumschiffe baute und die Wunder des Universums schaute: aufgeregt wie vor der Signierstunde des Lieblingssängers.

Rivera tat sein Bestes, um die Wünsche, Fragen und vor allem flehentlichen Bitten, doch »dabei sein« zu dürfen, abzuwimmeln. Er lud diese Aufgabe auf die Schultern Sharon Tolivers, die ihm dafür mit einem bösen Blick und zusammengekniffenen Lippen dankte. Eine weise Entscheidung seinerseits. Denn nach der Aufregung kamen die Ansprüche, vor allem als klar wurde, dass der Kommandant nur eine sehr kleine Gruppe erwählt hatte, um die schwierige

Situation mit diesem »Rat« zu besprechen – und nicht bereit war, Aufschluss über seine Auswahlkriterien zu geben.

Eine kleine Gruppe, zu deren Mitgliedschaft sich plötzlich ein jeder berufen fühlte. Jeder besaß seltsamerweise unersetzliche, absolut notwendige und extrem nützliche Eigenschaften und Kenntnisse, die für die Gespräche von großer Bedeutung sein würden. Bei dem einen oder anderen, so ahnte Rivera, war das möglicherweise nicht einmal falsch: Er konnte nicht in die Köpfe seiner ganzen Mannschaft hineinschauen und sehen, wer tatsächlich einen sinnvollen Beitrag zu leisten vermochte. Er kannte die Akten, und er hatte sich ein wenig mit ihnen beschäftigt, war dann aber den einfachen Weg gegangen: Er vertraute seinem Bauchgefühl.

Das war keine gute empirische Grundlage, und gerade unter der wissenschaftlichen Crew gab es einige, die ihn das wissen ließen. Seine Autorität wurde infrage gestellt. Manchmal vermisste Rivera die Tatsache, dass militärische Disziplin im Konkordat seit Jahrhunderten nicht mehr hoch im Kurs stand. Er ahnte, dass die Kommandantin der *Scythe*, wo auch immer sie sich jetzt aufhalten mochte, sich nicht all das würde gefallen lassen, was er sich anhören musste.

Sharon Toliver schirmte ihn ab. Sie würde ihm später ihre Meinung sagen, da war er zuversichtlich.

Als sie den Konferenzraum betraten, hatten sie alles vorbereitet. Im Gegensatz zu ihnen selbst war die Gegenseite auf Erstkontakte eingestellt und wusste genau, wie man sich verhielt, was man zu wissen hatte und welche Fallstricke es gab. Die Leute konnten hier atmen und sie konnten sich setzen, es gab also keinen Grund, großartig umzuräumen. Rivera, Campbell und LaPaz trugen einfache Kombinationen, ohne großen Schmuck oder Abzeichen, aber durchaus individuell, um Einschüchterung durch Uniformität zu vermeiden. Rivera hatte schweißnasse Handinnenflächen und fragte sich, warum LaPaz so ruhig blieb, bis er merkte, dass es sich um reine Selbstbeherrschung handelte. Die Anwältin war in zu viele Gerichtssäle geschritten, in denen es um Millionen oder das persönliche Schicksal wichtiger Mandanten ging, sie war nicht notwendigerweise abgehärtet, aber sie hatte gelernt, sich auf solche Situationen vorzubereiten.

Er war froh, dass sie dabei war.

Auch ihre Besucher waren zu dritt da. Da war erst einmal Saim, der ein Gewand trug, das ihn würdevoll erscheinen ließ. Seine beiden Gehilfen wurden nicht mit Namen vorgestellt, und Rivera bekam von Anfang an den Eindruck, es handele sich um Staffage, die dem Ratsvorsitzenden durch ihre Anwesenheit zusätzlichen Glanz geben sollte. Alle drei dominierten sie durch das große, ausdrucksvolle Auge mitten in ihrem Kopf, unter dem der Rest des Gesichts wie verkümmert wirkte. Es waren faszinierende, schimmernde Pupillen mit Mustern, in die man sich wie hypnotisiert vertiefen konnte. Nur Saim sprach. Er sagte viel, mit einer sanften Stimme, die eine melodische Sprache hören ließ, neben der die etwas knarzige Übersetzung der mitgebrachten Dolmetschereinheiten abfiel. Die KI der *Licht* kommentierte die Übersetzung nur, wenn sie meinte, dass eine Nuance fehlte, aber im Großen und Ganzen schien sie zufrieden. Auf diese Weise, stellte Rivera mit Erleichterung fest, wollte man sie schon einmal nicht betrügen.

»Der Prozess der Integration«, sagte Saim nach einer dankenswerterweise kurzen Begrüßungs- und Vorstellungsrunde, »ist für alle Neuankömmlinge schwierig zu begreifen. Wir haben gelernt, dass lange Vorträge und Einweisungen nicht am Anfang, sondern am Ende eines ersten Kontakts stehen sollten. Die meisten Neuankömmlinge in der Sphäre wollen erst einmal dringende Fragen loswerden.« Er breitete die Arme in einer allzu menschlichen Geste aus. »Stellen Sie Fragen.«

Campbell war auf exakt dieses Angebot vorbereitet. Rivera nickte ihm zu und der Mann begann mit seiner Kanonade. Es sprach für Saim, dass er jede Frage, ohne zu zögern, beantwortete. Dafür gab es wahrscheinlich eine Art Manual.

»Wer hat diese Sphäre erbaut?«

»Wir wissen es nicht.«

»Woher kommt sie und wohin fliegt sie?«

»Wir wissen es nicht.«

»Warum wurden wir gefangen?«

»Aus dem gleichen Grund wie alle vor Ihnen, denke ich. Aber wir wissen es nicht.«

»Wie lange ist die Sphäre schon unterwegs?«

»Unsere Aufzeichnungen reichen mehrere Tausend Jahre zurück. Aber wir gehen davon aus, dass dies nicht die gesamte Geschichte der Sphäre umfasst. Also …«

»Sie wissen es nicht.«

Saim verzog den dünnlippigen Mund zu einer perfekten Mimikry eines menschlichen Lächelns. Er war gut vorbereitet.

»Korrekt. Nur annäherungsweise.«

»Können wir die Sphäre wieder verlassen?«

»Ich befürchte, nein.«

»Hat jemals jemand die Sphäre verlassen?«

»Soweit wir es wissen, nicht. Es gibt welche, die es versuchen. Vielleicht hat es einmal einer geschafft. Wir haben nie von ihnen gehört.«

»Haben sich die Erbauer dieser Einrichtung jemals gemeldet?«

»Nein.«

»Wann wird die Sphäre ihre Reise fortsetzen?«

»Das ist unterschiedlich. Aber nach einer erfolgreichen Kontaktsituation – das heißt, in dem Sinne erfolgreich, als dass eine neue Zivilisation hereingelockt wurde – dauert es normalerweise nur noch wenige Tage, bis die Sphäre wieder Fahrt aufnimmt.«

»Können wir mit unseren Leuten da draußen kommunizieren?« Campbells letzte Frage hatte bereits einen sehr mutlosen Unterton bekommen. An sich selbst stellte Rivera zu seinem Erstaunen eine tiefe Gelassenheit fest. Er hatte bereits geahnt, wie das hier ausgehen würde. Er war über sich selbst ein wenig erschüttert, denn er erkannte nun, dass er ein zutiefst fatalistischer Mensch zu sein schien.

»Nein. Nicht, dass wir wüssten. Gäbe es diese Möglichkeit, hätten wir Sie vorher gewarnt.«

»Was können wir also tun?«

Saim schien diese Frage zu beleben. Bisher hatte er sehr passiv gewirkt, geduldig, als hätte er ein Pflichtprogramm abgespult, das ihm keine Freude bereitete. Wahrscheinlich war es auch genau so, wenngleich er zu Beginn erwähnt hatte, dass dies seine erste »Ankunft« gewesen sei. Es musste sich wohl tatsächlich um so etwas wie eine gut dokumentierte historische Erfahrung handeln, oder Saim war einfach furchtbar abgebrüht.

»Sie haben zwei Möglichkeiten. Sie können dem Rat beitreten und sich in den kollektiven Schutz einer Gemeinschaft begeben, die seit Hunderten von Jahren für eine gewisse Sicherheit sorgt und solidarisch miteinander alle zur Verfügung stehenden Ressourcen verwaltet. Oder ...«

»Was war vor dem Rat?«, fragte LaPaz plötzlich, unvorhergesehen und zum Missfallen Riveras. Doch sein missbilligender Blick ging ins Leere, die Augen der Anwältin waren allein auf Saim gerichtet.

»Es gab eine Auseinandersetzung«, sagte Saim nach kurzem Zögern.

»Einen Krieg.«

»Das kann man so sagen.«

»Der erste seiner Art?«

Saim zögerte erneut. Er war es nicht gewohnt, so befragt zu werden, und rang ein wenig mit sich. Riveras Unwohlsein verstärkte sich, und diesmal nicht aufgrund des forschen Auftretens der Frau.

»Nein«, sagte Saim schließlich.

»Wie viele seit Beginn Ihrer Aufzeichnungen?«, hakte LaPaz nach, die Stimme ruhig, die Haltung keinesfalls provozierend, aber mit Nachdruck.

»Das kommt auf die Definition …«

»Wie viele von der Größenordnung, die zur Bildung des Rates führte?«

»Ein Dutzend vielleicht.«

LaPaz nickte langsam. »Die Alternative ist, dem Rat nicht beizutreten und was zu tun? Gibt es andere Organisationen, kleinere, größere oder feindliche?«

Saim atmete ein und aus, und Rivera hatte den untrüglichen Eindruck, dass der Ratsvorsitzende um seine Fassung rang. Der Kommandant der *Licht* aber konnte und wollte LaPaz nicht stoppen, auch wenn Campbell nur noch entsetzt wirkte und aussah, als würde er gleich bewusstlos umkippen.

»Andere, ja. Kleinere, allesamt. Feindlich? Es gibt ein Kräftegleichgewicht, und es gibt Regionen der Sphäre, die sich dem unmittelbaren Zugriff des Rates entziehen. Sie werden schon gemerkt haben, dass es hier langsam voll wird.«

LaPaz beugte den Oberkörper nach vorne. »Wenn wir dem Rat jetzt und hier nicht beitreten, was geschieht dann mit uns?«

Saim sah sie einen Moment an, ehe er antwortete. »Lassen Sie mich doch zuerst einmal erklären, wer wir sind und was wir tun. Ist es notwendig, sich über die Konsequenzen einer – falschen – Entscheidung Gedanken zu machen, ehe man sich von den Vorteilen einer richtigen überzeugt hat?«

»Falsch und richtig bemisst sich an den Konsequenzen. Was geschieht?«

Saim wirkte nun unruhig, verärgert. Das Gespräch hatte ganz offensichtlich nicht den Verlauf genommen, den er sich erhofft hatte. Rivera war sich nicht sicher, ob das eine gute oder eine schlechte Nachricht war, aber sein Instinkt sagte ihm erneut, LaPaz jetzt nicht in die Parade zu fahren.

»Wir stehen vor einem Konflikt, ich will das nicht verhehlen«, sagte der Vorsitzende. »Bedrohungen sind absehbar, es bilden sich Allianzen. Wir leben hier auf einem recht engen Raum, und der Friede und die Stabilität, die der Rat gebracht hat, führte zu einer Erholung der Gesamtpopulation. Nicht alle unterwerfen sich einem strengen Regime der Bevölkerungskontrolle. Das führt zu Belastungen, und diese erreichen nun eine Dimension, die gefährlich ist. Für alle.«

»Es wird zu eng auf den noch betriebsfähigen Schiffen, und die Lebenserhaltungssysteme stoßen an ihre Grenzen«, sagte Campbell, und Rivera war ihm dankbar, dass er es sehr sachlich sagte, mit einem Unterton von Verständnis. Das wirkte. Saim entspannte sich sofort.

»Sie haben das richtig erkannt. Eine durchaus explosive Situation. Wir vom Rat versuchen unser Möglichstes, sie unter Kontrolle zu bekommen. Es ist unser Bestreben, das Überleben von möglichst vielen zu sichern. Aber es gibt Prozesse, die sich aufschaukeln und irgendwann der Kontrolle entziehen. Vielleicht kennen Sie so etwas aus der Geschichte der Zivilisationen, mit denen Sie vertraut sind. Es ist hier nicht anders, im Gegenteil. Alle gesellschaftlichen und ökonomischen Prozesse finden in der Sphäre besonders kondensiert und fokussiert statt. Reaktionen sind schnell, schneller als auf einer großen Welt oder in einem weitläufigen Sternenreich. Man kann den Entwicklungen auch nicht entkommen. Es gibt kein Ventil.«

»Das stimmt nicht ganz«, sagte LaPaz, die Saim unentwegt anschaute. »Es gibt eines, und genau das ist es, wovor Sie uns warnen wollen, nicht wahr?«

Der Ratsvorsitzende machte eine undefinierbare Bewegung mit einer Hand, die möglicherweise Zustimmung signalisierte. »Sie sind klug.«

»Wovon ist die Rede?«, fragte Rivera, den ein ungutes Gefühl beschlich.

»Krieg«, sagte LaPaz tonlos. »Er redet von einem Krieg.«

»Als eine potenzielle Gefahr ...«

LaPaz schüttelte den Kopf, eine Geste, die Saim möglicherweise nicht verstand, dieser aber sagte nichts weiter, beobachtete die Szene, wirkte nun wieder ruhig und gefasst.

»Er meint, dass dieser unmittelbar bevorstehen könnte. Ist es nicht so, Ratsvorsitzender?«

»Sie sind klug«, erwiderte der Mann erneut und verbeugte sich, eine offenbar bei vielen Kulturen universelle Geste des Respekts.

»Sie meinen ...«

»Captain, ich muss Sie sprechen.«

Die Stimme war in Riveras Ohr erklungen, aus dem winzigen, implantierten Empfänger, den alle Schiffsoffiziere trugen, um jederzeit erreichbar zu sein. Die Stimme war nicht drängend gewesen, sondern fast kühl, aber Elissi musste keine falsche Emotion in ihre Worte legen. Die Tatsache allein, dass Sharon ihr Zugang zu diesem Komm-Kanal gewährt hatte, wies darauf hin, dass es dringend war.

»Ich muss diese Perspektive mit meinen Offizieren besprechen«, sagte er laut. »Ich vermute, Ratsvorsitzender, dass Sie von uns eine schnelle und definitive Entscheidung erwarten.«

»Das wäre den Umständen angemessen«, bestätigte Saim. »Bitte, besprechen Sie sich. Ich kann hier warten oder zu einem späteren Zeitpunkt zurückkehren.«

»Hier warten!«, sagte Elissi eindringlich in Riveras Ohr. »Auf jeden Fall dabehalten!«

Rivera schätzte es nicht, ferngesteuert zu werden, doch er ahnte, dass er das Richtige tat, wenn er dem Rat folgte, der in sein Ohr geflüstert wurde.

»Es wird nicht lange dauern. Bitte, sagen Sie nur, was wir tun können, um es Ihnen so bequem wie möglich zu machen. Meine beiden Begleiter werden Ihnen weiterhin Gesellschaft leisten. Sie können von ihnen einiges über uns und unsere Mission erfahren.«

Und mit diesen Worten machte Rivera, dass er hier rauskam.

40

Dieser Riem, zu dem Schluss kam Lyma Apostol schnell, war ein gehetzter Mann. Und überfordert. Vor allem aber ungeduldig, womit er ihr ähnelte. Zwei Ungeduldige. Das half nicht bei ihrem Gespräch. Es half auch nicht, dass er sich hier genauso gut auskannte wie sie: nämlich im Grunde gar nicht. Und was der ganzen Sache noch die Krone aufsetzte: Er war ernsthaft über die Tatsache beunruhigt, dass es der *Scythe* gelungen war, problemlos anzudocken. Es hatte ihn nicht direkt erschüttert, aber es bewegte ihn, er erwähnte es mehrmals, manchmal ohne direkten Anlass, als wolle er auf diese Weise eine Erklärung aus ihnen herauslocken. Etwas, das sie ihm bisher verschwiegen hatten. Dabei gab es keine Erklärungen von ihrer Seite. Dass ihnen der »Hüter« nicht richtig weiterhelfen konnte, war ernüchternd.

Dennoch, sie erfuhren viel. Über den Rat und die allgemeine Machtstruktur innerhalb dieser Sphäre, über die Möglichkeiten und Begrenzungen ihres Aufenthalts.

Darüber, dass Riem den Typen namens Saim für eine Gefahr hielt und dass er nur deswegen dieses Amt innehatte, weil der Vorgänger Saims seinem alten Weggefährten das Leben hatte retten wollen. *Ernüchternd*, dachte Lyma erneut, als sie den Schilderungen ihres Gegenübers lauschte. Hier ging es zu wie überall dort, wo begrenzte Ressourcen auf ehrgeizige Politiker stießen. Und davon, dass es hier weitaus begrenzter zuging, als sie es sich hätten träumen lassen, mussten sie wohl ausgehen. Die Sphäre mochte ein technologisches Wunderwerk sein. Aber den Leuten, die es hierher verschlagen hatte, ging es im Großen und Ganzen dreckig.

Das Bild, das sich in ihrem Bewusstsein von den Zuständen hier drin verfestigte, hatte etwas von einer Schlangengrube. Mit sehr hungrigen Schlangen. Sie mochte dieses Bild nicht so besonders.

Sie standen vor einer großen Schleusentür, die Riem ihnen gerade als einzigen Zugang ins Innere beschrieben hatte, wenn man sich in dieser Einrichtung weiterbewegen wollte. Wer hindurchging, kam niemals wieder zum Vorschein. Lyma verspürte kein Bedürfnis, es in nächster Zukunft auszuprobieren. Andererseits schien Riem der Ansicht zu sein, dass es eine gute Idee sei. Wenn die Station es zugelassen habe, dass die *Scythe* hier festmachte, dann wäre vielleicht ein Mensch auf der anderen Seite auch willkommen. Kein völlig abwegiger Gedanke, aber er stank nach Verzweiflung, und so weit war Lyma noch nicht. Es konnte genauso gut sein, dass es sich um eine Fehlfunktion handelte. Auf der Basis ging man besser nicht unvorsichtig vor.

»Wir bekommen Besuch«, murmelte Inq ihr zu.

Lyma hob eine Hand, und Riem unterbrach seine Erläuterungen. Er sah sie erwartungsvoll an, dann sagte er: »Ich habe meine Experten gebeten, zu uns zu kommen. Sie sind unbewaffnet und …«

»Es geht nicht um Ihre Leute. Es geht nicht um ein Raumboot«, sagte Inq. Riem hatte ihnen bereits von der baldigen Ankunft seiner Kollegen berichtet. »Ein Schiff von beträchtlichem Durchmesser nähert sich der Station. Kann es sein, dass Ihr Freund Saim sich unser annehmen möchte?«

Riem zuckte unmerklich zusammen. Gerechnet hatte er damit wohl nicht.

»Das kann sein. Einen Moment, ich frage meine Leute.«

Riem konsultierte einen Kommunikator. Was er hörte, beunruhigte ihn, das war beinahe mit Händen greifbar. Er wandte sich Lyma zu, seine Bewegungen strahlten Nervosität aus. Lyma musste sich da nicht auf ihre begrenzte Interpretationsgabe verlassen, Tilla wisperte ihr die aktuelle Gemütslage ihres Gesprächspartners immer wieder ins Ohr. Riem war kein Mensch, aber seine emotionale Bandbreite war von der eines Menschen nicht weit entfernt. Evolution tat solche Dinge, sie waren nicht überraschend. Tilla begann, sich ganz gut darauf einzustellen.

»Es ist nicht Saim«, sagte er dann, und er klang nicht so, als sei das eine gute Nachricht. »Es ist nicht vom Rat.« Er machte eine Pause. »Ich habe Ihnen ja gesagt, dass nicht alle hier im Rat sind – und dass es genau jene sind, die der künftigen Auseinandersetzung als Erste zum Opfer fallen werden. Die meisten sind relativ hilflos. Unsere Besucher sind es nicht. Ganz und gar nicht. Sie werden dafür sorgen, dass der kommende Krieg seinen Namen auch verdient.«

»Ich hätte es gerne etwas genauer.«

Anstatt eine Antwort zu geben, machte Riem ein paar Schritte durch den loungeähnlichen Empfangssaal, in dem sie sich immer noch aufhielten, und manipulierte etwas an unscheinbar aussehenden Verzierungen an einer Wand. Sie stellten sich als Kontrollen heraus, und eine Projektion baute sich in der Luft auf.

»Ich dachte, Sie haben keinen Zugriff auf die Systeme dieser Station«, kommentierte Inq.

»Wir haben das installiert, einige Hilfseinrichtungen für unsere Wissenschaftler. Schauen Sie, ich etabliere einen Uplink zu den Scanergebnissen meiner Leute.«

Ein Raumschiff wurde sichtbar, von beeindruckender Größe, ungefähr flunderförmig und mit einer irisierenden, gelegentliche Blitze aussendenden Oberfläche. Es schob sich mit majestätischer Gelassenheit auf sie zu, und der Auftritt verfehlte seine Wirkung nicht. Dennoch war angesichts der Messdaten erkennbar, dass es respektvollen Abstand zum Kern hielt. Es wollte wohl auch keine falschen Spekulationen anstellen.

»Die Skendi, wenn ich vorstellen darf.«

»Das ist ihr einziges Schiff?«, fragte Lyma.

»Zum Glück, ja. Die Skendi haben sich nie dem Rat angeschlossen. Sie haben ganz eigene Vorstellungen vom Wert der Kooperation. Es gibt einige kleinere Raumfahrzeuge, die sich unter den Schutz dieses Schiffes gestellt haben. Ich würde ihren Status grob als Vasallentum bezeichnen. Die Skendi sind von sich noch mehr überzeugt als Saim, und das sagt eine Menge aus.«

Riem klang etwas abfällig, seine Worte waren aber nicht ohne Respekt. Die Bewohner der Flunder waren von Bedeutung, das spürte Lyma sofort.

Die Polizistin runzelte die Stirn. »Dieses Schiff ist bewaffnet?«

»Es ist eine königliche Barke. Vor zwei Generationen hat es sich die Fruchtmutter der Skendi nicht nehmen lassen, persönlich das mysteriöse Phänomen der Sphäre zu begutachten. Das Ergebnis war natürlich auch für sie das Gleiche wie für alle anderen.«

»Sie ist mittlerweile verstorben, nehme ich an.«

»Sie nehmen falsch an. Skendi-Fruchtmütter verspeisen regelmäßig ihren eigenen Nachwuchs und verlängern dadurch ihre Lebenserwartung. Nur, wer nützlich und kein Konkurrent ist, darf leben. Das sind vorzugsweise Männer, denn die haben nichts zu sagen.«

»Es ist die ...«

»Die Große Fruchtmutter Quara ist seit über 200 Jahren mit uns auf Reisen, und wenn ich das sagen darf: Ihre Laune hat sich dadurch nicht verbessert.«

Lyma verbarg ein Lächeln. Dass Riem über einen trockenen Humor verfügte, der mit dem irdischen durchaus kompatibel war, hatte er bereits das eine oder andere Mal andeutungsweise unter Beweis gestellt. Sie entspannte sich zusehends in seiner Gegenwart, was gleichermaßen riskant wie erfreulich war. Aber sie bedurfte eines Verbündeten in dieser Welt, und Riem bot sich an, denn eines war deutlich geworden: Auch er brauchte Freunde, und das sehr dringend.

»Kann man mit dieser Quara reden?«, fragte Lyma.

»Wenn sie ein Gespräch wünscht, ist es sogar sehr schwer, es zu vermeiden.«

»Wird sie mich fressen?«

Riem lachte. Auch das hatte er mit den Menschen gemein, wenngleich es ein eher meckernder Laut war, der an eine Ziege erinnerte.

»Sie sind eine Frau, daher ist die Wahrscheinlichkeit höher als bei einem Mann. Aber keine Sorge. Sie zieht es vor, ihre eigenen Töchter zu verspeisen. Sie hat in den letzten 200 Jahren gelernt, dass allzu hemmungslose Schlemmerei exotischer Genüsse zu diplomatischen Verwicklungen führen kann, die sich auch Quara nicht dauernd leisten kann.« Riem machte eine Handbewegung in Richtung der königlichen Barke. »Ihr Schiff ist mächtig. Ich glaube, es ist für sich die größte und mächtigste Einheit in der ganzen Sphäre. Aber es ist nur dieses eine.«

»Und sie ist hier, weil ...?«, fragte Inq.

»Weil sie wittert, dass ein Konflikt bevorsteht, und weil sie schaut, wie sie ihre Position verbessern kann. Und dass sie sich persönlich hierherbewegt, sagt einiges darüber aus, für wie wichtig sie Sie hält, Lyma Apostol von der *Scythe.*«

»Ich bin mir nicht sicher, ob das eine gute Nachricht ist.«

»Ich bin mir sicher, dass es keine ist.«

Riem war, so Lymas Eindruck, um Ehrlichkeit bemüht. Sie begann, sich für ihn zu erwärmen, und obgleich das Wort »Menschenkenntnis« hier absolut nicht zutraf und sie vorsichtig sein musste, eine spontane Bewertung eines Aliens auf ihre Erfahrungen mit Ihresgleichen zu übertragen: Riem drückte die richtigen Knöpfe, das musste sie ihm zugestehen. Was die Skendi anbetraf, war sie aber entschlossen, sich eine eigene Meinung zu bilden.

Das große Schiff bremste unmerklich ab und blieb in gehöriger Entfernung im Raum schweben, und es wurde erkennbar, wie sich ein Beiboot löste, eine kleine Variante der Mutterkonstruktion, die wie ein giftiges Insekt hervorschoss und Kurs auf das Tor nahm.

»Sie dürfen hier andocken, obgleich sie nicht im Rat sind?«, fragte Inq. Sie alle hatten noch viel zu verstehen, was die Regeln und Traditionen des Zusammenlebens hier anbetraf.

»Jeder darf das«, kommentierte Riem. »Wer sollte jemanden daran hindern? Dem Tor ist es egal, es verschließt alle sensiblen Anlagen und den Kern selbst, vor allen gleichermaßen. Und meine eigene Station ist weitgehend unbewaffnet. Es gibt eine stillschweigende Übereinkunft, dass hier keine Feindseligkeiten ausgetragen werden. Die Station ist neutrales Gebiet, daran hat sich bisher jeder gehalten.« Er machte eine Pause und fügte dann hinzu: »Deswegen gab mir Geon diesen Posten.« Da war ein wenig Bitterkeit in seiner Stimme, glaubte Lyma zu hören. Auf der Basis seiner Erklärungen ein nachvollziehbares Gefühl.

»Niemand wird vom Tor weiter vorgelassen als bis hier?«, fragte sie.

»Raumschiffe gar nicht, der Zugang hat sich uns niemals geöffnet. Ansonsten gibt es den Salon, einige angrenzende Gänge, die eine Tür, die ins Innere führt und vor der wir hier stehen, eine zweite, die aus Versehen offen steht, und ansonsten überall nur verschlossene oder erst gar keine Zugänge. Es gibt eine zweite große Tür, dort drüben, die offenbar mit einer Art Identitätsscanner verbunden ist. Ich glaube, jede Spezies, die jemals in der Sphäre gefangen war, versuchte zumindest einmal, dort Zugang zu erlangen. Es hat nie geklappt.«

Lyma und ihre Begleiter gingen auf die Tür zu, die eher einem kleinen Portal glich. Sie unterschied sich sonst nicht von der restlichen Konstruktion, aber sie schien in der Tat einen zweiten Zugang zum eigentlichen Kern der

Toreinrichtung zu gewährleisten, möglicherweise den zu ... was auch immer sich da unten verbarg und welche Bedeutung es haben mochte. Tilla kam noch näher, legte spielerisch eine Hand auf die Sensorfläche, die direkt neben dem Zugang schimmerte, nachdem sie den Handschuh ihres Anzugs ausgezogen hatte. Es tat sich nichts.

Dafür tat sich anderswo etwas. Die Zugangsschleuse der Dockanlagen rumpelte. Ihre Besucher waren angekommen und verlangten ihre sofortige Aufmerksamkeit.

»Was können Sie mir sagen?«, murmelte Lyma, als sie sich zusammen mit Riem in die Mitte des Raums stellte, jetzt doch ein wenig nervös. »Welche Fehler kann ich machen?«

»Das weiß man vorher nie so genau. Ich bin den Skendi bisher nur einmal begegnet und kein Experte. Aber ich glaube, wir können nur etwas falsch machen, wenn die Fruchtmutter darauf aus ist, Probleme zu bereiten. Wenn ihre Haltung eine friedliche ist, so heißt es, kann man sie auch davon nicht abhalten. Sie ist sehr von sich überzeugt und verfügt über große Selbstkontrolle.«

»Außer, sie hat Hunger.«

Riem beugte sich in ihre Richtung, sprach leiser. »Haben Sie keine Angst. Ihr Kannibalismus bezieht sich wirklich nur auf ihre eigene Familie, soweit ich weiß. Sie würde Sie nur essen wollen, wenn sie sich dadurch einen politischen Vorteil verschaffen kann. Das sehe ich derzeit nicht. Außerdem kann sie gar nicht an Bord dieser Station kommen.«

Lyma sah Riem verwirrt an. Schritte waren zu hören, schwere Schritte.

»Wieso?«

Riem wies erneut auf die Projektion des großen Schiffes, das regungslos im Raum hing.

»Sie ist mit dem Schiff symbiotisch verbunden. Würde man sie daraus entfernen, wäre sie binnen kürzester Zeit tot. Die königliche Barke ist nicht einfach nur ein Raumschiff, es ist ihre ewige Heimstatt, ihr Palast, ihre Krippe, ihr Altersruhesitz – und ihr Grab.«

Dann traten die Gesandten der Fruchtmutter ein, und Lyma Apostol war sofort sehr beeindruckt. Denn sie standen alle gut im Futter.

41

»Da. Und da.«

Elissi manipulierte die Kontrollen der Aufzeichnungswiedergabe mit eleganter Professionalität, obgleich sie das System nie vorher bedient hatte. Rivera saß neben ihr, daneben der unvermeidliche Jordan, der ebenso gebannt auf den flachen Schirm starrte. Dieser zeigte die Begegnung des Captains mit Saim und seinen Gefolgsleuten, eine Aufzeichnung ihres gerade absolvierten Gesprächs. Ein zweiter Schirm übertrug in Echtzeit. LaPaz saß vor Saim und erzählte ihm ein wenig über das Konkordat, ein Vortrag, dem der Ratsvorsitzende mit Geduld zuhörte.

Auf einem zweiten Bildschirm lief etwas ganz anderes: ein verwirrendes Schlierenmuster, eine endlose Wiedergabe der seltsamen Masse, die sich offenbar im Kern der Sphäre befand. Die Aufzeichnung gehörte zu den Daten, die ihnen der Rat gleich bei der Ankunft zur Verfügung gestellt hatte, und Jordan hatte Rivera erzählt, dass Elissi davon absolut fasziniert sei. Sie habe jede freie Minute bis zum Gespräch mit Saim dafür genutzt, diese zu betrachten, und sie liefen immer noch nebenher ab. Multitasking war für die junge Frau offenbar keine Herausforderung.

Jetzt aber schauten sie gemeinsam auf das, was die Kameras von Saim und seinen Begleitern aufgenommen hatten, und Elissi hatte auf etwas gezeigt, von dem er nicht verstand, was es bedeutete.

»Was heißt das?«, fragte Rivera, der gelernt hatte, dass Elissi jederzeit bereit war, weniger mit Geistesgaben gesegneten Zuhörern Dinge auch zu erklären.

»Schauen Sie genau hin. Als LaPaz gefragt hat, was denn genau passieren würde, wenn wir dem Rat nicht beizutreten gedächten. Sehen Sie auf seine Hände.« Jordan sprach für Elissi, denn er verstand offenbar immer sofort, was die junge Frau dachte und fühlte. Rivera kniff die Augen zusammen, dann nickte er.

»Er macht komische Bewegungen.«

»Das sind keine komischen Bewegungen, das ist eine stumme Form der Nachrichtenübermittlung. Eine Art Gebärdensprache. Seine beiden Begleiter stehen hinter ihm, sodass sie die Gestik sofort bemerken, tatsächlich haben sie die ganze Zeit nichts anderes getan, als auf seine Hände zu starren. Und jetzt passiert das.«

Die beiden Begleiter Saims begannen, an ihren Schmuckstücken zu nesteln, die ihre hageren Körper bedeckten. Rivera entwickelte die Ahnung, dass es sich nicht um Schmuck handelte.

»Das sind Sender?«

»Gut abgeschirmte Sender. Wenn Elissi nicht aufgepasst hätte, wäre das völlig unbemerkt geblieben.«

»Und jetzt hier«, sagte die Studentin.

Elissi schaltete um, und statt des Raumes ihrer Begegnung war nun der Weltraum um die *Licht* zu erkennen. Rivera musste schon genau hinsehen, und es dauerte eine Weile, aber in die »Wracks« um sie herum kam Bewegung. Einige Schiffe, die eben noch sehr tot und verlassen ausgesehen hatten, schienen zum Leben zu erwachen, subtil nur, angezeigt durch ein paar Lichter, ein paar ausstoßende Dämpfe, das gelegentliche Feuern eines Korrekturtriebwerks. Nichts, was man sofort sah, und vor allem nichts, was für sich einen Alarm auslöste – erst recht nicht, wenn man gerade mit etwas anderem beschäftigt war.

»Ach Kacke!«, entfuhr es Rivera, und er schämte sich nicht dafür. »Die gehen in Position. Das weist auf ein ...«

»Enterkommando«, sagte Elissi. »Sie bereiten das Entern der *Licht* vor. Als LaPaz Zweifel äußerte, traf Saim diese Entscheidung, falls er nicht ohnehin der Ansicht gewesen war, dass es keinen anderen Weg gäbe. Ich glaube, er war nur hier, um die Form zu wahren, weil es Leute gibt, die das von ihm erwarten. Seitdem spielt er nur noch auf Zeit. Er wird seinerseits ein Signal bekommen, dass die Vorbereitungen abgeschlossen sind, und dann zu den Seinen zurückkehren wollen. Das wird der Startschuss sein.«

Rivera starrte für einen Moment auf den Schirm, doch an der Analyse der jungen Frau – und ihrer bemerkenswerten Beobachtungs- und Kombinationsgabe – war absolut nichts auszusetzen.

»Wir haben für so was kein Protokoll«, sagte er heiser. »Wir haben keine Soldaten an Bord, keine Polizei. Meine Offiziere haben ein Basistraining mit Schusswaffen absolviert, aber seitdem keine mehr angefasst. Ich hege die Vermutung, dass die Enterkommandos etwas besser ausgerüstet und ausgebildet sein werden.«

Er redete ein wenig zu sich selbst, und Elissi wie auch Jordan bemerkten das wohl, denn sie schwiegen, nicht erwartungsvoll, sondern höflich. Als Vierter im Bunde saß Sanders schweigsam neben ihnen, den Blick unentwegt auf Elissi gerichtet, die er für einen Quell an Erkenntnis zu halten schien. Eine Einschätzung, die Rivera langsam zu teilen begann.

»Ich kann das Schiff versiegeln, aber auch dagegen gibt es Mittel. Im Zweifel schießen sie ein großes Loch in die Hülle und warten, bis wir aufgeben«, spann er seinen Gedanken fort, der ihn in einen Abgrund schauen ließ. Das plötzliche Gefühl der Hilflosigkeit war dermaßen überwältigend, er drohte für einen Moment daran zu ersticken. Mit einer etwas fahrigen Bewegung fuhr er mit einem Finger zwischen Kragen und Hals entlang, als wolle er sich von einer Beengung befreien, die er sich doch nur einbildete.

»Auf den Rücken legen und gute Miene zum bösen Spiel machen«, sagte Jordan nun unvermittelt. »Auf eine Chance hoffen, aber erst einmal mit dem Strom schwimmen. Die Besatzung zusammenhalten, denn in ihr könnte sich die Lösung ergeben. Und einen Kommunikationskanal zur *Scythe* offen halten. Die sind frei.«

»Und bewaffnet«, fügte Elissi hinzu.

Rivera sah von einem zur anderen, und er wusste, dass der junge Mann recht hatte. Es blieben keine weiteren Optionen. Er traute diesem Saim nicht, nicht eine Minute, aber hier ging es auch nicht um Vertrauen. Es ging ums Überleben. Darum, Zeit zu gewinnen. Ein Kampf würde nur Opfer bringen, völlig unnötige Verluste. Rivera musste seinen

Fluchtimpuls niederkämpfen, sah die beiden jungen Leute an, nickte, mehr zu sich selbst, als sei er zu einer speziellen Schlussfolgerung gelangt.

»Wir könnten zur Geisel werden, um die Besatzung der *Scythe* unter Druck zu setzen«, gab Sanders zu bedenken, ein naheliegender Einwand.

»Das werden wir in jedem Falle. Nur, wenn wir dabei noch etwas Autonomie bewahren, hilft das mehr, als wenn wir tatsächlich zu Gefangenen werden und die Kontrolle über die *Licht* gewaltsam und vollständig verlieren.«

Rivera sah Jordan an. Ein kluger Verstand, mit einem Denken, das seiner Freundin fremd war, denn hier ging es um Fragen der Macht, der Taktik und der möglichen Interaktion, alles Aspekte, an denen Elissi eher verzweifelte. Natürlich konnte er sich irren, aber das war der Punkt: Elissi sprach und irrte sich nicht. Daher sagte sie nichts zu Dingen, bei denen ein hoher Unsicherheitsfaktor bestand.

Ein gutes Team, trotz seiner Jugend. Oder vielleicht gerade deswegen. Es war eine gute Idee gewesen, sie mitzunehmen, doch gleichzeitig war es schmerzhaft, so vielversprechende Menschen in so großer Gefahr zu sehen. Er musste alles tun, um zu verhindern, dass ihnen etwas angetan wurde.

»Ich muss mit den anderen darüber reden«, sagte er und erhob sich. »Behalten Sie beide die Sache weiter im Auge. Ich möchte Ihnen danken. Sie sind sehr wertvolle Mitglieder unserer Mannschaft.«

Er sah die beiden noch mal an. Jordan und Elissi reagierten auf ihre Art auf das Lob. Der junge Mann mit einem gewissen Stolz und seine Freundin mit der simplen Akzeptanz einer ihr längst bekannten Tatsache. Beide aber taten wie geheißen. Sanders nickte Rivera zu. Er würde ebenfalls hierbleiben und beobachten.

Rivera trat auf den Gang. Seine plötzliche Flucht aus der Besprechung hatte sich herumgesprochen. Sharon Toliver erwartete ihn und sah ihm erwartungsvoll entgegen.

»Wir müssen kapitulieren«, sagte er ihr, und es sprach für die Offizierin, dass sie weder empört dreinblickte noch seine geistigen Fähigkeiten infrage stellte. Dafür kannten sie sich schon lange genug. Er würde es ihr erklären, und seine Begründung würde Hand und Fuß haben.

»Was soll ich tun?«

»Sichere alle Daten. Ich möchte, dass unsere besten Eierköpfe sich um nichts anderes kümmern. Lösche die Codes, soweit sie das Konkordat betreffen. Ich glaube zwar nicht, dass Saim irgendein Interesse an der Außenwelt hat, aber sicher ist sicher. Dann benachrichtige die Besatzung. Bleib ruhig, gelassen, selbstsicher – und wenn du das nicht kannst, nimm irgendwelche Drogen, die dich so machen. Ich will keine Panik. Dies ist eine Grenzsituation, und wir haben verdammt schlechte Karten. Ich will und muss die Kohärenz der Crew bewahren, es darf uns jetzt nicht alles aus den Händen gleiten. Für all das gibt es kein Vorbild, kein Handbuch.« Er schluckte trocken, sein Gaumen fühlte sich belegt an. »Wir spielen das aus der Hüfte, Sharon. Keine Ahnung, ob das gutgeht.«

»Ich werde so tun, als hätten wir alles im Griff. Bis wir es nicht mehr haben.«

»Die Lüge werden alle schnell durchschauen. Aber für den Moment … tu genau das, bitte.«

Rivera fand sich Augenblicke später im Verhandlungszimmer wieder, in dem LaPaz gerade die Vorzüge des

Regierungssystems des Konkordats erläuterte. Rivera, der sich darüber nie besondere Gedanken gemacht hatte, fühlte einen kurzen, dafür umso heftigeren Anfall von Heimweh, als er innehielt und wartete, bis sie ihren Gedankengang vollendet hatte. Der erwartungsvolle Blick, den sowohl Saim als auch die Anwältin auf ihn richteten, sprach Bände. Er räusperte sich. Hoffentlich übersetzte das die Software nicht in die Sprache Saims, er wüsste nicht, welche Bedeutung er der Äußerung beimessen sollte – außer dass es ihm schwerfiel zu sagen, was nun zu sagen war.

»Ehrenwerter Ratsvorsitzender«, wandte er sich an Saim. »Ich habe mich mit einigen Mitgliedern meiner Führungsmannschaft über Ihr großzügiges Angebot ausgetauscht. Für uns ist die Situation innerhalb dieser Sphäre noch sehr verwirrend, und ich habe Angst, dass ich die falsche Entscheidung treffe. Sie müssen verstehen, dass all dies einen starken Druck auf uns alle ausübt. Wir sind etwas ... hilflos, das trifft es wohl am besten.«

»Ich verstehe das. So empfand jede neue Spezies, die die Sphäre betrat. Sie drückten es auf unterschiedliche Weise aus, und manche taten so, als würde sie all dies nicht anfechten, aber im Grunde war es für sie alle eine schwierige Situation. Deswegen bin ich hier. Ich will Ihnen helfen, die Situation hier richtig zu verstehen – und die richtigen Konsequenzen zu ziehen. Und es ist sehr, sehr bedauerlich, dass ich Ihnen einen gewissen Zeitdruck dabei auferlege, aber die Gesamtlage ist ... schwierig.«

Rivera machte einen Schritt auf Saim zu.

»Das kann man wohl sagen. Aber, wie dem auch sei, ich habe mich entschieden, Ihrem Angebot zu folgen. Eine Mitgliedschaft im Rat erscheint mir die einzig sinnvolle

Alternative zur Verwirrung zu sein, und sie bietet uns eine Basis, uns hier zurechtzufinden.«

Er sah Saim erwartungsvoll an. Täuschte er sich, oder war aus dem Ratsvorsitzenden eine Spannung gewichen, als habe jemand ein wenig Luft aus einem sehr prall gefüllten Ballon abgelassen? Es war schwer, das richtig zu interpretieren, aber Rivera drängte sich exakt dieser Eindruck auf. Vielleicht war es dem Ratsvorsitzenden ganz recht, nicht mit Gewalt reagieren zu müssen. Vielleicht hatte er Angst davor, seinen Verbündeten und Feinden dadurch zu früh ein Signal seiner bevorstehenden Absichten zu senden. Es gab so viel, was Rivera nicht recht einzuschätzen wusste ...

»Das freut mich außerordentlich. Sie haben die richtige Entscheidung getroffen. Captain Rivera, wir haben Spezialisten, die darauf trainiert sind, neue Spezies in die Gemeinschaft der Sphäre einzuführen und alle notwendigen Kenntnisse zu vermitteln. Ich werde sie Ihnen schicken – und Koordinaten, die Ihr Schiff anfliegen sollte, um einen sicheren Ankerplatz in der Gemeinschaft des Rates zu finden. Wir stehen zusammen, Captain, auch wenn die Lage schwierig wird. Das kann ich Ihnen versprechen!«

Er sagte es mit einem feierlichen Ernst, der Rivera für einen Moment glauben ließ, Saim meine es wirklich so.

»Dann wäre da noch eine Angelegenheit zu klären, ehe ich wieder aufbreche und mich anderen Aufgaben zuwende«, sagte Saim, der keine Anstalten machte, sich von seinem Sitz zu erheben. Rivera musste seine Fantasie nicht allzu sehr beanspruchen, um zu ahnen, worum es dem Alien ging.

»Das andere Schiff ...«

»Die *Scythe*«, war Rivera hilfreich. Ihm den Namen zu nennen, war nichts, womit er sich eine Blöße gab.

»Ah, vielen Dank. Manchmal helfen Namen, ein Problem handhabbar zu machen, da sie das gemeinsame Verständnis einer Situation fördern. Das Schiff ist verschwunden – nein, das stimmt nicht ganz: Es ist geflohen und befindet sich an einem Ort, der uns keinen unmittelbaren Zugriff erlaubt.«

Dass Saim das Wort »Zugriff« verwendete, war entweder der Übersetzungssoftware geschuldet, die nicht alle Konnotationen des Begriffes einkalkulierte, oder es war exakt das Wort, das der Vorsitzende hatte benutzen wollen.

»Die *Scythe* steht nicht unter meinem Kommando«, erwiderte Rivera wahrheitsgemäß. »Das Schiff gehörte eigentlich nicht zu unserer Expedition. Es war ein Zufall – eine Verkettung von Umständen –, der dazu führte, dass es uns begleitete. Ich würde Ihnen gerne mehr sagen, Ihnen auch helfen, aber selbst über die kommandierende Offizierin weiß ich nicht mehr als ihren Namen. Lyma Apostol.«

Da war für einen Moment eine Regung in Saim, als habe die Nennung des Namens etwas in ihm ausgelöst. Möglicherweise hatte er Nachrichten von der *Scythe* bekommen, die Rivera verborgen geblieben waren. Das war sogar sehr wahrscheinlich.

Saim erhob sich.

»Ich verstehe. In dieser Sache werden wir erneut miteinander reden müssen, Captain. Die Gesamtlage ist durchaus explosiv. Ein Funke – Sie verstehen? Ich kann keinen destabilisierenden Faktor brauchen.«

»Ich kann Ihnen folgen«, sagte Rivera. »Ich würde gerne mit Captain Apostol sprechen, aber sie reagiert nicht auf meine Kontaktversuche.«

»Das ist sehr, sehr bedauerlich.«

Und es gab keinen Zweifel, dass Saim das exakt so meinte.

42

Riem starrte auf die Resonanzbäuche und war sich einigermaßen sicher, mit diesem Anblick nie hundertprozentig zurechtzukommen. Er war noch nie einem begegnet, aber er hatte Darstellungen gesehen und kam zu der Erkenntnis, dass sie die Realität nur annähernd wiedergaben.

Männliche Drohnen der Skendi erfüllten viele verschiedene Funktionen, vom Soldaten über den Techniker bis hin zu einfachen administrativen Aufgaben, die die Fruchtmutter einem Mann zuzutrauen bereit war. Diejenigen, die sich besonders bewährten, gehörten zur persönlichen Entourage der Herrin, und unter ihnen waren die Verkünder von erneut hervorgehobener Bedeutung. Sie waren in eine dicke, ornamentale Gewandung gekleidet, mit einem kreisrunden Ausschnitt auf Bauchhöhe. Sie besaßen dicke Bäuche, und die annähernd humanoiden Gestalten – vom dritten Stützbein einmal abgesehen, das hinten aus ihrem Leib ragte – wirkten wie sehr zufriedene, leicht überfressene

Vertreter ihrer Spezies. Tatsächlich aber war der Bauch ein Kommunikationsorgan, den Säuglingen im frühesten Alter implantiert, auf dem sich durch winzige Hautlamellen das Gesicht der Fruchtmutter widerspiegelte, in der ganzen Feinheit ihrer Mimik. Verbunden mit den Sprachorganen der männlichen Drohnen, konnte sie auf diese Weise jedem ihrer Untergebenen in personam erscheinen, ohne auf die unpersönliche Form elektronischer Kommunikation zurückgreifen zu müssen. Wie genau die Verbindung zustande kam, wusste niemand, und die Hypothesen widersprachen sich zum Teil massiv.

Es war in jedem Falle eine alte Tradition der Skendi, die von ihnen liebevoll gepflegt wurde. Und ein Mann, der einen Resonanzbauch trug, war der Fruchtmutter so nahe wie niemand sonst. Es gab keine größere Ehre, und diese Drohnen lebten ein langes und sorgenfreies Leben. Sie wurden in gewisser Weise als Teil des Körpers ihrer Herrin angesehen, und auf eine sehr irritierende Art waren sie das auch.

Und so sah es wirklich seltsam aus, als die drei Resonanzbäuche sich vor ihnen aufbauten und drei identische, sehr lebendig und interessiert dreinblickende Repräsentationen des Gesichts der Fruchtmutter sie aufmerksam musterten. Das Gesicht der Skendi war dreigeteilt: es gab einen breiten, meist schmallippigen Mund, eine Art Riechorgan, das wie eine das Gesicht durchschneidende Wulst aussah, und einen Augenkranz, der aus einer Kette winziger Pupillen bestand, nicht ganz ein Facettenauge, sondern eine Multiplikation kleiner, eigenständiger Organe. Alles bei den Skendi schien irgendwie multipliziert, und die Tatsache, dass ihrer natürlichen Fruchtbarkeit in der Sphäre starke Grenzen gegeben waren, stellte den wesentlichen Grund für die niedrige Frustrationsschwelle dieser Spezies und ihrer Anführerin dar.

Jetzt aber zeigte sich die Fruchtmutter von ihrer charmanten Seite. Riem ließ sich dadurch nicht täuschen. Captain Lyma Apostol von der *Scythe* hoffentlich auch nicht. Er konnte sie noch nicht richtig einschätzen, ahnte aber, dass unter ihrer Uniform auch eine leicht zu nehmende Frustrationsschwelle lag. Er hoffte, dass sie ebenso wie die Fruchtmutter genau wusste, wann sie diese unter Kontrolle zu halten hatte. Sonst würde er hier Zeuge einer sehr unschönen Auseinandersetzung werden. Und entgegen seiner Zusicherung konnte das Ganze dann in einer höchst unangenehmen Einladung zum Essen enden.

Natürlich fiel bei diesem Gedanken sein Blick auf die zeremoniellen Hämmer der drei Resonanzbäuche. Die Drohnen hatten nicht nur dicke Bäuche, sondern auch ordentliche Muskeln, und die Schlaghämmer waren nicht nur zur Zierde da, wie man sich erzählte. Der Gedanke, auf den Bäuchen das wutverzerrte Gesicht der Fruchtmutter zu erblicken, während eine Drohne den Hammer auf einen niedersausen ließ, war kein angenehmer. An den Skendi, so Riems generelle Einschätzung, war im Allgemeinen wenig Angenehmes.

»Menschlinge. Torhüter.«

Zwei karge Worte. Riem hatte nichts anderes erwartet, aber Lyma Apostol musste irritiert sein. Wie gerne hätte er sie auf diese Begegnung vorbereitet!

»Sie sind an der Station angedockt, mit einem Schiff der Kategorie 5. Erklären Sie diesen Umstand, sofort, unmittelbar, jetzt, gleich.«

Lyma schaute Riem an, der ihr zuflüsterte: »Sie sind so. Keine Angst.«

Die Frau wandte sich den drei Bäuchen zu, die sie direkt und unverwandt anstarrten. Riem bewunderte sie für ihre Fassung und hoffte, dass sie nicht einfach nur steif vor Schreck war.

»Ich habe mein Schiff, die *Scythe*, am Tor angedockt. Es gab nichts, was mich daran gehindert hat. Mehr kann ich dazu nicht sagen.«

»Unerfreulich, ungenügend, unvollständig«, sagten die drei Bäuche im Chor und verzogen ihre Gesichter, um eine Emotion auszudrücken, die die Worte wohl untermalen sollte, vielleicht Missgunst, aber noch keine richtige Wut, wie Riem zu interpretieren glaubte.

»Es tut mir leid.«

»Frau, Captain, Kommandantin. Neuankömmlinge sind mit dem Rat in Kontakt. Unterwerfung, Integration, Assimilation bevorstehend?«

»Ich kann nicht für das große Schiff, die *Licht*, sprechen. Ich stehe nicht mit ihm in Kontakt. Ich bin die Kommandantin der *Scythe*. Ich gehorche jenen nicht, sie gehorchen mir nicht.«

Diese Information bedurfte offenbar der Verarbeitung. Drei nachdenklich dreinschauende Bäuche betrachteten ihre beiden Gesprächspartner. Sie warteten wohl auf ein neues Signal von der Fruchtmutter, das aber auch nicht lange auf sich warten ließ.

»Krieg, Auseinandersetzung, Ressourcenkampf. Der Rat gegen den Rest. Der Rat gegen die Skendi. Mutter und Kommandantin, Frau zu Frau. Wir kooperieren.«

Es klang wie eine Feststellung, war aber als Vorschlag gemeint, so viel Einfühlungsvermögen in die Machtkonstellation hatte auch eine Fruchtmutter. Lyma verstand es ebenso.

»Ich kann so etwas nicht zusagen. Es fehlt mir an Informationen. Ich stehe gerne in Kommunikation und habe nicht die Absicht, mich einem Rat oder sonst wem zu unterwerfen, egal was die *Licht* macht oder wozu sie gezwungen wird.«

»Keine Unterwerfung, Integration, Assimilation verursacht Krieg, Auseinandersetzung, Ressourcenkampf. Zwei Seiten. Die und die anderen. Wenn Kommandantin, Captain, Frau nicht für den Rat ist, ist sie gegen ihn.«

Die Feinde meines Feindes sind meine Freunde. Eine ewige Weisheit, die auch in der Sphäre galt und deren Logik sich auch Lyma Apostol bestimmt nicht ohne Weiteres verschließen konnte. Dennoch stellte Riem mit Zufriedenheit fest, dass die Irdische nicht bereit war, sich von vorneherein der scheinbar unausweichlichen Konsequenz zu unterwerfen.

»Das ist eine mögliche Sichtweise«, sagte Lyma Apostol vorsichtig. »Sie ist nicht notwendigerweise, zumindest nicht derzeit, die meine.«

»Verständnis«, sagte ein Resonanzbauch, und möglicherweise war die Tatsache, dass diese Aussage nicht in drei Varianten geäußert wurde, ein Hinweis darauf, dass die Fruchtmutter wenig erbaut über diese zögerliche Antwort war. Riem vermochte es ebenso wenig zu interpretieren wie die Menschenfrau, er hatte in seiner Zeit wenig mit den Skendi zu tun gehabt, dafür gab es eigentlich Spezialisten.

»Ein Geschenk erscheint angemessen«, sagte ein zweiter Bauch.

»Wir haben nichts ...«, begann Lyma.

»Nein, falsch, unverständig«, korrigierte der dritte Bauch sofort. »Ein Geschenk von der Fruchtmutter für Sie, Captain.«

Riem sagte nichts, er war, das musste er jetzt einräumen, ein klein wenig fassungslos. Die Fruchtmutter war bekannt dafür, dass sie bisweilen zu erstaunlichem diplomatischen Feinsinn in der Lage war, aber dass sie Geschenke machte – also eine Leistung ohne die Erwartung einer Gegenleistung –, davon hatte er noch nie gehört.

»Dieser hier ist für Sie!«

Ein Bauch trat vor, verbeugte sich kurz und stand stocksteif nur noch wenige Meter vor Lyma. »Der Bauch spricht für mich, aber er dient der Mutter. Lyma ist seine Mutter. Der Bauch ist ein Geschenk.«

Apostols Unglaube war sicher noch um einiges umfassender als der von Riem. Ihr hilfloser Blick in seine Richtung sprach Bände.

»Ich … weiß nicht einmal …«

»Nahrung, Futter, Kalorien sind kompatibel. Der Bauch ist dick. Kohlenhydrate stehen zur Verfügung. Wir schenken Captain, Kommandantin, Herrin den Bauch.«

Er verbeugte sich erneut. Das Gesicht der Fruchtmutter verzog sich zu einem Lächeln, das des Bauchs selbst, im Kopf oberhalb des Torsos, blieb unbeeindruckt. Er hatte keinerlei Mitspracherecht in dieser Sache und würde tun, was auch immer ihm befohlen wurde. Riem erkannte, dass Apostol nun ernsthaft darüber nachdachte, wie sie dieses Geschenk wieder loswerden konnte, und so hob er warnend eine Hand.

»Das Geschenk der Fruchtmutter ist großzügig«, sagte er laut. »Ich habe niemals zuvor von solcher Großmut gehört. Die Fruchtmutter verdient unsere Dankbarkeit.«

Jetzt nahmen die beiden anderen Bäuche Riem ins Visier, abschätzend, aber nicht ohne jeden Respekt.

»Riem, der Freund Geons. Hüter von gar nichts. Er spricht die Wahrheit.«

»Hüter von gar nichts« klang ziemlich böse, aber Riem konnte es der Fruchtmutter nicht übel nehmen. Dass sie ihn Freund Geons genannt hatte, sprach dafür, dass die Fruchtmutter immer gut informiert war, ein Umstand, der ihn nicht überraschen sollte.

»Nun gut«, sagte die Menschenfrau zögerlich. »Ich akzeptiere das Geschenk.«

»Natürlich tun Sie das. Es kommt von der Fruchtmutter, und wer von ihr berührt ist, ist gesegnet.«

Das kam nicht aus dem Bauch, das kam aus dem Kopf des Geschenks, war die geäußerte Ansicht der männlichen Drohne, mit einem beinahe vorwurfsvollen Ton und aus tiefer Überzeugung. Weder Riem noch Lyma wussten darauf eine Antwort.

»Wir sprechen, verhandeln, parlieren. Wir geben Schutz, wenn nötig. Die Skendi sind voller gutem Willen.«

Damit wandten sich die anderen beiden Bäuche ab und wanderten den Weg zurück, den sie gekommen waren. Der leicht watschelnde Gang machte den Anblick ein wenig lächerlich, doch weder Riem noch Lyma war nach Amüsement zumute. Der dritte Bauch, ihr »Geschenk«, blieb ungerührt stehen. Mit dem Resonanzbauch selbst war eine interessante Verwandlung vonstattengegangen. Eben noch hatte er das lebendige, nuancenreiche Abbild der Fruchtmutter gezeigt, jetzt hing die flexible Simulationshaut herab wie der gescheiterte Versuch eines Faceliftings. Nur noch vage waren Gesichtszüge erkennbar, wie eine ferne Erinnerung an ein Bild, das zu sehen gewesen war. Das eigentliche Gesicht des männlichen Skendi blieb unbewegt, aber in seinem Blick lag zweifelsohne eine Aufforderung.

»Wir ... Ihre Bedürfnisse ...«, begann Lyma, doch der Skendi hob eine Hand.

»Mein Bedürfnis ist zu dienen. Ich führe Zehrung mit mir.« Er legte die andere Hand an den Beutel an seinem Gürtel, öffnete ihn, nahm einen runden, fleischfarbenen Gegenstand heraus, einem kleinen Ball nicht unähnlich, renkte seine Kiefer mit einem Krachen aus, das sich sehr unangenehm und schmerzhaft anhörte, und steckte den Ball in seine plötzlich scheunentorgroße Mundöffnung. Dann knackte es wieder, als er den Kiefer einrenkte, und es gab einen recht widerwärtigen, glitschig glucksenden Laut, mit dem er den Ball, ohne weiter zu kauen, herunterschluckte.

»Zehrung«, sagte er noch einmal. »Genug für einige Zeit. Biodrucker können weitere Zehrung herstellen. Die Formel ist einfach. Dazu Wasser. Wasser steht zur Verfügung?«

»Das lässt sich einrichten«, murmelte Lyma und flüsterte etwas. Einen Moment später stand jener Mann neben ihr, den sie als Severus Inq vorgestellt hatte.

»Ihnen wird eine Kabine an Bord der *Scythe* zugewiesen«, sagte sie dem Bauch.

»Ich bleibe lieber hier.«

»Sind Sie mein Geschenk oder nicht?«

Unwille flog über das steinerne Gesicht der Drohne, doch dann fügte sich der Skendi-Mann. Natürlich war er kein »Geschenk«. Er war Augen und Ohren der Fruchtmutter. Riem wusste, dass sie eine gewisse Entfernung nicht überschreiten durfte, um die Kontrolle über den Bauch ausüben zu können, doch Riem ging davon aus, dass auch in einem solchen Falle an der Loyalität des Skendi nicht zu rütteln war.

Der Bauch und Inq gingen fort. Lyma schaute dem Paar noch einen Moment nach, dann schüttelte sie den Kopf. »Ich muss eine Menge lernen«, sagte sie, wieder an Riem gewandt. Dann machte sie eine ausholende Armbewegung. »Zeigen Sie mir diese Anlage.«

»Meine Wissenschaftler sind dafür am besten geeignet.«

»Gut, dann warten wir auf sie. Das Raumboot sollte in Kürze anlegen.« Sie warf ihm einen langen Blick zu. »Bis auf Weiteres bin ich bereit, mit Ihnen zu kooperieren, Riem. Ich bin mir nicht sicher, ob es ein Fehler ist, aber aktuell bleiben mir nicht viele Alternativen. Ich kann nicht dauernd davonrennen. Und ich muss an meine Leute denken.«

»Ihre Besatzung ist Ihre Verantwortung«, stimmte Riem zu.

»Nein«, gab die Frau zurück. »Ich meine alle meine Leute. Was auch immer dieser Saim mit der *Licht* und ihrer Besatzung vorhat, ich gedenke, ihnen zu helfen.«

Das klang im ersten Moment nicht schlecht, dachte Riem und behielt den Gedanken für sich. Recht bedacht, war es natürlich absoluter Irrsinn.

43

»Sie werden Folgendes tun«, erklärte Saim, und er sprach langsam, damit seine Botschaft auf jeden Fall ankam. »Sie werden die Einsatzkräfte bereithalten. Sie werden auf mein Kommando warten. Dann schlagen Sie zu. Wir sind rücksichtslos und greifen hart durch. Kein Gerede, keine endlosen Verhandlungen. Sie akzeptieren Unterwerfung nur mit Terror, Sie töten, wer überflüssig oder lästig erscheint. Sie lassen Wissensträger am Leben und töten unnütze Esser. Bringen Sie lieber mehr um, als Sie verschonen. Beeilen wir uns jetzt besser, ehe die da drüben wirksame Gegenmaßnahmen treffen. Ich möchte nicht, dass wertvolle Ressourcen beschädigt werden, und unsere Soldaten sind wertvoll. Sobald alle Kräfte in Position sind, schlagen wir zu. Ich wünsche einen vollständigen Überraschungseffekt.«

»Was soll mit denen geschehen, die wir verschonen?«, fragte Eirmengerd, der das Kommando über die Streitkräfte des Rates führte. Er war ein Iskote, entstammte damit einem Volk, das vor rund 300 Jahren mit einer kleinen Flotte in die Sphäre eingedrungen war und sich dann als sehr loyal und kooperativ entpuppt hatte. Iskoten waren tonnenförmige Wesen von gedrungener Gestalt, die sich auf einem manchmal etwas hektisch wirkenden Band kleiner Laufbeine fortbewegten und einen zweiten Kranz an flexiblen Armen besaßen. Sie waren rein körperlich keine überzeugenden Kämpfer, von eher schwacher Konstitution – aber begnadete Techniker und Ingenieure, deren Kampfskelette sie bei Entermanövern zu idealen Einsatzkräften machten. Saim hatte sich immer besonders um die Iskoten gekümmert, das Seine getan, um ihnen eine privilegierte Stellung zukommen zu lassen. Das zahlte sich jetzt aus.

»Sobald wir die Technologie der Menschlinge beherrschen, sind auch sie nur unnütze Esser. Sie werden eliminiert. Wir selektieren bei den Wissenschaftlern. Vielleicht hat jemand Kenntnisse, die uns nützen. Ich empfehle eine intensive Befragung und danach eine Selektion.«

»Das zweite Schiff bleibt ein Störfaktor. Man wird dort nicht erfreut sein.«

»Die wenigsten werden in Kürze noch Freude an irgendwas haben«, gab Saim zurück, der zur *Lian* zurückgekehrt war und die Annehmlichkeiten seiner Stellung in seiner Privatkabine genoss. Eirmengerd war als Projektion zugeschaltet. Saim vermied persönliche Begegnungen mit Iskoten, soweit er konnte. Sie stanken fürchterlich.

»Außerdem berichten meine Spione auf Riems Station, dass sie angefangen haben, mit den Skendi zu kommunizieren. Die Fruchtmutter ist unsere mächtigste Feindin. Wer mit ihr paktiert, hat sein Leben verwirkt. Aber dennoch ist der Hinweis angemessen. Das zweite Schiff muss beobachtet werden, und wir sollten bis auf Weiteres geheim halten, wie wir mit der Mannschaft der *Licht* verfahren. Doch wer sich mit den Skendi verbündet, der ist zweifelsohne unser Feind.«

Der General hatte dem nichts entgegenzusetzen. Ein zentraler Grund für die Loyalität der Iskoten war deren intensive Abneigung gegen die Skendi. Darauf konnte man sich immer verlassen, so auch jetzt.

»Es wird alles so geschehen, wie Sie befehlen, Vorsitzender!«

Das war, was Saim hören wollte. Er machte eine Geste der Dankbarkeit und freute sich auf die Aufzeichnungen, die er sich nach dem erfolgreichen Kampfeinsatz in Ruhe ansehen würde. Er konnte die Physiognomie der Menschlinge natürlich nur oberflächlich deuten, aber der blanke Ausdruck des Entsetzens, der Angst und der Einsicht, dass nun alles zu Ende war – Saim war sich einigermaßen sicher, dass dieser ihm nicht entgehen würde.

Es waren die kleinen Dinge des Lebens, auf die man sich freuen konnte.

Die Verbindung erlosch. Saim nahm sich die Gelegenheit, einen Augenblick Ruhe zu finden. Viel war in letzter Zeit auf ihn eingestürmt. Halb abwesend sah er, wie just in diesem Moment die Uhr in den roten Bereich wechselte. Die automatische Bewegung, mit der er den Reset betätigte, war ihm seit Kindesbeinen in Fleisch und Blut übergegangen. Er schaute auf die Zahl, die willig auf einen neuen Zyklus umgesprungen war, und erinnerte sich daran, dass er diese ewige Pflicht, die sein Ende in die eigenen Hände legte, immer gehasst hatte. Sie war ein Motivator gewesen, ohne Zweifel, aber jetzt war er dort angekommen, wohin es ihn immer getrieben hatte, und es war für ihn an der Zeit, die Regeln zu ändern, die ihn sein Leben lang eingeschränkt hatten.

Vielleicht würde es bald eine Gelegenheit geben, sich davon zu befreien. Saim war niemand, der Restriktionen akzeptierte. Er liebte die Freiheit und genoss die Macht vor allem deswegen, weil sie seine persönliche Sphäre erweiterte. Dass er aber wie jeder andere seines Volkes der Unerbittlichkeit der Lebensuhr unterworfen blieb, widersprach dem Bild, das der Ratsvorsitzende von sich selbst pflegte. Er würde diesen Widerspruch eines Tages auflösen müssen, wenn ihm sein Spiegelbild weiterhin gefallen sollte.

Er atmete tief ein. Es gab noch so viel zu tun, er wusste gar nicht, wohin ihn der erste Schritt führen musste.

»Herr!«, unterbrach die Stimme seines Stellvertreters seine Kontemplation. Ceym war ein treuer Gefolgsmann, ein Diener ohne Fantasie, das ideale Instrument. Er konnte sich keine geeignetere Person für dieses Amt vorstellen. Besondere Freude aber machte ihm sein offizieller Rivale, der Nachfolger in seinem ehemaligen Amt. Er hatte jemanden durchgedrückt, der über seine Ernennung völlig überrascht gewesen war, einen Niemand, ein Nichts, jemanden, der nicht in der Lage sein würde, seine Rolle mehr als nur rituell auszufüllen. Ihm war sogar der Name entfallen. Ah, doch. Giers hieß er, und er war ein Trottel, den er nicht ernst nehmen musste. Das war ein wichtiger Schritt in Bezug auf seine Befreiung, immerhin.

»Was gibt es?«

»Die Sphäre. Der nächste Bewegungszyklus wird eingeleitet. Wir brechen auf und verlassen das Gebiet der Menschlinge.«

Das war zu erwarten gewesen, und es würde seine Pläne nicht weiter durcheinanderbringen. Die Sphäre blieb nie endlos lange an einem Ort und brach unausweichlich auf ihrer ewigen Reise zur nächsten Etappe auf. Damit war auch den Wesen außerhalb der Sphäre jede weitere Chance genommen, etwas zu tun, um ihre Reise zu unterbrechen oder aufzuschieben – nicht, dass das jemals jemandem gelungen wäre. Niemand hier würde das mysteriöse Objekt wieder zu Gesicht bekommen. Niemals besuchte die Sphäre dieselbe Gegend ein zweites Mal. Ihre ziellose Reise durchzog das beobachtbare Universum, und das war, wie selbst der von seiner eigenen Größe überzeugte Saim zugeben musste, ziemlich unendlich.

»Haben wir eine Schätzung?« Es gab immer kleine Variationen, abhängig von technischen Dingen, die allein die Sphäre betrafen und von ihnen gar nicht begriffen wurden. Es war, als müsse sie erst einmal »die Maschinen hochfahren«, und das dauerte unterschiedlich lang.

»Zwei bis drei Tageszyklen. Die Schildoszillation passt sich bereits an, die Torversiegelung wurde aktiviert, und die Rotation hat begonnen. Ich habe das Signal an alle gesendet, damit sie vorbereitet sind. Wollen Sie das Ritual selbst durchführen?«

Lästig waren die Pflichten eines Ratsvorsitzenden, vor allem wenn es sich um die quasireligiösen Rituale handelte, mit denen die für alle unerklärlichen Aktivitäten der Sphäre begleitet wurden. Sie waren da wie Wilde: Alles, was man nicht kontrollieren oder verstehen konnte, wurde mit einem mythologischen Brimborium versehen, um die Tatsache, dass sie alle Sklaven eines grausamen Schicksals waren, irgendwie verkraftbar zu machen. Und von ihm als

Vorsitzenden wurde nun einmal erwartet, in diesem psychologischen Spielchen eine tragende Rolle zu spielen. Saim hasste das. Doch der Zeitpunkt war noch nicht gekommen, dass er auch diese Verantwortung willentlich abstreifen konnte, ohne Verbündete zu verärgern.

»Natürlich«, sagte er. »Bereiten wir alles vor. Ich vertraue ganz auf dich.«

Geehrt von diesen Worten, senkte Ceym den Kopf. Es war nicht einmal klar, ob er auf Lob reagierte oder dessen überhaupt bedurfte. Ceym war einfach gerne an seinem Platz. Er funktionierte gerne und bekam seine Befriedigung aus der Tatsache, gut funktioniert zu haben. Solange man ihm diese Chance gab und ihn dabei auch nicht überforderte, musste sich Saim über die Loyalität seines Stellvertreters keine Sorgen machen.

Ein wenig wurmte ihn der Verbleib Riems. Seine Rolle als Torhüter machte ihn unantastbar, zumindest bis auf Weiteres. Und dass sich das kleine Schiff der Menschlinge zusammen mit den Skendi ausgerechnet bei Riems Station aufhielt, das kam dem Ratsvorsitzenden außerordentlich suspekt vor. Natürlich würde der nahende Konflikt all diese Gedanken irrelevant machen, jede Besorgnis und jeden Widerstand hinwegfegen. Ein sauberes Spielfeld, von allen schwächlichen Figuren befreit, mit genug Raum für den Aufbau einer neuen Ordnung – eine, die Saim bestimmen würde und deren Gestaltung ihm allein oblag, solange er jeden Tageszyklus daran dachte, seine Lebensuhr auf null zu schalten.

Und auch das, so dachte er, könnte sich irgendwann als unnötig erweisen. Er sehnte sich die Befreiung aus diesem Gefängnis mit jeder Faser seines Körpers herbei.

44

»Elissi, was ist das?«

Jordan schaute über die Schulter seiner Freundin, und seine Verwirrung war ihm anzusehen. Mit geschickten Fingern, bewaffnet mit einem elektronischen Stift, warf Elissi eine schnelle Skizze auf ein Zeichentablet, das das Ergebnis ihrer Kunst auf einen Schirm warf. Es war eine Vielfalt an Strichen und Wellen, die in irgendeiner Beziehung zueinander zu stehen schienen, wie eine komplexe geometrische Form, die langsam im Entstehen begriffen war. Entfernt kam sie ihm bekannt vor, aber er vermochte es nicht vollständig einzuordnen. Was es ganz bestimmt nicht war: frei assoziierte Kunst, dafür war sie nicht der Typ.

»Es ist das, was ich sehe«, erwiderte Elissi. »Wenn ich es selbst male, macht es mehr Spaß.«

Wahrscheinlich dachte sie, dass sie damit alle notwendigen Erklärungen abgegeben hatte. Jordan hatte nun die Möglichkeit, nachzufragen, um möglicherweise weitere mysteriöse Darlegungen zu provozieren, oder sich noch ein wenig mehr anzustrengen, um herauszufinden, was sie dort trieb. Er schaute hoch. Ein zweiter Schirm zeigte eine Aufzeichnung des Sphärenkerns, wie sie seit der Übermittlung unablässig abgespielt wurde, die Welt in der Mitte oder den Planetoiden oder Mond oder was auch immer es war, umgeben von einem Schutzfeld, das den Blick auf die Masse freigab, die alles zu bedecken schien. Wenn Elissi nicht den Stift über die Zeichenfläche tanzen ließ, schaute sie konzentriert nach oben und kniff manchmal die Augen zusammen.

»Brauchst du eine Sehstärkenkorrektur?«, fragte er.

»Ich weiß nicht. Manchmal glaube ich es fast. Ich würde aber eine Brille bevorzugen.«

»Brillen sind antiker Schnickschnack.«

»Ich fühle mich manchmal auch wie Schnickschnack. Ich würde meine Situation wahrscheinlich nicht verschlechtern.«

Jordan wusste nie, was er auf solche defätistischen Äußerungen erwidern sollte. Manchmal hatte Elissi diese Anwandlungen, in deren Verlauf sie andeutete, dass sie sich darüber im Klaren war, anders zu sein – und dass dies ein Zustand war, der sich in einem gewissen Leid äußerte. An sich war Jordan für diese kurzen Einblicke in ihre Gefühlswelt dankbar, leider hatte er daraus noch nie etwas machen können.

»Du bist kein Schnickschnack«, fiel ihm nur ein. »Du bist in Ordnung.«

Vielleicht war ihm diesmal doch der richtige Gedanke gekommen. Elissi sah zur Seite und schenkte ihm ein Lächeln, kein mechanisches wie sonst manchmal, wenn sie dachte, es sei angemessen, jetzt die Lippen zu verziehen – sondern ein echtes. Das tat sie selten. Jordan war sehr froh, es zu sehen.

»Was ist das?«, fragte er noch einmal.

»Das Muster, das die organische Masse zieht.«

»Es ist verwirrend.«

»Es ist absolut nicht verwirrend, wenn man den Schlüssel hat.«

Jordan ließ das gelten, es gab eben für andere Menschen auch andere Maßstäbe.

»Die Beobachter in der Forschungsstation müssen doch längst alle Muster aufgezeichnet und identifiziert haben. Ich meine – sie tun es seit Jahrhunderten, wenn nicht Jahrtausenden, wenn die Geschichte stimmt, die wir erzählt bekommen haben.«

»Wir sollten sie als Arbeitshypothese gelten lassen«, schlug Elissi vor. »Aber es geht nicht darum, etwas aufzuzeichnen, sondern auch, es zu verstehen. Und die Forscher in jener Station hatten all die Jahrhunderte gar keine Chance, dieses Verständnis zu erlangen. Das kann nur ich.«

Von Schnickschnack zu allwissender Erkenntnis, manchmal waren die Schritte, die Elissi binnen weniger Augenblicke ging, verdammt groß. Dieser hier spielte ganz oben in der Liga, sodass selbst Jordan einen Moment benötigte, um mit der Diskrepanz fertigzuwerden. Es sprach für Elissi, dass sie das merkte.

»Ich bin nicht größenwahnsinnig«, sagte sie hilfreich. »Es hat auch gar nichts mit mir zu tun, außer dass ich mir die Zeit genommen habe, das Phänomen gründlich zu studieren. Lege es Campbell vor oder einem der anderen Wissenschaftler, und sie würden früher oder später auch drauf kommen, wenn sie getan hätten, was ich getan habe.«

Ungesagt, aber mitgedacht, blieb eine Betonung auf »später«. Elissi war in der Tat nicht größenwahnsinnig, dachte Jordan. Aber das hinderte sie keinesfalls daran, sich mancher intellektueller Unterschiede bewusst zu sein. Das war nicht böse gemeint, und da Jordan ebenfalls zu »später« gehörte, löste es keinen Schmerz in ihm aus. Es war doch ganz gut, wenn man seinen Platz kannte.

»Ich verstehe nicht«, erwiderte er also dementsprechend.

»Ich zeige es dir. Ich bin fast fertig, aber man erkennt es auch so.« Sie machte einige Handbewegungen in Richtung dessen, was sie gezeichnet hatte, und der Computer interpretierte diese richtig als Befehle. Er begann, die Zeichnung zu drehen und dann, wie ein Wollknäuel, auseinanderzuziehen.

»Es ist versteckt, gut versteckt, aber es passt alles zusammen, und es ist so konsistent, dass es sich nicht um einen Zufall handeln kann. Die Wahrscheinlichkeit dafür ist dermaßen gering, ich könnte sie kaum ausrechnen.«

Jordan schaute auf das sich entwirrende Knäuel und lernte erst einmal gar nichts daraus, bis die Struktur, die sich vor ihm entfaltete, Sinn zu ergeben begann. Es schälte sich, aus sich selbst heraus in die Länge gedreht, eine absolut vertraute Struktur heraus. Nein, nichts, was die Wissenschaftler in der Station jemals hätten identifizieren können. Nichts, woraus sie einen Schluss ziehen konnten. Das konnten, und das war das Erschreckende, das Jordan mit einer Eiseskälte erfasste, nur Menschen.

Das Symbol, das nun vor seinen Augen verharrte, war leicht zu beschreiben. Es aber in diesem Zusammenhang zu erblicken, brachte ihn schwer aus der Fassung. Er starrte nur und starrte und merkte gar nicht, wie die Zeit verging. Es war, als habe sein Gehirn ernsthafte Schwierigkeiten, den optischen Eindruck mit der umliegenden Realität in Einklang zu bringen, und habe diesen Versuch erst einmal für eine Weile eingestellt, um nicht an Überforderung zu scheitern. Jordan schüttelte den Kopf, aber die Bewegung vertrieb das Gefühl der völligen Irrealität nicht, das ihn erfasst hatte und ihm einen heißkalten Schauer den Rücken hinunterjagte.

»Das ... geht doch nicht«, brachte er leise hervor. »Das geht doch nicht.«

»Du meinst, dass ich mich irre?«

»Nein. Nein.« Er wollte eigentlich »Ja, ja!« sagen, aber das wäre dumm gewesen. Elissi irrte sich so selten, und sie hatte natürlich recht: Wer die Computer richtig bediente und tiefer in die aufgezeichnete Struktur schaute, der würde das Gleiche finden. Früher oder später. Wenn man den Schlüssel kannte, erinnerte er sich. Was für einen Schlüssel?

»Wie kann das sein?«

»Ich weiß es nicht.«

Keine Spekulationen, so was tat sie nicht. Wenn sie keine Ahnung hatte, dann hatte sie eben keine Ahnung. Jordan fühlte sich immer noch nicht gut, Elissi aber blieb unbewegt, was erklärbar war: Sie ahnte schon länger, worauf das hinauslief, und hatte nur an der letzten Bestätigung gearbeitet, gründliche Wissenschaftlerin, die sie war. Eine überirdische Geduld zeichnete sie aus, während Jordan schon beim ersten Anzeichen in wilde Hysterie verfallen wäre, ein Gefühl, das ihn nun wie ein Tier anzuspringen drohte. Er beherrschte sich, um nicht unkontrolliert aufzulachen, obwohl es doch wirklich nicht lustig war.

»Wir müssen ...«, sagte er, doch dann brach er ab.

Sie zuckten beide zusammen.

Der schneidende Laut des Alarms gellte durch das Schiff, die Deckenbeleuchtung flackerte und verwandelte sich in ein scharfes Rot. Jordan und Elissi starrten sich an, erhoben sich in einer gleichzeitigen, automatischen Bewegung, strebten wortlos zum Wandschrank, der sich in jedem Raum befand, und streiften sich die Notanzüge über, dünne Plastikoveralls mit einem flachen Kasten auf dem Rücken und einem ebenso dünnen, faltbaren Helm. Sauerstoff für drei Stunden, ein Peilsender, ein Signallicht, mehr bot diese Schutzausrüstung nicht. Für Jordan wurde das alles etwas viel, er fühlte die Übelkeit in sich aufsteigen, die sich mit seiner Verwirrung und viel Angst vermischte. Elissis Hände zitterten. Er griff nach vorne und hielt sie fest, eine Berührung, die ihn ebenso zu beruhigen trachtete wie sie. Plötzliche Veränderungen waren nichts, womit sie gut zurechtkam. In ihren Augen stand nun auch Verwirrung, und Jordan wusste, dass sie ihn jetzt brauchte, egal was passierte.

Aber was genau passierte eigentlich?

Seine Frage wurde sofort beantwortet.

Aus den internen Lautsprechern und dem Funkempfänger der Anzüge klang eine Stimme, ruhig, beherrscht, eindeutig Captain Rivera zuzuordnen.

»Bitte begeben Sie sich in die Schutzräume. Folgen Sie den Anweisungen der Mannschaft. Begeben Sie sich in die Schutzräume. Wir werden geentert. Ich wiederhole: Die *Licht* wird von einer fremden Streitmacht angegriffen und geentert. Begeben Sie sich sofort in die Schutzräume.«

»Jordan, bitte«, sagte Elissi mit flehentlichem Unterton. Sie hatte die Augen weit aufgerissen, ihre Lippen zitterten. Das war natürlich auch Angst, aber das war keinesfalls die vorherrschende Emotion. Sie war durcheinander. Sie brauchte jetzt jemanden, der ihr den Weg zeigte, und zwar wortwörtlich.

Jordan versuchte, sich zu erinnern, wo der nächste Schutzraum war, dann rief er einen Lageplan des Schiffs auf. In der Nähe der Wissenschaftssektion gab es einige dieser Bereiche, aber hier saßen sie in Elissis Kabine.

»Rettungskapseln«, murmelte er. »Der nächste Schutzbereich ist die nächste Kapselbatterie, dreihundert Meter von hier.«

»Ich mag die Kapseln nicht«, sagte Elissi, und ihre Stimme bebte. »Sie sind eng. Ich kann nicht richtig sitzen.« Eine Übung hatten sie gemacht, kurz nach dem Abflug, und ihre Abneigung gegen die Gefährte war jedem sofort offensichtlich gewesen. Aber es half nichts, die größeren Schutzräume mit den gepanzerten Wänden und der Eigenversorgung waren weiter entfernt, und die Notfallbefehle sagten ganz eindeutig: immer dorthin, wohin der Weg am kürzesten war – wenn zugänglich.

Ob zugänglich, das würden sie jetzt herausfinden müssen. Und Elissi würde ihre Abneigung zu überwinden haben. Jordan umschlang sie einmal kurz mit beiden Armen, erneut eine Geste, die mehr seinem Trost diente als dem ihren, aber Elissi verstand und beklagte sich erneut nicht.

Etwas ließ die *Licht* erzittern. Die Beleuchtung flackerte wieder. Jordan fühlte sein Herz springen, Adrenalin jagte durch seinen Kreislauf.

»Ich nehm das mit!«, sagte Elissi, zeigte mit ihrem Kommunikator auf den Computer und übertrug irgendwas, wahrscheinlich das immer noch auf dem Schirm kreisende Symbol und die dahinter liegenden Daten. Dass sie in dieser Situation doch noch an derlei denken konnte, Jordan hätte es nicht gedacht. Er wurde beherrscht von Instinkten, vor allem dem Reflex zur Flucht.

Sie sah Jordan auffordernd an.

»Du bist der Mann. Beschütze mich.«

Kaffee kochen. Beschützen. Immerhin, er spielte eine Rolle in ihrem Leben.

Für Diskussionen war keine Zeit, und er tat, was ein Mann tun musste: rennen.

Sie stolperten, als die *Licht* erneut erzitterte. Die Ursache war klar. Jemand sprengte Löcher in die Hülle, um Truppen an Bord zu setzen. Hoffentlich weit weg von hier. Näher waren die Rettungskapseln, eine Batterie von sechs Stück, jede mit einem Fassungsvermögen von 20 Passagieren, ein überdimensioniertes Überbleibsel aus der Bauphase, als die *Licht* noch ein Luxusliner hätte werden sollen. Jordan schob Elissi in eine der Kapseln und zog das runde Schott hinter sich zu. Die Kontrollen leuchteten grün. Er musste sich nicht identifizieren oder legitimieren, er war registriertes Besatzungsmitglied, und es gab einen Alarmfall. Er schnallte sich auf einen der freien Sitze, nachdem er sicher war, dass Elissi ebenfalls ordnungsgemäß Platz genommen hatte. Sein Herz klopfte immer noch heftig, doch jetzt kehrte eine unnatürliche Ruhe ein. Sie waren in der ihnen zugewiesenen Schutzzone, doch was sollte nun mit ihnen passieren? Und vor allem: Wer entschied das?

Jordan bekam es mit einer ganz anderen Angst zu tun. Der Furcht, eine Entscheidung treffen zu müssen, in einer Situation, die er nicht überblickte. Der Furcht, das Falsche zu tun. Elissi sah ihn auffordernd, ja, beinahe anklagend an, als hätte er sie in diese Situation gebracht. Er konnte doch auch nichts dafür.

»Was tun wir?«, war ihre unausgesprochene Frage. Und: »Beschützt du mich?«

Jemand entschied. Der Bildschirm erhellte sich. Rivera war darauf zu sehen, und es war kein allgemeiner Rundruf. Das ging nur an sie. Er wusste, wo sie waren.

»Die *Licht* ist verloren«, sagte er dumpf, Schweiß auf der Stirn. »Wir haben uns auf der Brücke verbarrikadiert, aber überall sind Truppen an Bord. Sie gehen rücksichtslos vor, töten Menschen. Unsere ganze Unterwerfungsgeste hat nichts genützt. Aber ich habe noch eine letzte Möglichkeit. Jordan, ich habe einen Spruch an die *Scythe* geschickt mit der Information, was hier passiert ist, und die Ankündigung, dass wir Flüchtlinge abfeuern werden. Drei Rettungskapseln sind belegt. Ich werde sie in sechzig Sekunden von der *Licht* katapultieren. Es werden erhebliche Andruckkräfte durchkommen, und ich werde die *Licht* vorher drehen, damit sie zwischen dem Abflugvektor und den größeren gegnerischen Schiffen liegt. Schnallen Sie sich an, die Kompensatoren werden nicht alle G-Kräfte ausgleichen, da ich die Failsafes deaktiviere. Nehmen Sie aus den Erste-Hilfe-Boxen die roten Ampullen und injizieren Sie das Medikament. Es wird helfen, die Sache zu überstehen. An was auch immer Sie alle glauben, es möge Sie beschützen!«

Riveras Gesicht verblasste. Drei Kapseln. Wer saß wohl in den anderen? Jordan öffnete die nächstgelegene Box, nahm mit zittrigen Händen zwei rote Ampullen heraus, drückte eine gegen Elissis Hals, die ihn mit großen Augen anstarrte, immer noch nicht ängstlich, nur völlig von der Rolle, orientierungslos. Sie akzeptierte die Medikation klaglos. Jordan versorgte sich selbst, prüfte noch einmal die Gurte, versuchte, seinen unregelmäßigen Atem unter Kontrolle zu bekommen. Zu hyperventilieren würde jetzt niemandem helfen. Er musste die Fassung bewahren. Er musste ein Mann sein. *Wie albern, wie albern.*

Rivera hatte ihm die Entscheidung abgenommen.

Dafür immerhin war Jordan ihm dankbar. Erst als die Kapsel sich mit einem Ruck löste und ein brüllender Riese sich auf seine Brust setzte, verging ihm neben der Atemluft auch die Dankbarkeit.

45

Für LaPaz wurde die Konfrontation mit Gewalt zu einer Episode in ihrem Leben, die sie niemals vergessen würde. Als Campbells Kopf in einer rosaroten Wolke von Blut und Knochensplittern direkt vor ihren Augen zerplatzte und der Leib des Wissenschaftlers, der eben noch vor ihr hergerannt war, in sich zusammensackte, Blut aus dem geöffneten Hals hervorschoss mit einer Kraft, die sie fast genauso erschreckte wie der Treffer selbst, blieb sie starr stehen, völlig gelähmt, schaute hinab auf die Leiche des Mannes, begriff nicht, was soeben passiert war, und auch nicht, was jetzt geschah.

Campbell war tot. Von jetzt auf gleich. Einfach so.

Sie war in ihrer Erschütterung nicht allein. Tizia McMillan und Adian Hannah hatten mit ihr und Campbell versucht, den Schutzraum aufzusuchen, doch leider war das Enterkommando ausgerechnet in ihrem Sektor zum Vorschein gekommen. Vier massige Gestalten standen vor ihnen, aufrecht gehenden Käfern nicht unähnlich, da sie vier Arme am Leib trugen, und mit allen wedelten sie mit Todesinstrumenten in ihre Richtung. Campbell hatte den Fehler gemacht, als Erster zur Flucht anzusetzen, und war sogleich niedergestreckt worden. Die drei anderen standen wie erstarrt.

LaPaz hob die Arme, und Tizia McMillan tat es ihr gleich. Adian Hannah, kreidebleich, hielt sich nicht auf den Beinen. Er ging auf die Knie und erbrach sich mit einem heftigen Würgen, ein Vorgang, der nicht enden wollte. Eine der Käfergestalten blickte von ihrer Seite des undurchsichtigen Helms auf den Mann hinab, und für einen Moment gab sich LaPaz der Illusion hin, so etwas wie Mitleid in ihrer Haltung erblickt zu haben. Eine kurze Illusion. Der Käfermann hob eine Waffe, zielte auf Hannah, und jeder Schrei, jedes »Nein!« blieb ihr im Hals stecken, als ein trockenes Knacken ertönte und Dr. Hannahs Kopf sich in allem auf den Boden erbrach, sich Gehirnmasse und Blut mit dem Inhalt seines Magens vermischten, als er kraftlos und tot in seine eigenen Ausscheidungen fiel.

»Nein«, krächzte LaPaz und machte aus irgendeinem Grund einen Schritt vorwärts. »Bitte. Wir sind Wissenschaftler. Wir können nützlich sein.«

Verstand man sie überhaupt?

Der Schießwütige wandte sich ihr zu, und seine vier Arme vollzogen, mit den Waffen in der Hand, eine vielschichtige Geste, die LaPaz beim besten Willen nicht zu interpretieren in der Lage war. Sie hielt weiter ihre Hände in die Luft und hoffte, dass Tizia McMillan nicht schlecht wurde. Wenn jemand auf die Knie fiel, schien das eine Einladung zur Exekution zu sein, und sie glaubte nicht, dass sie selbst einen weiteren zerplatzten Schädel würde ertragen können, ohne ebenfalls zusammenzubrechen.

»Dein Fachgebiet, Menschling.«

»Rechtswissenschaft und Xenopsychologie.«

Es dauerte einen Moment, bis der Käfer die Information verarbeitet hatte, vielleicht musste er erst ihm vertraute Referenzen finden.

»Sie!«, sagte er mit forderndem Unterton und wedelte eine Waffe in Richtung McMillan.

»Teilchenphysik«, hauchte diese mit zitternden Lippen. Sie hielt sich tapfer aufrecht, wenn dies aber nicht bald ein Ende nahm, erwartete LaPaz das Schlimmste.

»Sehr jung. Wenig Erfahrung, wenig Wissen«, kommentierte ein anderer Käfer, und es war sicher kein Zufall, dass sie mithören durften, wie über ihren Wert diskutiert wurde. Als Xenopsychologin war es für sie unter einem fachlichen Gesichtspunkt sehr interessant zu erfahren, was es mit Käfersadismus auf sich hatte, wenngleich diese Art der Feldstudie sie an die Grenze des Erträglichen brachte.

Tizia sagte nichts und sah LaPaz hilflos an. Sie zitterte wie Espenlaub, und es war nur noch eine Frage der Zeit, bis der jungen Frau die Knie nachgeben würden, etwas, worauf ihre Peiniger wahrscheinlich warteten.

»Jugend ist kein Hindernis. Sie weiß viel. Sie ist eine unserer Besten. Sie ist belastbar und leistungsfähig. Sie ist von Nutzen«, erklärte LaPaz eifrig, irgendwas, das ihr gerade einfiel. Dachten die Käfer in Begriffen von Nutzen und Leistung oder war das für sie völlig irrelevant? LaPaz hasste es, so im Nebel stochern zu müssen.

Die Käfer bewegten sich, und sie bekam den untrüglichen Eindruck, dass sie erneut miteinander sprachen, diesmal aber, ohne ihre Opfer daran teilhaftig werden zu lassen. Es wurde ein kurzes Gespräch. Der Chefkäfer winkte mit zwei Armen.

»Wir sollen ein paar von euch einsammeln. Ich weiß nicht, was es nützen soll, aber der Ratsvorsitzende hat es befohlen. Ihr seid so gut oder schlecht wie alle anderen. Verhaltet euch passiv und befolgt unsere Befehle, dann wird euer Leben verschont. Verstanden?«

Beide Frauen beeilten sich, sofort volles Verständnis zu signalisieren. LaPaz zwang sich, nicht auf den Boden mit den beiden Leichen zu gucken. Campbell und Hannah hatten keine Chance bekommen, ihre Nützlichkeit zu beteuern. Wie viele an Bord der *Licht* mochten ihr Schicksal noch teilen?

»Dort entlang!«

Der Käfer winkte in eine Richtung, es ging zur Brücke der *Licht*. Würden sie in Kämpfe verwickelt werden? LaPaz vermutete es nicht. Die Besatzung war kaum bewaffnet. Sie spürte ein erneutes Zittern des Schiffskörpers und dann das charakteristische Vibrieren, wenn die Triebwerke hochgefahren wurden. Rivera saß in der Zentrale und manövrierte die *Licht* aus irgendeinem Grund. Sie hoffte, dass er wusste, was er da tat.

»Was hat dein Kommandant vor, Menschling?«, knarzte der Chefkäfer.

»Ich weiß es nicht. Ich weiß es wirklich nicht. Wir sind keine Mitglieder der Schiffsführung. Wir sind Wissenschaftler. Wir forschen nur.«

»Dann erforsche seine Absichten. Nimm Kontakt mit ihm auf.«

LaPaz nestelte ihren Kommunikator hervor, langsam, um kein Misstrauen zu erwecken. Während sie das Rufsignal aktivierte, drehte sie mit einem Finger am Stellrad der Optik. Sie hielt die Kamera vor ihr Gesicht in dem Bewusstsein, dass Rivera zumindest Teile der Okkupatoren gut im Blickfeld haben würde. Es dauerte nur einen Moment, dann erschien ein vertrautes Gesicht auf dem kleinen Schirm: Sharon Toliver, die Erste Offizierin, und sie machte einen sehr angestrengten Eindruck.

»LaPaz! Warum sind Sie noch nicht … Oh!«

»Genau«, erwiderte die Anwältin. »Unsere neuen Herren möchten wissen, was der Captain vorhat. Sie baten mich, mit ihm Kontakt aufzunehmen.« Sie versuchte, Toliver bedeutsam zuzuzwinkern, wusste aber nicht, ob die Nachricht angekommen war. Sie bewegte die Kamera noch ein wenig, und diesmal, wenn alles klappte …

Toliver wurde bleich. Sie hatte einen Blick auf die Blutspritzer am Boden erhaschen können. Ihre nächsten Worte kamen mit einer gewissen Heiserkeit.

»Wo ist Campbell? Er war doch bei Ihnen?«

»Er ist tot. Dr. Hannah gleichfalls. Ich bin hier mit Tizia McMillan. Ich weiß nicht, wo alle anderen abgeblieben sind. Der Soldat hinter mir möchte Antworten.«

Sie legte etwas Drängendes in den letzten Satz und sah Toliver beschwörend an.

»Der Captain ist beschäftigt.«

»Er sollte vielleicht verhandeln.«

»Das wird er. Einen Moment noch. Kann ich mit dem Soldaten sprechen?«

LaPaz reichte ihm den Kommunikator, und der Käfer nahm ihn mit großer Selbstverständlichkeit entgegen.

»Ich bin Eirmengerd, Kommandant der Ratsgarde. Sie übergeben uns das Schiff.«

»Das wird wohl unausweichlich sein«, antwortete Toliver gefasst. »Hören Sie auf, unsere Leute zu töten. Wir leisten doch gar keinen Widerstand.«

Eirmengerd machte ein Geräusch, das sowohl Verachtung wie auch Amüsement ausdrücken konnte. LaPaz war sich nicht sicher. Es gab überhaupt keine Sicherheit mehr.

»Ihre Leute verbarrikadieren sich. Sie entziehen sich unserem Zugriff in Schutzräumen. Das ist passiver Widerstand und völlig inakzeptabel. Wir werden die Mannschaft Ihres Schiffes weiter ausdünnen, bis die Schutzräume geöffnet und uns alle wichtigen Knotenpunkte übergeben worden sind. Schauen Sie, so funktioniert das.«

LaPaz fühlte sich ergriffen und in den Aufnahmebereich des Kommunikators gezerrt. Eine Hand riss ihren Kopf nach hinten, in einer anderen lag eine lange, zackige Klinge, an deren Ende ein kleiner, hässlicher Widerhaken hing. Sie versuchte nicht einmal, sich zu wehren, gelähmt vor Angst und der brutalen Kraft des Käfers. Sie starrte wie hypnotisiert auf die Klinge vor ihren Augen, den Widerhaken, gefangen von der Vorstellung, was dieser mit ihr würde anstellen können.

»Ich werde es Ihnen demonstrieren. Ich werde dieser Frau den Kopf vom Hals säbeln, schön langsam, damit Sie alles genießen können. Mit dem Opfermesser werde ich dann in ihren Schädel fahren und langsam das Gehirn den geöffneten Hals herunterziehen, nachdem ich die dünneren Knochensegmente damit durchstoßen habe. Es wird ein sehr exakter und blutiger Prozess sein, der mir interessante Einblicke in ihre Anatomie erlaubt. Ich bin übrigens ausgebildeter Chirurg.« Eirmengerd lachte. »Das hilft mir, das Angenehme mit dem Nützlichen zu verbinden, wenn Sie verstehen.«

Das Bild auf dem Kommunikator wechselte. Jetzt war da Rivera zu sehen. Er schaute an LaPaz vorbei, als würde er sie gar nicht wahrnehmen.

»Eirmengerd, richtig? Ich bin Captain Rivera. Ich übergebe Ihnen das Schiff. Begeben Sie sich zur Brücke. Horana LaPaz, die Frau dort, kann Ihnen den Weg zeigen. Lassen Sie sie am Leben, ich bitte Sie. Sie haben gewonnen, wir geben auf. Hören Sie mit dem Gemetzel auf.«

»Ah«, machte der Käfer, und eine gewisse Enttäuschung lag in seinem Unterton. »Nun gut, ich will guten Willen zeigen und nehme Sie beim Wort. Geben Sie Befehl, dass alle Schutz…«

Er unterbrach sich, lauschte einer für LaPaz unhörbaren Stimme.

»Drei Rettungskapseln haben sich gelöst und beschleunigen stark. Sie haben Ihr Schiff in eine Deckungsposition manövriert. Das ist nicht nett von Ihnen, Captain. Ich hatte jetzt doch etwas mehr Kooperationsbereitschaft erwartet.«

Wieder drückte die Klinge an Horanas Hals. Sie schloss die Augen und tat nichts mehr, um das Zittern ihres Körpers in den Griff zu bekommen. Sie verlor die Kontrolle über ihre Blase, nässte sich ein, spürte, wie das warme Rinnsal ihr die Beine hinunterlief. Ein würgendes Schluchzen stieg ihr den Hals empor, doch sie brachte alle Kraft auf, es zu unterdrücken. Es konnte der letzte Tropfen sein, der das Fass zum Überlaufen brachte, und sie wollte nicht so sterben.

»Eine manuelle Auslösung, nicht unter meiner Kontrolle«, sagte Rivera hastig. »Werden Kapseln in Ihren Schiffen nicht direkt von Hand gelöst? Jemand muss in Panik geraten sein.«

»Eine mögliche Erklärung. Ich bin aber nicht überzeugt.«

Der Druck um LaPaz' Arme verstärkte sich. Sie wollte die Klinge nicht mehr sehen, konnte den Blick aber kaum abwenden. Jetzt löste sich ein leiser Klagelaut aus ihrer Kehle.

»Ich lasse sie am Leben, Captain. Aber Sie wissen ja, wie das mit manuellen Reaktionen ist. Man hat sie nicht immer unter Kontrolle.«

Und mit einer schnellen, kraftvollen Bewegung fuhr das Messer herunter und schnitt ihr den rechten Arm ab.

Horana schrie.

46

Die Wissenschaftler wuselten durch die Station, sahen aus, als wüssten sie, was zu tun war, dabei wussten sie gar nichts. Lyma Apostol betrachtete sie für einige Minuten, und obgleich sie nur Wortfetzen auffing, wurde deutlich, dass sie nicht einmal ahnten, was das Portal dazu bewogen haben konnte, die *Scythe* nicht abzulehnen. Sie wollte sich mit diesem Gedanken auch gar nicht weiter befassen. Es gab andere Sorgen, und diese ließen sie und die Crew die Startbereitschaft des Polizeikreuzers herstellen, sie auf die Brücke des Schiffes zurückkehren, bereit zum Abflug.

Dinge passierten. Ganz schlimme Dinge.

Riem begleitete sie. Auf Anraten Inqs hatte sie auch den Resonanzbauch in die Zentrale geladen. Es ging darum, dass die Fruchtmutter genau erfahren musste, auf wen sie im Zweifelsfalle schießen sollte und auf wen nicht. Vorzugsweise auf niemanden.

»Wie weit?«, fragte sie leise.

»Die Kapsel steuert direkt auf uns zu und beschleunigt immer noch«, erklärte Snead, der ihr den Platz im Kommandosessel frei machte. »Sie kann gar nicht mehr richtig abbremsen und höchstens in einen weit geschwungenen Orbit um dieses Ding da unten eintreten. Wir haben außerdem zwei weitere Kapseln auf einem vergleichbaren Kurs in unsere Richtung. Sie fliegen mit etwas Abstand hinterher, aber auch mit Beschleunigungswerten jenseits der Belastungsgrenze.« Er hielt kurz inne, dann fügte er hinzu: »Ich hoffe, alle haben die Andruckspritzen bekommen. Sonst transportieren die Kapseln jetzt nur einen Haufen Leichen.«

»Der Preis einer schnellen Flucht«, kommentierte Lyma und nahm Platz. »Eine Signatur der *Licht*?«

»Laut und deutlich, es sind ihre Kapseln, aber sonst nichts außer einer automatischen Sendung. Standardnotruf.«

»Selbst mit Andruckdrogen werden die Menschen an Bord kaum noch bei Besinnung sein. Kein Kompensator in einer Kapsel gleicht 10 g aus«, kommentierte Inq. »Wir können die Kapseln fernsteuern, wenn sie in Reichweite sind, und sie sanft im Orbit stabilisieren und abbremsen.«

»Aber sie sind nicht allein«, sagte Snead und wies damit auf das eigentliche Problem hin. »Was auch immer auf der *Licht* falsch gelaufen ist, es erfreut den Rat nicht, dass die Kapseln unterwegs sind. Drei kleinere Einheiten verfolgen sie. Sie werden die letzte hier einholen, direkt vor unserer Nase. Die anderen etwas vorher.«

Der Schirm zeigte die Trajektorien und die Entfernungen, die Rendezvouspunkte und mit kleinen Blasen die Extrapolation von wahrscheinlichen effektiven Waffenreichweiten. Die Situation war verfahren, und es konnte sein, dass die

Scythe nichts mehr auszurichten imstande war. Aber einfach nur zuzusehen ... das würde es nicht geben.

Lyma drehte den kleinen Schirm an ihrer Sessellehne so, dass Riem einen Blick darauf werfen konnte.

»Was ist das?«, fragte er und vergrößerte den Blip, der eines der Verfolgerschiffe zeigte. Geschätzte technische Leistungsdaten erschienen, geschätzte Größe und Beschleunigungswerte. Riem schaute einen Moment darauf, dann:

»Ich bin kein Militärexperte, aber das sind ...«

»Schnelle Angriffseinheiten der Iskoten. Ich übermittle Ihnen technische Spezifika«, sagte der Resonanzbauch, und einen Moment später nickte Inq ihr zu. Der Bauch zeigte das Gesicht der Fruchtmutter, konzentriert und den Blick auf einen Punkt irgendwo im Nichts fixiert. »Ich darf nicht helfen, Captain Lyma Apostol. Noch hat der Rat keinen Krieg gegen die Skendi erklärt. Ich darf nicht helfen, nicht so. Aber wenn Sie ein Bündnis mit mir eingehen, will ich alles in die Waagschale werfen, denn dann bin ich zum Schutz verpflichtet.«

Politik, schoss es Lyma durch den Kopf, und sie musste den aufwallenden Ärger unterdrücken. Sie sah Inq auffordernd an.

»Sprich mit mir.«

»Die drei Schiffe entsprechen grob der Kategorie eines Polizeibootes der Trafalgar-Klasse mit voller Bewaffnung. Grob.«

»Snead, volle Beschleunigung, und bringe uns auf Abfangkurs. Wir tun, was wir können, aber niemand greift sich diese letzte Kapsel. Mir ist scheißegal, was da vor sich geht, aber wenn unsere Leute an Bord sind, gehört sie uns allein. Und die beiden anderen ... wir schaffen es nicht, nahe genug heranzukommen, um etwas auszurichten. Wir können nur hoffen.«

»Hoffen Sie nicht, Captain«, sagte der Bauch. »Die Iskoten fliegen nicht, um die Kapseln einzufangen. Ihre Flucht ist für sie eine Beleidigung, ein Makel in der von ihnen verantworteten Operation. Ein Makel, den es auszulöschen gilt.«

Lyma ignorierte das. Sie konnte sich mit einem solchen Gedanken nicht anfreunden. Sie musste Hoffnung bewahren, wenn sie in dieser Situation funktionieren sollte.

Die Beleuchtung auf der Brücke schlug in ein fahles Rot um, das das Flimmern der Kontrollen noch stärker hervorhob. Die *Scythe* erzitterte, als die Automatik das Schiff von der Dockvorrichtung löste und mit den Steuerdüsen von der Konstruktion fortbewegte, vorsichtig und langsam, zu langsam für Lymas Begriffe. Sie fluchte innerlich. Diese verdammte Ungeduld! Sie benötigte eine Therapie oder eine Droge, und beides erschien ihr in dieser Situation unpassend.

»Wir müssen an Gegenmaßnahmen denken. Lasercluster für Raketen- und Torpedoabwehr funktionieren nur auf nähere Entfernung«, sagte Snead. Sie nickte ihm zu.

»Die beiden Gausskanonen auf Punktverteidigung schalten. Ich will niemanden angreifen, wir verteidigen uns nur. Aber wir werden unsere Position unmissverständlich klarmachen. Wir fangen ab, sobald wir auch nur die kleinste Chance sehen. Manchmal hilft ein Glückstreffer.«

Snead sah sie zweifelnd an. Natürlich konnte man Absichten haben. Auf das Glück hoffen. Um die eigenen Pläne zu verwirklichen, bedurfte es aber der Kooperation der Gegenseite. Damit war kaum zu rechnen.

Die *Scythe* nahm Fahrt auf, die mächtigen Triebwerke schoben den Kreuzer mit stetig wachsender Beschleunigung vom Kern fort, direkt auf die heranbrausenden Kapseln zu, die völlig außer Kontrolle zu sein schienen. Dass sie es durch den dicken Gürtel an Wracks geschafft hatte, war allerdings kein Wunder: Egal, wie viele Tausend alte Schiffe hier trieben, das Weltall war groß, und es gab genug Platz für eine gut funktionierende Steuerautomatik, um einen geeigneten Kurs zu finden. Jetzt musste man die Hochgeschwindigkeitskapseln nur wieder einfangen, in der Hoffnung, dass sie mehr trugen als ein paar Leichen.

»Telemetrie?«

Inq nickte, sah von seinem Pult auf, das er nur bediente, um sich nahtlos in die Mannschaft einzufügen, denn im Grunde bedurfte er keiner manuellen Eingaben.

»Ich bekomme erste Daten. Wenn mich nicht alles täuscht, meldet die uns am nächsten gelegene Kapsel zwei Passagiere, beide am Leben. Ich habe noch keine ID … doch, da ist sie. Es sind Mitglieder der Wissenschaftscrew.«

»Zwei? Nicht mehr?«

»Nicht mehr. Vielleicht, wenn die beiden anderen …« Inq musste den Satz nicht zu Ende führen.

Niemand sagte etwas, als ein Lichtblitz auf dem Schirm visualisiert wurde. Niemandem musste man erklären, was gerade passiert war. Für Sekunden herrschte eine Totenstille auf der Brücke der *Scythe*, und um die Toten ging es dabei auch. Die erste Kapsel, den Jagdschiffen am nächsten, war vernichtet worden. Sie existierte nur noch als Trümmerhaufen.

»Schneller«, presste Lyma hervor. »Das muss alles schneller gehen!«

»Wir sind im roten Bereich«, informierte sie Snead. »Die *Scythe* tut, was sie kann.« Das war sein Beschützerinstinkt als Erster Offizier. Er musste an das Schiff denken. Lyma an alles andere.

Jede Zivilisation, so hatte sie gehofft, respektierte die Not von Schiffbrüchigen, selbst in Konfliktsituationen, so war es bisher jedenfalls immer gewesen. Welche Standards aber in dieser Sphäre galten ... Andere jedenfalls.

»Zahlen, Snead. Gib mir Zahlen.«

»Ankunft in Deckungsreichweite der nächsten Kapsel: eine Stunde, siebzehn Minuten. Ankunft Waffenreichweite Torpedowerfer, Bestückung Zeus II: 34 Minuten bei optimaler Wirkung. Wir übernehmen die Fernkontrolle der Kapsel in zehn Minuten, lassen sie aber vorerst auf Kurs und Geschwindigkeit.«

»Ich will sie hinter dem Dings da unten, außer Schussweite.«

»Was ist mit der zweiten?«

»Unverändert. Zu weit weg. Viel zu weit.«

Lyma fluchte etwas. Der Resonanzbauch ließ Augenreihen flackern, sowohl die der Königin als auch seine eigene. Der Translator musste eine interessante Übersetzung abgeliefert haben.

»Komm-Verbindung zu den beiden Geretteten?«

»Wir rufen, aber keine Antwort.«

»Das kann ich erklären«, sagte Inq. »Ich habe medizinische Telemetrie, beide sind weiterhin bewusstlos, aber wohlauf. Die Andruckdrogen wirken. Sie wachen demnächst auf, aber ich vermute mal, dass sie keine große Hilfe sein werden.«

»Wir versuchen es weiter. Sie sollen sich nicht aufregen. Jemand soll mit ihnen reden, sobald sie wach sind. Dr. Stooma.«

Der Polizeipsychologe und Profiler war in der Tat die logische Wahl. Er meldete sich Momente später aus seinem Bereitschaftsraum. Das war also geregelt, zumindest fürs Erste. Lyma wollte an alles denken. Doch der Gedanke allein nützte nichts. Es fehlte ihr an Macht, und Machtlosigkeit war ein Gefühl, das ihr nur allzu vertraut war.

»Vielleicht ist Gracen an Bord einer der Kapseln«, sprach Snead aus, was ihr selbst gerade durch den Kopf schoss. Das wäre in der Tat eine bemerkenswerte Ironie des Schicksals.

»Wir halten Kurs«, war alles, was ihr noch einfiel. Dann sah sie auf den Resonanzbauch. Er zeigte immer noch das Gesicht der Fruchtkönigin, die allem mit großem Interesse folgte. Ein Spion im Herzen der *Scythe.* Das war ungemütlich, aber derzeit nicht zu umgehen. Lyma ahnte, dass sie bereits damit beschäftigt war, sich Feinde zu machen, und sie durfte es damit nicht übertreiben. Die *Licht*, das zeigte das Auftauchen der Kapseln, war schon nicht mehr ihr Verbündeter. Der Polizeikreuzer war allein, verschollen und brauchte Freunde. Und sie durfte nicht allzu wählerisch sein.

»Was können Sie mir über diese Schiffe sagen? Iskoten?«

Der Resonanzbauch nickte. Eine neue Geste, dic hatte sie sich abgeschaut, und der Bauch tat es, indem er auf und ab wippte. Das war beinahe komisch, vor allem im Kontrast zum todernsten Gesicht des Drohnenmannes, der für seine Königin den Bauch wackeln ließ. Lyma blieb ernst. Es war nicht der Zeitpunkt für Amüsement.

»Eine kleine Zivilisation, die einst mit Kampfschiffen in die Sphäre eindrang, in der Illusion, es gäbe hier etwas zu erobern. Sie sind seitdem die ... Ordnungsmacht des Rates. Sehr loyal. War der Rat zurückhaltend, waren es auch die Iskoten. Jetzt aber, unter dem neuen Vorsitzenden ...

beenden sie diese Haltung. Sie sind bereit, Gewalt anzuwenden. Effektive Werkzeuge. Fantasielos. Rücksichtslos, wenn notwendig. Vage Vorstellungen von Moral.«

Eine interessante Bewertung eines Wesens, das ihre Töchter fraß.

»Man kann mit ihnen nicht verhandeln?«

»Man kann die Kapitulation anbieten. Die werden sie akzeptieren. Aber sie befolgen Befehle. Iskoten entscheiden nicht selbst. Sie verhandeln nicht, der Rat tut dies. Will Saim verhandeln, werden sie es zulassen. Will er es nicht, werden sie kurz zuhören und dann tun, was zu tun ist.«

»Was wird Saim tun?«

Ein lachender Resonanzbauch. Wieder etwas Neues. Der Drohnenmann schob zwei Hände unter den Bauch, damit das Wackeln für ihn erträglich wurde. Das Lachen erstarb.

»Saim hat lange gewartet. Er will seinen Krieg, und er benötigt Ressourcen. Ist die *Scythe* eine Ressource?«

»Davon gehe ich mal aus.«

»Er will die Ressource. Es ist ihm egal, was Sie wollen. Sein Wille zählt.«

Lyma runzelte die Stirn. »Dieser Saim ist unangenehm.«

»Das bin ich auch. Ich bin die Fruchtmutter, ich denke wie er.«

Lyma blinzelte. »Sie sind erstaunlich offen.«

Der Bauch grinste. »Ich sage, wie es ist. Saim ist *fähig* zu lügen. Ich bin die Fruchtmutter. Ich habe es *nicht nötig* zu lügen.«

Ein Bauch mit Selbstbewusstsein. Damit konnte Lyma arbeiten.

In der Zentrale begann eine Phase ruhiger Geschäftigkeit. Die Zeit bis zum unausweichlichen Aufeinandertreffen verlief unter einer Schale scheinbarer Gelassenheit, unter der es bei manchen sicher brodelte. Dennoch, sie war stolz auf ihre Leute. Es waren wilde Dinge passiert, absolut unvorhersehbare Dinge, keiner von ihnen war darauf vorbereitet, jemals dafür ausgebildet worden. Sie waren Polizisten, keine Forscher, keine Militärs und ganz bestimmt keine Abenteurer. Doch noch hatte keiner die Fassung verloren. Noch erfüllten sie alle klaglos ihre Pflicht. Wie lange das gut gehen würde, sie wusste es nicht. Sie musste sich darauf verlassen, dass es noch eine Weile funktionierte. Eine Phase der Ruhe, der Reflexion, war notwendig, wenn es nicht umkippen sollte. Und Schlaf.

Sie waren schon alle zu lange wach. Sie nahmen Medikamente, die ihnen die Illusion von Leistungsfähigkeit gaben, doch deren Wirkung würde nur durch immer höhere Dosen aufrechtzuerhalten sein. Dem waren medizinische Grenzen gesetzt, und Lyma wollte diese lieber nicht erreichen. Am Ende würde nur noch Severus Inq aktionsfähig bleiben, und sosehr sie der Maschine auch vertraute, war das keine dauerhafte Lösung.

Aber sie war Polizistin, und es gab für sie immer einen Ausweg, etwas, an dem sie sich festhalten konnte. Die Kommandantin drehte sich um und sah den Automaten an der rückwärtigen Wand mit sehnsuchtsvollem Blick an.

»Kaffee«, murmelte Lyma. »Im Grunde bleibt einem nur Kaffee.«

Es dauerte nur einen Moment, und sie hielt die Tasse in Händen. Das schwarze Gold half, die Zeit zu überbrücken, da er wie immer zu heiß war und geschmacklich immer eine Hemmschwelle vor jedem Schluck überwunden werden musste. Während Lyma so dasaß, die Instrumente im Blick, fing sie wieder an nachzudenken. Normalerweise schätzte sie diese Momente der Kontemplation, die ihr halfen, Ordnung in ihre Denkprozesse zu bekommen, aber in ihrer jetzigen Situation spuckte das Räderwerk ihres Gehirns nur ständig neue Szenarien aus, wie alles nur noch schlimmer werden konnte. Es war bedrückend genug, dass sie bisher keine Zeit gehabt hatten, sich dem zentralen Thema zu widmen: Wie kamen sie hier wieder heraus?

Und: Wo war Joaqim Gracen denn tatsächlich? Wenn er sich an Bord der *Licht* befand, dann war er möglicherweise bereits ein Opfer des sich dort abspielenden Dramas geworden. Das wäre in gewisser Hinsicht ein gerechteres Urteil, als es jedes Gericht des Konkordats hätte fällen können, zumindest nach ihrer privaten Meinung. Das Dumme war: Gracen konnte fast jeder sein, gut organisierten Identitätsdiebstahl einmal vorausgesetzt. Ob er tot war oder nicht, das würde sie nicht einmal zweifelsfrei feststellen können, wenn sie die ganze Besatzung der *Licht* antreten ließ – ohne Zugriff auf die Datenbanken des Konkordats und weitere Ermittlungsergebnisse war die Identifikation so gut wie unmöglich.

»Fernkontrolle übernommen«, meldete Snead. »Die nahe Kapsel gehorcht unseren Befehlen. Wir lassen sie auf direktem Fluchtkurs.«

Lyma nickte nur, dachte weiter an Gracen, an die Sphäre und die Frage der Verantwortung, wie weit sie ging und wo sie unausweichlich an ihr scheitern musste. Sie schloss die Augen. Kontemplation wurde zu Kopfschmerz. Zu viele Gedanken, verbunden mit zu vielen Befürchtungen und zu viel bitterem Kaffee. Sie wusste es doch eigentlich besser. Das war nie eine gute Mischung.

Sie öffnete die Augen gerade rechtzeitig, um den zweiten Blitz zu sehen. Jemand stöhnte, ein Ausdruck der hilflosen Verzweiflung. Lyma starrte auf die Stelle, die eben noch den Blip der zweiten Kapsel gezeigt hatte, die eingeholt und vernichtet worden war, ehe sie etwas ...

Etwas Heißes kleckerte auf ihr Knie und ließ sie zusammenzucken. Der Kaffee. Die Tasse in ihrer Hand hatte so stark gezittert ... Lyma stellte sie ab, schaute auf den Fleck und unterdrückte einen Fluch. Das alles würde ein schlimmes Ende nehmen, wenn sie sich jetzt nicht endlich zusammenriss.

»Wir haben die Verfolgerschiffe in Reichweite der Torpedos«, meldete Snead. Er sah sie auffordernd an. Er strahlte Ruhe aus. Für einen Moment wünschte Lyma sich, er habe das Kommando. Aber sie war keine, die sich drückte. Das auf keinen Fall.

»Wir schießen nicht als Erste. Rufen Sie die Iskoten.«

»Das tun wir die ganze Zeit. Keine Reaktion.«

»Wir fliegen weiter. Ich will, dass wir zwischen ihnen und der letzten Kapsel Position nehmen. Für die können wir eintreten. Für die *werden* wir eintreten. Besser unser Arsch als deren.« Sie sprach mit heiligem Ernst und erntete Kopfnicken von allen Seiten.

»Unser Arsch, jawohl«, bestätigte Snead den Befehl mit todernster Miene, die ihm einen tadelnden Blick einhandelte.

»Captain«, meldete sich Inq. »Ich denke, wir haben vor einiger Zeit einen Spruch von der *Licht* erhalten. Ich befürchte, er ist nur verstümmelt angekommen, da er willentlich abgeschirmt wurde. Er muss ausgesandt worden sein, als die Kapseln abgefeuert wurden. Die KI bastelt noch an der Interpretation, hat uns aber jetzt gemeldet, dass sie der Ansicht ist, die Nachricht kommt tatsächlich von der *Licht*.«

»Und?«

»Wie wir befürchtet haben. Saim hat ein Enterkommando auf das Schiff geschickt. Rivera kapituliert. Die Kapseln wurden uns von ihm bewusst hergeschickt. Er scheint der Ansicht zu sein, dass wir die Insassen noch als nützlich ansehen werden – oder er wollte sie auf jeden Fall retten. Die beiden da vorne ... die noch am Leben sind ... es sind die jüngsten Mitglieder seiner Crew.« Inq verzog das Gesicht zu einer meisterhaften Replika eines indignierten Ausdrucks. »Studenten, Captain.«

»Na fein«, erwiderte sie und zuckte mit den Achseln. »Das ändert nichts. Wir ...«

»Die Iskoten melden sich.«

Schlagartig war alle Aufmerksamkeit auf die Projektion gerichtet, die sich vor ihren Augen aufbaute. Der vierarmige Käfer, der dort zu sehen war, gekleidet in eine Art Kampfanzug, war nicht ungewöhnlicher oder erschreckender als andere Aliens, von deren Existenz Lyma wusste, aber sein plötzliches Auftauchen und seine ganz und gar martialische Wirkung verfehlten ihre Wirkung nicht.

»Unseren Daten zufolge repräsentieren Sie das Schiff *Scythe*«, kam der Unbekannte ohne Umschweife zur Sache. Woher er diese Daten hatte, darüber konnte es kaum einen Zweifel geben.

»Ich bin Captain Lyma ...«

»Lassen Sie die Kapsel in Ruhe. Sie ist Besitz des Rates.«

Er wollte sich offenbar nicht vorstellen. Lyma Apostol war Polizistin, sie war rohes Verhalten gewöhnt. Das brachte sie nicht aus dem Gleichgewicht, und ein Arschloch war immer eines, egal wie viele Arme es anzubieten hatte.

»Die Kapsel gehört zu einem Schiff des Konkordats. Ich ...«

»Das Konkordat ist bald Lichtjahre entfernt. Vergessen Sie Ihre Heimat. Hier regiert der Rat. Sie werden sich unterwerfen oder ausgelöscht.« Der Kopf des Iskoten bewegte sich unmerklich. »Sie stehen aufseiten der Fruchtmutter?«

»Nein. Der Bauch ist ein Beobachter.«

»Sie stehen aufseiten der Fruchtmutter.«

»Nein! Wie ich schon ...«

Der Iskote war bestrebt, sie keinen Satz vollenden zu lassen.

»Scan abgeschlossen«, teilte er Lyma unvermittelt fest. »Sie lassen die Kapsel in unserem Gewahrsam?«

»Das werde ich nicht.«

Der Iskote starrte sie einen Moment an. »Scan abgeschlossen«, sagte er dann erneut. Lyma Apostol holte tief Luft.

»Hören Sie. Wir sind nicht ...«

»Das Schiff *Scythe* verfügt über eine Gesamtarmierung Level III. Eine direkte Konfrontation ist unerwünscht.«

Das Abbild des Iskoten verblasste, und Lyma schaute auf die Stelle, an der sie soeben noch geschwebt hatte. Das war nicht die Art von Gespräch, mit der man gemeinhin rechnete. Sie schaute fragend den Resonanzbauch an, doch der war faltig und ausdruckslos. Die Fruchtmutter war anderweitig beschäftigt, schien es. Auch gut.

»Snead?«

»Sie drehen ab. Ziehen alle eine enge Schleife und vergrößern den Abstand.« Erleichterung klang aus seiner Stimme, ein Gefühl, das Lyma teilte. Sie wischte sich mit einer Hand mehrmals über das Gesicht in dem sinnlosen Bemühen, die Müdigkeit zu vertreiben. Das war noch einmal gut gegangen. Wären sie nur schneller gewesen, die anderen

Kapseln ... sie wollte gar nicht daran denken. Das war verschütteter Kaffee, und der Fleck auf ihrer Seele würde länger bleiben als der auf ihrem Hosenbein.

»Ein Glück«, sagte sie leise. »Wir ...«

Etwas flackerte auf der Ortung, sie nahm es nur aus den Augenwinkeln wahr. Aber dann ertönte der Alarm. Selbst auf der optischen Erfassung war das Aufblitzen zu erkennen. Ein plötzliches Unwohlsein befiel Lyma.

»Torpedos«, sagte Inq unbewegt. »Sechs Stück, hohe Beschleunigung. Sie halten direkt auf die Kapsel zu.« Er drehte den Kopf, sah seine Kommandantin an. »Die Konfrontation mit uns scheuen sie. Aber die Kapsel gönnen sie uns auch nicht.«

Lyma nickte. »Snead«, sagte sie nur.

»Unser Arsch?«, fragte dieser, wenn auch nur pro forma.

»Aber so was von«, antwortete sie.

47

»Riem.«

Es war bemerkenswert genug, dass Altbar sich persönlich an Bord des Raumbootes begeben hatte, um dem Ruf seines Nachfolgers zu folgen. Der alte Mann schien nach der Übergabe seiner Verantwortung wie von einer Bürde befreit, und dieses Gefühl gab ihm offenbar neue Energie. Er ging mit einem federnden Schritt, der zu einem viel jüngeren Mann gehörte, und Riem fragte sich, ob er die gleiche Freude empfinden würde, wenn er dereinst seinen Titel an einen Nachfolger übergeben sollte. Falls das jemals eintrat. Wenn der große Kataklysmus kam, wenn der Zyklus sich vollendete und die unausweichlichen historischen Kräfte für eine neue Phase der Zerstörung sorgten, konnte es ja auch gut sein, dass für seine Nachfolge niemand mehr Zeit und Interesse haben würde. Das war in der Vergangenheit schon das eine oder andere Mal passiert. Vakanz. Die endgültige Kapitulation der Zivilisation vor dem Chaos.

»Altbar.«

»Die Sphäre beschleunigt. Wir werden bald in das Kontinuum eintreten und die Reise fortsetzen.«

Die Zeichen waren unübersehbar, das Signal hatte sie alle erreicht.

»Warum ist das wichtig? Dadurch ändert sich für uns hier rein gar nichts. Egal, wohin und wie die Sphäre sich bewegt, die Verhältnisse in ihr bleiben gleich und wir können normal handeln. Es wird natürlich die Menschlinge nicht freuen, dass wir ihre Heimat auf immer verlassen. Ich denke, sie glauben noch nicht daran. Sie hoffen noch.«

»Sie haben andere Sorgen. Und wir auch. Komm, ich zeige Ihnen etwas, Hüter.«

Es war diese Mischung aus Vertraulichkeit und Respekt, die ihr Verhältnis nun zu kennzeichnen schien und die Riem nach seiner jahrelangen Zusammenarbeit mit Geon als eigentümlich empfand. Geon war auch alt gewesen, sehr gebrechlich, und ihre gemeinsame Zeit vertrauensvoll, aber immer sehr von der Hierarchie geprägt, in der sie lebten. Der Hüter war … jemand, der einen Titel trug, ein Amt, und daraus etwas machen musste. Es störte niemanden, was genau er damit anstellte, und das war eine Befreiung, die das Verhältnis der Wissenschaftler untereinander prägte. Riem musste sich daran gewöhnen, aber er empfand es wie einen frischen Wind. Wäre die Gesamtlage nicht so bedrückend, er hätte sich in seiner Rolle möglicherweise schneller wohlgefühlt als ursprünglich gedacht.

Altbar führte ihn in einen der wenigen Räume in der Portaleinrichtung, die den Hütern, und das sicher nicht mit Absicht, zugänglich war: Vor endlos langer Zeit hatte hier eine Energieleitung versagt, und das auf eine explosive

Weise. Die Reparaturautomatik schien damals den Schaden zwar so beseitigt zu haben, dass die Station problemlos funktionierte, aber ein Schott, in dessen Nähe die Detonation stattgefunden hatte, war halb offen stehen geblieben. Ein schlankes Wesen von gewisser Gelenkigkeit konnte sich durch die Öffnung zwängen. Riem hatte den Raum nie betreten, wusste aber von seiner Existenz. Auf dem Weg dorthin wies ihn Altbar noch einmal ein und dämpfte sogleich seine Neugierde, denn er war leer und die zweite, von dort ins Innere führende Tür verschlossen wie fast alle Zugänge.

Altbar war nicht nur schlank, er war ein dürrer Greis, nicht mehr gelenkig, aber das musste er auch nicht sein, Strich in der Landschaft, der er war. Riem war etwas fülliger, aber niemals jemand gewesen, der sich hatte gehen lassen, und so zwängte er sich durch die Öffnung, ohne dabei allzu sehr seine Würde aufs Spiel setzen zu müssen.

Der Raum war leer. Er war es schon immer gewesen, nicht mehr als ein Durchgang ohne erkennbare Funktion. Daran hatte sich nichts geändert. Riem drehte sich unter dem erwartungsvollen Blick Altbars einmal um sich selbst.

»Ich bin immer für ein Rätsel zu haben«, sagte er dann. »Aber jetzt wäre ich für eine Auflösung wirklich sehr dankbar.«

»Hier, junger Mann«, sagte der Alte und ging zu der dem Torinneren zugewandten Seite. »Legen Sie Ihre Hand an die Wand.«

Riem zog den Handschuh aus. Atmen konnte man hier ohne Hilfe nicht, aber es gab keine Giftstoffe in der dünnen Atmosphäre, die seiner Epidermis schaden konnten. Er erwartete das Gefühl von Kälte – die Heizung hatte man in der Toreinrichtung schon vor langer Zeit ausgeschaltet –, doch er wurde überrascht. Als er Altbars Aufforderung folgte und seine Handfläche an die Wand presste, war die Empfindung unverkennbar.

»Warm«, sagte er. »Sehr warm.«

»Die Temperatur steigt kontinuierlich. Wir wissen nicht, seit wann, aber es dürfte nicht allzu absurd sein anzunehmen, dass die Ankunft der *Scythe* etwas damit zu tun haben könnte.«

»Eine Hypothese«, sagte Riem zustimmend. »Was bedeutet das?«

»Jemand schaltet die Anlagen des Tors hoch oder dahinter wird es aus irgendeinem Grunde sehr heiß. Alles hier ist alt, die meisten Mechanismen sind wahrscheinlich seit Jahrtausenden passiv. Es wird zu Energieverlust kommen, Streustrahlung. Undichte Leitungen, versagende Abschirmungen …« Altbar hob eine Hand, als er Riems Worte vorhersah. »Die Anzüge schirmen alles ab. Die Strahlenwerte sind leicht angestiegen, ungefährlich für uns – aber sie unterstreichen die Hypothese. Ich vermute, dass da drinnen die Reparaturautomatik schon fleißig zugange ist und die Hitze sich mindern wird. Aber wir können derzeit froh sein, dass diese Türen für uns unzugänglich sind. Jenseits dieser Wand müssen gefährlich hohe Temperaturen herrschen.«

»Das ist eine Möglichkeit. Was ist, wenn die Masse da unten die Quelle der Hitzeentwicklung ist?«

»Ich weiß es nicht. Was ist dann, Hüter? Ich bin da so ratlos wie Sie.«

»Wird dieses Tor geöffnet? Erhalten wir nun Zugang zum eigentlichen Kern?«

»Naheliegende Vermutung, nicht wahr? Ich weiß auch das nicht. Es gibt sonst keinen Anschein. Wenn Sie mich nach einer weiteren Hypothese fragen: Die ganze Einrichtung versetzt sich in den Stand, den Zugang zu gewähren, was auch immer das für Konsequenzen haben mag – aber es fehlt noch jemand, der den richtigen Code eingibt oder den Schlüssel reinsteckt, wenn Sie verstehen ...«

Riem strich mit der Hand über die Fläche, fühlte die Hitze und fragte sich, was das alles für sie bedeuten würde. Dies war, das stand schon mal fest, keine normale Ankunft von Neuankömmlingen in der Sphäre. Es war anders. Es war mehr.

»Ich denke wie Sie«, sagte Riem nachdenklich. »Etwas passiert, etwas macht sich bereit, und die Menschen sind der Auslöser. In welche Richtung das geht, will ich aber nicht einmal vermuten. Ich hoffe auf jeden Fall, die Menschen machen da draußen keine Dummheiten.« Er sah Altbar an. »Ich glaube, dass wir sie noch brauchen werden.«

Der Alte seufzte.

»Ich bin froh, meinen Posten rechtzeitig an Sie abgegeben zu haben, Riem. Ich kann Ihnen gar nicht sagen, wie froh ich darüber bin.«

Dann zwängten sie sich wieder durch die Tür. Nein, die Dummheiten der Menschen waren nicht ihr vordringliches Problem. Es waren andere, die in Aktion getreten waren – und das auf unübersehbare Art und Weise.

Die Soldaten der Fruchtmutter warteten bereits auf sie.

48

»Wir haben eine Nachricht von der Forschungsstation bekommen«, meldete Inq.

Lyma hob abwehrend eine Hand. »Nicht jetzt.«

»Es ist wichtig.«

»Nicht so wichtig wie das hier.«

»Das hier« waren die sechs Torpedos, die mit einer Beschleunigung auf die *Scythe* und die vor ihr rasende Kapsel zuflogen, die von keiner vergleichbaren irdischen Konstruktion erreicht werden konnte. Angesichts der Tatsache, dass Waffentechnologie seit Jahrhunderten keine Priorität für das Konkordat mehr gehabt hatte, war das nicht weiter verwunderlich. In diesem Moment wünschte sich Lyma, es hätte ein paar xenophobe Hardliner gegeben, die darauf bestanden hätten, zumindest Polizeikreuzer in ihrer Armierung ständig weiterzuentwickeln. Doch die Irren waren lieber Verbrecher als Politiker geworden.

»Die Gausskanonen eröffnen das Feuer in dreißig Sekunden«, sagte Snead mit nur schlecht unterdrückter Spannung in der Stimme. »Ich habe ernsthafte Befürchtungen. Wir sind jetzt zwischen Torpedos und Kapsel. Drehen den Geschossen das Heck zu. Manöver läuft.«

»Schilde verstärken. Evakuieren aller Sektionen außer dem Maschinenraum«, befahl Lyma. Sie war es nicht gewohnt, einen Kampf zu kommandieren. Dies war der zweite in ihrer Karriere, und der erste war gegen zwei Piratenboote gewesen, deren Alter sie zu keiner ernsthaften Gefahr gemacht hatte. Beharrlichkeit alleine hatte ihren Gegnern damals nicht geholfen. Das hier aber war anders. Ganz anders.

»Zwanzig Sekunden«, murmelte Snead. »Sektionen sind evakuiert. Die KI berechnet, dass uns drei Torpedos überholen werden.«

»Wir können sie dann immer noch abschießen«, stellte Lyma mit einem gehörigen Maß Hoffnung in der Stimme fest. Snead sagte nichts dazu, und das war bereits mehr als genug.

»Woran orientieren die sich? Signatur der Kapsel?«

»Wir haben keine Informationen«, erwiderte Inq. Lyma warf einen Hilfe suchenden Blick auf den Bauch, doch das Gesicht war schlaff und blicklos. Der Drohnenmann selbst beobachtete alles mit völlig unbeteiligter Miene. Er hatte keine ...

»Antriebsemissionen und deren Frequenzen«, sagte er unvermittelt. »Dem folgen sie.«

Lyma nickte ihm dankbar zu, in der Hoffnung, dass er die Bedeutung dieser Geste verstand.

»Wir tun mal so, als seien wir die Kapsel«, sagte sie und nickte Inq zu, der direkten Zugriff auf die Maschinen hatte. Sie merkte nichts davon, als der Androide ihr aber ein Zeichen gab, wusste sie, dass er ihren Befehl ausgeführt hatte.

»Keine Reaktion. Gausskanonen feuern.«

Ein sanftes Rütteln ging durch die *Scythe*, als die beiden ausfahrbaren Gausskanonen ihre winzigen Metallsplitter zu beschleunigen und in die Flugbahn der Torpedos zu werfen begannen. Zwei der Torpedos blitzten auf, als ihre Sprengköpfe zerschreddert wurden, ohne dass sie explodierten – ein Vorgang, den sie gar nicht mitbekommen hätten, wäre er durch die KI nicht für sie visualisiert worden.

»Gausskanonen feuern weiter«, sagte Snead. »Der Anflugwinkel wird kleiner. Ein Torpedo hält jetzt auf uns zu. Lasercluster in fünf Sekunden.«

»Ignorieren!«, befahl Lyma hastig. »Fangt die anderen ab! Die sind wichtiger!«

»Richten Kanonen aus, produzieren Ziellösungen, Nachführung ... Nachführung ...« Snead redete monoton wie eine Maschine, und es war furchtbar beruhigend, wenn er das tat. Es half allen, zumindest äußere Gelassenheit zu bewahren.

Ein weiterer Blitz. »Torpedo drei ausgeschaltet. Zwei auf Kurs Kapsel, einer trifft auf in ...«

Jetzt! Lyma klammerte sich an den Armlehnen fest, als ein böser Ruck durch die *Scythe* ging. Ein Lichterbaum an Warnlampen flackerte auf und versiegte kurz darauf wieder.

»Schildbelastung 45 %. Wir können froh sein, dass es nur einer war«, kommentierte Inq.

»Schadensbericht?«

Der war kurz und knapp. Die *Scythe* war kein Kampfkreuzer, aber sie kam dem am nächsten, und sie konnte durchaus einstecken. Lyma fühlte plötzlichen Stolz auf ihr Schiff in sich hochsteigen. Dies war jetzt auf absehbare Zeit ihre Heimat. Zeit, der alten Dame etwas mehr Respekt entgegenzubringen.

Erneut die Visualisierung der KI. Die Gausskanonen hatten einen weiteren Torpedo eliminiert.

»Der letzte hat uns überholt«, meldete Inq. »Gar kein schlechter Schnitt.«

»Einer reicht. Die Kapsel hat keinen Schutzschild«, wies Lyma ihn unnötigerweise zurecht. »Halten Sie drauf!«

»Der Torpedo ist in Endbeschleunigung gegangen.«

Die *Scythe* summte auf, als die Energieerzeuger noch einmal alles in die Triebwerke und die unablässig feuernden Gausskanonen steckten, die glitzernde Streifen hochbeschleunigter Materie hinter dem Torpedo herwarfen. Lyma schaute auf den winzigen Glitzerpunkt auf der taktischen Darstellung, der einfach nicht verschwinden wollte.

»Abstand zur Kapsel achtzehn Klicks.«

»Das wird eng«, sagte Lyma mahnend. Sie sah den Resonanzbauch an. »Helfen Sie?«

Das eben noch schlaffe, tote Gesicht auf dem Bauch belebte sich, und es entfalteten sich die konzentrierten Gesichtszüge der Fruchtmutter, die sie erwartungsvoll ansah.

»Captain Apostol, schlagen Sie ein Bündnis vor?«

»Zehn Klicks. Wir kriegen ihn nicht«, murmelte Snead.

»Ein temporäres!«, beeilte sich Lyma zu sagen.

»Alles ist temporär«, antwortete der Bauch und schloss die Augen.

Es tat sich nichts.

»Acht Klicks!«

Die Gausskanonen feuerten ins Leere, der Abstand vergrößerte sich.

»Sechs Klicks und …«

Es blitzte, als der Torpedo verging.

»Waren wir das?«, fragte Lyma.

»Das war ich«, erwiderte der Bauch, und auf ihm zeichnete sich das plötzlich sehr selbstgefällig wirkende Gesicht der Fruchtmutter ab. »Wir sind jetzt verbunden, Lyma Apostol von der *Scythe*. Wir sind jetzt verbunden, ob wir wollen oder nicht, denn Saim wird es genauso sehen.«

Die Kapsel war gerettet. Lyma atmete auf, fühlte, dass sie die ganze Zeit eine starke Beklemmung mit sich herumgetragen hatte, die sich erst jetzt löste. Sie nickte dem Bauch zu.

»Danke.«

»Ein Bündnis. Die Mutter ist voller Treue und Fürsorge, Captain. Voller Treue und Fürsorge.«

Lyma gefiel nicht, dass der Bauch das so betonen musste.

Sie wandte sich an Inq. »Bringen wir die Kapsel rein, Severus. Ich möchte unser Schicksal nicht in die Hände einer kannibalischen Raumkönigin gelegt haben, ohne dafür den Preis in Empfang zu nehmen.«

»Ich habe das gehört«, erinnerte sie der Bauch.

Lyma lächelte ihn an. »Ich weiß.«

Und siehe da, der Bauch lächelte zurück. Das würde, dessen war sich die Kommandantin nun bewusst, ein großer Spaß werden. Solange es funktionierte.

49

»Das ist alles?«

»Uns reicht es.«

Jordan fühlte sich durch Lyma Apostol herausgefordert, und das war wohl ihre Art. Sie war eine Autoritätsperson, die viel von anderen Menschen erwartete und vor allem befürchtete. Sie war höflich genug gewesen, Elissi und ihm die Mission der *Scythe* zu schildern und die Umstände ihres bisherigen Aufenthalts. Sic saßcn zu diesem Zwecke im Büro des Bordarztes des Polizeischiffes, der beiden Geretteten eine gute Gesundheit bescheinigt hatte.

Das betraf zumindest ihre Physiologie. Was die mentale Gesundheit anging, so ging er bei Jordan von einer starken emotionalen Erschöpfung aus. Als er mit Elissi sprach, kam er zu keiner Diagnose. Jordan empfand ein wenig Schadenfreude, als er das bemerkte, aber das war unfair. Er konnte diesen Zug an sich nicht leiden, und er versuchte, etwas von der Dankbarkeit zu zeigen, die man nicht zu Unrecht von ihm erwartete.

Dann war es an Jordan gewesen, den Gang der Ereignisse von seiner Seite aus zu schildern, und er hatte sich um eine klare und unmissverständliche Sprache bemüht. Ganz konnte er die Gefühle, die er dabei empfand, wenn er die Dinge noch einmal Revue passieren ließ, nicht unterdrücken. Es war viel auf ihn eingestürmt, sein Leben hatte sich grundlegend und erschütternd verändert. Lyma Apostol und ihn verband außerdem die bittere Erkenntnis, dass der Iskote nicht gelogen hatte: Die Sphäre war auf dem Weg, bereits jetzt Lichtjahre vom Konkordat entfernt, und jede Chance, die Heimat jemals wiederzusehen, verblasste mit der zurückgelegten Strecke. Für sie alle war das belastend. Apostol schien dies dadurch kompensieren zu wollen, dass sie mit ihnen sprach wie bei einem Verhör.

Elissi entwich dieser Problematik, indem sie schwieg. Sie hatte ihre Datenspeicher hervorgeholt und saß vor einem Tablet, betrachtete Dinge und dachte über diese nach. Kommunikation war vorwiegend Aufgabe von Jordan, ebenso wie Kaffeemachen und sie zu beschützen. Er erfüllte diese Funktionen mit akzeptabler Effizienz, also war sie zufrieden.

Jordan war es nicht.

»Wir waren Mitglieder des Wissenschaftsteams. Captain Rivera hat uns eine Chance geben wollen, weil er das Schlimmste befürchtete. Dafür bin ich ... sind wir ihm dankbar.«

Jordan warf Elissi einen auffordernden Blick zu. Die sah kurz auf, orientierte sich, nickte Apostol zu und vertiefte sich wieder in ihre Arbeit. Manchmal war sie wirklich keine Hilfe.

»Ich verstehe Captain Riveras Absichten. Aber Sie müssen doch noch etwas ...«

»Ich habe Ihnen alles gesagt. Die *Licht* befindet sich in den Händen dieses Rates, und Saim hat sich wichtige Ressourcen für seinen Krieg gesichert. Wir sind uns doch sicher einig, dass das die Sachlage ist, oder? Ich verstehe ja, dass Sie mehr wissen wollen. Aber ich kann Ihnen nichts anderes anbieten. Es ist, wie es ist. Ich bin ein Student der Astronomie. Mehr bin ich nicht.«

Die Kommandantin sah Elissi an. »Und Sie? Das Gespräch scheint Sie nicht zu beeindrucken?«

»Elissi ist ...«, sagte Jordan, doch die Polizistin unterbrach ihn.

»Sie kann wohl für sich selbst reden, oder?«

»Das ist keine Sache männlicher Überlegenheit, Captain! Elissi ist ...«

Apostol machte eine Show daraus, ihn zu ignorieren und die junge Frau anzusehen, die nun erneut aufblickte und ein wenig verwirrt wirkte, wie immer in solchen Situationen.

»Jordan«, sagte Elissi leise.

»Ich soll nichts mehr sagen«, erwiderte er.

»Reden Sie für sich selbst!«, forderte Apostol die Studentin mit hartem Unterton auf. Jordan versuchte, seine Wut zu unterdrücken. Die Kommandantin war sicher übermüdet, überreizt und trug eine große Verantwortung. Aber sie hätte doch zumindest ...

»Ich rede«, sprach Elissi. »Darf ich?«

Ohne auf die Erlaubnis zu warten, verband sie ihr Tablet mit dem Holoprojektor des Tisches, an dem sie saßen, und vor ihrer aller Augen entwickelte sich eine Darstellung, die Jordan wohlbekannt war. Er stöhnte leise auf. Elissi tat, was sie immer machte, wenn sie mit einer sozialen Situation konfrontiert war, die sie nicht richtig verstand: Sie erzählte etwas aus ihrer Arbeit oder über ein Thema, mit dem sie sich gerade intensiv beschäftigte. Apfelkuchen. Dreidimensionale Bewegungsmuster einer organischen Materie unter dem Schutzschirm. Es war einerlei.

»Was ist das?«, fragte Lyma, und es klang wirklich gereizt.

»Ich habe diese Darstellung aus der Beobachtung der Bewegungen erstellt, die die anscheinend organische Masse auf dem mondgroßen Objekt in der Mitte der Sphäre macht. Diese Bewegungen sind nicht zufällig. Sie weben ein Muster. Es besteht eine Absicht. Es ist ein kommunikativer Hinweis.«

Jordan sah Apostol an, dass sie unwirsch reagieren wollte, denn um dieses Thema ging es ihr gar nicht. Doch es sprach für sie, dass sie Elissi weiterreden ließ. Vielleicht merkte sie, dass sie bei der jungen Frau mit ihren Verhörmethoden nicht weiterkam.

»Worauf wollen Sie hinaus?«, fragte die Polizistin, und ja, da war echtes Interesse in ihrer Stimme hörbar.

»Betrachten Sie das Gebilde aus dieser Perspektive. Ich drehe es. Schauen Sie genau hin.«

Elissi tat, was sie zuletzt auf der *Licht* gemacht hatte. Das dreidimensionale Muster bewegte sich, und es schälte sich heraus, was Jordan auch jetzt wieder mit Unglauben und Unverständnis erfüllte. Lyma Apostol erging es nicht anders. Sie riss die Augen auf, und hatte sie etwas sagen wollen, so blieben ihr die Worte jetzt im Halse stecken.

»Inq!«, sprach sie schließlich nach einem Räuspern in die Luft. »Siehst du das?«

»Ich sehe es!«, drang die Stimme aus der Wand. Wer auch immer Inq war, er hatte ihrem Gespräch offenbar die ganze Zeit beigewohnt. Jordan war nicht überrascht.

»Irre ich mich?«

»Elissi irrt sich jedenfalls nicht. Es ist die *Suchende Hand.*«

Lyma starrte. Die dreidimensionale Darstellung hatte sich in ein perfektes Abbild des Symbols der Astronomischen Autorität verwandelt, mit den exakt richtigen Proportionen, und das konnte kein Zufall sein. Es war eine Nachricht, seit Jahrtausenden in den scheinbar ziellosen Bewegungen der Masse unter dem Schutzschirm verborgen, die nur jemand erkennen und vor allem richtig deuten konnte, der wusste, was dieses Symbol bedeutete.

»Das ist kein Zufall, oder?«

»Es ist aus diesem Winkel erkennbar. Das Muster ergibt nur dann diesen Sinn, wenn die dahinterliegende mathematische Struktur mit einem Schlüssel aufgelöst wird, einer Art Code. Das Schloss fand ich schnell, mir fehlte aber der Schlüssel, sodass ich die KI der *Licht* bat, die Struktur mit allen möglichen Zahlenkombinationen, Frequenzmodulationen und anderen Emissionen zu bombardieren. Ich stellte mich auf eine lange Wartezeit ein, bis mir ein Gedanke kam. Als ich ihn verwirklichte, hatte ich den Schlüssel gefunden.«

»Welcher Gedanke?«

»Es war einer im wahrsten Sinne des Wortes.« Elissi berührte ihren Kopf an der Stelle, an der ihr der Identifikator der Autorität implantiert worden war, ihr ganz individuelles ID-Muster aussendend. »Ich habe um Einlass gebeten, als ob ich eine Station der Autorität besuchen wollte.«

Jordan sah Elissi verwirrt an. Das hatte sie noch gar nicht erzählt! Wann auch ... es war so viel dazwischengekommen ...

Apostol nickte. »Inq, du überprüfst das.«

»Ich bin bereits dabei.«

»Was hat es zu bedeuten?«, fragte die Kommandantin.

»Das können wir so gut interpretieren wie Sie«, sagte Jordan, der sich nun entspannte. Auch aus Apostols Haltung war die Herausforderung weitgehend verschwunden, sie hatte profunder Verwirrung Platz gemacht. Dafür hatte er großes Verständnis.

»Elissi, was hat es zu bedeuten?«, fragte Lyma Apostol ein weiteres Mal, mit noch mehr Nachdruck. »Und wie sind Sie darauf nur gekommen? Was für eine absurde Vorstellung!«

»Ich weiß es nicht.«

»Ein spontaner Einfall, eine Eingebung ihres kreativen Geistes«, half Jordan.

Doch Elissi schüttelte den Kopf. »Nein. Das fühlt sich anders an.« Sie wirkte mit einem Male sehr ratlos. »Ich weiß es wirklich nicht.«

Apostol sagte nun nichts mehr. Elissi war das nur recht, das war ihr anzusehen. Schweigen war Gold. Sie warf Jordan einen auffordernden Blick zu, den er sofort richtig interpretierte. Er wandte sich an die schweigende Polizistin und versuchte, nicht allzu albern zu klingen, als er seine Frage an sie richtete.

»Captain Apostol – haben Sie eine Kaffeemaschine an Bord? Ich meine … eine richtige?«

Ja, die hatte sie.

DER ZUKUNFTS-THRILLER DES JAHRES!
DEUTSCHER SCIENCE-FICTION-PREIS
BESTER ROMAN 2017
GEWINNER
DIE WELTEN DER SKIIR 1: Prinzipat
von Dirk van den Boom
TB | € 16,– (D) | 978-3-86425-867-1
Band 2: Protektorat
978-3-86425-871-8
Erhältlich
Band 3: Patronat
978-3-86425-872-5
September 2017
Die Reise der Scythe 1: Aszendenz
978-3-95981-527-7
Neue Trilogie | März 2018
BEST OF SCIENCE-FICTION
DAS PREISTRÄGER-PROGRAMM
HUGO GEWINNER LOCUS GEWINNER
DAS ENDE DES REGENBOGENS
von Vernor Vinge
TB | € 14,– (D) | 978-3-95981-144-6
HUGO GEWINNER NEBULA GEWINNER LOCUS GEWINNER
DUNKELHEIT
von Connie Willis
KB | € 20,– (D)
978-3-95981-168-2
NEBULA AWARD FINALIST
THE RED 1:
Morgengrauen
von Linda Nagata
TB | € 16,– (D) | 978-3-95981-152-1
WORLD FANTASY AWARD GEWINNER NEBULA FINALIST
WER FÜRCHTET DEN TOD
von Nnedi Okorafor
KB | € 18,– (D) | 978-3-95981-186-6
WWW.CROSS-CULT.DE